LES OUBLIÉS DE KILLMORE

Des mêmes auteurs aux Éditions J'ai lu

Dolmen (8439)

NICOLE
Jamet
MARIE-ANNE
Le Pezennec

LES OUBLIÉS DE KILLMORE

ROMAN

J'AI LU

AVERTISSEMENT

Les prénoms, patronymes et noms de lieux apparaissant dans cet ouvrages de fiction ont été choisis en raison de leur consonance irlandaise.

Toute ressemblance avec des lieux ou des personnes existant ou ayant existé ne serait donc que pure coïncidence.

À Pierre-Jean, mon premier lecteur.
À mon père, tendrement.
N.J.

À Loris, Ludovic et Léa, mes trois amours.
À Monique et Jean-Jacques, mes parents chéris.
M.-A.L.P.

1

J'ai cru au pouvoir des ogams le jour où ils m'ont montré le chemin de la délivrance.

Il y aura un an samedi.

Que Marie Kermeur ait choisi la même date pour commencer une nouvelle vie ne devait rien au hasard. Le fait qu'elle arrivât aujourd'hui non plus. J'avais tout sous contrôle.

Sauf la météo.

La traversée avait été houleuse. Le ferry venant de Roscoff avait trois heures de retard quand il doubla enfin la tour de Dana et alla s'amarrer à l'extrémité de la jetée, près des docks. Le jour déclinait et les lumières du port de Killmore s'animaient les unes après les autres comme pour saluer d'une ola étincelante l'arrivée des passagers.

Elle fut l'une des premières à débarquer, visiblement impatiente de fouler ce sol d'Irlande où elle avait été conçue.

Au regard brillant dont elle balaya la rangée de pubs aux lanternes éclairées, les bateaux de pêche bigarrés, les mouettes qui se disputaient les restes de la dernière criée ; à la façon dont elle huma l'air chargé d'embruns et d'iode, en offrant son visage à la bruine, je savais que la native de

Lands'en était déjà conquise par cette île si semblable à la sienne.

Les souvenirs douloureux en moins.

Si elle avait pu voir mon visage à cet instant précis, son instinct de flic lui aurait fait prendre conscience du danger. Et fait faire demi-tour. Mais j'avais trop attendu ce moment pour risquer de le gâcher aussi stupidement.

Or j'étais tout sauf stupide – on me prêtait même une intelligence hors du commun – mais la voir là, à ma main, me procurait une telle excitation que j'en eus la nausée.

Et pourtant Dieu qu'elle était belle !

De sa mère irlandaise, elle avait la longue chevelure blond vénitien, la silhouette élancée et les immenses yeux verts. De son Breton de père, le menton volontaire et l'entêtement.

L'héritière Sullivan.

C'est ainsi que le Killmore Tribune *la présentait en relayant son prochain mariage dans l'île. Le fait qu'elle épousât le spécialiste des crimes rituels qui l'avait aidée à faire toute la lumière sur ses origines* [1] *ajoutait une note délicieusement romanesque à l'histoire.*

Pour faire bon poids, le pisse-copie n'avait pu s'empêcher de rappeler l'historique des drames dont Lands'en avait été le théâtre l'été précédent. Il évoquait l'enquête qui avait permis d'établir que Marie Kermeur n'était autre que la fille de Mary Sullivan, l'Inconnue de Molène, naufragée par une bande de gamins inconscients sur les côtes bretonnes en mai 1968, après avoir mis au monde son enfant à laquelle un pêcheur et son épouse avaient donné leur nom : Kermeur.

Si le journal passait sous silence le fait que les frères de Marie avaient participé à ce naufrage, c'était plus par souci de ne pas contrarier l'un de ses plus gros annonceurs – la distillerie Sullivan – que par un quelconque sursaut de

1. *cf. Dolmen*, aux mêmes éditions.

pudeur. À quoi bon gâcher le retour de la fille prodigue en ravivant d'aussi déplaisants détails ?

Un bref coup de klaxon la fit sursauter.

La voiture du domaine se fraya lentement un passage dans une marée de parapluies et ralentit à sa hauteur. L'espace d'une seconde, je croisai son regard vert, puis elle s'engouffra à l'arrière.

J'étais en nage et me concentrai sur la seule chose qui réussissait à m'apaiser : le mariage prévu samedi. Dans deux jours.

Pour moi, les deux plus longues journées de mon existence.

Pour elle, les dernières.

Dans quarante-huit heures, cette femme mourrait pour me permettre de vivre.

Les ogams en avaient décidé ainsi.

*
* *

Le domaine Sullivan s'étendait sur une trentaine d'hectares en bord de mer, dont les deux tiers étaient des prairies dévolues à l'élevage de chevaux – l'un des deux fleurons de la famille, le second étant la distillerie de whiskey pur malt créée par Andrew Sullivan avant guerre, une marque dont la réputation avait depuis longtemps dépassé les frontières irlandaises.

À la mort d'Andrew dans les années soixante-dix, c'était sa veuve Louise, de vingt ans sa cadette, qui avait repris le flambeau. Son sens aigu des affaires en avait impressionné plus d'un à l'époque.

Même si les rênes étaient aujourd'hui entre les mains d'Alice, l'aînée de ses petits-enfants, Louise faisait toujours partie du conseil d'administration et mettait un point d'honneur à passer une fois par jour à la distillerie, pour saluer chacun des cinquante employés.

Marie appréhendait terriblement cette première rencontre avec sa grand-mère maternelle. Elle se détendit en sentant la main de Lucas, attentif, amoureux, serrer tendrement la sienne.

L'homme qui occupait le siège passager, sensible lui aussi à la tension de la jeune femme, se tourna à moitié vers elle.

– Ne te laisse pas impressionner… Ma mère n'en mène pas plus large que toi.

– Elle vous l'a dit ?

– Jamais ! rétorqua-t-il, amusé. Mais, depuis une semaine, elle n'arrête pas de tanner les ouvriers afin que tout soit parfait pour samedi.

Il adressa une mimique réprobatrice à Marie.

– Et toi, cesse de me dire vous comme si j'étais un étranger.

Elle avait tout de suite aimé Edward Sullivan. Il était de ces hommes qui vont droit à l'essentiel, sans s'embarrasser de circonlocutions inutiles.

– Je me suis toujours demandé à quoi ressemblerait Mary si elle avait vécu. Maintenant je le sais.

C'était par ces mots qu'Edward l'avait abordée, la replongeant dans un passé qu'elle s'efforçait d'oublier. Plusieurs mois s'étaient écoulés depuis les terribles événements qui avaient endeuillé Lands'en, et si la douleur était plus diffuse la peine était toujours là, tapie dans un coin, prête à resurgir au détour d'une phrase, d'un bruit, d'une odeur.

D'un coup de fil.

L'appel lui était parvenu aux alentours de Pâques. Edward Sullivan l'informait qu'il serait à Paris le lundi suivant et qu'il voulait la voir. La jeune femme avait été prise de panique, mais avait finalement accepté de le rencontrer.

Ils s'étaient donné rendez-vous dans une brasserie à Saint-Michel.

Edward était venu droit vers elle, d'une démarche un peu raide. Massif, le cheveu gris et dru, le bas du visage mangé par une barbe poivre et sel qui durcissait ses traits, il l'avait dévorée des yeux, incrédule et ému. Troublée par ce regard presque hypnotique, Marie lui avait demandé ce qu'il souhaitait boire.

C'était seulement quand il avait pris place en face d'elle qu'elle avait remarqué l'attelle métallique qui lui enserrait la jambe droite. Un accident de cheval survenu dix ans plus tôt, avait-il expliqué laconiquement avant de commander un demi et d'aller droit au but : Louise Sullivan désirait faire la connaissance de sa petite-fille.

Bien que s'étant préparée à cela, se l'entendre dire l'avait profondément déstabilisée.

– Ma mère – *ta grand-mère* – est une des femmes les plus fortes qui soient. Je ne l'avais jamais vu pleurer, jusqu'au jour où elle a appris la fin tragique de Mary. Et ton existence.

Il s'était interrompu et avait esquissé un bref sourire.

– Je te tutoie, mais si cela te gêne…

Il avait laissé sa phrase en suspens, comme dans l'attente d'un refus qui ne vint pas.

– Il lui a fallu beaucoup de temps pour dominer sa peur.

La peur. Marie avait trop longtemps espéré un signe des Sullivan, tout en le redoutant, pour ne pas être perturbée.

Les beaux yeux verts s'étaient voilés.

– Et maintenant, elle n'a plus peur ?

Un groupe bruyant avait envahi le café et s'était installé à une table proche de la leur. Edward les avait observés un instant, comme pour s'offrir un répit, puis il s'était penché vers la jeune femme. Son regard s'était fait plus grave, sa voix plus sourde.

– Elle va mourir, Marie. Cancer. Les médecins ne s'engagent pas au-delà de six mois. Je suis le seul à savoir la vérité, avec elle. Elle me maudirait si elle apprenait que je t'en ai parlé. Elle ignore même que je suis venu te voir. Je compte donc sur ta discrétion.

Il avait conclu en disant qu'elle ne leur devait rien et qu'il respecterait son choix, quel qu'il soit. Si elle ne voulait pas donner suite, Louise ne saurait jamais rien de cette entrevue, et Marie n'entendrait plus parler de lui.

Plus tard elle lui avait présenté Lucas, ils avaient passé la soirée ensemble. Edward s'était réjoui d'apprendre qu'ils envisageaient de se marier en mai, et à aucun moment il n'avait fait allusion devant lui à la demande qui avait motivé son déplacement, laissant ainsi Marie entièrement libre de sa décision. Un comportement élégant dont elle lui avait su gré.

– Réfléchis, appelle-moi, mais ne tarde pas trop, lui avait-il dit avant de prendre congé.

Elle avait regagné l'appartement où Lucas l'attendait.

Sa question l'avait prise au dépourvu.

– Il fait quel temps en Irlande au mois de mai ?

– Approximativement le même qu'en Bretagne, avait-elle répondu sans le quitter des yeux.

Il avait eu une petite grimace comique.

– C'est bien ce que je craignais…

Devant son silence persistant, il s'était approché d'elle, l'avait saisie par les épaules et avait plongé son regard dans le sien.

– Tu crèves d'envie d'y aller. Et eux crèvent d'envie de te connaître, sinon Edward ne serait pas venu. Alors où est le problème ?

– Et notre mariage ?

À son expression, elle avait compris où il voulait en venir et avait secoué la tête, farouche. Aller en Irlande rencontrer sa famille ? Peut-être. De là à se marier là-bas…

Une semaine plus tard, elle recevait une lettre de Louise dont les mots simples et touchants lui allèrent droit au cœur. Sa grand-mère ayant appris ses projets de mariage la suppliait de la laisser organiser la cérémonie sur ses terres, à Killmore, dans la tradition des Sullivan.

Edward, la lettre, les terribles souvenirs disqualifiant Lands'en, et Lucas, avaient eu raison des dernières hésitations de Marie.

La date du 20 mai avait été fixée.

Plus tard, Marie se demanderait comment elle avait pu oublier que c'était celle du naufrage…

*
* *

Le manoir apparut au détour du chemin, dans une symphonie de rouges.

Rouge des haies de fuchsias piquées d'oriflammes balisant le sentier. Rouge des roses sous lesquelles croulait la demeure éclairée, jetant leurs ombres pourpres sur les façades de pierre dont elles réchauffaient l'élégance un peu froide.

La voiture remonta l'allée bordée de pelouses soigneusement entretenues qui descendaient en pente douce jusqu'à l'océan dont, si le vent était de suroît, on pouvait entendre au loin le murmure régulier du ressac.

À l'approche de la cour carrée se profilaient les vélums dressés pour accueillir les invités. Une estrade et une piste de danse étaient à demi achevées.

Comme le dirait plus tard Lucas, les Sullivan n'avait pas mégoté.

Sur la gauche de la propriété se découpaient le haras abritant les écuries, la grange, les bâtiments des communs. Plus loin, dans le parc planté d'essences centenaires, se devinaient les contours d'une petite chapelle jouxtant le cimetière privé des Sullivan, où Mary avait été inhumée dans la plus stricte intimité familiale, après que l'enquête avait été bouclée. Marie décida d'oublier qu'elle n'y avait pas été conviée, et reporta son attention sur le manoir.

C'est en admirant le fenestrage du second étage, révélé par la lueur diffuse des spots, qu'elle *la* vit.

Une silhouette de femme nimbée de rouge apparut derrière les petits carreaux, se mouvant avec une grâce quasi irréelle de fenêtre en fenêtre, allant et venant avant de disparaître, comme avalée par l'obscurité.

Troublée par la fugace apparition, Marie en oublia ses craintes.

– Tu ressembles tellement à ta mère…

La vieille dame, qui se tenait droite comme un I sur le perron, portait encore beau malgré ses quatre-vingt-cinq ans. Et sans la présence discrète d'une canne que, par souci de coquetterie, elle n'avait pas choisie blanche, l'opalescence de son regard aurait pu passer pour une simple cataracte.

Louise Sullivan était aveugle.

Mais ses mains effleurant doucement le visage de la jeune femme en dessinaient les détails avec précision, et peut-être plus d'acuité.

– Merci ma petite fille, murmura la vieille dame d'une voix étranglée par l'émotion. Merci de me l'avoir rendue.

Tout comme Edward, Louise s'exprimait dans un français impeccable, et pour cause. Si lui avait appris cette langue dans son enfance et n'avait qu'un soupçon d'accent irlandais, elle-même était française de naissance.

Louise avait vingt ans en 1942 quand ses parents étaient morts sous les bombardements allemands. Recueillie par sa marraine, elle était venue se réfugier à Killmore, où cette dernière possédait une villégiature, et avait fait la connaissance d'Andrew Sullivan, un veuf de vingt ans son aîné et père de trois garçons, Ed, Tom et Sean. À la Libération, Louise était restée en Irlande et avait épousé Andrew. En 1947, elle avait donné naissance à une petite fille aux yeux verts et au duvet blond vénitien. Mary.

Louise avait douloureusement vécu la disparition de sa fille et longtemps espéré des nouvelles, mais le fait qu'elle reposât désormais en paix dans le petit cimetière familial adoucissait sa peine. Ce bonheur, c'est à Marie qu'elle le devait, et à celui de connaître enfin la jeune femme s'ajoutait une gratitude infinie envers elle. Raison pour laquelle la vieille dame avait décidé, en accord total avec la famille, de redistribuer le patrimoine Sullivan afin que sa petite-fille entre en possession de la part qui serait logiquement revenue à sa fille si la vie en avait décidé autrement.

Marie refusa cet héritage. Seul le désir de connaître sa famille maternelle l'avait amenée en Irlande, déclara-t-elle.

Mais Louise n'était pas femme à se laisser dicter sa conduite, et elle résista pied à pied. Au grand étonnement de Lucas, que l'échange entre ces deux fortes personnalités fascinait, Marie finit par capituler. Essentiellement pour ne pas contrarier la vieille dame dont la fin était proche, ce que Lucas ignorait, la jeune femme étant restée fidèle à la promesse qu'elle avait faite à Edward.

Louise allait se retirer quand Marie la questionna sur la femme en rouge qu'elle avait aperçue au second. Une ombre indéfinissable passa sur le visage de l'aveugle tandis qu'elle détrompait sa petite-fille.

Cet étage était condamné depuis de longues années.

– C'était le domaine de Mary. Plus personne n'y a mis les pieds depuis près de quarante ans, murmura la vieille dame d'une voix empreinte de lassitude.

Marie aurait cependant juré ne pas avoir été le jouet d'une illusion.

2

Le premier incident eut lieu le lendemain.

Tout avait pourtant commencé comme un moment parfait.

Dans l'air soyeux de mai et la lumière étincelante, Marie savourait pleinement son allégresse. Les mouvements de son corps à l'unisson avec la musculature énergique de l'anglo-arabe qu'elle chevauchait, elle se délectait de l'odeur d'herbe écrasée, de terre soulevée, du pelage qui frémissait sous elle quand elle talonnait sa monture, le regard rivé sur Lucas.

Il venait d'arrêter son cheval au sommet d'une colline et lorsqu'il tourna vers elle l'éclat de son sourire, ses mèches brunes en bataille sur le front, Marie se sentit submergée par la certitude de son amour pour cet homme.

Lorsqu'elle atteignit le promontoire à son tour, la beauté du paysage qui se révéla soudain lui coupa le souffle.

– On se croirait dans un conte de fées, murmura-t-elle, éblouie.

Aussi loin que portait le regard, ce n'était qu'une succession de vertes prairies et de tourbières, de roches escarpées rougies par les haies de fuchsias, de falaises grises devenant abruptes à l'approche de la mer qui en définissait les limites, et de criques enchâssées au sable ocre.

Mais le joyau de ce paysage était incontestablement ce que les gens du cru appelaient l'Île aux Chimères. Un petit morceau de terre, de bois et de falaise, au relief tourmenté et aux frondaisons drues, relié à Killmore par le fil ténu d'un long isthme de sable rectiligne que l'océan submergeait à marée haute, créant ainsi, et durant quelques heures chaque jour, l'illusion d'une île.

D'où son nom.

Au large, tel un poste d'avant-garde, une haute tour de pierre, cernée de récifs, émergeait des flots. D'après les guides, il s'agissait des derniers vestiges d'une forteresse datant du Moyen Âge, élevée par Dana, première reine celte, plus connue sous le nom de la Reine Écarlate.

En partie à cause de la couleur de ses robes, un rouge sang qu'elle seule s'était autorisée à porter.

En partie à cause de sa cruauté.

– Dans les contes, c'est le prince qui met son royaume aux pieds de celle qu'il aime, plaisanta Lucas. Pas l'inverse.

Sous la légèreté pointait comme un soupçon de regret que Marie ne laissa pas s'installer. Ces terres n'avaient de valeur à ses yeux que parce que sa mère les avait foulées avant elle. Rien de plus.

– C'est à toi que je dois d'être ici, déclara-t-elle tendrement. Merci de m'avoir poussée à dire oui.

– Tu ne regrettes vraiment pas ? lui demanda Lucas.

C'étaient ses yeux noisette qui lui avaient plu en premier, ce regard tendrement ironique qu'il portait sur le monde, les choses et les gens. Même s'il l'avait horripilée de prime abord, avec son esprit cartésien totalement opposé au sien, nourri de croyances et de superstition.

Mais ils avaient en commun la passion de leur métier de flic.

Et un amour infini.

Pour Marie cela tenait du miracle, pour lui de l'évidence. En dépit du fait qu'elle partageait sa vie depuis un an, ce qu'elle savait de lui elle le tenait de son père, Marc Fersen, et dans une moindre mesure des trop rares souvenirs qu'Hélène, sa mère, égrenait quand Alzheimer lui laissait un peu de répit.

Lucas avait coutume de dire que Marie connaissait le meilleur de lui-même, et qu'il serait toujours temps de découvrir le pire.

La jeune femme avait deux certitudes. Cet homme avait le pouvoir de lui faire perdre la tête. Et le lendemain elle serait sa femme.

Elle lui dédia un sourire étincelant.

– Tu avais raison. C'était impossible de se marier à Lands'en. Trop de fantômes.

Pour empêcher les souvenirs sombres de gâcher l'instant, elle talonna brusquement son cheval qui, stimulé par la pente abrupte, dévala vers l'isthme au galop.

Les lourds nuages noirs coiffaient l'île quand le cheval de Lucas, dépassant celui de Marie, arriva à l'entrée.

Et se cabra.

Désarçonné, le cavalier voltigea dans les airs et retomba de tout son poids sur le sable détrempé. Devant son immobilité, le rire de la jeune femme s'étrangla. Elle mit rapidement pied à terre et se précipita vers lui, alarmée par son regard fixe et sa soudaine pâleur.

– Tu t'es fait mal ? Réponds-moi, Lucas ! Lucas ! LUCAS !

Saisie d'angoisse face à son absence de réaction, elle le secoua sans ménagement et se détendit en voyant les couleurs revenir, les prunelles noisette s'animer.

Elle l'aida à se relever, il n'avait rien. Sinon une terrible blessure d'amour-propre. Et des vêtements gorgés de sable mouillé.

Lucas leva les yeux au ciel.

– Génial. Et avec un peu de chance, il va se mettre à flotter !

Marie se demanda ce qui avait bien pu effrayer l'animal pour qu'il se cabre aussi soudainement, et chercha une réponse en scrutant les alentours.

Taillée au cœur de la falaise, une petite route rocailleuse prenait le relais de l'isthme, montant et disparaissant dans l'obscurité du sous-bois.

Sur une pancarte de guingois, fichée dans la roche et mangée par l'humidité, on pouvait encore déchiffrer :

PROPRIÉTÉ PRIVÉE – DÉFENSE D'ENTRER

La jeune femme laissa son regard dériver sur les deux géants de granit qui gardaient l'accès. Deux menhirs, entièrement recouverts d'une mousse qui avait curieusement épargné le signe profondément gravé dans leur fronton de pierre.

Ce motif, formé de trois spirales enroulées autour d'un même centre, la jeune Bretonne le connaissait depuis toujours.

Il s'agissait d'un triskell, symbole celte par excellence.

Si elle n'en avait jamais vu de semblable – avec des spirales terminées par des pointes acérées –, elle n'en ignorait pas la signification, différente selon que les spirales tournaient vers la droite ou la gauche.

Vers la droite, il était symbole de sérénité. Vers la gauche, de maléfice.

Là, les spirales tournaient à gauche.

Un frisson la parcourut.

Soudain pressée de partir, elle pivota vers Lucas et réalisa qu'il tremblait.

Elle le prit dans ses bras et se serra contre lui pour le réchauffer.

C'est seulement alors qu'elle perçut, venu des profondeurs de l'île, le son étouffé et lugubre de cloches se mettant à sonner.

La vision percuta Marie de plein fouet.

Sous son regard écarquillé, l'océan et l'île disparurent en un gigantesque brasier.

Du cœur des flammes rougeoyantes qui se tordaient montaient les cris inhumains d'une femme. Puis tout explosa dans une myriade d'étincelles, d'éclats de verre et d'eau.

Les premières gouttes de pluie sortirent la jeune femme de sa torpeur.

– Qu'est-ce que tu as ?

Lucas l'observait, soucieux. Marie secoua la tête, émergeant de ce qu'elle était incapable de raconter tant cela avait été rapide et inexplicable. Elle s'apprêtait à le rassurer quand une exclamation sèche les cloua sur place.

– J'espère que vous savez nager !

Les deux fiancés firent volte-face d'un même mouvement et dévisagèrent le cavalier qui approchait.

Franck Sullivan. Le fils d'Edward.

– La mer qui monte à la vitesse du cheval au galop n'est pas une exclusivité bretonne. D'ici moins de trente minutes, il y aura près de trois mètres d'eau et des courants violents ici, alors évitez de traîner !

Grisés par la course, ni Lucas ni Marie n'avaient pris garde aux vaguelettes de la marée montante qui noyaient inexorablement le lien de sable les reliant à Killmore.

Franck allait rebrousser chemin quand Marie l'arrêta.

– À qui appartient cette île ?

– Aux Chimères, répliqua-t-il, ironique.

Elle eut une moue qui le fit rire.

– D'accord... Aux bonnes sœurs du couvent. Ma famille leur en a fait don à la fin des années soixante.

Marie réalisa que les cloches s'étaient tues.

Franck la reluqua avec complaisance alors qu'elle se remettait en selle.

– Je vous ai vu monter. Pas mal... La prochaine fois que vous voudrez visiter l'île, je me ferai un plaisir de vous guider, ce sera moins risqué.

Ce type commençait à échauffer sérieusement Lucas.

– Ce n'est pas ma faute si mon cheval s'est cabré ! maugréa-t-il.

– C'est toujours la faute du cavalier quand on tombe de cheval. Vous avez dû lui faire peur.

Marie préféra couper court à ce qui n'était encore qu'une prise de bec.

– Ce triskell, gravé sur les menhirs... Qu'est-ce qu'il signifie ?

– C'était l'emblème de Dana, la Reine Écarlate.

– Elle vivait ici ?

Franck eut un bref sourire, et lui répondit en fixant ostensiblement Lucas.

– Non, elle se contentait d'y faire exiler ceux qu'elle jugeait indésirables... On se voit à la maison, lança-t-il à Marie avant d'éperonner son cheval, faisant délibérément fuser l'eau histoire d'éclabousser Lucas.

– Guignol ! marmonna le flic entre ses dents.

Marie ne releva pas et suivit son cousin des yeux, fascinée par la façon dont le cavalier faisait corps avec sa monture. Et par l'illusion, créée par la mer qui recouvrait l'isthme d'une nappe ondulante, qu'il galopait sur l'eau.

L'Île aux Chimères n'usurpait décidément pas son nom.

– Je ne voudrais pas gâcher le spectacle, mais je caille un peu.

Elle éperonna son cheval dans le sillage de Lucas.

*
* *

Le vent était tombé, abandonnant derrière lui de lourds nuages noirs qui faisaient du stationnaire au-dessus de l'île, la plongeant dans un clair-obscur propice à transformer la forêt de bouleaux en armée de guerriers, et de simples silhouettes blafardes et voilées en procession d'ombres fantomatiques.

Elles marchaient les unes derrière les autres, visiblement attentives à ne pas troubler le silence des lieux. Laissant derrière elles, dans la boue humide et sablonneuse de la berge, l'empreinte de leur pas lent et régulier.

Une boue rouge provenant de la falaise de grès qui surplombait le lac d'un à-pic de trente mètres.

Les eaux étaient d'une immobilité parfaite, brillant d'un éclat noir qu'aucune vie ne semblait devoir troubler.

La légende disait qu'à la pleine lune, le clocher de l'ancienne chapelle apparaissait à travers l'eau telle une figurine emprisonnée dans une boule à neige, et qu'il suffisait de tendre la main pour pouvoir le toucher.

Alors que l'étrange cortège disparaissait sous le couvert d'une végétation luxuriante, une lueur floue venue des profondeurs troubla la surface du lac d'une imperceptible ondulation. Un frisson léger qui s'accentua à mesure que cette lueur se précisait.

Deux halos verts luminescents, comme un regard étrange montant de l'abîme.

Il allait affleurer quand un tourbillon agita la surface de cercles concentriques.

L'instant d'après, les eaux noires s'embrasaient en un dessin de feu formé de trois spirales pivotant sur un centre, et tournant sur la gauche.

La reine était de sortie.

*
* *

Franck Sullivan avait immédiatement déploré que Marie fût sa cousine.

Amateur de beautés, séducteur impénitent, il songeait qu'il l'aurait volontiers mise dans son plumard en d'autres circonstances.

À trente-cinq ans, Franck avait deux passions. Les chevaux et les femmes.

Un corps mince et nerveux, musclé par des années d'équitation, un visage émacié percé d'un regard noir insondable, de courtes mèches de ce blond-roux typique des Irlandais, un nez fortement busqué… Franck n'était pas beau à proprement parler. Il avait un charme à tomber.

Alice disait qu'il n'avait qu'à se baisser pour ramasser les femmes, raison pour laquelle il les jetait les unes après les autres, après consommation. Elle ajoutait qu'à trop les vouloir toutes, il n'en gardait aucune. Mais sa sœur se trompait.

En réalité, il ne convoitait rien tant que ce qui appartenait aux autres. Et imaginer que Fersen pouvait à loisir disposer du corps sublime de Marie lui donnait des envies de meurtre.

Pas autant que le fait d'avoir été spolié d'une partie de son héritage par cette garce. Mais presque.

S'il n'avait pas moufté quand Louise leur avait fait part de sa décision de rendre à Marie ce qui lui revenait de droit, c'était pour trois raisons. Primo, voir Alice entrer dans une rage aussi folle que vaine l'avait fait jubiler. Secundo, sa grand-mère ne lui demandait surtout pas son avis. Tertio, il était bien décidé à ne pas laisser cette fille le dépouiller.

Aussi belle fût-elle.

La bouffée de haine lui coupa quasiment le souffle alors qu'il arrivait en vue du manoir. Pour la chasser, il mobilisa ses pensées sur une vision agréable : Fersen à quatre pattes dans la flotte, par exemple.

Il éclata d'un rire mauvais en revoyant la scène.

Franck était sur la colline quand il avait repéré les deux cavaliers galopant sur l'isthme en direction de l'île. Il avait vu le flic se faire désarçonner. Sans Marie, il aurait volontiers laissé le spécialiste des crimes rituels être emporté par la marée.

Seulement il avait d'autres projets pour sa trop jolie cousine. Des projets bien plus séduisants.

Et très peu de temps pour les mener à terme.

*
* *

D'habitude, rien ne trahissait l'humeur d'Alice Sullivan.

Mais lorsqu'elle se planta devant la fenêtre du grand salon, sa silhouette impeccable et longiligne se raidit à la vue de l'agitation qui anéantissait la parfaite ordonnance du parc.

Des ouvriers dressaient de grands dais blancs, clouaient des planchers, écrasaient sans ménagement la pelouse, bousculaient ses chers rosiers…

Deux plis d'amertume amincirent ses lèvres et, sous sa frange nette, ses yeux noirs se rétrécirent. Une pulsion de haine lui broya le ventre. Tout ça pour le mariage de cette fille !

Que Louise veuille connaître sa petite-fille, qu'elle lui demande de se marier à Killmore, et même qu'elle lui donne la part d'héritage de sa fille disparue, tout cela, elle aurait peut-être pu s'y résigner. Peut-être.

Par contre, elle ne pardonnerait jamais à Marie le regard qu'Edward posait sur elle, un regard affectueux dont elle-même n'avait jamais été gratifiée ! Le sentiment d'injustice qui l'envahit était si violent qu'elle dut s'appuyer à la vitre pour ne pas chanceler.

Toute son enfance, elle avait attendu de son père une lueur d'attention, à défaut d'amour. Chaque fois elle n'avait reçu qu'indifférence ou agacement.

Pourtant, et pour lui plaire, elle s'était inlassablement montrée sage, docile, bonne élève. Elle avait renoncé à sa passion du dessin et pris en charge la gestion de la distillerie.

Bien pire, elle avait épousé, sans un murmure, l'homme qu'il lui avait désigné. Ce porc de Benton.

Un autre flot de haine l'envahit au souvenir de la brutalité de ce petit aristocrate minable et pervers.

Jamais elle ne s'était plainte.

Enceinte, elle avait, avec répugnance, senti croître et bouger en elle comme le prolongement d'un sexe bestial et intrusif. Pour couronner le tout, elle avait une fois de plus déçu son père en mettant au monde, non pas le mâle tant espéré, mais une simple fille. À laquelle Edward n'avait pas accordé plus d'attention qu'au dernier de ses chiots.

Dès lors, comment s'attacher à cette enfant ? Pauvre Jill, comment aimer ce qui vous vient du dégoût ? Lorsque, quelques mois plus tard, son mari lui avait enfin donné une joie, celle de mourir, Alice avait encore dû feindre le chagrin.

L'unique chose qu'elle ait su faire, et bien faire, dans sa vie, était de mentir.

Cette fois, elle sentait le danger.

Le masque impassible qu'elle avait lissé sur elle, année après année, arrivait à bout de résistance ; sa faculté de maîtriser ses sentiments et de dissimuler touchait les limites du supportable.

La seule pensée qui parvint à lui rendre son calme fut celle du projet qu'elle mûrissait. Un projet auquel elle ne renoncerait pas.

Quel que soit l'obstacle.

Elle faillit crier en sentant une main se poser sur son épaule, se contint pour ne pas bouger et ravala des larmes de rage en reconnaissant la voix de son père.

– Je te prie de faire bonne figure à ta cousine Marie. Je veux que cette cérémonie soit sans fausse note.

Alice pivota et planta son regard dans le sien.

– Tu peux me dire ce qui justifie tant de faste ? Tu n'en as pas fait la moitié pour mon propre mariage.

Pour la première fois, Edward sentit sourdre la douleur d'Alice. Et s'en attrista.

– Eh bien j'ai eu tort, ma chérie.

Déconcertée par une douceur à laquelle elle ne s'attendait pas, le soupçon lui vint très vite qu'il jouait la comédie pour obtenir sa bienveillance envers Marie.

Elle ne l'en méprisa que davantage.

– Ton attitude avec cette fille est ridicule ! Elle te fait faire n'importe quoi !

– Elle n'a rien demandé, s'insurgea Edward.

– Elle est trop forte pour ça ! Et toi, tu te laisses manipuler !

Un éclat de rire résonna. Sarcastique.

Franck venait d'entrer dans le grand salon.

– Je comprends papa. Elle a tout ce qu'il faut pour ensorceler qui elle veut…

Alice fusilla son frère du regard.

Douché et rasé de frais, il avait choisi de porter un pull blanc qui l'avantageait. Tenue de séducteur prêt à l'emploi, se dit-elle avec écœurement.

Elle eut un mauvais sourire vers Edward.

– Dis à ton fils de ne pas draguer la mariée, si tu ne veux pas de *fausse note* !

– Ça suffit, maintenant !

Du fond de son grand fauteuil tourné vers la cheminée, Louise avait le ton de ceux qui ont passé leur vie à commander. Et à être obéis.

– Je ne tolérerai aucun débordement d'aucune sorte ! Je vous rappelle que c'est grâce à Marie et à Lucas Fersen que nous avons pu donner une sépulture décente à ma bien-aimée Mary.

– Une fugueuse, maîtresse d'un assassin et braqueuse de banque ? Joli pedigree ! grinça Alice. Si Marie Kermeur en a hérité, je ne donne pas cher de ce qu'il reste de la famille.

– Je t'interdis ! tonna la vieille dame en frappant le sol de sa canne.

– Pendant des années, tu nous as interdit de faire la moindre allusion à ta fille *bien-aimée*, et maintenant nous devons la sanctifier ? Sans moi !

Louise allait répliquer quand la porte du salon s'ouvrit sur une adolescente dont le maquillage charbonneux soulignait la pâleur.

Une mèche de cheveux rouges pendait le long de son visage, le reste de sa chevelure brune était négligemment retenu par une longue aiguille d'acier. De lourdes bottes lacées accentuaient la maigreur de sa petite silhouette noire et, pour parachever son look gothique, elle arborait des piercings sur le nez et les sourcils, ainsi que des ongles pourpres.

Heureusement que son arrière-grand-mère est aveugle, songea Alice en suivant sans plaisir sa fille des yeux.

– 'Jour... marmonna Jill en s'affalant sur un canapé.

– Va saluer grand-mère !

Le ton glacé d'Alice et le bref regard meurtrier que sa fille lui adressa en retour suffisaient à traduire la qualité de leur relation.

L'adolescente s'exécuta en traînant des pieds, puis retourna s'affaler en bâillant.

– Je te rappelle qu'on a des invités. Tu étais où ?

– Autre chose à foutre que de cirer les pompes de deux flics, vous faites ça très bien sans moi.

– Tu parles autrement, s'il te plaît ! intervint Edward en notant le petit sourire satisfait que, pour une fois, Jill avait obtenu de sa mère.

– Je veux que vous receviez nos hôtes avec le respect et la courtoisie qui leur sont dus, enchaîna Louise.

– Le gîte, le couvert, le mariage, l'héritage... Et en plus, avec le sourire ! s'exclama Franck d'un ton acerbe.

– Avaler des couleuvres est une tradition familiale, tu sais bien, appuya Alice.

Louise leur cloua le bec avec véhémence.

– Marie est ma petite-fille. Ma décision de la rétablir à la place qui lui revient dans cette famille est irrévocable !

*
* *

La voix de la vieille dame résonna en écho étouffé, un étage plus bas, dans la grande cuisine voûtée où officiait la gouvernante.

Essuyant nerveusement une carafe, Dora, la soixantaine grise, se tenait près de la cheminée de pierre dont le conduit, communiquant avec celui du salon de réception, faisait office de caisse de résonance.

Le visage tendu, elle ne perdait pas un mot de la conversation.

– Marie est une Sullivan, tout autant que vous !

La carafe échappa à Dora et éclata sur les dalles de pierre.

Les traits creusés et pâlis par une rage intérieure, elle se baissa lentement et, sans cesser d'écouter ce qui se disait au-dessus, ramassa les éclats un à un.

Les mots qu'elle entendait lui pénétraient le cœur aussi sûrement que les bouts de verre acérés qu'elle collectait méthodiquement.

– Que ceux qui se sentent incapables d'admettre cela sachent qu'ils n'ont plus leur place à Killmore !

*
* *

Ces mots aussi glacials que définitifs jetèrent un silence pesant dans le salon.

Jill épluchait nerveusement le vernis pourpre de ses ongles en guettant sa mère qui semblait changée en statue de sel. Elle cherchait comment se défiler sans se faire remarquer quand les portes-fenêtres donnant sur le parc s'ouvrirent avec brusquerie. Une femme d'une quarantaine d'années fit irruption dans la pièce. Très agitée.

Les cheveux en désordre, nimbée d'une grande écharpe rouge chamarrée de vert, elle toisa un à un les Sullivan présents.

– Comment osez-vous ? articula-t-elle amèrement. Il y aura un an demain qu'il a disparu, et vous choisissez ce jour pour célébrer une fête ?

Edward allait réagir quand Franck le devança, agacé.

– Cette triste affaire a été classée, mademoiselle Varnier. Elle ne nous concerne plus. Elle ne nous a d'ailleurs jamais concernés.

– Vous êtes tous coupables ! Tous ! Et vous paierez jusqu'au dernier, pour ce que vous avez fait !

Les yeux brillants de larmes, elle eut un geste de la main vers le parc où s'achevaient les préparatifs.

– Je souhaite que cette cérémonie qui s'apprête n'ait jamais lieu ! Je maudis ce mariage ! Je le maudis !

La porte-fenêtre claqua violemment derrière elle.

Le silence revint, épais.

Ce fut Louise qui le rompit.

– Pas un mot à Marie et Lucas, ordonna-t-elle d'une voix nette. Je ne voudrais pas que cela puisse gâcher la fête.

– Ce serait trop bête, effectivement, ne put s'empêcher d'ironiser Alice.

*
* *

Ignorant la malédiction qui venait d'être jetée sur leur mariage, Lucas et Marie avaient mis pied à terre devant les écuries.

Une jeune femme sortit de l'ombre et toisa Marie.

Les longs cheveux roux et bouclés auréolaient de feu un visage de porcelaine aux yeux vert sombre. Mais la forme dessinée du menton, le front bombé et la bouche sensuelle démentaient toute mièvrerie.

Marie se sentit fouillée par son regard jusqu'à l'intime et une sensation de malaise la poussa à parler la première.

– Vous devez être Kelly, la directrice des écuries ?

– Ce besoin de mettre un titre ronflant sur une réalité de domestique, c'est bien un truc de riches !

Le cynisme surprenant de ces propos était estompé par le grand sourire qu'affichait la jeune femme. Marie réalisa qu'il n'était adressé qu'à Lucas. Et à la façon dont il se passa la main dans les cheveux, elle constata avec un pincement de jalousie que le charme de Kelly faisait mouche. D'ailleurs, son fiancé souriait en retour à la belle rousse.

– Il y a longtemps que vous travaillez ici ?

La palefrenière éclata de rire.

– Curiosité, ou déformation professionnelle ? Je suis née à Killmore et, autant que vous le sachiez tout de suite, je suis la fille illégitime de Dora.

Elle se tourna brusquement vers Marie.

– Filles de bonniches toutes les deux, ça nous fait au moins un point commun.

– Je n'ai jamais considéré ma mère adoptive comme une bonniche, rétorqua froidement Marie.

Sans attendre la fin de sa phrase, Kelly avait pris les brides des deux chevaux et disparu dans les écuries en sifflotant.

La tête sidérée de Marie enchanta Lucas.

– Directe, cette Kelly ! Très sympa, non ?

Mais Marie ne l'écoutait plus. Le regard fixé au-delà du parc, sur le perron du manoir, elle venait de voir en surgir une jeune femme dont l'agitation ne lui échappa pas. Lucas la vit également se précipiter dans son 4×4, démarrer en trombe, sa grande écharpe rouge chamarrée de vert voletant, coincée dans la portière. Sans égard pour les ouvriers et les plates-bandes, elle traversa le parc, fila sous leur nez et disparut vers la route.

– Elle a le feu aux trousses ! Qui est-ce ?

Marie eut un geste d'ignorance.

Lorsqu'ils entrèrent dans le hall, ils croisèrent Dora qui se dirigeait vers le salon avec le plateau du thé. Elle leur jeta à peine un regard malgré le salut démonstratif que lui adressa Lucas. Elle marqua tout de même son agacement en notant les traces boueuses qu'il laissait derrière lui.

– Un accident, s'excusa-t-il. J'ai voulu entrer dans le royaume de Dana, mais mon cheval a refusé.

– Ne plaisantez pas avec ça ! murmura-t-elle avant de s'éclipser vers le salon.

Marie avait déjà gravi les premières marches menant aux chambres. Elle leva le nez vers l'étage interdit, mais en sentant la main de Lucas se poser sur ses fesses, elle grimpa l'escalier quatre à quatre, entre rire et protestation.

3

Lucas était en train de se doucher quand elle entendit les pas.

Quelqu'un marchait au-dessus de leur chambre. À l'étage condamné.

Il n'en fallut pas plus à Marie pour retrouver son instinct de flic. Après un regard hésitant en direction de la salle de bains, elle se faufila à l'extérieur de leur chambre, longea le couloir jusqu'à l'escalier desservant le second, et monta en silence.

La dernière marche craqua alors qu'elle débouchait sur le palier. Celui-ci se terminait en impasse par une lourde porte en chêne entrebâillée. S'il n'avait cessé à cet instant précis, Marie aurait juré entendre le son léger d'un chantonnement.

Elle poussa la porte et la lumière du couloir jeta une lueur diffuse à l'intérieur, dévoilant une chambre de très belles dimensions où le temps semblait s'être arrêté quelque quarante ans auparavant.

Une fine couche de poussière posait un voile opaque sur les lieux.

Des traces de pas allaient vers la fenêtre. Elle les suivit du regard, et, ses yeux s'habituant à la pénombre, elle tressaillit.

Une silhouette de femme, vêtue d'une ample robe écarlate tombant jusqu'au sol, lui tournait le dos, manifestement perdue dans la contemplation du parc.

Marie signala sa présence en toquant doucement au battant de la porte. Mais la jeune femme, dont elle distinguait à présent les longs cheveux sous une mantille de dentelle rouge, ne semblait pas l'entendre. Marie s'approcha et, surprise par son immobilité, toucha légèrement son épaule.

La jeune femme pivota d'un coup et lui fit face, dardant son regard vert curieusement fixe dans celui de Marie, pétrifiée.

Un mannequin.

Un mannequin de cire aux traits si semblables aux siens que, durant une fraction de seconde, elle eut l'illusion d'être face à un miroir. Une copie d'elle-même grandeur nature, vêtue d'une somptueuse robe rouge, curieusement intacte de toute poussière. Le choc passé, Marie ne put s'empêcher de parcourir du bout des doigts le visage de cire, et se remémora l'émotion de sa grand-mère lorsqu'elle avait eu ce même geste sur elle.

Puis elle détailla la grande chambre. Aux murs, des posters évoquaient les années soixante : les Beach Boys, Twiggy, les Beatles, les Stones…

Son regard tomba sur un livre ouvert au milieu du lit, comme si Mary l'avait laissé là pour en reprendre la lecture à son retour.

L'histoire de la Reine Écarlate.

Si l'absence de poussière sur la couverture cartonnée l'intrigua, c'est le motif figurant sous le titre qui lui fit saisir l'ouvrage, un motif identique à celui figurant sur les menhirs de l'Île aux Chimères.

Le triskell de Dana.

Incapable de résister à la curiosité, elle se saisit du lourd volume, épousseta le couvre-lit et s'installa pour le feuilleter.

La première illustration la fit frissonner : une femme agenouillée, vêtue de rouge, le visage tordu de douleur, semblait hurler tandis qu'un homme portant cagoule noire appliquait un fer rouge sur son décolleté, imprimant dans sa chair le signe de la Reine Écarlate.

Irrésistiblement, elle plongea dans la lecture de la légende.

– Qu'est-ce que tu fiches ici ?

Marie sursauta violemment à l'entrée de Lucas.

– Décidément… C'est interdit, donc tu te précipites !

– Regarde, c'est impressionnant, non ?

Elle lui désigna le mannequin de cire. Lucas eut une moue de perplexité.

– Finalement, si tu meurs, je ne te ferai pas empailler. Drôle d'idée de faire fabriquer une effigie grandeur nature de ta mère. C'est macabre, non ?

– Écoute ça…

Tandis qu'il détaillait le mannequin sur pied, elle lui résuma ce qu'elle venait de lire :

– La Reine Écarlate avait un fils prénommé Drest, qu'elle aimait au point de vouloir le protéger de tout et de tous. Elle fit marquer au fer rouge et bannir dans l'Île aux Chimères tous ceux qui auraient pu lui nuire. Elle fit également tuer ses cinq beaux-fils pour que Drest soit le seul à hériter du trésor royal.

– En l'isolant comme ça, elle en a fait un crétin, je suppose ?

– Pire que ça, un assassin ! Lorsqu'il est devenu roi, il s'est vengé de cette mère monstrueuse, il l'a fait marquer à son tour et enfermer dans la tour de Dana jusqu'à ce que mort s'ensuive.

Soudain Lucas arracha le livre des mains de Marie et l'envoya au sol avec une violence qui la sidéra.

– Qu'est-ce qui te prend ?

– Je ne sais pas, j'en ai marre de ce genre d'histoires, ça ne m'amuse pas que tu viennes fouiner comme ça ! On est là pour se marier, non ?

– C'est peut-être ça qui t'angoisse… Tu as des doutes ?

– Des doutes ? dit-il en la basculant sur le lit et en dégrafant son chemisier. Tu penses vraiment que j'ai des doutes ?

Il plongea avec volupté le nez dans ses seins.

La porte grinça, l'arrêtant net.

Dora était sur le seuil, ses petits yeux gris et luisants vissés sur eux. Se redressant d'un même mouvement, ils firent face au regard dédaigneux de la gouvernante.

– Mademoiselle, votre grand-mère désire vous voir, elle vous attend dans sa chambre.

Lucas tenta une plaisanterie, mais la domestique se contenta de jeter un coup d'œil sur le livre qui gisait à terre. Il était ouvert sur l'image d'une femme en rouge, se tordant sur les flammes d'un bûcher. Puis elle posa alternativement le regard sur Marie qui reboutonnait son chemisier et sur la robe rouge du mannequin.

Lucas aurait juré que l'ombre d'un sourire cynique avait effleuré ses lèvres.

*
* *

La canne qui ne quittait jamais Louise martelait le sol de petits coups nerveux. Sa cécité avait accentué sa nature impatiente, et durci encore son caractère. La maladie avait été progressive. En quelques années, elle avait fait le terrible apprentissage de l'obscurité. Ses autres sens s'étant développés à l'extrême, elle se déplaçait seule dans tout le manoir, décryptait parfaitement les plus subtiles inflexions de voix et devinait la moindre présence, le plus infime mouvement.

Parmi ses souvenirs, ceux qui lui importaient étaient les plus colorés, les plus vifs. Par contre, elle n'aurait plus su dire à quoi ressemblaient Alice et Franck, ni même son beau-fils Edward pour qui elle n'avait jamais eu beaucoup de tendresse. Son indifférence pour eux les avait estompés.

Elle entendit approcher le pas rapide et énergique de Marie et son visage s'éclaira d'un sourire ému lorsque sa petite-fille entra en s'excusant de l'avoir fait attendre.

– C'est sans importance, tu es là. Viens près de moi.

Une fois encore, elle parcourut du bout des doigts le visage de Marie.

Une réincarnation de Mary, songea-t-elle. Mary retrouvée, et Dieu merci indemne de tous les drames qui les avaient séparées. Elle savait parfaitement qu'il s'agissait d'une illusion mais elle y prenait plaisir. Elle devina que Marie contemplait le grand portrait de sa mère qui ornait la cheminée et semblait la fixer rêveusement. Louise sortit alors de sa poche une clef qu'elle glissa dans la main de sa petite-fille.

– Elle ouvre la porte de la chambre de ta mère. Désormais tout ce qui s'y trouve est à toi. J'en avais fait interdire l'accès depuis ce jour d'octobre 1967 où Mary s'est enfuie avec ton père…

– Vous l'avez connu ?

La vieille dame hocha négativement la tête et se rassit dans son fauteuil avec lassitude.

Elle n'en avait pas eu le temps. Lorsque Mary leur avait parlé de son amour pour Patrick Ryan, son mari Andrew était devenu comme fou. Non seulement il avait d'autres partis pour leur fille qu'un inconnu, mais le fait que ce Ryan soit un ami de ses deux plus jeunes fils aggravait encore son cas. Sean et Tom venaient en effet de rompre toute relation avec eux pour rejoindre les rangs de l'IRA…

Louise s'interrompit, comme aux aguets, juste avant que la porte s'ouvre sur Dora.

La gouvernante disparaissait presque sous un flot de tulle et de dentelle rouge. Marie tressaillit en reconnaissant la somptueuse robe écarlate que portait le mannequin à l'effigie de sa mère. À peine la domestique eut-elle posé son volumineux fardeau sur un fauteuil que Louise la congédia d'un geste.

Dora coula un regard vers la jeune femme puis s'effaça.

Louise tendit une main tremblante à Marie qui la prit entre les siennes. La vieille dame poursuivit d'une voix altérée.

– Je n'ai pas su défendre ta mère. Si j'avais tenu tête à Andrew, elle ne se serait pas enfuie…

Sa voix se brisa. Marie sentait trembler ses mains dans les siennes, et son cœur se serra devant la douleur de l'aïeule.

– Ma fille aurait été si fière d'épouser l'homme qu'elle aimait, ici, chez elle, et dans la robe des Sullivan. Marie, j'aimerais tellement que…

Louise sembla au bord du malaise.

– Je serais si heureuse que tu portes cette robe pour ton mariage…

Des images se télescopèrent fugitivement dans la tête de Marie : le visage de cire du mannequin, une illustration de la Reine Écarlate, le petit tailleur beige qu'elle avait si soigneusement choisi… Elle garda le silence.

– Ma petite-fille, je te le demande comme l'aurait fait ta mère, je t'en prie, ne me refuse pas cette dernière joie…

Sa voix n'était plus qu'un faible murmure et des larmes perlaient à ses paupières. Le chagrin de Louise, dont la vie touchait à son terme, balaya les résistances imprécises que Marie éprouvait sans trop comprendre. Bouleversée, elle porta les mains de sa grand-mère à ses lèvres et accepta dans un souffle.

*
* *

La tombe de Mary Sullivan était couverte de fleurs fraîches.

La dalle de marbre toute neuve portait en lettres d'or son nom suivi de la mention : *12 décembre 1947 – 20 mai 1968.*

Marie, immobile dans la contemplation de l'inscription, cherchait en elle un écho à l'évocation de sa mère. En vain. C'était une étrangère. L'amour dont Jeanne et Milic l'avaient entourée avait pris toute la place. Elle ressentait juste de la compassion pour cette jeune femme morte à vingt ans, loin de l'homme qu'elle aimait et perdant, dans la violence d'un naufrage, l'enfant qu'elle venait de mettre au monde.

Marie éprouva un soulagement de se sentir aussi détachée des drames qu'avaient vécus ses géniteurs. Elle avait cher payé pour savoir qui elle était, d'où elle venait. Maintenant, ce qui lui importait était de construire son avenir avec Lucas.

Comme un aboutissement logique à sa réflexion, elle retira de son cou sa chaîne d'or et considéra le médaillon qui y était pendu.

Son père, Patrick Ryan, le lui avait donné juste avant de se jeter du haut du phare de Lands'en et de disparaître à jamais dans l'océan. Elle fut surprise par une vague de chagrin en repensant à l'amour paternel qu'elle avait lu dans ses yeux bleus. Pourtant, de toute leur vie, ils n'avaient partagé que quelques heures. Elle avait ensuite appris à mieux le connaître en lisant les romans qu'il avait écrits en prison, ainsi elle avait apprécié son humour, sa passion pour la mer et un certain romantisme qu'il travestissait d'ironie.

Elle savait qu'il avait tué. Elle ne le lui avait pas pardonné, mais étrangement le lien subsistait.

Elle ouvrit le bijou à l'intérieur duquel les portraits de ses parents se faisaient face, et s'émut de ce couple dont l'amour avait eu un destin aussi tragique. Elle posa le médaillon sur la tombe de sa mère, avec l'évidence que c'était là sa place. Et la sensation que, au propre comme au figuré, elle se libérait d'une chaîne qui avait été trop lourde à porter.

Lorsqu'elle se redressa, apaisée, elle huma avec plaisir l'air odorant de mai, et jeta un regard alentour sur le petit cimetière familial des Sullivan. Il n'avait rien de sinistre. Avec sa profusion de fleurs il ressemblait plutôt à un élégant jardin anglais fermé de petites grilles métalliques ouvragées.

Elle s'apprêtait à faire allègrement demi-tour lorsqu'elle sentit une présence.

Son regard balaya tout ce qui était à sa portée, sans qu'elle vît quoi que ce soit qui justifiât cette impression d'être épiée.

La brise faisait par instant bruire et scintiller les feuilles d'un grand érable, et elle percevait au lointain la rumeur de la mer, rien d'autre. Elle sourit en se disant que son caractère breton, doublé de son ascendance irlandaise, allaient finir par la rendre superstitieuse et lui faire apparaître des farfadets. Elle sortit du petit cimetière, referma la porte grinçante et foula les hautes herbes en direction du manoir. Il lui tardait d'y retrouver Lucas qui devait l'y attendre en bouquinant devant un bon thé.

Elle ignora cette fois encore l'avertissement que lui dictait pourtant son instinct.

*
* *

Le jour tombait lorsque Claire Varnier franchit l'isthme de sable au volant de son petit 4×4, puis dépassa les bornes de pierre à l'entrée de l'Île aux Chimères.

Elle se gara dans les taillis. Elle préférait marcher jusqu'au lac pour se sentir plus en communion avec François. Elle cueillit quelques fleurs sauvages, son étole de mousseline s'accrocha à un arbuste, elle la récupéra et la réajusta sur ses épaules en frissonnant, l'ombre profonde de la forêt était fraîche.

Lorsqu'elle atteignit le bord du lac, comme à chacune de ses visites en mémoire de François, elle eut la certitude que s'étaient joués là, un an plus tôt, les derniers instants de vie de son fiancé.

Tout ce qu'elle savait c'est qu'il avait, une fois encore, plongé à la recherche de vestiges confirmant la légende de la Reine Écarlate. Cette passion qu'il avait pour les récits d'autrefois n'avait jamais plu à Claire, elle était trop impressionnable. Il lui avait pourtant montré le plan de l'ancien village englouti sous le lac, mais lorsqu'il s'était mis à parler des tombeaux des cinq beaux-fils que Dana avait assassinés, elle n'avait pas voulu en savoir davantage, qu'il y ait ou non un trésor à la clef.

François lui avait promis que cette plongée serait la dernière, ils devaient se marier quelques jours plus tard. Que s'était-il passé ? Qu'avaient manigancé les Sullivan ? François n'avait jamais reparu et toutes les recherches étaient demeurées vaines.

Claire s'aventura sur le ponton de bois vermoulu qui avançait de quelques mètres dans le lac. Arrivée à son extrémité, elle s'agenouilla et jeta une à une les fleurs dans les eaux sombres, puis, les yeux brouillés de larmes, les vit dériver lentement.

Elle ne remarqua pas les remous concentriques qui commençaient à rider silencieusement le centre du lac. Ce n'est que quelques secondes plus tard qu'elle fronça les sourcils en observant deux halos verts phosphorescents, montant des profondeurs comme un regard étrange. Fascinée, elle se pencha davantage, et son écharpe glissant de ses épaules toucha l'eau.

Le regard s'immobilisa à moins d'un mètre du ponton et se tourna lentement vers elle. La pénombre qui s'accentuait l'empêchait de distinguer autre chose que ces prunelles vertes qui maintenant la fixaient.

L'étole de Claire acheva alors de tomber à l'eau. Par réflexe, la jeune femme plongea la main pour le récupérer.

Soudain un tentacule surgit, s'enroula autour de son poignet et l'attira avec une force prodigieuse qui la fit basculer. En un éclair, elle disparut sous l'eau. Puis un instant elle refit surface, se débattant désespérément, la bouche ouverte sur un cri étranglé et les yeux exorbités de terreur, avant de couler à nouveau.

Les remous cessèrent, quelques bulles vinrent crever la surface, l'eau clapota un instant sous le ponton, une des fleurs coupées s'échoua mollement, les eaux redevinrent aussi uniformes et tranquilles que s'il ne s'était rien passé.

*
* *

Cette nuit-là, Marie et Lucas ne parvinrent guère à dormir. La même angoisse sourde les tenaillait sans qu'ils parviennent à la comprendre. Ils n'avaient aucun doute sur leur désir de se lier l'un à l'autre, Edward s'était mis en quatre pour préparer chaque détail, leur épargnant les soucis d'organisation. Tout était en place, il ne leur restait qu'à accueillir leurs familles.

Marie admit alors qu'elle ne pouvait empêcher ses pensées de retourner vers Lands'en et ses parents adoptifs, au moment où elle leur avait appris qu'elle allait se marier…

– Serais-tu devenue lâche, Marie Kermeur ?

Elle avait sursauté sous la violence d'une attaque qu'elle n'aurait jamais imaginée venir de son père et, pour la première fois depuis un an, elle avait réalisé à quel point Milic avait vieilli.

L'enquête sur Lands'en à peine bouclée, elle s'était fait muter à la DPJ à Paris pour se rapprocher de Lucas, et s'était jetée à corps perdu dans le travail. Elle avait beau se trouver tous les prétextes de la terre, elle savait que c'était une façon comme une autre de tenir les fantômes à distance. Et sans cultiver à dessein la culpabilité, parfois s'insinuait en elle l'idée que rien ne serait arrivé si elle n'était pas revenue à Lands'en pour se marier avec Christian.

Épouser Lucas au même endroit était une perspective qui la terrifiait.

Bien sûr, cela n'avait rien de rationnel, et elle avait cru que son père, superstitieux en diable, serait à même de comprendre.

Mais il en avait bien trop gros sur le cœur.

Dévastée par la dureté de Milic, elle s'était tournée vers sa mère, qui broyait sans geste inutile des feuilles de verveine pour l'infusion.

Jeanne n'avait pas vieilli à proprement parler, pourtant son visage semblait s'être figé, et son regard terni. Comme résigné.

– Tu ne dis rien ?

Jeanne avait à peine relevé la tête.

– Du jour où tu as su que nous n'étions pas tes vrais parents, je me suis préparée à ce qui arrive maintenant.

La jeune femme s'était détendue imperceptiblement, seulement Jeanne n'avait pas fini.

– Ne t'y trompe pas, Marie, cela ne me réjouit pas, mais j'ai appris à mes dépens que rien ne pouvait t'arrêter quand tu avais une idée en tête.

Elle s'était interrompue, le temps d'ébouillanter la théière.

– Je me dis aussi que c'est peut-être mieux que tu connaisses ces gens au lieu de les idéaliser.

– Eh bien qu'ils viennent ici pour le mariage ! avait maugréé Milic. Enfin, comme l'a dit ta mère, tu feras bien à ta tête.

Il s'était levé lourdement.

– Mais ce sera sans moi !

Marie avait reculé comme s'il l'avait giflée, elle avait cherché instinctivement le soutien de sa mère et avait vu Jeanne se rembrunir puis reprendre sa tâche, marquant ainsi sa volonté de ne pas intervenir.

Des larmes de chagrin et de colère lui étaient montées aux yeux.

– Tu me déçois, papa... Tu me déçois tellement...

Sa voix s'était brisée sur un sanglot étouffé.

Et la colère de Milic était retombée comme un soufflé.

Cela lui fendait le cœur d'imaginer sa fille aller à l'autel au bras d'un autre que lui, et s'il avait un seul instant pensé que l'Irlande aiderait Marie à trouver la paix, il aurait pris sur lui. Mais la coutume disait que l'union de deux âmes devait se faire sur la terre qui avait vu naître l'une d'entre elles, au risque de voir ces deux âmes se détruire mutuellement. Or l'âme de Marie appartenait à Lands'en, qu'elle le veuille ou non.

Pas à l'Irlande.

Les larmes ruisselaient désormais sur les joues de la jeune femme.

– Ce sont des histoires, papa, de celles qu'on raconte aux enfants pour leur faire peur. Mais ce n'est pas vrai…

Il s'était contenté de se signer en marmonnant.

En aventur Doué. À la grâce de Dieu.

*

* *

Le petit vent aigrelet du matin obligea Marie à refermer les pans de sa veste. Elle mit sa fébrilité sur le compte du manque de sommeil, mais elle savait qu'elle se racontait des histoires. Edward, qui avait tenu à l'accompagner, observait à la dérobée son visage tendu, le regard rivé sur le ferry qui s'apprêtait à accoster. Il lui prit le bras.

– Je suis heureux d'accueillir votre famille, Marie, je suis sûr que ce sera une cérémonie magnifique et qu'ils apprécieront Killmore.

Elle eut un bref sourire de reconnaissance pour le réconfort qu'il cherchait à lui prodiguer, puis reporta toute son attention sur les passagers qui maintenant descendaient sur le quai.

Pierric fut le premier qu'elle aperçut, sa silhouette massive se dandinant, sa bouille ravie, sa poupée de chiffon serrée contre lui. La ravissante Juliette et son mari Ronan, leur bébé dans les bras, le suivaient de près. C'était le tout jeune couple qui avait pris en charge ce grand gaillard de trente-huit ans qui se qualifiait lui-même de *neuneu*.

Marie leur adressa un grand signe de la main, elle eut chaud au cœur en voyant leurs sourires de joie lorsqu'ils l'aperçurent. Elle se tourna vers Edward et lui désigna ses cousins.

Les embrassades chaleureuses qu'ils prodiguèrent à Marie et les présentations qu'elle fit distraitement ne l'empêchèrent pas de continuer à scruter la foule des derniers passagers qui descendaient. Ronan releva sa déception lorsque les marins fermèrent la passerelle.

– Tu connais Milic, il n'a pas pu se résoudre à quitter son île, et Jeanne n'a pas eu le cœur de le laisser tout seul…

Peu importaient les mots avec lesquels chacun tentait d'atténuer le chagrin visible de Marie.

Ils n'étaient pas venus.

Milic ne la conduirait pas devant l'autel, Jeanne ne serait pas là pour lui donner sa bénédiction et la serrer dans ses bras.

– Moi je suis là, moi, grogna Pierric en lui collant un gros baiser humide sur la joue.

Marie ne put se retenir de lui sourire tendrement, malgré sa peine. Elle redressa le menton et se rebiffa intérieurement : ses parents adoptifs avaient choisi de ne pas venir, tant pis pour eux, rien ni personne ne lui interdirait de se marier.

Tandis qu'elle s'activait avec énergie à l'embarquement des bagages dans le van d'Edward, une voix familière la fit sursauter.

– Surpriiiise !

Ses yeux s'écarquillèrent en reconnaissant Pierre-Marie, son oncle paternel. Il était à Killmore depuis quelques jours, où il séjournait pour son plaisir dans un petit hôtel du port.

– Pour rien au monde je n'aurais manqué le mariage de ma nièce ! affirma-t-il en pivotant vers Edward.

– Pierre-Marie, mon oncle, frère de Patrick Ryan, il est le père de Juliette et le grand-père de…

– Grand-père, je ne m'y ferai jamais ! D'ailleurs il m'appellera PM, comme tout le monde, commença à pérorer Pierre-Marie qui, en quelques phrases, se débrouilla pour qu'Edward l'invite à poursuivre son séjour au manoir plutôt qu'à l'hôtel.

Distraite par les présentations, Marie ne remarqua pas la goélette qui manœuvrait pour entrer dans le port.

Elle aurait pourtant reconnu au premier coup d'œil le deux-mâts de Christian Bréhat.

Le regard sombre, le visage durci, mangé par une barbe de deux jours, les traits tirés, le beau skipper ne s'était jamais consolé de ne pas épouser Marie Kermeur, et n'avait jamais pardonné à Lucas Fersen de lui ravir sa fiancée. Lui aussi arrivait à Killmore.

Le matin même du mariage.

4

L'hydravion amorçait sa descente.

– Ça va, chérie ? Si tu as mal aux oreilles, il faut déglutir, avaler, comme ça, tu vois ?

L'attention et la tendresse dont le père de Lucas entourait son épouse étaient constantes. La maladie d'Alzheimer qui, depuis quelques années, dégradait irréversiblement l'esprit de sa femme n'entamait en rien l'amour qu'il avait toujours eu pour elle. Il avait craint qu'elle refusât ce voyage et avait fini par la convaincre, il n'imaginait pas que leur fils se marie sans eux.

L'hydravion amerrit dans une gerbe d'écume et accosta au ponton. Marc Fersen sortit de l'appareil et son visage s'illumina en voyant son fils, il agita les bras pour lui faire signe de le rejoindre. Lucas était ému chaque fois qu'il retrouvait son père. Brun, grand, dégarni, la soixantaine sympathique, quelqu'un que l'on croise sans le remarquer, mais pour Lucas c'était le meilleur des hommes. Ils se donnèrent une accolade chaleureuse.

– Aide-moi, mon grand, ta mère n'est pas très en forme, tu sais…

Lucas entra dans l'hydravion et aperçut Hélène recroquevillée sur son siège, les yeux dans le vague. À soixante-sept ans, elle était encore belle, et il maudit cette maladie qui dissolvait leurs liens et l'isolait de plus en plus.

– Maman ?

Elle l'observa sans le reconnaître. Il réprima la tristesse qui l'envahissait. Décidément il ne s'y s'habituerait jamais.

– Viens, chérie, intervint Marc en lui tendant les bras, il faut descendre maintenant…

Elle se riva à son regard et accepta enfin de sortir précautionneusement sur le ponton. Elle fit quelques pas au bras de Marc puis considéra le paysage. Au loin, on devinait l'Île aux Chimères.

Elle s'arrêta net, le visage tendu.

On entendit alors résonner dans le lointain une cloche au timbre grave. Hélène se mit soudain à trembler de tous ses membres, comme sous le coup d'une terreur intense. Sa respiration se précipita, elle ferma les yeux, en proie à un malaise.

Le père et le fils, unissant leurs efforts pour la soutenir, échangèrent un regard catastrophé.

– Ce n'est pas la première fois, soupira Marc pour rassurer son fils.

Sans un mot de plus, ils la portèrent jusqu'à la voiture, tandis que la cloche, lancinante, résonnait toujours au loin.

*
* *

Le flot rouge de tulle et de dentelles passa par-dessus la tête de Marie et glissa le long de son corps dans un bruissement soyeux.

La somptueuse robe lui allait parfaitement.

Elle resserra un lacet de soie du corsage qui mettait joliment en valeur sa poitrine ronde, pivota vers la glace en pied de l'armoire et dut s'avouer qu'elle était splendide. Ses cheveux, qu'elle avait laissés longs, étaient simplement retenus sur les côtés par deux barrettes de brillants que Louise lui avait offertes. Elle se sourit avec coquetterie, pensant à l'effet qu'elle ferait sur Lucas dans ces atours.

Jetant un œil sur la petite pendule de la cheminée, elle s'étonna qu'il ne soit pas encore revenu avec ses parents.

Dans le hall, Pierre-Marie, sanglé dans un costume impeccable bien qu'un peu démodé, rectifiait l'inclinaison de son nœud papillon et s'adressa lui aussi dans la glace un sourire content de lui.

À plus de quarante-six ans, il portait encore beau, malgré un début de calvitie qu'il s'efforçait de masquer en imprimant un savant mouvement tournant et solidement gominé aux quelques mèches qui lui restaient. Dès qu'il vit apparaître Edward, il se précipita vers lui. Il avait tant de questions à lui poser sur le manoir, son architecture, ses origines…

L'oncle de Marie, agacé mais imperturbable, lui colla une coupe de champagne dans les mains et entendit tinter la sonnette avec soulagement. Il planta là PM pour aller ouvrir. Sans se démonter, celui-ci alla rejoindre Louise, qui traversait le hall au bras de Dora, et recommença à discourir tout en guettant le nouvel arrivant.

C'est un jeune homme assez fin de race qui franchit le seuil. Il demandait à voir Marie Kermeur.

– Ah, il faut faire vite si vous voulez la rencontrer ! Dans deux heures tout au plus elle aura disparu pour faire place à Marie Fersen ! lança Pierre-Marie, tout excité.

– De quoi s'agit-il ? s'enquit Edward.

– Je représente l'étude notariale Robin, de Rouen, j'ai un document à lui remettre en main propre.

– Elle est occupée, pouvez-vous me le confier ?

– En aucun cas. Je suis désolé, monsieur, mes consignes sont très précises.

– Pouvez-vous au moins me dire de quoi il s'agit pour que j'en informe ma nièce ?

– Ce pli a été déposé à l'étude de mon père à Rouen le 20 mai 1968 par Mary Sullivan.

Edward garda un silence soucieux.

– Qu'est-ce qu'il vient de dire ? intervint Louise, d'une voix tendue.

Le jeune notaire réitéra son explication. La vieille dame le fit approcher et tenta à son tour de se faire remettre le document, mais le garçon demeura inflexible. Il avait déniché ce dossier en prenant la succession de son père, décédé quelques mois auparavant. Les ordres laissés par Mary Sullivan en 1968 étaient stricts, ce document ne devrait être remis qu'à son enfant. Après quelques recherches, et grâce aux coupures de presse relatant l'enquête menée sur Lands'en l'été précédent, il avait retrouvé la trace de la fille de Mary Sullivan. Elle seule pouvait prendre possession de ce message posthume.

Marie avait entendu le coup de sonnette. Elle glissa rapidement ses pieds dans des escarpins, persuadée que Lucas venait enfin d'arriver, et décida de se faire le plaisir d'une entrée à la Scarlett O'Hara en descendant le grand escalier qui menait au hall.

Lucas venait à peine d'entrer lorsqu'elle dévala les marches, auréolée de mousseline écarlate. Elle interpréta le silence qui accueillit son arrivée comme un hommage à son apparition. Le temps sembla un instant suspendu devant cette image de conte de fées. Lucas était sous le choc, fier et admiratif, Marc Fersen, PM et le notaire restaient bouche bée, Edward semblait totalement bouleversé. Aucun d'eux ne se rendit compte qu'Hélène avait détourné les yeux et s'était remise à trembler.

– Marie Kermeur ? finit par balbutier le jeune notaire, recouvrant ses esprits.

– Oui, c'est moi.

Il lutta pour garder un ton professionnel en exposant à nouveau à cette magnifique jeune femme le message qu'il était venu lui délivrer. Le silence autour d'eux était palpable, Marie ne le rompit que pour lui confirmer son identité avant de signer son registre et de le remercier d'une voix blanche.

Le jour même de son mariage, le destin lui apportait un message de sa mère depuis si longtemps disparue. Elle avait regretté la bénédiction de Jeanne, et, en quelque sorte, elle recevait celle de Mary…

D'une main peu assurée, elle saisit le document, une lourde enveloppe soigneusement empaquetée. Elle prit seulement conscience de tous les regards qui convergeaient vers elle. Pour refouler son émotion, elle alla, comme si de rien n'était, embrasser chaleureusement Marc qui lui tendait les bras.

– Je suis ébloui ! Et fier que mon veinard de fils fasse de toi une Fersen, ma grande !

Marie tenta d'embrasser Hélène qui se réfugia derrière Marc, désolé.

– Ne le prends pas mal, tu sais, elle n'a pas reconnu Lucas non plus.

Pour rompre le malaise, Edward fit aimablement les présentations, mais il ne pouvait empêcher son regard de revenir sur la grande enveloppe que Marie serrait contre elle. Il fut très attentif au bref échange que Louise eut avec sa petite-fille, à qui elle demanda de la tenir au courant, dès que possible, de ce que Mary avait tenu à confier à son enfant alors qu'elle n'avait pas encore accouché.

Alors que Lucas proposait à Marc de les conduire à leur chambre pour qu'Hélène puisse se reposer, un hurlement glaça l'assemblée.

– Au secours ! Le feu a pris au deuxième étage ! Vite !

Marie fut la première à se précipiter vers l'escalier, après avoir rapidement déposé l'enveloppe sur une desserte du hall. Elle disparut en haut des marches, laissant Lucas et Marc aux prises avec Hélène qui s'agrippait à eux, Louise, que Dora venait de récupérer au bras de Pierre-Marie, et Edward qui téléphonait aux pompiers sans quitter l'enveloppe des yeux.

Retroussant sa robe d'un geste guère féminin mais qui trahissait ses habitudes de flic de terrain, Marie déboula à l'étage interdit.

De la fumée sortait effectivement de la chambre de Mary. La porte était entrouverte, elle poussa le battant et sursauta en se retrouvant face au mannequin encore intact. Un drap blanc, comme un linceul, remplaçait la robe écarlate que Marie portait maintenant sur elle. Dans la pièce, les rideaux et les meubles étaient en flammes.

Elle s'apprêtait à repousser le mannequin lorsqu'elle vit apparaître, sur le décolleté de cire, une flammèche qui en une seconde traça l'emblème de la Reine Écarlate. Avant que Marie puisse revenir de sa stupeur, l'effigie s'embrasa d'un coup, la laissant face à la vision cauchemardesque du visage si semblable au sien qui, en fondant, se tordait atrocement.

Un second choc attendait Marie.

Dans le hall, sur la desserte où elle l'avait posée, l'enveloppe contenant l'ultime message de Mary Sullivan avait disparu.

Les pompiers, dont une estafette était déjà présente sur place pour sécuriser la réception, étaient rapidement venus à bout de l'incendie.

Tandis que Lucas furetait dans la chambre noircie pour tenter de comprendre comment le feu avait pu survenir, Marie interrogeait tout le monde. Famille et domestiques subirent l'assaut de ses questions, mais en vain. L'enveloppe demeurait introuvable et personne n'avait la moindre idée de ce qu'elle était devenue ou de qui avait pu la prendre.

Louise en parut presque aussi affectée que Marie qui, maintenant, demeurait prostrée dans le grand salon. Écoutant à peine les paroles de réconfort que chacun venait lui prodiguer, elle leva seulement le regard sur Alice lorsque celle-ci, après quelques banalités, lui glissa que, à sa place, elle renoncerait à se marier ici et fuirait Killmore.

Cependant la cérémonie était imminente, et il fallut toute la persuasion de Lucas pour convaincre Marie de se ressaisir : elle avait vécu jusqu'ici sans ce message de sa mère, il fallait cesser de laisser le passé gâcher leur présent. Et, plus que tout, il désirait que le mariage se déroule comme ils l'avaient prévu pour qu'enfin elle devienne sa femme.

*
**

Lucas, face à l'autel, s'inquiétait. Marie aurait dû faire son entrée au bras d'Edward depuis près d'une demi-heure. Tout était en place dans la petite chapelle du domaine, seule manquait la mariée et l'impatience commençait nettement à se faire sentir.

Louise, trônant au premier rang, recevait encore les salutations des invités endimanchés, des notables du coin pour la plupart. Franck, superbe dans un costume de lin grège, était escorté par sa compagne du moment, la paysagiste du domaine, Viviane, une jolie blonde aux cheveux courts, d'une quarantaine d'années. Sous l'ombre de sa capeline rose, ses prunelles bleu clair couvaient amoureusement Franck, ce qui n'empêchait pas ce dernier de papillonner auprès de la gent féminine présente. Ronan surprit sans plaisir le regard évaluateur qu'il jeta sur sa jeune femme. Son bébé souriant dans les bras, Juliette avait la beauté d'une délicate madone. Instinctivement, Ronan passa un bras possessif autour de ses épaules.

De plus en plus angoissé, Lucas ne quittait guère la porte des yeux. Il nota le soupir excédé d'Alice qui consultait ostensiblement sa montre. Elle aurait pu être belle, se dit-il, sans cette raideur qu'accentuaient sa stricte coupe au carré et ses tailleurs austères. D'une tape sèche, elle rectifia l'attitude de Jill qui se bouffait les ongles. La jeune fille se rebiffa instantanément.

– Mais lâche-moi ! perçut Lucas. Ça te suffit pas que je sois fringuée comme une bourge de province ?

– Tu es une bourge de province, alors tiens-toi, lui asséna sa mère.

Surprenant le regard de Lucas sur elle, Alice lui dédia un petit sourire pincé. Le futur marié reporta alors son attention sur ses parents, s'inquiétant pour Hélène qui paraissait abattue. Le tendre clin d'œil d'encouragement que Marc eut pour lui le toucha. Passant un doigt nerveux dans l'encolure de sa chemise blanche qui l'étouffait de plus en plus, Lucas guetta à nouveau la porte de la chapelle grande ouverte sur la prairie.

La circonstance était certes particulière, mais il ne comprenait pas le retard de Marie, toujours si ponctuelle.

Sur le perron du manoir, Edward aidait la jeune femme à tenir le long voile de dentelle rouge tombant de ses cheveux jusqu'au sol. Il sentit sa fébrilité et lui fit face.

– Donne-moi tes mains, Marie.

Étonnée, elle posa ses mains dans les siennes. Il les serra avec fermeté et douceur à la fois ; elle lut dans ses yeux quelque chose d'intense, de magnétique presque, et se sentit soudain plus calme.

– Que l'avenir t'apporte tout ce que je souhaite pour toi…

La force de persuasion qu'il dégageait était telle qu'elle en fut saisie, ne parvenant plus à se détacher de lui.

– Hé ben, tout le monde vous attend ! brailla alors PM qui venait de surgir. Qu'est-ce que vous fichez ?

Marie reprit d'un coup ses esprits.

– Elle est prête, nous arrivons, allez plutôt nous annoncer ! répliqua Edward, sans parvenir à maîtriser son agacement.

Il tendit son bras à Marie.

Elle allait le prendre lorsqu'elle réalisa qu'elle oubliait quelque chose.

– Mon bouquet…

Elle rentra dans le hall, prit sur une desserte les fleurs blanches ceintes d'un flot de rubans rouges et fit demi-tour.

Comme elle glissait enfin son bras sous celui d'Edward, son regard tomba sur le bouquet. Elle sourcilla en voyant au milieu des fleurs une feuille de papier soigneusement pliée. Elle jeta un coup d'œil perplexe vers son oncle et constata qu'il semblait aussi étonné qu'elle. Elle prit le message, le déplia et le déchiffra avec stupéfaction.

Dis non. Tu ne sais pas qui est Lucas Fersen…

Abasourdie, elle tendit le mot à Edward.

– Qui a pu écrire ça ? Qu'est-ce que ça veut dire ?

– C'est de très mauvais goût, fit-il, visiblement perturbé.

– L'incendie, la lettre disparue et maintenant ça ! On dirait que quelqu'un cherche à faire obstacle à ce mariage. Mais qui ? Et pourquoi ?

– Je ne sais pas. Je ne comprends pas, Marie…

Il s'interrompit et la dévisagea avec gravité.

– Depuis le début, c'est moi qui ai insisté pour que ton mariage se passe ici, je m'en sens responsable. Je veux que tu sois libre de renoncer si tu le désires. Ne te crois obligée ni par la promesse que tu as faite à ta grand-mère, ni par la fête, ni par les invités… Si tu as la moindre hésitation, le moindre doute, il faut tout annuler, tout de suite.

Marie se sentit plongée dans une confusion intérieure qu'accentuait l'urgence de devoir prendre une décision aussi grave. Elle pensa à Lucas qui l'attendait en ce moment au pied de l'autel. Qui pouvait le mettre en doute ? Et dans un instant pareil ! Qui que ce fût, le procédé était révoltant.

– J'ai une totale confiance en Lucas, affirma-t-elle. C'est juste que je ne peux pas m'empêcher de penser à Lands'en. À ce qui s'est passé avant mon mariage avec Christian, aux signes que j'ai préféré ignorer à ce moment-là… Et si ça recommençait ?

Il soupira.

– Je crois savoir qu'il faut plus qu'un petit message pour t'empêcher de faire ce qui te tient à cœur, non ?

Elle eut envie de l'embrasser. Elle se contenta de lui sourire, saisit sa traîne écarlate et lui tendit le bras pour descendre du perron.

Un murmure admiratif résonna dans la chapelle lorsque Marie, rayonnante, fit son entrée, auréolée de rouge, avançant lentement au bras d'Edward sur fond de marche nuptiale.

Les angoisses de Lucas s'évanouirent instantanément. En rencontrant le regard de sa promise, il y lut toute la force de son amour, la fiabilité de l'engagement qu'elle allait prendre avec lui. Il se dit que ces instants qu'ils vivaient seraient à jamais gravés en eux et souhaita qu'ils durent le plus longtemps possible.

Il regretta amèrement cette pensée lorsque, après qu'il eut prononcé son consentement solennel, le prêtre se tourna vers Marie, lui posant les mêmes questions sacrées. Il vit se dessiner sur la jolie bouche la forme d'un *oui* qu'elle n'eut pas le temps de prononcer, car un léger bruit lui fit irrésistiblement tourner les yeux vers l'entrée de la chapelle…

Une ombre se découpait dans les rayons du soleil qui entraient soudain à flots. Marie reconnut tout de suite la silhouette et comprit ce qui allait arriver, car la force des souvenirs passés la percuta instantanément, un flot d'images chargées d'émotions aussi diverses qu'aiguës la submergea. Christian… Leur premier baiser dans la lumière éblouissante d'un matin… La demande en mariage qu'il lui avait faite dans l'abbaye de Lands'en… Puis sa fureur à elle face à ses mensonges… La sauvagerie de ses coups et de ses mots lorsqu'il hurlait qu'elle serait sa femme, qu'elle le veuille ou non !

– Non ! hurla-t-il du fond de l'église.

Ce cri rauque, surgi du fond de son être, retentit et fit se retourner toute l'assemblée sidérée.

Christian Bréhat, le skipper et ex-fiancé de Marie, avant que quiconque ait pu réagir, se livra, avec toute la force de son amour, à un plaidoyer bouleversant pour qu'elle renonce à épouser Lucas Fersen.

– Tu ne peux pas oublier tous les serments que nous avons échangés, tu ne peux pas lui donner tout ce tu m'as promis ! Souviens-toi de nos rêves d'enfants, Marie ! Souviens-toi de nos deux corps qui ne supportaient pas de se séparer ! Je t'aime, plus qu'aucun autre homme sur la Terre n'en sera capable, tout ce qu'il est humainement possible de t'offrir je te le donnerai, je veillerai sur toi, sur le moindre de tes souffles, jusqu'à ma mort, tu seras ma lumière, ma certitude. Marie, ne te détourne pas de moi, je t'en supplie, tu ne peux pas épouser cet homme dont tu ne sais rien !

Des larmes roulaient sur les joues de la jeune femme. Christian évoquait des émois, des partages qui, c'est vrai, avaient existé très fort dans sa vie. Mais sa dernière phrase, mettant clairement en cause Lucas, la fit tressaillir : elle faisait écho au mot trouvé dans son bouquet de mariée.

Son regard déconcerté passa du visage suppliant de Christian à celui, ardent, de Lucas. L'effort qu'elle dut faire alors lui parut l'un des arrachements les plus douloureux de sa vie. Elle se tourna vers le prêtre et lui fit signe de poursuivre. Effaré, le curé reprit en hésitant, sans pouvoir s'empêcher de jeter des coups d'œil inquiets vers Christian.

Marie sentait ses yeux la transpercer. Elle savait qu'elle allait le crucifier d'un mot. Elle dut rassembler toute son énergie pour prononcer le *oui* qui tomba comme un poignard dans le cœur du skipper. Elle entendit ses pas décroître, puis le bruit mat des portes de la chapelle qui se refermaient derrière lui.

– Je vous déclare mari et femme, acheva le prêtre non sans soulagement.

Elle trouva encore la force de sourire à Lucas en lui murmurant intensément :

– Embrasse-moi, mon amour, embrasse-moi.

*
* *

Lucas, autant que Marie, fut heureux de plonger dans la musique effrénée et l'ambiance festive de la réception. Sans se quitter un instant, ils s'étourdirent à danser, boire, rire, danser encore… Personne, parmi les invités naviguant joyeusement entre le parc et le manoir, ne semblait avoir gardé le souvenir du désarroi causé par la cérémonie. Sur la piste, Viviane, toujours aussi amoureuse, tournoyait dans les bras de Franck tandis que Kelly, la belle palefrenière rousse, moulée dans une robe très sexy, se déhanchait seule de façon provocante. Dora, en plein coup de feu, jetait des regards outrés sur sa fille et finit par la rappeler à l'ordre en lui collant dans les mains un plateau de service chargé de verres sales.

Un peu plus loin, les jeunes virevoltaient au son d'un orchestre irlandais. Juliette quitta la piste pour mieux écouter le Baby-phone dont elle ne se séparait guère, elle entendit pleurer le bébé et fit signe à Ronan qu'elle montait rejoindre leur fils. À peine avait-elle tourné le dos que Jill, particulièrement en beauté bien que toujours aussi étrange, se colla littéralement à Ronan et l'entreprit ouvertement. Il marqua ses distances, mais l'audace de Jill le troublait visiblement.

Les mariés dansaient, tendrement enlacés, quand Marc vint les interrompre, inquiet. N'avaient-ils pas vu Hélène ?

Ce fut Pierric qui la trouva le premier.

Étourdi par tous ces gens, il était parti se balader dans le parc et était descendu jusqu'à la crique privée du domaine où l'hydravion se balançait doucement, amarré au ponton.

La mère de Lucas était là, plantée sur les planches de bois, tournée vers le large.

Une légère brume nimbait la mer d'un voile cotonneux.

Pierric s'approcha en silence et, quand il fut tout près d'elle, réalisa qu'elle tremblait. Touché par cette femme qui semblait aussi perdue que lui dans le monde, il ôta sa veste et la posa maladroitement sur les frêles épaules.

Le bras d'Hélène se tendit vers l'avant, l'index pointé en direction du nord.

– Le feu… Le feu…

La voix était sourde, terrifiée. Les yeux fiévreux.

Intrigué, Pierric fouilla la pénombre des yeux, cherchant à apercevoir ce feu dont Hélène parlait. Mais aussi loin que portait son regard il n'y avait que la brume, la mer, et loin, plus loin, les premiers contreforts de l'Île aux Chimères.

Avec ses mots à lui, il tenta de calmer une angoisse qu'il ne comprenait pas.

La mère de Lucas lui agrippa soudain le bras, et le serra avec une force insoupçonnée.

– Il faut partir… Vite… Vite… Lucas…

Alors il la prit gentiment par la main sans qu'elle oppose la moindre résistance, et la ramena vers la fête.

Plus tard, tandis qu'Hélène dormait, veillée par son époux, Lucas enlaça à nouveau Marie, bien décidé à oublier tout ce qui n'était pas elle.

*
* *

– Une autre pinte ! commanda Christian à un petit serveur dont la tignasse rouge pétard émergeait à peine d'un plateau chargé de bocks ambrés tremblotants de mousse.

Le petit rouquin darda un œil averti vers les cartons carrés qui s'empilaient sous le dernier verre du client. Il tiendrait bien encore une pinte avant d'être incapable de payer.

Christian écrasa un cigarillo d'un geste mal assuré qui fit riper le cendrier. Il lampa le fond de son verre sans se rendre compte qu'une jeune femme venait d'entrer. Elle fouillait du regard l'ambiance enfumée du pub, et le repéra. Avec une expression de découragement teintée de colère, elle vint s'asseoir ostensiblement à côté de lui et le fixa avec réprobation. Christian, bien qu'assommé par l'alcool, réagit.

– Anne… Qu'est-ce que tu fous là ?

– Et toi ? À La Rochelle tout le monde t'a attendu pour les essais des multicoques. Tu t'es barré sans prévenir !

– Comment tu m'as retrouvé ?

– Tu me prends pour une bille ? Il n'y avait qu'une raison pour que tu rates une course : Marie.

Anne parlait avec dureté, pourtant elle n'avait qu'une envie : prendre son frère dans les bras, le bercer pour tenter de soulager le désespoir qui émanait de lui lorsqu'il murmura :

– Marie… Elle lui a dit oui…

Anne, accablée par le chagrin qui ravageait son frère, lui passa la main dans les cheveux.

– Il faut que tu l'oublies, tu…

Elle n'eut pas le temps de terminer sa phrase. D'un geste brusque amplifié par l'alcool, Christian la repoussa durement.

– Jamais ! Jamais je n'accepterai qu'elle ait épousé ce type ! Je vais le tuer, ce salaud, je vais le tuer !

– Arrête, tais-toi !

– Fous-moi la paix ! Tu ne peux pas comprendre ! Même elle, je préférerais la voir morte !

*
* *

Marie éclata de rire à une plaisanterie de Lucas puis, essoufflée et légèrement grise, elle quitta la piste de danse et vint s'asseoir auprès d'Edward qui, prévenant, lui tendit un verre. Deux chaises plus loin, Alice observait avec douleur la complicité qui unissait son père et Marie. Elle rafla une coupe sur un plateau et la vida d'un trait, tétanisée de rage.

Lucas aussi s'était attablé. Il avait cédé à un admirateur fervent, Angus, la soixantaine massive, un gendarme du coin connaissant ses compétences en matière de crimes rituels. Il l'avait agrafé à une table et, avec enthousiasme, l'accablait de questions.

Un nouvel éclat de rire, partagé par Edward et Marie, fusa. Il fit à Alice l'effet d'un détonateur. Les années d'abandon moral, de chagrin, d'injustice, de retenue explosèrent alors et la propulsèrent, hurlant et tremblante de rage, devant Marie qu'elle insulta avec une violence qui figea l'assistance. La jeune mariée tenta de faire face, décidée à ne pas la laisser gâcher sa fête. La fureur d'Alice décupla, elle se jeta sur Marie, exigeant qu'elle lui rende la robe des Sullivan sur-le-champ, la traitant d'usurpatrice, d'oiseau de malheur, de voleuse d'héritage…

Edward intervint, la prenant à bras-le-corps, mais Alice, en larmes, retourna sa hargne contre son père.

– Lâche-moi ! Tu me dégoûtes ! C'est la première fois que tu me prends dans tes bras et c'est pour la protéger, elle ! C'est moi qui suis ta fille, ton enfant, mais tu t'en fous, tu ne m'as jamais aimée ! Jamais !

Dévastée par le chagrin et le ressentiment, elle balbutia une dernière fois sa haine vers Marie.

– Je ne te laisserai pas faire, Marie Kermeur ! Je me débarrasserai de toi, je te le garantis !

Elle tourna soudain les talons et partit en courant vers le fond du parc. Marie, choquée, se laissa aller contre Lucas, qui tenta de plaisanter sur les ravages de l'alcool et de la jalousie, essayant de lui faire oublier l'incident et la menace proférée par Alice.

D'autant que cette phrase-là avait résonné en lui de façon sinistre.

Alors qu'Edward, bien que visiblement atteint, s'occupait de faire repartir la fête, réactivant le service et les orchestres, Dora, malgré les ordres reçus, demeurait immobile. Comme d'habitude, rien n'avait échappé à son œil acéré. Elle avait rapidement intercepté Kelly qui amorçait un départ. Mais sa fille s'était dégagée sans un mot et avait disparu à la suite d'Alice. PM non plus n'avait rien perdu de l'escarmouche, lui aussi s'éclipsa discrètement.

Constatant que l'ambiance avait du mal à reprendre et que des groupes d'invités prenaient congé, Edward proposa à ceux qui le souhaitaient de poursuivre la fête par une dégustation des meilleurs whiskeys Sullivan : la distillerie n'était qu'à trois kilomètres et il les y invitait cordialement.

– J'ai un autre plan, susurra Lucas dans le creux de l'oreille de sa jeune épouse.

– Ah oui ? émit distraitement Marie, encore blottie contre lui.

Lucas perçut, à juste titre, une réticence. Marie avoua que l'altercation avec Alice continuait de la préoccuper. Elle trouvait dommage, et même imprudent, de laisser les choses en l'état. Derrière la fureur et les insultes, elle avait perçu une véritable souffrance qui rendait pardonnable autant d'excès. Il valait mieux ne pas laisser la situation s'envenimer davantage, et faire au plus tôt une mise au point sincère avec sa cousine. Elles devaient se réconcilier. Lucas reconnut que c'était la sagesse même et accepta, sur la suggestion de Marie, d'aller à la distillerie où elle le rejoindrait au plus vite. Ils scellèrent cet accord par un baiser que vint interrompre Angus, le fan du commandant Lucas Fersen.

– Je vous emmène ? Ça me ferait plaisir, sans blague, je serais fier !

Marie déclina l'offre, mais lui confia ce qu'elle avait de plus cher, son mari. Honoré, le gendarme fit à son idole les honneurs de son vieux break dont le plancher était recouvert d'emballages de sandwiches, journaux hippiques, bouteilles écrasées et paquets de cigarettes vides…

– Je suis passé au tri sélectif : c'est une poubelle uniquement papier et plastique !

Lucas jeta un dernier regard à Marie dans le rétroviseur, elle lui manquait déjà. Il la vit entrer dans le manoir et en fut rassuré.

Il avait tort.

Marie erra longuement à la recherche d'Alice, quêtant des informations, mais sa cousine demeurait introuvable. Elle décida de monter se rafraîchir un instant dans sa chambre avant de poursuivre, elle ne renonçait pas si facilement quand elle avait une idée en tête.

Alors qu'elle atteignait sa porte, elle entendit un léger bruit derrière elle, se retourna, mais, dans pénombre du long corridor, ne distingua pas le regard qui l'épiait.

Elle entra dans sa chambre, se figea immédiatement.

Ostensiblement posé sur le lit, trônait le livre de la Reine Écarlate.

Elle s'approcha, interloquée, et le fut encore plus en constatant qu'il était ouvert sur l'illustration de la femme en rouge se consumant dans les flammes d'un bûcher ! Dans un bruissement de dentelle, elle fit vivement demi-tour, rouvrit sa porte et observa à nouveau le couloir des deux côtés. Il était désert et silencieux. Elle nota juste de la lumière sous une porte située à l'autre bout. Celle de PM, se remémora-t-elle.

Effectivement, PM était dans sa chambre. Il venait d'ouvrir une mallette d'où il sortit des documents qu'il étala soigneusement sur sa table avec une mine presque enfantine de conspirateur. Il eut comme un regard de défi à un livre posé sur le coin de sa table. Un roman, sur lequel un large bandeau indiquait le nom de l'auteur : Patrick Ryan. La couverture présentait une photo de l'écrivain. Son frère aîné disparu un an plus tôt. Un craquement venant du couloir attira son attention, il cacha aussitôt ses paperasses et fila écouter à la porte. Il ne s'avisa pas qu'un feuillet était tombé. Il représentait sur un calque le signe de la Reine Écarlate.

Une autre feuille, pliée en deux, glissa avec un léger frottement sous la porte de la chambre de Marie, à moins d'un mètre de sa longue jupe rouge. Quelques minutes plus tard, la silhouette de la jeune mariée vêtue d'écarlate s'éloignait vers le parc jusqu'à disparaître dans l'obscurité.

*
* *

Au-delà de l'isthme de sable, des deux bornes de pierre marquées du triskell de la sinistre reine et du chemin traversant la forêt, un clapotis régulier bruissait sur le lac. Une barque glissait sur les eaux noires à petits coups de rames réguliers. Puis le bruit mouillé des avirons cessa, et après quelques secondes de silence où tremblota la lueur d'une lampe électrique, on entendit plusieurs fois les éclaboussures de quelque chose que l'on jetait à l'eau. Les petits coups de rames reprirent, la barque se dirigea vers la berge.

L'homme qui maniait l'embarcation avait environ une soixantaine d'années. Un mégot éteint collé au coin des lèvres, il se mit à grogner d'étonnement en sentant que son bateau se mettait à tanguer curieusement. Puis il jura en constatant que les eaux du lac ondulaient de plus en plus. Il s'immobilisa car il venait de distinguer nettement deux lueurs vertes phosphorescentes montant des profondeurs. Fasciné, il vit le regard étrange se rapprocher.

Soudain pris de panique, le bonhomme se mit à ramer frénétiquement vers le bord qu'il atteignit. Il sauta hors de son embarcation comme s'il avait le diable aux trousses et ne se retourna que lorsqu'il fut à quelques mètres de la rive.

Les yeux verts luisaient toujours au centre du lac.

Un mouvement inhabituel attira alors son attention vers le haut de la falaise. Il eut juste le temps de remarquer dans le halo de la lune voilée une silhouette féminine vêtue d'une longue robe rouge.

À l'instant même, il la vit basculer dans le vide, tomber et disparaître dans les eaux noires.

Halluciné, l'homme allait sortir sa flasque d'alcool, mais il sursauta car une gerbe de flammes surgit du lac, dessinant en un instant le triskell de la Reine Écarlate.

Pris de terreur, le bonhomme s'enfuit sans se retourner.

*
* *

Les voitures des invités étaient garées en désordre devant la distillerie. Tous les bâtiments en étaient illuminés, révélant l'élégance des structures métalliques qui rythmaient les hauts murs de brique rouge.

Angus est mûr, se dit Lucas en essayant de se débarrasser de la grosse patte du gendarme qui, agrippé à lui, pleurait de rire à ne plus pouvoir raconter la chute de la blague qu'il avait commencée. Edward, voyant que Lucas ne pouvait plus se dépêtrer du gendarme, vint à son secours et l'entraîna hors de portée sous un prétexte quelconque.

– Il lui arrive de dépasser la dose, mais c'est un très bon flic. Je regrette que votre père n'ait pas pu venir…

– Lui aussi, j'en suis sûr, mais il valait mieux qu'il reste au chevet de ma mère.

– Ils vivent en province, je crois ?

Edward, attentif aux réponses de Lucas, enchaîna les questions sur lui et sa famille. C'est l'examen du jeune marié, songea Lucas en se livrant sans réticence. Il avait d'ailleurs peu à dire, étant tout simplement le fils unique de parents unis et aimants.

Un verre de whiskey à la main, PM vint les interrompre pour trinquer avec eux.

– Je vous croyais couché, s'étonna Lucas.

– Pas du tout ! Pour tout vous dire je suis allé changer de chaussures. Quand je suis redescendu tout le monde était parti, alors j'ai décidé de vous rejoindre à pied. Vous ne le croirez pas, mais je me suis perdu ! À la patte d'oie, vous voyez, la patte d'oie qui…

Lucas avait déjà décroché. Après les blagues d'Angus et les questions d'Edward, il n'avait pas envie de subir les bavardages de PM. Marie lui manquait de plus en plus, il guettait son arrivée, s'étonnant qu'elle ne soit pas encore venue le rejoindre. Il allait l'appeler sur son portable lorsque la porte s'ouvrit à la volée. Un homme complètement affolé fit irruption et se précipita sur Angus.

– Faut que j'vous parle ! Il vient d'se passer un truc horrible…

C'était l'homme à la barque, encore sous le choc de ce qu'il venait de vivre et qu'il raconta de façon décousue à l'assistance, qui faisait maintenant cercle autour de lui. Jardinier du couvent situé dans l'Île aux Chimères, il était connu pour ses habitudes de braconnage et sa tendance à boire abondamment. Les rires fusèrent tant ses propos paraissaient incohérents, mais il n'en démordait pas.

– J'vous jure, quand je vais poser mes nasses à écrevisses, je picole pas avant ! J'ai pas rêvé, je l'ai vue tomber du haut de la falaise et prendre feu en touchant le lac, c'était elle, Bon Dieu, j'en suis sûr !

– Qui, elle ? lança machinalement Lucas.

– La Reine Écarlate ! Les flammes dans l'eau ont dessiné son signe…

PM, soudain intéressé, le bombarda de questions auxquelles il répondit sans se faire prier.

– Elle était comme dans la légende, tout habillée de rouge des pieds à la tête…

Lucas, jusque-là sceptique, blêmit soudain à l'évocation de la robe. Cette fois, il pianota sans attendre le numéro de Marie sur son portable.

Le répondeur dévida mécaniquement son message.

*
* *

Marie demeurait introuvable dans le domaine.

Ronan, Marc et PM, ainsi que Franck, arrivé tardivement, étaient venus prêter main-forte à Lucas dont l'angoisse montait de plus en plus.

Edward, qui était allé faire un tour aux écuries, en revint en s'écriant :

– Il manque un cheval ! Diablo… Il n'y a plus sa selle, ni sa bride.

Il resta en suspens au milieu de sa phrase car un martèlement sourd se faisait de plus en plus perceptible. Tous se tournèrent en direction du son rythmé qui se rapprochait. Dans la légère brume que révélaient les lumières du parc illuminé pour les recherches, ils aperçurent un cheval noir qui se dirigeait rapidement vers les écuries.

– Diablo, souffla Edward.

Le cœur de Lucas cessa de battre un instant. Comme tous, il venait de distinguer sur le dos de l'animal une silhouette tout habillée de rouge, affalée sur la selle. Il reconnut aussitôt la robe de noces des Sullivan.

Marie, hurla-t-il intérieurement.

Il fut le premier à se précipiter, mais c'est Franck qui parvint à intercepter le cheval. Lucas le rejoignit au moment où il détachait fébrilement la sangle qui maintenait en selle le corps avachi ruisselant d'eau. Celui-ci glissa au sol, inerte, face contre terre.

Ce fut Edward qui, les ayant rejoints, eut le courage de retourner le corps avant de tomber à genoux, prostré.

La terreur de Lucas fit alors place à la stupeur.

C'était Alice. Le teint cireux de la mort figeait ses traits.

5

Jill, encore plus pâle qu'à son habitude, était assise à même le sol dans un coin du grand salon, recroquevillée en boule. Edward avait tenté en vain de la réconforter, mais l'adolescente ne supportait ni un mot ni un geste de la part de qui que ce soit. Elle était torturée par l'idée que, cent fois dans ses crises de colère, elle avait souhaité la mort de sa mère. Il lui semblait maintenant que cette chose horrible était arrivée par sa faute, pour exaucer des vœux qu'elle avait formulés, sans qu'elle ait soupçonné un instant la douleur qu'elle en ressentirait.

Le corps d'Alice avait été allongé sur le canapé du fond. Comme rétrécie dans son grand fauteuil, Louise fixait sans le voir le cadavre blême qu'Angus avait entrepris d'examiner.

Lucas, rivé à l'une des fenêtres, guettait l'obscurité du parc, taraudé par l'inquiétude. Marie n'avait toujours pas reparu.

Angus vint le rejoindre.

– Commandant, j'ai besoin de votre aide.

Il poursuivit malgré le silence de Lucas.

– Ce meurtre est lié à la légende, c'est évident, moi ça me dépasse, c'est vous le spécialiste…

– En France oui, vous devez avoir l'équivalent en Irlande, je ne veux pas m'en mêler.

Angus n'eut pas le temps d'argumenter car la porte du salon s'ouvrit, et tous les regards convergèrent vers le seuil.

Le visage marqué par la fatigue, vêtue d'un jean et d'une veste, Marie reçut le silence pesant qui l'accueillit comme une accusation. Elle venait d'apprendre par un domestique la mort tragique d'Alice.

Désemparée, elle chercha les yeux de Lucas, et y lut son soulagement. Il se dirigea vers elle et la serra dans ses bras.

Ils n'eurent pas le temps d'échanger une parole car Jill, qui s'était levée d'un bond à l'entrée de Marie, se jeta sur elle comme une furie.

– Qu'est-ce que tu as fait à ma mère ? Réponds ! Qu'est-ce que tu lui as fait ?

– Rien, je l'ai cherchée partout, tout le monde peut te le dire, je…

– Vous avez disparu toutes les deux pendant des heures ! Tu l'as trouvée et tu l'as tuée ! Pourquoi ? Pourquoi tu as fait ça ? hurla-t-elle. Où tu étais ?

Franck prit la jeune fille à bras-le-corps, il sentit son corps frêle trembler de tous ses membres.

– RÉPONDS !

À travers Jill, tous lui posaient la même question. Elle rassembla son courage, sachant qu'elle allait déclencher l'hostilité. Avant tout autre, le coup qu'elle allait inévitablement porter à Lucas la torturait déjà.

– J'étais avec Christian Bréhat, avoua-t-elle.

L'incrédulité générale lui importa peu. Elle ne quittait pas son mari des yeux, attendant sa réaction comme un verdict perdu d'avance.

– Bon Dieu ! éructa alors Angus violemment.

Penché sur le cadavre, les yeux exorbités, il examinait quelque chose de si étrange qu'il semblait ne pas y croire.

En un instant, tous furent à ses côtés.

Sur le décolleté de la morte, maintenant dégagé de la dentelle mouillée qui le masquait à demi, ils virent la marque boursouflée d'une brûlure et reconnurent, gravé dans la chair, le sceau de la Reine Écarlate.

Dora était sortie du salon après avoir aidé à y installer le corps d'Alice, préférant laisser à la famille l'atmosphère morbide qui y régnait. Plongée dans ses sombres pensées, elle avait sursauté quand la porte du hall s'était brusquement ouverte. Kelly, échevelée et hors d'haleine, se précipitait vers le grand salon. Dora s'interposa et, saisissant le poignet de sa fille comme dans un étau, la força à s'arrêter.

– Tu n'as rien à faire ici !

– Lâche-moi !

– Pour que tu ailles faire une démonstration de douleur devant le corps d'Alice ? Tu as fait assez de mal comme ça aux Sullivan !

– Tu dis n'importe quoi ! Lâche-moi, je veux la voir !

Très agitée, la jeune palefrenière luttait pour échapper à l'emprise de sa mère.

– Tu l'as suffisamment vue hier soir.

– Quoi ?

Kelly cessa instantanément de se débattre.

– Je t'ai suivie cette nuit, je t'ai vue la rejoindre, je sais tout.

Face à face, elles se scrutaient. Le jugement terrible que Kelly lut dans le regard de sa mère la désarçonna.

– Ta place est aux écuries, tu ferais mieux d'aller doucher Diablo et de te faire le plus discrète possible, je suis sûre que tu vois ce que je veux dire.

Une gifle aurait été moins violente que ce ton de mépris. Face à sa mère, la jolie rousse avait perdu toute sa superbe. Son menton trembla, ses yeux se remplirent de larmes, elle fit vivement demi-tour et sortit.

Dora, cessant de se contrôler, parut alors abattue et vieillie de plusieurs années.

Louise fut la dernière à s'approcher du corps d'Alice, repoussant Edward qui tentait de l'en dissuader. Elle passa la main sur le visage de la morte.

– Qui l'a terrorisée à ce point ? murmura-t-elle comme pour elle-même.

Puis ses doigts descendirent vers le décolleté. Lorsqu'elle toucha la cicatrice, elle retira sa main aussi vivement que si on l'avait brûlée.

– Dana ! La marque des indésirables… Qui cette pauvre Alice pouvait-elle déranger à ce point ?

PM, resté dans son coin comme une araignée qui tisse sa toile, ne manquait rien du spectacle. Il ne put retenir une exclamation.

– Patrick Ryan ! Ce n'est pas signé Dana mais Ryan ! Un meurtre, une mise en scène basée sur une légende, c'est lui ! J'en étais sûr ! Il est là, je le sens depuis le début !

Edward le coupa sèchement, lui faisant remarquer à quel point son intervention était hors de propos et le priant de respecter la douleur des Sullivan. Angus grogna une approbation, ajoutant que non seulement Ryan était mort, mais qu'il n'avait aucune raison d'en vouloir à Alice.

– Ce n'est pas Alice qui était visée, trancha avec conviction la voix de Lucas. C'est Marie.

Il fit signe à sa jeune épouse et à Angus de l'accompagner à l'autre bout du salon, pour plus de décence. Edward, Franck et PM suivirent. Même Jill se faufila discrètement pour écouter. Le flic sortit de sa poche la feuille qu'il expliqua avoir trouvée dans leur chambre lorsque, de retour de la distillerie, il cherchait Marie. Il déplia le papier et lut le message.

Si tu veux connaître le secret des Sullivan, rejoins-moi aux écuries.

Dos à la cheminée, le flic avait dans son regard tous les Sullivan. Il nota clairement leur embarras. Franck fut le premier à s'insurger. Les autres firent plus ou moins discrètement chorus, à part Louise qui, bien qu'ayant été elle aussi très attentive, semblait figée.

Lucas prit calmement la parole pour leur signaler qu'ils devaient tous, sans exception, se tenir à la disposition de la police.

Dès que le gendarme et les deux flics sortirent sur le perron, Angus releva, à son grand soulagement, que Lucas semblait s'être bel et bien impliqué dans l'enquête. Il allait donc s'occuper au plus vite de mettre en place cette coopération France-Irlande. Marie précisa qu'elle aussi suivrait l'affaire, étant au premier chef concernée. Elle lorgna vers Lucas qui la dévisageait. D'évidence, il attendait ses explications.

– Ce mot n'était pas dans la chambre quand je suis remontée, je voulais me changer pour venir te rejoindre à la distillerie. Il était une heure moins le quart, très précisément. J'ai relevé l'heure sur mon portable quand il a sonné...

La suite semblait plus difficile à avouer.

– C'était un coup de fil d'Anne Bréhat, la sœur de Christian, elle était très mal à l'aise de devoir m'appeler au secours, mais elle ne savait plus quoi faire, Christian était complètement désespéré, elle pensait qu'il allait se tuer...

– Enfin une bonne idée ! fit Lucas, incapable de retenir ce sarcasme.

Marie se contenta d'un regard désapprobateur et précisa qu'elle n'était pas restée plus de trois minutes dans la chambre, juste le temps de se changer.

Angus en déduisit qu'Alice avait dû y entrer peu après son départ, trouver le mot glissé là entre-temps, et se rendre aux écuries pour chercher à savoir qui allait révéler quel secret sur les Sullivan. Lucas poursuivit tout haut sa réflexion :

– L'auteur du message attendait Marie, Alice a dû mettre sa robe rouge pour qu'on la prenne pour elle, et c'est à sa place qu'elle a été tuée.

– Ça se tient, estima Angus.

– Et toi, tu t'es précipitée au secours de ce pauvre Christian... Sans me prévenir ? Quelle confiance...

Marie sentait clairement percer du ressentiment et de la jalousie dans la voix de son mari. Elle en fut agacée et se rebiffa, lui rappelant qu'elle lui avait donné le matin même la plus grande preuve de confiance qui soit en l'épousant.

En fait, elle n'était pas dupe de sa propre mauvaise foi. Si elle n'avait pas prévenu Lucas, c'était pour éviter qu'il ne déboule et l'empêche de s'occuper de Christian.

Sentant poindre la scène de ménage, Angus avait pressé le pas et pris de la distance en direction des écuries. Il arrondit les épaules et se félicita d'être célibataire en entendant Lucas ironiser durement.

– Alors, ton ex ? Il est mort ou tu l'as sauvé pour qu'il continue à nous emmerder ?

Angus s'étranglait d'indignation lorsque le couple le rejoignit dans les écuries.

– Quoi ? Vous avez douché Diablo ?

Kelly venait à peine de raccrocher le jet. Elle tourna vers lui un regard fatigué.

– Douché et récuré, oui, pourquoi ? C'est mon boulot, bougonna-t-elle en rangeant ses outils.

– Elle a effacé toutes les traces, tous les indices ! Elle l'a fait exprès ou quoi ?

L'explosion de colère de Marie, disproportionnée car fondée sur la discussion qu'elle venait d'avoir avec Lucas, choqua ce dernier. Il s'interposa et interrogea Kelly avec une douceur qui horripila sa femme.

La palefrenière habitait au-dessus des écuries. Elle était allée se coucher peu de temps après l'esclandre d'Alice, vers minuit. En traversant les écuries pour monter chez elle, elle n'avait rien remarqué d'inhabituel et ne s'était ensuite réveillée qu'à l'aube, à cause du remue-ménage provoqué par la découverte du corps. À cette évocation, elle sembla assaillie par l'émotion. Lucas ménagea un temps de silence pour qu'elle se reprenne.

La seule chose qu'ils apprirent ensuite fut qu'en curant les pieds de Diablo Kelly avait remarqué, sous ses sabots, de la boue rouge. Une terre argileuse, caractéristique de l'Île aux Chimères, plus précisément des abords du lac.

– Cela ramène au témoignage apparemment délirant fait par le jardinier à la distillerie : la Reine Écarlate précipitée dans le lac qui prend feu, marmonna le gendarme.

– Quel témoignage ? Quel jardinier ? Pourquoi tu ne m'as rien dit de ça ? s'exclama Marie vers Lucas. Et tu me parles de confiance ?

Angus se racla la gorge et se hâta d'enchaîner, déclarant qu'il fallait rapidement faire venir la PS aux écuries et dans la chambre du couple. Il allait téléphoner à son jeune adjoint, l'adjudant Brody, pour l'en charger.

*
* *

La boue rouge et gluante de l'île s'introduisit insidieusement dans les chaussures de Pierre-Marie. Il fulmina de pourrir ainsi sa dernière paire de Hogan. Il l'avait payée une fortune et, vu l'état de ses finances, s'il ne trouvait pas rapidement une combine, il n'était pas près de s'en racheter.

Il se dégagea de la glaise avec dégoût, mais se dit qu'après ce qu'il avait subi lors de son internement en hôpital psychiatrique, il lui en faudrait bien plus pour le faire renoncer.

Pierre-Marie avait mis près d'un an à convaincre les médecins de Sainte-Guénolée qu'il n'était pas totalement givré. Pourtant, ces douze mois qu'il avait passés enfermé entre les quatre murs capitonnés d'un asile d'aliénés auraient eu de quoi rendre cinglé le plus équilibré des hommes.

Ce qu'il n'était pas.

Mais son envie de sortir était tellement forte qu'il avait su puiser en lui une qualité qui lui avait fait défaut durant quarante-cinq ans : la réflexion. Et c'était un PM estampillé normal qui avait passé avec succès l'examen de la commission chargée d'étudier son cas. La seule chose avec laquelle il n'avait pas composé était son nom, qu'il refusait de porter. Et même d'entendre prononcer.

Pour tous, désormais, il était juste Pierre-Marie *de*.

Des échos de voix proches le firent sursauter. Il s'accroupit dans les fourrés et aperçut Marie, Lucas et Angus qui scrutaient les environs du lac.

L'absence de traces de sabots attestait que Diablo n'était a priori pas venu jusque-là. Ils avaient également visité méticuleusement la petite cabane du jardinier, constatant que le bonhomme n'y avait pas remis les pieds depuis le récit de sa mésaventure.

Marie jeta un regard alentour et fit remarquer que le clair-obscur de la forêt, les eaux sombres du lac et l'ambiance singulière du lieu cadraient particulièrement bien avec la terrible légende. Lucas se moqua de sa propension bien bretonne à fantasmer sur ce genre de récits. C'était aussi ce qu'avait dû faire le jardinier, plaisanta-t-il.

Angus évoqua la mine de diamants qui, dans les temps anciens, avait fait la fortune de la famille régnant sur Killmore. Le village aujourd'hui englouti vivait alors de la mine, qui avait fini par être abandonnée faute de filons exploitables. Longtemps après, tout avait été submergé car ce gruyère de puits, de galeries et de gouffres était particulièrement dangereux. L'endroit avait été formellement interdit à la promenade, mais, plus efficace que des panneaux signalant le danger, la meilleure dissuasion demeurait la sulfureuse légende disant que, à la lune rousse, l'âme torturée de la Reine resurgissait du lac sous forme de flammes pour emporter les vivants.

– Or nous sommes en période de lune rousse, ajouta-t-il en glissant un regard finaud en direction de Marie.

Lucas allongea le pas, décidant de pousser leur visite jusqu'en haut de la falaise qui surplombait le lac, d'où serait tombée la femme en rouge décrite par le bonhomme.

Un fugitif reflet métallique scintilla alors derrière des buissons.

Ils bifurquèrent dans sa direction et découvrirent un petit 4×4 garé derrière les broussailles. Marie et Lucas reconnurent instantanément le véhicule de la femme à l'écharpe de mousseline rouge et verte qu'ils avaient vue sortir l'avant-veille du manoir et démarrer en trombe.

– Claire Varnier, révéla Angus, en retirant de la boîte à gants les papiers de la voiture. Ça me dit quelque chose, marmonna-t-il.

D'un air satisfait de lui, autant que de la cigarette qu'il allumait, il leur apprit qu'un an auparavant Claire Varnier devait épouser un journaliste. Or le pauvre garçon avait mystérieusement disparu après avoir plongé dans le lac à la recherche du trésor de la Reine Écarlate…

*
* *

Enfouissant sa tignasse rousse sous le Néoprène luisant d'une cagoule, un plongeur de la police scientifique finissait de s'équiper en regardant s'agiter, à proximité des berges et du 4×4, les gendarmes qui avaient investi les lieux. Son collègue de la PS bouclait avec difficulté une ceinture de plomb sur un estomac quelque peu épaissi par la bière, tout en exposant à Marie et Lucas les particularités de ce lac dont les courants profonds variaient en fonction des mouvements créés par les marées.

En échange, Lucas, qui s'équipait également, leur expliqua qu'ils cherchaient non seulement une éventuelle noyée, mais aussi des traces de ce qu'avait décrit le jardinier. Les deux hommes acquiescèrent, tous les pubs du port connaissaient déjà le récit du bonhomme.

Angus, flanqué de son adjoint Brody, leur fit des recommandations de prudence comme une vieille poule à sa couvée. Le jeune adjudant, dont ils avaient fait la connaissance peu avant, hochait la tête, soulignant chaque phrase de son patron. Trente ans, un visage un peu poupin sur une longue silhouette dégingandée, Brody semblait peu loquace mais au demeurant bon garçon.

– Sois prudente, murmura Lucas à Marie.

Mais elle avait déjà mordu dans son tuba et basculé dans les eaux vertes à la suite des deux plongeurs professionnels. Lucas disparut à son tour sous la surface.

Les rayons obliques du soleil pénétraient les eaux du lac d'un éventail de stries mouvantes, révélant les hautes herbes des premiers fonds.

Palmant lentement, ils descendirent en formation jusqu'à effleurer ce rideau vert et ondoyant.

Soudain, derrière les longues algues, apparut en contrebas d'un tombant la vision presque irréelle du village englouti.

S'habituant peu à peu à l'opalescence des eaux, ils distinguèrent les silhouettes des masures et de l'église dont une partie du clocher subsistait encore.

Les deux plongeurs professionnels tirèrent Marie et Lucas de leur fascination, et leur firent signe de les suivre dans une autre direction. Tandis que Lucas obtempérait, la jeune femme ne put s'empêcher de traîner, embrassant des yeux ce village qu'elle imaginait des siècles auparavant, grouillant d'une vie intense dont il était aujourd'hui déserté.

Pas tout à fait.

Tapis derrière un pan de mur écroulé, deux yeux verts fixaient Marie et se rapprochaient insensiblement d'elle à travers les herbes.

Puis l'étrange créature s'immobilisa soudain. Lucas revenait rappeler Marie à l'ordre. Des tentacules rampèrent fugitivement et disparurent, ainsi que le regard.

Les torches des quatre plongeurs fouillaient les fonds irréguliers quand Marie accrocha, dans son faisceau lumineux, un reflet rouge qui apparut et disparut. Elle se rapprocha vivement et repéra à nouveau un mouvement suggérant des flammes dansant dans l'eau.

Ce n'est qu'à quelques mètres au-dessus du phénomène qu'elle comprit. Ce n'était qu'un bout d'étoffe rouge qui, accroché à une touffe d'herbes, ondoyait vers l'entrée d'une galerie. Elle se retourna vers les autres plongeurs, leur fit signe qu'elle descendait voir.

En quelques coups de palmes, elle atteignit le voile qui s'agitait étonnamment.

Elle comprit trop tard.

Au moment où elle saisissait le tissu, le courant l'aspira irrésistiblement vers l'entrée du gouffre.

Marie s'agrippa aux herbes qui s'arrachèrent, à une roche qui s'effrita... Avec l'énergie du désespoir, elle se débattait pour remonter et échapper au siphon qui l'entraînait. Elle vit les plongeurs palmer à toute allure vers elle, mais elle disparaissait déjà à demi dans la galerie, se sentant littéralement avalée par la gueule d'un monstre.

In extremis, Lucas parvint à attraper sa main qui griffait désespérément l'entrée du goulet. Il fallut la force conjuguée des trois hommes et toute leur expérience pour réussir à arracher la jeune femme au courant mortel qui l'emportait.

*
* *

– Tu voulais que je sois veuf après vingt-quatre heures de mariage ? s'énervait Lucas.

Les reproches successifs s'amoncelaient sur Marie, son imprudence était impardonnable !

Elle éluda en expliquant avec conviction qu'elle ne pouvait pas négliger le phénomène qu'elle avait nettement distingué. Puis elle avait cru reconnaître son voile de mariée, or Alice ne le portait pas lorsque le cheval avait rapporté son corps, et il était demeuré introuvable au manoir…

Lucas gardait soigneusement son air réprobateur pour ne pas laisser paraître son amusement à constater que, même lorsqu'elle était indubitablement en tort, Marie se serait fait piler plutôt que de l'admettre. Il n'y avait qu'elle au monde pour lui faire aimer un tel caractère.

Il tourna son attention vers le morceau de tissu maintenant essoré et déplié. Tous deux étaient au moins d'accord là-dessus, ils avaient formellement reconnu l'étole dont était auréolée Claire Varnier lorsqu'ils l'avaient vue quitter précipitamment le manoir.

La discussion se poursuivit tandis qu'ils longeaient la berge pour rejoindre un sentier menant en haut de la falaise.

Angus était persuadé que Claire s'était suicidée en se jetant dans le lac près de la zone des anciennes galeries, là où les siphons sont si dangereux, ajouta-t-il pour Marie avec un air courroucé. La confirmation qu'ils avaient eue que François Maréchal, le fiancé de la jeune femme, avait bel et bien disparu un an auparavant jour pour jour étayait sa thèse.

– Ça n'explique toujours pas la description mystérieuse qu'a faite le jardinier, intervint Marie.

Lucas lui dédia un petit sourire en coin. Elle-même n'avait-elle pas cru voir des flammes sous l'eau ?

– Si Claire a sauté de la falaise, poursuivit-il, le jardinier a probablement vu flotter autour d'elle le grand foulard rouge. Ceci ajouté à l'alcool et à ses réminiscences de la légende, le bonhomme aura fait un amalgame…

La jeune flic haussa les sourcils, pas très convaincue par cette démonstration.

– Et les flammes jaillissant de l'eau ? J'imagine que pour ça aussi tu as une explication bien rationnelle !

Angus roulait ses yeux cernés de droite à gauche comme à un match de ping-pong, craignant que sous leur dialogue ostensiblement courtois ne pointe une nouvelle scène conjugale.

– Il existe à peu près le même phénomène sur l'eau que les feux follets sur terre, affirma doctement Lucas. Des gaz de putréfaction, libérés par des végétaux en décomposition, sont inflammables dès leur contact avec l'air. Ce type d'émanations peut avoir surgi des profondeurs lors de la chute du corps au fond du lac. Une sorte de rot putride, précisa-t-il. C'est beaucoup moins chic que l'esprit de votre Reine Écarlate et moins marrant qu'un Loch Ness aux yeux verts et jupons rouges, je vous l'accorde.

Angus lui concéda le point et même le match, le regard admiratif dont il couvrait le flic en attestait.

Marie, elle, gardait le silence. Une petite moue que connaissait bien Lucas lui indiquait qu'elle était loin d'être séduite par son raisonnement.

Ils avisèrent alors une petite maison de bois à demi enfouie dans les roseaux et dont la terrasse sur pilotis avançait sur le lac. Angus leur apprit que, bien que située sur les terres du couvent, les Sullivan en avaient toujours la jouissance et l'utilisaient parfois pour la pêche, la chasse, ou les rendez-vous galants de Franck…

Le sol rocheux de la falaise qui tombait à pic sur les eaux noires ne livra aucune trace.

Angus pressa les deux flics. Il voulait par acquit de conscience se rendre au couvent. Peut-être les sœurs avaient-elles vu ou entendu quelque chose. Mais Lucas, tenant à aller voir l'endroit d'où Claire avait probablement sauté dans le lac, s'approcha tout au bord de la falaise. Marie eut une sensation de vertige en le voyant s'arrêter net au ras du vide.

C'est alors que retentit, comme un glas, la cloche du couvent tout proche.

Le visage de Lucas était sombre, son regard fixe, absent, rivé sur l'abîme. Marie, inquiète de son immobilité, posa la main sur son épaule.

Elle fut à nouveau saisie d'une sensation aussi étrange que soudaine.

Comme projetée au cœur des flammes d'un brasier intense, des parois de verre explosaient, faisant jaillir des éclats acérés, des projections d'eau, des ombres déformées et fantomatiques… Puis lui apparut l'image floue d'un village sur la place duquel un bûcher flamboyait, en son centre une femme en rouge se tordait dans les flammes, et, soudain, une nappe d'eau submergea la totalité du village, tout se figea, immobile et calme.

Les yeux écarquillés, Marie contemplait le paysage, identique en tout point à la dernière image de sa vision : l'eau plane du lac.

La cloche lugubre n'avait pas cessé de retentir.

Saisie d'une peur inexplicable, elle agrippa la main de Lucas pour l'éloigner du bord et lui dire ce qu'elle venait de ressentir.

Il pivota vers elle, des gouttes de sang perlaient de son nez.

– Je… Qu'est-ce que tu as ? Tu saignes…

Il se dégagea d'un geste vif qui la sidéra. S'éloignant rapidement en direction d'Angus, il s'essuya le nez, et marmonna que c'était sans doute le détendeur ou son masque de plongée qui l'avait blessé.

Décontenancée, elle garda pour elle le difficile récit d'une vision aussi fugitive qu'inexplicable.

6

Unique ouverture dans les hauts murs de pierre sèche hérissés de ronces, la lourde porte voûtée du couvent, cloutée de vieilles ferrailles, opposait à tout visiteur un judas étroit, grillagé, occulté d'un épais panneau de bois.

Il coulissa avec un bruit sourd après qu'Angus eut énergiquement actionné la tige rouillée de la sonnette d'entrée.

La bouille placide d'une sœur d'une cinquantaine d'années apparut à travers la grille. Son expression marqua un affolement soudain. Lucas lui tendait sa plaque sous le nez.

Le judas se referma brutalement. Les trois enquêteurs se regardèrent perplexes.

De l'autre côté de la porte, sœur Angèle s'adossa pour tenter de contrôler la panique que trahissaient sa respiration difficile et la pâleur de ses bonnes joues habituellement si rouges.

Elle se reprit, se concentra pour retrouver une expression de sérénité et rouvrit le judas.

Baissant les yeux avec une modestie qui masquait son angoisse d'affronter à nouveau le visage qui lui faisait face, elle se présenta, pria les visiteurs d'entrer et de patienter dans le cloître, tandis qu'elle allait prévenir la mère supérieure.

L'endroit, totalement silencieux, semblait s'être figé des siècles plus tôt. Quelques ombres blanches glissaient sans bruit derrière les arcades du déambulatoire. Un jardinet carré, parfaitement entretenu, occupait le centre de ce cloître qui, chuchota Angus, datait du XIIe siècle. Un temps occupé par les redoutables sœurs magdaléniennes, auxquelles un ordre contemplatif avait succédé après la dernière guerre. Depuis des dizaines d'années, le couvent abritait des moniales pacifiques, la plupart ayant fait vœu de silence, certaines d'isolement total.

– Une bande de rigolotes, on va se marrer pour les interrogatoires, lâcha Lucas.

Il allait poursuivre dans le sarcasme, mais il prit de plein fouet le regard noir de la tourière : sœur Angèle revenait leur annoncer que la supérieure allait les recevoir.

Mère Clémence n'avait rien vu ni entendu de particulier la veille.

Le couvent avait été fermé comme d'habitude à 18 heures, juste avant la messe à laquelle toutes les sœurs étaient présentes, sauf bien sûr celles qui avaient fait vœu d'enfermement – mais elle-même était allée les bénir peu avant dans leurs cellules.

Elle eut une expression désolée pour ajouter qu'en raison de leurs engagements il était impossible, sauf cas de force majeure, d'interroger les sœurs dont elle avait la responsabilité et dont elle se portait bien sûr garante.

Il était difficile de donner un âge à ce visage sillonné de fines rides car il était empreint d'une douceur calme et attentive renforçant l'impression de sérénité que dégageait sa haute silhouette blanche. Son bureau était à son image, clair et silencieux. Tapissé de hautes bibliothèques, il ne comportait pour tous signes religieux qu'une croix épurée et une très belle statuette polychrome de la Vierge à l'Enfant.

Tout en écoutant questions et réponses, Marie déchiffrait les titres des ouvrages, théologiques pour la plupart. Son attention se porta sur une photo en noir et blanc, exposée dans l'une des vitrines.

Elle eut un frisson et l'impression fugace de reconnaître une image qui lui était apparue : la falaise et, à son pied, le vieux village, les masures, l'église, l'entrée des anciennes mines.

« *Killmore, 1946* » indiquait en bas à droite une inscription à la plume, avec pleins et déliés.

Un sourire presque mutin effleura le visage de la supérieure à l'évocation du lac qui prend feu. Elle connaissait évidemment la légende de la Reine Écarlate, mais également le très net penchant de leur jardinier pour l'alcool. Bref, elle ne croyait pas un seul instant à cette histoire d'esprit enflammé, aussi macabre que païenne.

– Le lac qui a submergé le village n'est donc pas très ancien ? questionna Marie en désignant la photo.

Angus confirma qu'il datait de juillet 1968.

– Presque chaque année des accidents se produisaient malgré l'interdiction d'entrer sur la presqu'île, compléta mère Clémence. Des enfants venaient jouer dans les anciennes galeries, cette année-là deux petits échappèrent de justesse à la mort et, Dieu merci, la décision de laisser les eaux de source inonder toute cette zone a enfin été votée.

– Cela n'a pas empêché la disparition de François Maréchal il y a un an, intervint Lucas. Et maintenant celle de sa fiancée, Claire Varnier.

Le visage serein de mère Clémence marqua nettement la surprise. Évidemment, elle était bien au courant pour ce journaliste, mais elle ignorait que sa fiancée avait également disparu…

Elle se signa et sembla s'abstraire dans une prière.

Lucas scrutait les rides et lignes d'expression du visage de la supérieure, ne décelant que compassion chez cette paisible vieille dame.

Il aurait été surpris de constater son effroi et sa gravité lorsque, après leur départ, elle s'entretint sans contrainte avec sœur Angèle.

– C'est terrifiant, je sais, admit mère Clémence face à l'agitation de la sœur tourière. Il faut d'autant plus redoubler de vigilance : rien ne doit être découvert.

*
**

Le corps gisait soigneusement installé sur la table. Nu.

Avec des gestes méticuleux, l'homme, le visage caché par un masque, réglait une petite scie électrique, qu'il mit en route avec la satisfaction d'entendre le moteur ronronner impeccablement. Il attaqua la chair juste sous le menton et, avec précision, débuta lentement son découpage, en descendant le long de la trachée.

Soudain, la lame de la scie émit une stridence anormale. L'homme, contrarié, arrêta son appareil et se pencha sur le cadavre. Il repéra alors un objet qui attisa sa curiosité. À l'aide d'une pince plate, il parvint à l'extraire et le déposa consciencieusement dans une coupelle métallique. Ôtant son masque de protection, il se pencha pour étudier sa trouvaille.

Une petite pierre, plate, d'environ trois centimètres de diamètre, gravée d'un curieux signe géométrique.

Peu après, Marie, Angus et Lucas entraient à la morgue où les attendait le légiste chargé de l'autopsie d'Alice.

Tous trois observèrent l'ogam maintenant glissé dans une pochette plastique. L'écriture sacrée des Celtes...

– Je n'ai pas encore procédé à la recherche d'éventuelles empreintes, mais cette pierre a vraisemblablement été enfoncée dans la gorge peu après la mort, fit le praticien. Alice Sullivan a succombé à une rupture des vertèbres cervicales, sans doute due à un coup violent et précis porté à la nuque.

Angus eut un regard vers Lucas et nota son expression préoccupée.

– C'est un truc de dingue, non ?

– Ou un crime soigneusement maquillé en truc de dingue.

Marie s'était dirigée vers la robe rouge, encore humide, suspendue sur un cintre. Elle chassa de son esprit la pensée que tout avait commencé à déraper par sa faute, lorsqu'elle avait décidé de venir se marier à Killmore.

Milic l'avait avertie, à sa façon.

Elle examina ensuite les chaussures d'Alice, d'élégantes sandales rebrodées de paillettes.

– Aucune trace de boue rouge. Ni sur les chaussures, ni sur la robe, le corps ou les ongles, anticipa le légiste.

Par contre il avait trouvé d'infimes résidus de paille dans les cheveux. Quant à la cicatrice, elle ressemblait à une brûlure faite à l'aide d'un fer rougi, comme ceux avec lesquels on marque les bestiaux.

Lucas s'inquiéta de la mise en scène rappelant la légende de la Reine Écarlate. Il espérait que c'était juste un leurre destiné à maquiller un crime unique, mais il ne put s'empêcher de formuler sa crainte : qu'il s'agisse d'une série.

– Et l'ogam en serait la première signature ? demanda Angus.

– Il est fréquent que des serial killers aient le goût des jeux macabres et l'orgueil de signer démonstrativement leurs crimes, admit le flic.

Il expliqua que, dans la tradition celte, les druides utilisaient les ogams pour deviner le nom d'un assassin. Alice aurait-elle commis un crime qui lui aurait valu d'être dénoncée par l'ogam et tuée par vengeance ?

– Tu penses au fameux secret des Sullivan ? intervint Marie. Il s'agirait d'un meurtre commis par Alice, et cela aurait un rapport avec la disparition du journaliste ?

Angus la détrompa. L'enquête sur François Maréchal avait conclu à un accident de plongée, pas à un crime. La seule responsabilité des Sullivan dans cette histoire avait été d'avoir mis la maison du lac à la disposition du journaliste, sans se douter qu'il utiliserait la vieille tenue de plongée que Franck y entreposait.

Pour le gendarme, le secret des Sullivan, si secret il y avait, était à chercher ailleurs.

– Je souhaite que vous ayez raison, soupira Lucas. Mais je continue de penser que c'est Marie qui était visée.

*
* *

– Jaouen ! exulta soudain la jeune flic.

Angus sursauta et écrasa sa cigarette dans le cendrier débordant, détail qui achevait de donner à son bureau de gendarme l'apparence d'un bric-à-brac de vieux garçon.

– Quoi ?

– L'un des beaux-fils de Dana s'appelait Jaouen !

– Et alors ? fit Lucas, en levant le nez des documents qui s'étalaient devant eux.

Pour Marie, c'était lumineux.

Depuis des heures, ils étudiaient tous les ogams composant l'alphabet celte. Il y en avait vingt-quatre, classés en trois familles, chacune étant liée à une divinité. La première au dieu de la fertilité, de la paix et au monde matériel ; elle symbolisait la rencontre de l'homme et des principes qui régissent la vie terrestre. La seconde était dédiée au dieu de la lumière, du feu, aux événements incontrôlables, et symbolisait le destin et l'âme. La troisième était vouée au dieu de la guerre et de la victoire, à connotation sexuelle, et représentait l'esprit et l'illumination.

Jusqu'à l'épuisement, ils avaient cherché à comprendre à quel jeu pervers pouvait bien les convier le meurtrier. La seule chose dont ils étaient sûrs, c'est que l'ogam figurant sur la pierre trouvée dans le corps d'Alice était l'équivalent du J de l'alphabet latin.

– J comme Jaouen, insista Marie. C'est le nom de l'un des beaux-fils de Dana ! Et tu sais comment elle s'en est débarrassée ? On l'a retrouvé agonisant, traîné par un cheval noir !

Lucas émit un sifflement sincèrement admiratif : sa femme venait peut-être de trouver la première piste qui leur permettrait de s'infiltrer dans l'esprit tordu de l'assassin. Cela valait bien de partager une bière fraîche, et ils sortirent du bureau enfumé en s'étirant. Ces moments où une petite lueur de compréhension venait percer l'obscurité d'une enquête étaient un des plaisirs de ce métier.

Il fut de courte durée.

Dans le couloir, Marie tomba nez à nez avec Christian Bréhat.

Le beau skipper venait de signer sa déposition auprès de Brody et quittait juste son bureau. Feignant d'ignorer complètement la présence de Lucas, il prit la main de

Marie, l'embrassa doucement en lui dédiant un sourire amoureux. La réaction du jeune marié fut immédiate et cinglante. En des termes peu châtiés, il lui conseilla de disparaître au plus vite.

Christian rétorqua avec une civilité ironique qu'il pourrait au moins se montrer reconnaissant à défaut d'être aimable.

– Après tout, c'est grâce à moi que Marie a échappé à la mort. D'après ce que m'a obligeamment expliqué le jeune Brody, si elle n'était pas venue à mon rendez-vous, elle se serait rendue à celui du meurtrier.

– Allez vous faire pendre ailleurs, et le plus loin possible de ma femme !

Christian s'épanouit d'un grand sourire.

– Vraiment désolé, mais d'après vos ordres je ne peux pas quitter l'île tant que l'enquête est en cours, m'a-t-on dit. C'est trop bête, non ?

Marie vit la rage près de submerger Lucas et s'interposa pour calmer le jeu, incitant Christian à se tenir tranquille.

– Je regrette, lui répondit-il avec une réelle tendresse, je tiens à toi, et tant que je ne te saurai pas en sécurité, je ne serai pas en paix.

Il s'éloigna, laissant flotter derrière lui un lourd malaise.

*
* *

PM tenait sa vengeance, il en était certain.

Lui aussi avait longuement planché. Dès qu'il avait appris que sa nièce avait décidé de se marier à Killmore, chez les Sullivan, il s'était mis à collecter un foisonnement de documents.

Déjà, depuis douze mois, il n'avait pensé qu'à châtier l'être à qui il devait d'être humilié depuis sa naissance.

Son frère aîné Erwann. Plus connu sous le pseudonyme de Patrick Ryan.

Ce fils prodigue, que tous lui avaient préféré. Il s'était pourtant opposé à leur père et avait été banni. Devenu assassin d'un flic, puis taulard pendant plus de trente-cinq ans, au cours desquels il avait écrit plusieurs best-sellers.

PM haïssait son frère de façon obsessionnelle, passionnelle. Au point qu'il refusait d'admettre sa mort. La haine qu'il portait à Ryan lui était indispensable, un sentiment qui n'excluait d'ailleurs pas l'admiration, puisqu'il lui reconnaissait le génie d'avoir fomenté toute l'affaire de Lands'en.

Là où il se trompait, c'est quand il se bornait à croire que Ryan avait échafaudé tout ce plan pour trouver le Trésor des Naufrageurs. Comme ceux qui n'ont jamais été aimés, PM était inapte à imaginer que son frère n'avait agi que pour venger la seule femme de sa vie, Mary Sullivan, puis pour retrouver son enfant, Marie.

Marie, l'appât idéal.

PM se foutait pas mal de son mariage, mais il savait que Ryan n'avait plus que sa fille, qu'il était fou d'elle. S'il était en vie, pour rien au monde il n'aurait manqué ses noces. Il pensait avoir toutes les cartes en main, tous les ingrédients étaient réunis pour que son frère resurgisse : ce mariage, la vie de sa fille menacée, une légende et le trésor de la Reine Écarlate.

Cette pensée lui remit le cœur à l'ouvrage. Il avait réuni toutes les coupures de presse, tous les renseignements possibles concernant les recherches de François Maréchal et sa disparition. Il avait également un dossier fourni sur la Reine Écarlate et il s'y replongea, cherchant un passage qu'il voulait vérifier.

La légende disait que les cinq beaux-fils de Dana avaient fini par comprendre que leur terrible belle-mère voulait les spolier au profit de son propre fils, Drest. Ils s'en étaient plaints au roi qui, pour les rassurer, avait accepté de faire transférer le trésor royal dans un endroit connu d'eux seuls. Le souverain avait donné une clef différente à chacun de ses cinq fils, qui pour accéder au trésor devaient les réunir toutes. Or, le premier prince était venu à mourir des suites d'une chute de cheval…

Une certitude interrompit sa lecture.

Alice n'était que la première victime.

*
**

Le tintement des petites cuillères dans la délicate porcelaine des tasses à café était obsédant tant le silence du grand salon était lourd.

Le dîner avait été catastrophique.

Juliette faisait la tête depuis la veille, car Ronan se conduisait comme un idiot. Elle était persuadée qu'il se faisait manipuler par Jill sans se rendre compte que l'adolescente grunge utilisait sa compassion pour se jouer de lui.

Les deux filles échangèrent quelques propos acides et Marie eut le tort de vouloir calmer le jeu. Ce fut pire, car Jill retourna sa hargne contre la jeune flic, l'insultant sans vergogne.

Lucas ordonna alors à la jeune fille de présenter ses excuses à Marie, ce qui eut le don d'exaspérer Franck.

– S'excuser ? De quoi ? Depuis que vous avez tous débarqués sous notre toit, c'est le chaos ! Non seulement Alice est morte, mais on ne peut plus bouger d'ici. Vous nous soupçonnez de quoi ? De l'avoir assassinée ?

Jill fut ulcérée. Ils n'étaient tout de même pas suspectés d'avoir tué un membre de leur propre famille ?

Un murmure perfide de Juliette acheva de mettre le feu aux poudres.

– Il paraît que tu as dit à Ronan que tu détestais ta mère…

– Espèce de salope ! Si tu veux savoir, moi au moins j'ai un alibi en béton ! Jusqu'à 3 heures du matin, je n'ai pas quitté Ronan ! Ben, dis-lui ! acheva-t-elle en se tournant vers le jeune homme dont le visage accablé et cramoisi fut une réponse.

Du coup, Franck s'était éclipsé au plus vite pour aller rejoindre Viviane. Marc Fersen avait rapidement regagné le chevet d'Hélène qui ne voulait quasiment plus quitter leur chambre. Seuls Louise, Edward, Marie et Lucas étaient passés au salon.

Pour ranimer la conversation, Marie tenta d'excuser sa jeune cousine : Juliette avait été élevée sans grande chaleur affective dans la solitude de l'austère château familial. Son amour pour Ronan étant tout pour elle, le soupçon qui pesait maintenant sur leur relation lui était insupportable.

Edward eut un mouvement d'humeur et approuva sombrement. Quoi de plus insidieux que le soupçon ? Lui-même était choqué que Marie puisse penser qu'un membre de sa famille ait voulu la tuer. Il ne comprenait pas qu'elle puisse imaginer une chose pareille alors qu'ils avaient tant insisté pour qu'elle vienne à Killmore, et que tous avaient décidé de partager leur héritage avec elle…

Lucas l'interrompit, voyant sa jeune femme dans un profond embarras.

– Admettez que le message adressé à Marie signifie que les Sullivan partagent un secret. Si Alice ne l'avait pas cru, elle ne se serait pas donné tout ce mal pour se faire passer pour Marie.

Le silence retomba, encore plus chargé.

Découragée, Marie songeait qu'il aurait été si simple de laisser cette affaire à d'autres, de partir avec Lucas vers des enquêtes qui ne les impliquaient pas personnellement. Pourtant, encore une fois, malgré la douleur que cela provoquait, elle avait ce désir impérieux de vérité. Elle savait dans sa propre chair que, plus un secret est lourd, plus sa présence invisible distille son venin, ravage ceux qu'il concerne autant que ceux qui le détiennent. L'atmosphère du salon en était empoisonnée.

– Edward, se lança-t-elle, j'ai trop souffert des horreurs qu'un secret peut engendrer. Alice vient d'en être victime, tout ce que nous voulons c'est éviter qu'il y en ait d'autres. Si l'un de vous sait quelque chose, il faut parler.

La voix fatiguée mais ferme de Louise s'éleva.

– Elle a raison. Il faut leur dire, pour Kelly.

7

Dora eut un haut-le-cœur. Un étage plus bas, la conversation du salon lui parvenait via le conduit de la cheminée.

Elle eut un regard affolé vers les domestiques qu'elle congédia d'un ordre tranchant.

Restée seule, elle posa vivement l'assiette qui tremblait dans sa main, mais ses craintes se muèrent en effroi à ce qu'elle entendit.

Louise respirait avec difficulté tant son aveu lui coûtait. Elle ne chercha pas à contrôler le mépris qu'elle éprouvait.

Tom, le plus jeune de ses beaux-fils, un vaurien qui n'avait jamais rien respecté, avait couché avec la petite bonniche qu'était alors Dora. Une fille, une bâtarde, était née de cette union aussi brève que dégradante.

– Kelly est la fille d'un Sullivan ? ne put retenir Marie. Comme moi ?

Les deux flics comprirent tout de suite l'injustice criante qu'avait pu ressentir la jeune palefrenière en voyant la fille illégitime de Mary reconnue, fêtée, rétablie dans son héritage, alors qu'étant également fille naturelle d'un Sullivan elle-même avait toujours été traitée comme une domestique.

Marie se contenta de relever que cette information changeait la donne, apportant un sens au message qui lui était destiné. Elle poursuivit à voix haute son raisonnement.

– Tous les éléments sont contre Kelly. Elle a douché le cheval pour effacer toute trace, elle a prétendu qu'il y avait de la boue rouge sous les sabots pour nous envoyer sur la fausse piste de la presqu'île, elle n'a pas d'alibi vérifiable, comme par hasard elle n'a rien entendu alors qu'elle habite juste au-dessus des écuries, et maintenant elle a un sérieux mobile : la jalousie.

– J'aurais dû chasser Dora, souffla Louise.

Lucas admit qu'il allait falloir interroger la jeune palefrenière, et qu'elle devrait trouver de solides arguments afin d'éviter sa mise en examen pour meurtre.

La porte sembla exploser à l'entrée de Dora qui déboula dans le salon comme une furie.

– Kelly n'y est pour rien ! cria-t-elle d'une voix hystérique. Elle n'a jamais su que Tom Sullivan était son père ! Jamais !

Marie, sans se laisser impressionner par la crise de nerfs de la domestique habituellement si impassible, contre-attaqua immédiatement : comment Dora pouvait-elle prouver ce qu'elle avançait ?

Lucas répéta la question avec plus de calme : il comprenait que la gouvernante veuille défendre sa fille, mais quels arguments avait-elle pour cela ?

Dora ressemblait à un animal acculé. Ses petits yeux perçants allaient de l'un à l'autre, cherchant désespérément une façon de s'en sortir. Elle poussa alors un cri d'impuissance et de rage effrayant et, craquant complètement, elle se tourna vers Louise.

Sa haine décuplée par des années de silence et d'obéissance s'abattit sur la vieille dame. Elle lui hurla qu'elle n'en pouvait plus de l'indifférence et du mépris des Sullivan ! Toute sa vie à leur service n'avait été que dévouement et loyauté, pourtant elle n'avait jamais reçu qu'arrogance et vexations en retour ! Si elle avait tout supporté sans rien dire, c'était pour que sa fille ait un toit et une éducation. Mais jamais Louise n'avait accordé un regard à sa petite Kelly, sa propre petite-fille ! Pourquoi couvrait-elle Marie de sa tendresse, de ses bienfaits alors qu'elle n'était qu'une bâtarde, exactement comme sa fille ?

– C'est moi qui ai glissé ce mot sous la porte pour attirer Marie aux écuries, haleta-t-elle. Je voulais la tuer ! La tuer ! Elle ! Pas Alice ! Je vous le jure, pas Alice…

À bout de forces, Dora chancela. Edward et Lucas la soutinrent jusqu'à une chaise où elle s'effondra en répétant qu'elle n'avait pas voulu tuer Alice.

Lucas vint s'accroupir auprès d'elle et continua à l'interroger.

– Et la robe rouge, le cheval, la boue sous ses sabots, pourquoi toute cette mise en scène ?

Dans un état à la limite de la conscience, Dora balbutia qu'elle avait tout arrangé pour que cela ressemble le plus possible à la légende, que Kelly n'était pour rien dans tout ça, pour rien, il fallait la laisser tranquille…

*
* *

– J'ai aimé cette femme, murmura Angus.

Abattu, il ne se remettait pas d'avoir vu Dora blême, défaite, les cheveux pendant en désordre, signer comme un automate les aveux d'une culpabilité qu'elle marmonnait en boucle.

Sensiblement du même âge qu'elle, il la connaissait depuis toujours. Il était difficile d'imaginer, en voyant la petite gouvernante desséchée, qu'elle avait été une charmante jeune fille, pourtant c'était la réalité. Le gendarme avait longtemps regretté qu'elle ne l'eût même pas écouté lorsqu'il était allé lui proposer de l'épouser. Il savait qu'elle était enceinte, se foutait de savoir quelle vermine l'avait laissée seule dans cet état, et rêvait qu'elle accepte de devenir sa femme, et lui un père pour cet enfant qu'elle portait.

Maintenant il comprenait son refus. Au moment où elle était tombée enceinte, Tom et son frère Sean avaient quitté le manoir, en rupture avec leur famille. Sans doute avait-elle cru que Tom reviendrait, qu'il régulariserait… Alors elle avait préféré rester au service des Sullivan, peut-être pour se donner l'illusion que sa gamine était un peu l'une des leurs. Sa fille, qui était devenue sa seule raison de vivre.

– Alors pourquoi Kelly a-t-elle été aussi violente avec sa mère ?

Marie, comme tous ceux qui étaient présents lorsque la fourgonnette de gendarmerie était venue embarquer Dora, avait été choquée par la dureté avec laquelle la palefrenière avait agressé sa mère en apprenant qu'elle avait tué Alice. Elle l'avait mise plus bas que terre, la traitant de monstre… Dora, prostrée, n'avait même pas réagi et il avait fallu l'intervention d'Angus pour l'arracher aux griffes de sa fille.

Comme Marie, Lucas sentait confusément une incohérence dans cette histoire. Des aveux un peu trop spontanés, une mise en scène complexe pour une petite bonne femme comme Dora…

Mais après tout, comme le disait Angus qui la connaissait mieux, il était possible que la gouvernante soit devenue folle devant l'injustice faite à sa fille, pour qui elle avait sacrifié sa vie.

Lucas récupéra un fax qui sortait de la machine.

Les résultats du labo. L'eau qui imprégnait la robe rouge n'avait rien à voir avec l'eau du lac.

– Alice n'est donc jamais tombée de la falaise, conclut-il.

– Il y a de fortes chances pour qu'elle ait été assassinée au domaine, renchérit Marie. Tuer Alice, la sangler sur le cheval, mettre de la boue rouge sous les sabots, mouiller la robe et faire patienter le tout pour relâcher le cheval à 3 heures du matin, cela suppose une planque, non ?

Lucas lui objecta que la PS n'avait rien trouvé dans les écuries. Quant aux traces de sabots qui en partaient, elles se perdaient vers le chemin côtier.

– Je ferais bien une petite vérification, moi…

– Et le rapport d'enquête sur la disparition de François Maréchal ?

– Je te le laisse, je vais prendre un bol d'air.

Elle attrapa rapidement sa veste et sortit.

– Où va-t-elle ? fit Angus.

– Dites donc, vieux, c'est vous qui êtes marié avec elle ou c'est moi ?

Depuis la vieille grange au bout des écuries, Kelly, planquée dans la paille, dardait un regard sombre sur Marie qui, montant Diablo, s'éloignait au trot.

La cavalière prit le temps d'admirer l'horizon où déclinait le soleil. Dans les rayons obliques qui ourlaient les nuages, le paysage irlandais prenait des reliefs dorés. Elle huma l'air, cherchant les effluves de la mer, puis elle talonna son cheval en direction du chemin côtier.

Au départ du chemin caillouteux où la PS avait perdu les traces de sabots, elle arrêta net Diablo, puis posa doucement les rênes sur l'encolure et, l'encourageant uniquement de la voix, le laissa libre de progresser à sa guise.

Après avoir mâchonné quelques touffes d'herbe, il quitta de lui-même le sentier. Quelques détours et quelques bouchées d'herbe plus loin, Marie aperçut une vieille bâtisse en pierres sèches que le cheval rejoignait en allongeant le pas.

Elle mit pied à terre, alluma sa lampe torche et allait pénétrer dans le bâtiment dont la porte vermoulue était entrouverte lorsqu'on la propulsa à l'intérieur.

Diablo ne s'était pas gêné. Apparemment désireux d'entrer lui aussi, il promenait déjà son nez vers un râtelier où il s'attaqua aux restes d'une botte de luzerne bien entamée. L'idée de Marie avait fonctionné, le cheval avait eu la reconnaissance du ventre.

Elle détecta tout de suite sur le sol en terre battue de nombreuses traces de sabots parfaitement identiques à celles de Diablo, et entreprit une inspection minutieuse.

Un petit éclat dans le faisceau de sa lampe la fit bientôt jubiler : en un éclair elle revit les chaussures pailletées d'Alice, qu'elle avait examinées à la morgue. En récupérant dans un sac plastique les petites paillettes multicolores, Marie remarqua par terre une rainure barrant la poussière.

Une trappe, de toute évidence récemment ouverte.

Elle poussa énergiquement le flanc de Diablo, interrompant à peine sa mastication sonore, pour dégager la planche de bois qu'elle souleva aisément. Une échelle de meunier descendait vers une cave.

Exiguë et vide, d'après le balayage de sa torche. Puis, dans un recoin, un objet attira son attention. Elle descendit et ne trouva rien d'autre qu'un seau, banal, en plastique.

Il contenait des résidus de boue rouge…

*
* *

– Foutez-moi la paix ! gronda Kelly avant même que Lucas lui adresse la parole.

Elle stoppa le mouvement de la balancelle sur laquelle elle s'était réfugiée dans un coin du parc. Il faisait presque nuit quand il l'avait aperçue. Il s'était aussitôt dirigé vers elle, avait remarqué ses yeux rougis et engagé la conversation malgré l'exaspération qu'elle laissait clairement paraître.

Relevant qu'elle était décidément très agressive, il déclara que la virulence de son attitude envers sa mère l'avait surpris.

– Vous auriez voulu que je la félicite pour ce qu'elle a fait ?

– Pas un instant vous n'avez eu l'air de douter qu'elle ait pu commettre une chose aussi monstrueuse. C'est curieux, non ? Pourquoi ?

Kelly parut ne pas l'avoir entendu. Elle shoota dans le sol et reprit nerveusement son balancement en détournant le regard. Des larmes perlèrent à ses paupières qu'elle essuya rageusement.

– Vous avez une idée de ce qui a pu motiver la curiosité d'Alice quant à un secret concernant les Sullivan ?

Silence.

– Qui pleurez-vous, Kelly ? murmura-t-il avec douceur en venant s'asseoir très près d'elle.

Elle fit un bond de côté. Il se rapprocha aussitôt jusqu'à la bloquer dans l'angle du siège.

– Ne me touchez pas !

Son cri avait été instinctif, et son mouvement pour lui échapper comme une répulsion. Il lui saisit les poignets et se plaqua sur elle, son visage collé au sien. Il eut alors la conviction qu'il avait deviné juste.

Lorsqu'il regagna sa chambre où l'attendait Marie, il était assez content de lui, mais il n'eut pas le temps de prononcer un mot qu'elle le prit de vitesse.

– C'était bien, avec Kelly ? Tu as aimé ?

Il éclata de rire.

– N'essaie pas de me raconter n'importe quoi, je t'ai vu te rouler sur elle !

Elle était si furieuse qu'il ne parvenait même pas à l'interrompre.

– Tu as eu ce que tu voulais ?

– Exactement. Elle déteste les hommes.

– N'essaie pas de m'embrouiller !

– Si tu m'espionnes, au moins fais-le jusqu'au bout, ça te rassurerait !

Elle garda un silence méfiant, venant de remarquer sur la joue que Lucas tendait vers elle la marque évidente d'une gifle.

Voilà ce qu'il avait obtenu. Une gifle, et une certitude de l'aversion de Kelly pour tout contact avec un homme. Elle s'était débattue jusqu'à ce qu'il affirme savoir la vérité sur Alice et elle, sur leur liaison.

Kelly avait alors fondu en larmes et, avec le soulagement de quelqu'un qui laisse enfin échapper ses sentiments, elle avait confirmé qu'Alice et elle s'aimaient, passionnément, depuis plus de deux ans.

Marie coupa Lucas avec un reste de scepticisme.

– Tu avais deviné ça et tu ne m'en as pas parlé ?

– Je n'en ai été sûr qu'en la provoquant.

– Physiquement, tu veux dire ? Quel dévouement…

– Et ce n'est pas tout, lança-t-il en percevant une lueur rancunière dans le beau regard vert. Si la palefrenière n'a pas mis un instant en doute la culpabilité de sa mère, c'est parce que Dora les avait surprises sans ambiguïté le soir de la mort d'Alice. Après son algarade avec toi, Kelly est allée la rejoindre. Elle la consolait, comment dire… tendrement quand sa mère les a trouvées. Il paraît que Dora a été abominable avec Alice, elle l'a insultée, accusée d'avoir entraîné sa fille dans une dépravation qu'elle ne lui pardonnerait jamais. Alice s'est révoltée, elle a affirmé qu'elle allait enfin dire la vérité à tous, et vivre leur amour au grand jour.

– J'imagine le scandale. Dora aurait donc tué la maîtresse de sa fille pour…

Elle leva soudain les yeux vers l'étage supérieur. Lucas aussi avait entendu.

Des bruits de pas provenaient de la chambre interdite.

Qui pouvait bien fouiner à cette heure-ci dans la pièce calcinée ?

*
* *

La porte de la chambre de Mary était entrouverte lorsqu'ils arrivèrent à l'étage, ils entendirent nettement un léger bruit venant de l'intérieur.

Sans s'être concertés, mais d'un même mouvement, ils dégainèrent et entrèrent dans la pièce.

Ils se figèrent tous les deux sur le seuil.

La mère de Lucas, le regard comme tourné à l'intérieur d'elle-même, fredonnait une petite comptine. Elle était absorbée à grattouiller un petit bout de mur d'où elle détachait des lambeaux de tapisserie roussis par l'incendie. Retenant mal une expression de tristesse et de découragement, Lucas rengaina son arme avec un soupir navré. Il s'approcha d'Hélène et la prit tendrement par les épaules.

– Maman ? Viens. Je vais te ramener dans ta chambre…

Le cœur de Marie se serra en les voyant sortir lentement tous les deux. Sans un regard pour son fils, Hélène, complètement ailleurs, continuait de chantonner sa comptine.

Rangeant également son arme, la jeune flic tourna son attention vers la chambre ravagée par les flammes. Les restes des meubles avaient été débarrassés, la pièce était nue et noire. À l'exception de ce petit bout de cloison qu'Hélène avait méthodiquement épluché.

Marie s'en approcha, cherchant à comprendre le comportement étrange d'Hélène. Pourquoi était-elle venue jusque-là ? Que cherchait-elle à faire ?

Elle examina l'endroit du mur qui intéressait tant sa belle-mère et fronça les sourcils en remarquant que les lambeaux de tapisserie arrachés commençaient à mettre au jour un petit tiroir. Fébrilement, elle finit de le dégager, se demandant par quel hasard Hélène avait en partie révélé ce qui ressemblait à une cache. Avec un mélange d'excitation et d'angoisse, elle tira avec précaution le tiroir et le fouilla des yeux.

Il contenait des lettres, ou plus précisément des bouts de papier pliés. Elle en prit un, le déplia, il était griffonné d'une écriture serrée.

Marie reçut comme un coup la signature qu'elle y déchiffra.

Ryan.

Le message se mit à trembler dans sa main. La jeune femme retint son souffle et, bouleversée, lut le magnifique mot d'amour que son père avait adressé à Mary Sullivan au printemps 1967…

*
* *

Hélène avait gardé la main de son fils dans la sienne et jouait avec, comme si c'était un objet étrange qu'elle examinait en détail. Assis à ses côtés sur le bout d'un des deux lits jumeaux, Lucas la regardait faire, désemparé. Marc Fersen, touché par son désarroi, posa la main sur son épaule.

– Il vaudrait mieux que je ramène ta mère à la maison, soupira-t-il.

Il sentit l'hésitation de Lucas et argumenta. Bien sûr il savait que personne n'avait le droit de quitter l'île, mais ici, bien qu'il soit d'une grande vigilance, il lui était beaucoup trop difficile de surveiller Hélène dont le comportement était de plus en plus imprévisible. Il insista, il fallait qu'il les laisse partir.

– Partir ? Je ne peux pas partir sans mon petit garçon, affirma soudain Hélène en commençant à s'agiter.

Elle fixa son fils avec une supplication inquiète.

– S'il vous plaît, dites-moi où il est…

Lucas, le cœur en vrille face à cette question qui le niait, fut incapable de répondre un mot. Il la prit dans ses bras et la serra contre lui avec tout le désespoir d'avoir perdu l'amour de sa mère et de n'être plus pour elle qu'un étranger.

Hélène se dégagea d'un coup avec une force qui le surprit, elle saisit la tête de Lucas entre ses deux mains et la scruta attentivement. Son visage s'éclaira brusquement comme si elle le découvrait.

– Mon garçon, tu es là mon chéri ! murmura-t-elle. Il ne t'a pas fait du mal au moins ?

– Maman, de qui parles-tu ?

– Fais très attention, il rôde, c'est un monstre, je ne veux pas qu'il te fasse de mal, je t'aime tellement…

Elle se blottit alors contre lui, inconsciente du chagrin que son attitude et ses incohérences lui infligeaient. Lucas leva des yeux découragés vers son père qui les contemplait, désolé.

– Vous pouvez partir, concéda-t-il.

Mais elle se redressa et leur fit face.

– Non. Je ne partirai pas tant que mon fils sera ici !

Sa voix étonnamment claire et déterminée les surprit autant que la parfaite lucidité qu'elle semblait avoir soudain recouvrée.

– Lucas, jure-moi de ne pas me renvoyer contre ma volonté.

Les deux hommes échangèrent un regard perplexe. Hélène ramena le visage de son fils vers elle.

– Jure-le-moi, mon grand.

– Je te le jure.

Elle lui sourit avec tendresse, et d'un geste maternel écarta une mèche brune qui barrait le front de son fils.

– Merci.

Elle se détourna et se dirigea vers la fenêtre, poussant légèrement Marc qui était sur son chemin.

– Pardon, monsieur, lui dit-elle distraitement.

Depuis le seuil, Marie les observait.

Dès qu'il rencontra son regard, Lucas s'y accrocha comme un noyé et sortit rapidement la rejoindre. Aussitôt dans le couloir, il la prit dans ses bras et la serra contre lui.

– J'ai besoin de toi, chuchota-t-il avec intensité.

*
* *

Le drôle de petit bonhomme qu'Angus avait devant lui ne cessait de s'agiter. Kevin ne faisait pas ses quinze ans. Sous une tignasse blonde qui n'avait pas dû rencontrer un peigne depuis longtemps, son regard mobile furetait partout. Il fixa un œil de prédateur sur la cigarette que le gendarme allumait.

Suspect dans une affaire de viol ayant eu lieu la nuit du mariage, il clamait son innocence depuis une heure, et Angus, fatigué de la sensation de se retrouver une fois de plus devant un petit animal sauvage plutôt que devant un être humain, estima en avoir fini avec lui. D'autant qu'il venait d'obtenir du gosse un alibi bien plus intéressant qu'un aveu.

– Brody, je vous le rends, c'est bon ! aboya Angus.

Le gendarme venait de voir entrer Marie et Lucas et il se fit un plaisir de leur rapporter les propos du jeune Kevin…

Au moment du viol, l'adolescent avait profité du va-et-vient occasionné par la réception de mariage chez les Sullivan pour chaparder tranquillement quelques objets au manoir. Sur le point d'être surpris, il s'était réfugié dans une chambre des communs où, par malchance, était entrée presque aussitôt la personne qui habitait les lieux : Dora.

Le petit malfrat avait dû attendre, coincé comme un rat pendant près de deux heures, que la gouvernante se fasse une infusion, range, s'agite, tourne et vire dans son lit et enfin s'endorme, à près de 3 heures du matin, avant de pouvoir s'éclipser.

La conclusion s'imposait : Dora n'avait pas pu tuer Alice.

Elle allait maintenant devoir leur dire pourquoi elle s'était accusée du meurtre. Ils se dirigèrent vers la cellule où la gouvernante était toujours en garde à vue.

Elle s'était allongée sur la couchette, tournant le dos à l'entrée, et ne daigna pas répondre à l'appel précautionneux d'Angus.

Entrant dans la cellule, il faillit se prendre les pieds dans le plateau-repas quasiment intouché qui traînait au sol. Il secoua alors l'épaule de la gouvernante qui roula au sol d'un bloc. Une exclamation d'horreur leur échappa. Le visage de Dora, déformé par le film plastique micro-ondable de son plateau, cyanosé par l'étouffement, laissait apparaître un regard exorbité et sans vie.

8

Envahi par la rage, le chagrin et la culpabilité de ne pas avoir été capable de veiller sur Dora, Angus tournait comme un ours en cage dans le petit local situé derrière la vitre sans tain d'où, avec Marie, ils observaient l'interrogatoire de Kelly mené par Lucas.

Des sanglots comme des spasmes agitaient la jeune femme. Elle venait d'apprendre le suicide horrible de sa mère et son innocence d'un crime qu'elle lui avait si violemment reproché. Son chagrin redoubla au souvenir des insultes dont elle l'avait accablée au moment de son arrestation ; c'étaient les derniers mots qu'elles avaient échangés, jamais elle ne pourrait lui en demander pardon. Elle se détestait de ne pas avoir deviné plus tôt à quel point sa mère s'était sacrifiée pour elle. Mais pourquoi ne lui avait-elle pas dit la vérité sur son père ? Elles se seraient défendues ensemble depuis le début, et tout aurait été différent…

Trop choqué par la mort de Dora, Angus ne supportait plus la passivité de Lucas qui se contentait d'écouter avec attention la jeune femme. Il fit soudain irruption dans salle d'interrogatoire, et agressa immédiatement Kelly. Allait-elle maintenant accuser sa mère d'être la cause de tout parce qu'elle avait eu la décence de se taire ?

Il s'en prit également à Lucas.

– À quoi bon écouter un être aussi abject, un monstre capable de détruire sa propre mère, capable d'assassiner la femme qui l'aime, et à peine morte, de lui enfoncer dans la gorge une pierre comme celle-ci ?

Rouge de fureur, il posa devant Kelly l'ogam marqué du signe J.

La jeune femme leva vers Angus un regard tellement dévasté qu'elle ne semblait même pas comprendre de quoi il parlait.

– À l'autopsie, lui asséna le gendarme, il a fallu découper le cadavre d'Alice pour en extraire la pierre !

Les yeux de Kelly, agrandis d'horreur, roulèrent alors en arrière. Tout son corps fut secoué d'une convulsion, et elle s'écroula évanouie dans les bras de Lucas.

*
* *

Franck se rendit compte qu'il tremblait. De rage.

Mais pourquoi cette fille n'était-elle pas morte à la place d'Alice ? Son arrivée leur avait pourri la vie ! Et ce qui venait de se passer chez le notaire l'avait atteint de plein fouet, comme d'ailleurs tous les autres membres de la famille.

– Les Sullivan ont touché le fond ! s'exaspéra-t-il, face à Viviane qui l'écoutait avec compassion.

L'ouverture du testament d'Alice avait non seulement révélé l'homosexualité de sa sœur, mais s'était transformée en véritable règlement de comptes. Et en présence des trois flics, en plus !

Alice, non contente de léguer la moitié de ses biens à Kelly, sa compagne secrète, avait, sur plusieurs pages, énuméré tous ses griefs envers sa propre famille. Elle y reprochait à Edward d'avoir été un père indifférent et de l'avoir mariée contre son gré à un homme stupide et brutal. Elle accusait sa grand-mère Louise d'avoir tout fait pour que, après le divorce de leurs parents, son frère et elle ne puissent jamais voir leur mère. Elle attaquait Franck pour son cynisme et son ingratitude à son égard alors que, pendant son enfance, elle avait été son unique substitut maternel…

Seule Jill avait eu droit à quelques excuses, mais Alice lésait sa fille de la moitié de son héritage. Franck maudit Kelly qui, blême, avait entendu sans réagir le legs qui lui était fait et qui s'en était allée sans un mot avant la fin de la séance.

Et, comble de tout, la réaction incompréhensible de son père ! Edward avait contré Louise lorsqu'elle avait émis la possibilité d'attaquer ce testament, il avait même pris la défense d'Alice pour que soit respectée sa volonté de réhabiliter Kelly comme une Sullivan. Cette manie qu'il avait maintenant de vouloir reconnaître tous les bâtards de la famille ! Décidément, depuis l'accident qu'il avait eu quelques mois plus tôt, il devenait gâteux...

Viviane, navrée, subissait l'avalanche d'amertume de son compagnon. Elle était la seule avec qui il puisse se laisser aller. Elle l'écoutait avec sa patience habituelle, ce qui n'empêcha pas Franck de tourner sa hargne vers elle.

– Comment, alors que tu étais l'amie d'Alice, n'as-tu pas compris qu'elle était homo ?

La jeune paysagiste se défendit.

– Alice s'est toujours montrée amicale, mais c'était très superficiel et elle ne m'a jamais fait la moindre confidence. À part, peut-être...

Elle se souvenait maintenant que le matin du mariage, Alice lui avait dit qu'elle vivait une relation secrète très passionnelle, à laquelle elle souhaitait mettre un terme.

– Je ne sais pas de qui il s'agissait, mais elle m'a dit qu'elle avait peur de la réaction que la rupture risquait de déclencher...

– Et la nuit suivante, elle a été assassinée ! s'exclama Franck.

Il fit alors le rapprochement avec un détail rapporté par le notaire.

La veille de sa mort, Alice avait demandé un rendez-vous à l'homme de loi, sans lui avoir dit pourquoi.

– Imagine que Kelly ait appris qu'elle voulait rompre et la supprimer de son testament ?

Viviane ouvrit des yeux comme des soucoupes et murmura qu'il serait peut-être utile d'en parler à la police...

Lorsque les trois flics eurent entendu la compagne de Franck, Angus exulta.

Il le leur avait bien dit, la culpabilité de Kelly ne faisait maintenant plus aucun doute ! Le gendarme demanda alors à Fersen de le laisser pour cette fois se charger de l'interrogatoire de la jeune femme.

Lucas s'insurgea.

– Vous avez fait assez de dégâts comme ça, elle est déjà restée évanouie plus d'une heure grâce à votre si délicate intervention.

Marie proposa ses services, estimant qu'elle serait moins virulente qu'Angus, même si elle penchait nettement pour la thèse de la culpabilité de la palefrenière.

Lucas prit le contre-pied de sa femme.

– À la façon dont Kelly a réagi chez le notaire, je suis sûr qu'elle ignorait tout de cet héritage. Et son désespoir d'avoir perdu Alice était sincère, j'en jurerais.

Marie ne put s'empêcher d'être agacée. Une fois de plus, il prenait fait et cause pour la belle rousse.

Lorsqu'ils parvinrent tous les trois au corral extérieur où Kelly dressait une jument à la longe, elle vit une expression de compassion flotter sur le visage de son mari. Elle le torpilla du regard, mais il enjambait déjà la clôture de bois et alla poser une main pour le moins amicale sur l'épaule de la jeune femme. Marie culpabilisa vaguement de ressentir un plaisir mesquin à constater que Kelly avait nettement perdu de sa superbe. Les yeux éteints, le geste machinal, la palefrenière semblait absente à elle-même.

D'une voix atone, elle contesta les affirmations de Viviane. Même si elles avaient parfois des discussions vives sur l'opportunité d'un coming-out commun, jamais Alice n'avait parlé de rompre, et elle ne comprenait pas pourquoi Viviane pouvait avoir dit une absurdité pareille.

Las de ronger son frein, Angus ne put s'empêcher de rappeler à Kelly que non seulement elle n'avait pas d'alibi, mais qu'elle cumulait les deux mobiles les plus vieux au monde : l'amour et l'argent.

– Si Dora s'est accusée aussi spontanément pour vous protéger, ajouta Marie, c'est forcément parce qu'elle avait de bonnes raisons de vous croire coupable du meurtre.

Kelly, accablée, tourna un regard désespéré vers Lucas.

– Pourquoi les laissez-vous me torturer comme ça ? Vous savez bien, vous, à quel point j'aimais Alice…

Pensant Lucas troublé, Angus fut catégorique. Il estimait que les charges étaient suffisantes pour déférer Kelly devant le parquet.

Le gendarme amorça un geste vers elle. Aussitôt, avec une vivacité qui les prit tous au dépourvu, la palefrenière courut jusqu'à la jument qu'elle enfourcha lestement, éperonna et dirigea droit sur la barrière que sa monture survola sans peine.

Dans un galop d'enfer, sautant haies et clôtures, la cavalière à la chevelure flamboyante disparut en quelques secondes derrière les premières frondaisons.

À la stupéfaction succéda alors un hurlement d'Angus : la fuite de Kelly signait sa culpabilité !

Composant fébrilement un numéro sur son portable, il jura qu'elle n'irait pas bien loin : il allait immédiatement faire mettre en place des barrages routiers et un dispositif de surveillance des ports et aérodromes de l'île.

Tandis qu'il s'agitait en aboyant des ordres au téléphone, Marie dévisageait Lucas. Pour la première fois, elle avait un doute sur le bien-fondé de son attitude professionnelle. Il lut clairement sa pensée et lui adressa un sourire un peu forcé.

– Avec un dispositif pareil, l'arrestation de Kelly n'est plus qu'une question d'heures, non ? Puisque vous êtes si sûrs de tenir la coupable, l'affaire est bouclée, et dans quarante-huit heures on est partis en voyage de noces, super…

Marie, déroutée, se demanda quelle était la part de l'humour dans cette réflexion.

– Tu ne comptes pas participer aux recherches ?

– Je fais entièrement confiance aux escouades d'Angus. En revanche, avant de pouvoir clore le dossier, je tiens à le revoir de A à Z.

Il lui prit la taille et l'entraîna vers le break.

– Franchement, tu as cru que je pourrais lâcher l'affaire avant que Kelly soit sous les verrous ?

Marie frissonna en traversant le parc vers le manoir. Elle se demanda si c'était l'humidité de la nuit tombée, la fatigue d'avoir planché des heures avec Lucas, ou bien le malaise persistant d'avoir douté pour la première fois de l'homme qu'elle venait d'épouser.

Elle l'avait laissé à la gendarmerie, encore penché sur l'ensemble des dossiers de Killmore qu'il fouillait de fond en comble. La lassitude était tombée sur elle lorsqu'une pensée l'avait troublée : Lucas faisait-il du zèle pour compenser l'erreur qu'il avait commise en laissant s'échapper Kelly ?

Le doute s'était bel et bien instillé en elle et s'y était même installé.

Deux heures plus tard, il l'empêchait encore de dormir. Elle réalisa son degré de tension au bond qu'elle fit lorsque le téléphone sonna.

En entendant la voix tendre de Lucas, toutes ses incertitudes s'évanouirent. Amoureusement, il lui demandait si cela ne la contrariait pas qu'il aille prendre un verre avec Angus, il ferait le maximum pour que cela ne s'éternise pas, il lui tardait déjà de la rejoindre, il avait très envie d'elle.

Elle raccrocha avec un sourire heureux. Il l'avait appelée mon ange, cela lui avait fait tout drôle, c'était la première fois.

*
* *

Les enseignes clignotantes et multicolores des pubs se reflétaient sur l'asphalte humide des ruelles du port. PM sortit d'un bar, plaqua d'une main experte la longue mèche avec laquelle il croyait cacher sa calvitie et repéra le bistrot suivant. Un gros type en bras de chemise se propulsa derrière lui et le rattrapa familièrement par l'épaule. En le repoussant du bout des doigts, PM écouta avec intérêt le bonhomme vacillant : le malabar pensait avoir croisé le type de la photo qu'il avait brandie à tout le pub, c'était à la sortie d'un garni dont il lui montra la direction d'un geste imprécis.

PM se contenta d'un large sourire pour tout remerciement, et fila dans le sens indiqué.

*
* *

Contemplant sans les voir les reflets mouvants des néons sur le sol, Christian Bréhat arpentait lui aussi les ruelles du port. Le col de son caban redressé, les poings enfoncés dans les poches, le regard bas, perdu, il traînait sa tristesse de bar en bar.

Alors qu'il traversait une venelle connue pour ses hôtels de passe, un éclat de rire strident lui fit lever les yeux vers un couple qui semblait hésiter devant l'entrée d'un des bouges. La fille secoua ses longs cheveux roux et s'accrocha langoureusement au bras de l'homme.

Christian eut un haut-le-cœur.

Il aurait reconnu cette silhouette entre mille.

Se glissant dans l'ombre pour ne pas se faire repérer, il avança comme un chat pour vérifier sa première impression. Le couple fit mouvement pour entrer dans le petit hôtel, le visage de l'homme accrocha alors la lumière du néon de l'entrée. Sidéré, le regard rivé sur l'enseigne qui clignotait irrégulièrement, Christian fut submergé par les suppositions les plus folles.

Il venait bel et bien de reconnaître son pire ennemi.

Lucas Fersen.

*
* *

– Lucas n'est pas auprès de toi et tu risques de l'attendre encore longtemps…

La voix de Christian mit du temps à prendre un sens dans l'esprit embrumé de Marie. Elle s'était endormie tout habillée sur le lit. Dès les premières sonneries de son portable, elle l'avait porté à l'oreille, sûre dans son demi-sommeil d'entendre la voix de son mari. Pas celle de Christian.

Le coup d'œil qu'elle jeta à son radio-réveil acheva de la contrarier : 2 heures du matin. Les élucubrations du skipper qui tentait de la convaincre de le rejoindre étaient si fumeuses qu'elle le pensa ivre, jusqu'au moment où le détail de la chevelure rousse fit déclencheur.

Un quart d'heure plus tard, elle traversait le parc nimbé de brouillard en direction de la sortie de la propriété des Sullivan.

Tout en marchant, elle composa encore une fois le numéro de Lucas et, à nouveau, tomba directement sur sa messagerie. Le mot qu'elle lui laissa était encore plus impérieux que les précédents et cette fois sans formule affectueuse. Il fallait qu'il la rappelle. Au plus vite.

Sur la route, elle aperçut le halo des phares d'un véhicule qui venait de s'arrêter. Elle accéléra l'allure, puis vit la silhouette carrée de Christian descendre de la voiture et marcher vers elle. Elle s'arrêta dès qu'elle distingua les traits de son ex-amant. Son visage marqué de chagrin disait sans ambiguïté tout l'amour qu'il lui portait.

Il s'arrêta tout près d'elle, son cœur battant la chamade, et réfréna avec douleur le désir de la prendre dans ses bras.

Elle perçut son odeur encore familière. Elle connaissait par cœur le contour de sa bouche et nota les quelques rides amères que sa solitude des derniers mois y avait imprimées. Calmant l'émotion involontaire qu'il avait suscitée en elle, elle s'obligea à une froideur qu'elle savait pourtant blessante. Si elle était ici, c'était uniquement pour Lucas, pour savoir ce que cachaient des insinuations qui avaient tout l'air d'un chantage pour l'obliger à ce rendez-vous.

Christian avait déjà trop souffert pour lui en vouloir. Elle était là, c'est tout ce qui comptait. Alors, avec toute la ferveur de son amour et une conviction bouleversante, il supplia Marie de s'enfuir avec lui. Là, tout de suite. Il avait la certitude que Lucas ne la rendrait pas heureuse. Elle ne savait rien de ce type…

À la colère que ces dernières paroles déclenchèrent, il sentit qu'il avait touché juste.

– Ce que tu fais est abject ! Si tu n'as rien à dire de plus, fous le camp ! Fous le camp !

Il contemplait la fureur qui colorait ses lèvres et ses joues, songeant qu'il adorait jusqu'à sa colère contre lui. Mais il allait devoir lui faire mal, très mal. Son aversion à la faire souffrir le déchira lorsqu'il finit par enfoncer le poignard en révélant à Marie la scène dont il avait été témoin devant l'hôtel de passe.

Elle l'écouta sans l'interrompre, telle une statue de glace. Le vent dans ses cheveux accentuait son immobilité et l'expression tragique du regard qu'elle fixait sur lui. Il sentit qu'à cet instant, qu'elle crût ou non à ce qu'il lui disait, elle le haïssait.

– Tu m'as aimé, Marie, tu avais la certitude que rien ni personne ne pourrait nous séparer. Pourtant, aujourd'hui, tu me détestes. Je sais maintenant que ton amour pour Lucas subira le même sort. Je te demande juste de ne pas oublier que je serai toujours là pour toi.

Il embrassa des yeux le visage adoré, et ressentit un infime espoir en y lisant le doute qu'il avait semé.

– Quant à Fersen, articula-t-il, si je le trouve sur mon chemin, je serai sans pitié.

Elle le regarda partir, il ne se retourna pas une seule fois.

Lorsque les feux arrière de la voiture disparurent, elle se rendit compte qu'elle tremblait.

La première pensée cohérente qu'elle parvint à articuler fut que Christian était devenu fou. Elle se mit en route vers le manoir, se remémorant ce qu'Anne Bréhat lui avait confié : son frère avait fait une lente descente aux enfers depuis leur rupture. Le récit qu'il venait de lui faire était si improbable qu'il ne pouvait être que la marque de sa folie. Lucas allait rentrer d'un instant à l'autre et effacer ce moment de cauchemar où elle avait failli croire Christian, et elle s'en voudrait alors d'avoir pu douter.

De retour dans la solitude insupportable de sa chambre, elle n'y tint plus et composa le numéro d'Angus.

Au son de sa voix, elle comprit qu'elle le réveillait. La torture du soupçon s'amplifia lorsqu'il balbutia son étonnement. Non, il n'avait jamais proposé à Lucas d'aller prendre un verre, il était déjà minuit quand ils s'étaient séparés…

Marie s'excusa rapidement et raccrocha, ravagée.
Puis elle prit son arme, sa carte de flic et sortit.

Une demi-heure plus tard, elle était devant la sinistre façade du petit hôtel de passe, immobile sous le halo clignotant de l'enseigne au néon. D'une main glacée, elle vérifia la présence de son arme et entra.

Affalé derrière son comptoir, un homme d'une cinquantaine d'années, alourdi de graisse molle, reposa la bouteille de scotch qu'il sirotait et leva vers elle un regard trouble. Il ébaucha un sourire entartré en évaluant comme un maquignon le corps de Marie. Le ton cinglant avec lequel elle le somma de répondre à ses questions et lui exhiba sous le nez sa carte de flic en même temps qu'une photo de Lucas lui fit perdre son sourire visqueux.

– Fallait le dire tout de suite, gémit-il. Si c'est ce type que vous cherchez, il est là, ouais, à la 12. Avec une rousse, un vrai canon.

Une nausée envahit brusquement Marie, mais elle parvint à se maîtriser pour ordonner au tenancier de prendre un passe et de l'accompagner.

Au bout d'un couloir au sol douteux, l'homme s'arrêta devant une porte à laquelle il toqua sèchement. Pas de réponse. Il glissa la clé dans la serrure et entrouvrit la porte.

Marie, au bord de défaillir, le laissa entrer le premier.

– Nom de Dieu ! brailla-t-il en allumant la lumière.

Marie entra à son tour. La chambre était vide.

Elle ne put s'empêcher de jeter immédiatement un coup d'œil au lit défait, les draps en vrac traînant jusqu'au sol. Une chaise gisait, renversée, les rideaux sales s'agitaient devant la fenêtre grande ouverte.

Le patron tenta de remettre un semblant d'ordre dans la pièce sordide, en râlant contre des clients assez timbrés pour se tirer en douce.

– M'en fous, ils ont payé d'avance, mais quand même ! se scandalisait-il.

Il s'interrompit en réalisant que la jeune flic avait déjà disparu.

Dévastée par l'incompréhension et l'angoisse, Marie erra un long moment sans but sur les quais du port, incapable de prendre la moindre décision.

De loin, elle repéra la goélette de Christian, amarrée à une panne. Elle s'adossa dans l'obscurité d'un hangar, cherchant à ravaler les larmes d'humiliation qui embuaient ses yeux. À contrecœur, elle se résolut enfin à se diriger vers le bateau.

Elle devina la silhouette de Christian, assis sur le pont arrière, comme s'il avait deviné qu'elle viendrait. Il se leva à son approche, et le visage exsangue de Marie le bouleversa. Leurs yeux se rencontrèrent, il comprit tout de suite qu'elle était allée à l'hôtel. Il ne fit pas un geste pour l'inviter à monter à bord, mais l'inquiétude et la compassion qu'elle lut dans son regard lui firent réaliser à quel point la souffrance qu'elle éprouvait devait être criante.

À bout de forces, elle le rejoignit et, lorsqu'il lui ouvrit les bras avec une infinie douceur, elle s'y laissa aller.

Il la berça tendrement, jusqu'à ce qu'elle soit enfin en état de parler.

– Comment a-t-il pu me faire une chose pareille ?

Christian lui murmura que lui non plus ne comprenait pas comment un homme, qui avait la chance d'être aimé d'elle, pouvait se comporter d'une façon aussi ignoble. Il la sentit tressaillir d'un sanglot. Alors il la berça encore, lui chuchotant qu'il était prêt à partir avec elle, à l'emmener où elle voudrait, le plus loin possible, dès qu'elle le voudrait, tout de suite même, le bateau était prêt à appareiller.

Elle se laissa enfin aller à son chagrin sans répondre.

La vibration de son portable lui fit l'effet d'une décharge électrique. Christian resserra son étreinte.

– Ne réponds pas. Je ne veux pas que tu aies mal…

La sonnerie du cellulaire prit le relais.

Incapable de résister, Marie déchiffrait déjà l'écran lumineux. *Angus*.

Ignorant le ton suppliant de Christian, elle décrocha.

– Où êtes-vous ? fit le gendarme d'une voix sombre.

– Sur le port…

Elle n'eut pas le temps de poursuivre, il lui demandait de le rejoindre à l'entrée de la jetée, de toute urgence. Il raccrocha aussitôt.

Elle se tourna vers Christian et s'aperçut qu'il avait fait demi-tour pour disparaître dans le carré.

Elle tremblait de tous ses membres et dut s'accrocher à un chandelier du bastingage pour l'enjamber, et sauta sur la panne qui résonna de ses pas de plus en plus rapides.

De toute urgence…

La gravité de la voix d'Angus faisait écho en elle, mais elle s'interdit toute pensée.

Lorsqu'elle entrevit les lueurs bleutées des gyrophares de plusieurs voitures de gendarmerie, elle se mit à courir de toutes ses forces en direction de la jetée. La silhouette massive d'Angus venait à sa rencontre. Elle s'arrêta net devant lui, hors d'haleine, et se rendit compte qu'il était blême. Il la prit fermement par les épaules, et tenta vainement de dire quelque chose. Il ne put articuler qu'un mot d'une voix enrouée.

– Marie…

Elle eut un regard derrière lui et avisa un petit attroupement. D'un geste brusque, elle se dégagea et se remit à courir, rejoignant les quelques dockers qui, penchés vers une palette de déchargement, contemplaient la forme d'un corps sous une bâche.

Marie les bouscula brutalement et se laissa tomber à genoux.

À demi dégagée, la toile laissait apparaître, dans la lumière blafarde d'une lampe torche, le visage inerte d'un cadavre au regard fixe et vitreux, des boucles brunes collées au front.

Lucas.

9

Ce crétin n'aurait jamais dû se mettre en travers de ma route.

Il s'en était fallu de peu qu'il ne fût ma perte. Le simple fait de l'avoir sous-estimé était une erreur indigne de moi. De mon génie.

Si sa mort me laissait aussi insensible que son cadavre étendu sur le quai, elle contrariait sérieusement mes plans, et la seule idée que j'étais en train de perdre le contrôle me rendait malade.

Je songeais à cette foutue robe rouge qui avait semé la pagaille. Sans elle, Marie n'aurait pas eu à jouer les veuves. Et si le chagrin la tuait ? Et si elle mettait fin à ses jours, m'obligeant, à nouveau, à déployer des trésors d'ingéniosité pour atteindre le but que je m'étais fixé ?

Mes lèvres étaient sèches, alors que j'avais les mains et les aisselles moites de sueur.

Je déglutis avec un petit bruit qui se transforma en gloussement.

Un rire irrépressible me secoua en regardant la mer se retirer, et je songeai à tout ce qu'elle laissait, échoué sur le sable. Entre autres des chimères…

Le soleil se lèverait bientôt.

*
* *

Le regard sans vie le glaça.

Christian avait dû lui barrer carrément la route pour que la jeune femme, qui longeait le quai comme une automate, consentît à s'arrêter.

Du pont de la goélette, il l'avait vue s'agenouiller auprès du corps dont il savait déjà qu'il s'agissait de celui de Lucas. Elle n'avait pas eu un cri, pas une larme, et ne s'était même pas révoltée quand Angus avait essayé de la retenir. Elle s'était contentée d'avancer, mue par quelque chose de beaucoup plus fort qu'eux.

Le désespoir.

Christian maudit le sort qui s'acharnait contre lui. Contre elle. Contre eux.

Il maudissait en bloc les dockers qui avaient découvert le corps, Angus qui avait appelé trop tôt, la météo sans laquelle il serait déjà loin. Avec elle. Au point d'en oublier qu'en toute logique la nouvelle aurait fini par lui parvenir, tôt ou tard.

Il posa ses mains sur les épaules de la jeune femme et fouilla ses yeux. Rien. Le néant. Un abîme dans lequel celle qu'il aimait plus que tout était en train de dégringoler lentement.

Une bouffée de haine à l'égard de celui qui en était la cause l'envahit.

En cet instant précis, Christian aurait pu tuer Lucas s'il n'était déjà mort. L'idée que ce bâtard avait trahi sa jeune épouse et qu'il avait encore le pouvoir de la faire souffrir lui était tout simplement odieuse.

S'il n'avait pas tant aimé Marie, il lui aurait rappelé les raisons qui l'avaient amenée à bord de sa goélette – était-ce seulement quelques minutes plus tôt ? –, mais il la connaissait suffisamment pour savoir qu'elle le haïrait de charger ainsi le défunt.

Il l'attira en douceur contre lui sans qu'elle opposât une quelconque résistance, et la prit dans ses bras, conscient que ceux de la jeune femme restaient inertes, pendant le long de son corps.

Le fait qu'elle ne le repoussât pas était un premier pas.

– Viens avec moi, Marie, chuchota-t-il tout contre son oreille.

Silence. Aucune réaction. Pas un souffle. Il ne l'entendait pas respirer en dépit de leur proximité. Même son cœur, tout contre sa propre poitrine, semblait avoir suspendu ses battements.

Il approcha la bouche de sa tempe et l'effleura légèrement, sans qu'elle bronche. Il voulut y voir un nouveau signe encourageant.

– Je vais te ramener chez toi, ma chérie. À Lands'en…

Entre ses bras, le corps souple se raidit imperceptiblement, comme si le nom de l'île cherchait à se frayer un chemin dans les profondeurs de l'abîme, et y provoquait un écho.

Christian décida de pousser l'avantage en ajoutant : auprès de ta famille.

En la sentant se dégager, il comprit qu'il avait échoué.

Les mots qu'elle prononça alors, quasiment sans remuer les lèvres, dissipèrent tout espoir.

– Je n'ai plus de famille.

Ce fut dit simplement, d'une voix atone, comme l'énoncé d'une évidence que rien ne pouvait changer. Ni l'amour du marin, ni son air suppliant. La jeune femme était bien trop loin pour qu'il puisse l'atteindre.

*
* *

Anne était en train de préparer l'appareillage quand il revint à bord.

– On ne part plus.

Devant l'expression de son frère, elle sut que rien de ce qu'elle pourrait dire ne le ferait changer d'avis. Et surtout pas sa peur de le voir payer une fois de plus le prix fort par amour pour cette fille.

Imaginer qu'une femme pouvait avoir de tels pouvoirs sur un homme dépassait l'entendement d'Anne. Mais que pouvait savoir de l'amour celle qui se contentait de le vivre à travers les récits passionnels des livres qu'elle vendait ? lui aurait dit Christian si elle s'était autorisé ce genre de réflexion tout haut.

Anne eut une pensée fugitive pour le dernier homme qui avait eu le don de l'émouvoir. Pour lui, elle aurait pu perdre la tête s'il n'avait pas disparu en plongeant du haut du phare de Ty Kern. Elle écrasa un sourire amer en songeant que, d'une certaine façon, c'était à cause de Marie que Ryan en était arrivé à de telles extrémités.

– Tu es complètement cinglé, marmonna-t-elle.

Christian regardait la silhouette de Marie s'amenuiser et disparaître dans l'une des ruelles du port. Oui, il était fou.

Fou d'elle.

*
* *

Edward avait coutume de se lever aux aurores, aussi est-ce lui qui reçut l'appel d'Angus l'informant de la mort de Lucas. Il se demandait déjà comment il allait annoncer la nouvelle aux Fersen quand un lad vint le prévenir que mademoiselle Marie avait un comportement étrange. Il retint mal un juron en comprenant qu'elle s'apprêtait à partir sur Diablo, et se précipita à l'extérieur.

Sourde aux appels dont l'écho lui parvenait affaibli, comme dans un brouillard, Marie talonnait son cheval, laissant le manoir loin derrière elle. Et sa monture libre d'aller où elle le voulait.

L'étalon fonça vers le nord, en direction du sentier qui longeait l'océan.

À demi couchée sur l'animal qu'elle montait à cru, les rênes à la dérive, Marie dépassa la crique et le ponton privé où était amarré l'hydravion, et doubla, sans la voir, la bâtisse qui marquait le début du chemin communal.

Centrée sur des souvenirs dont toute douleur était exclue, elle ne réalisa pas que l'alezan quittait peu à peu le sentier pour caracoler dans les fougères, ivre d'un galop dont il avait été privé depuis que la police l'avait consigné aux écuries après le meurtre d'Alice.

Elle avait le regard fixé sur le large, bien au-delà de la mer d'Irlande, où loin, très loin, il y avait Lands'en.

Et le temps s'étira, la ramenant un an en arrière.

Elle était avec Lucas, sur le bac, quand il lui avait demandé de l'épouser, et ne sentit pas le vent forcir à l'approche de l'océan, ni ses cheveux lui fouetter le visage. Elle n'avait pas conscience que l'étalon longeait désormais la falaise.

Une falaise réputée pour ses failles où la mer, trente mètres en contrebas, s'engouffrait avec force, se brisant en écume sur les rochers.

Totalement débridé, Diablo fonçait droit sur l'une d'elles.

Une faille de plusieurs mètres de large qu'il ne pourrait jamais sauter.

Une faille qui, du fait du relief accidenté de la falaise et des fougères ondulant sous la brise, ne se devinait qu'au tout dernier moment.

Insensible aussi bien au danger qu'à la stupéfiante beauté de la lande qu'éclairaient les premiers rayons de soleil, Marie était avec Lucas, dans la grotte des Naufrageurs, quand il lui avait déclaré pour la première fois qu'il l'aimait.

Pourquoi tout paraît possible quand tout devient impossible…

La distance entre elle et le grand saut se réduisait inexorablement, avalée par l'allure de Diablo dont les naseaux frémissaient au vent.

Marie aussi frémissait. Sous les caresses de Lucas. Des caresses qui lui faisaient oublier tout ce qui n'était pas lui, son amour pour lui. Elle était dans ses bras, emportée par une houle de désir tandis qu'il lui faisait l'amour, noyée dans son regard noisette, et vibrant de plaisir au murmure de sa voix qui prononçait son nom.

Un nom qui, curieusement, se répercutait en écho sur la falaise. Enflant avec le vent.

Marie ! MARIE !

Le cavalier surgit à la diagonale de la jeune femme, éperonnant son cheval encore et encore.

De l'homme qui cherchait aussi désespérément à attirer son attention, on ne voyait qu'une silhouette de cow-boy vêtue d'un long cache-poussière kaki, et coiffée d'un chapeau rabattu sur les yeux.

C'était de toute évidence un cavalier émérite.

Les rênes tenues court d'une main, il lia rapidement de l'autre une corde au pommeau de sa selle et en arma son bras qu'il fit tournoyer au-dessus de sa tête, déployant la corde à laquelle il imprima un mouvement tournant, sans cesser de galoper.

La faille n'était plus qu'à quelques mètres quand le lasso siffla dans l'air et se referma avec adresse autour de la tête du cheval de Marie. Une tension précise et Diablo, stoppé net, se cabra violemment, désarçonnant sa cavalière qui chuta lourdement dans les fougères.

À moins d'un jet de sabots du gouffre.

Le cavalier sauta à terre et se précipita vers elle.

Sonnée, la jeune femme prit machinalement la main de l'homme qui se tendait vers elle, et se releva.

Aveuglée par le soleil dont les rayons la frappaient de plein fouet, elle ne voyait de lui qu'une mâchoire carrée et un menton volontaire, le reste du visage se perdant dans l'ombre du chapeau. Si personne n'avait réussi à la sortir de la torpeur dans laquelle elle était depuis l'aube, la brutalité avec laquelle ce type venait de l'arracher à ses souvenirs lui fit l'effet d'un électrochoc.

– Vous êtes cinglé ! Vous auriez pu me tuer ! lui balança-t-elle vertement.

C'est alors qu'elle vit l'ouverture béante de la faille. Et se pétrifia.

Si le soleil ne s'était pas caché juste à cet instant-là derrière les nuages, Marie aurait sans doute fini par balbutier des excuses à celui qui venait de lui sauver la vie.

Mais les mots moururent sur ses lèvres lorsqu'elle découvrit ses traits.

Ce visage. Ce regard débordant d'amour. Non, ce n'était pas possible. Il était mort ! Elle était juste le jouet d'une illusion, d'une fragile chimère qui allait disparaître quand elle rouvrirait les yeux.

– J'ai eu si peur de ne plus jamais te revoir.

Cette voix aux inflexions tendres n'était pas celle d'une chimère, encore moins celle d'un fantôme. C'était celle d'un faux Irlandais et d'un vrai Breton, d'un voleur et d'un assassin.

C'était celle de son père.

Ryan.

La jeune femme se recroquevilla sous les yeux bleus qui ne la lâchaient pas.

En un éclair, elle se retrouva en haut du phare de Ty Kern, un an auparavant, assistant, impuissante et le cœur en vrille, au saut de l'ange de Ryan. Elle revit le tourbillon d'écume se refermer sur lui, vingt mètres en contrebas. Et les plongeurs draguant les fonds, en vain.

Les yeux verts virèrent à l'orage.

À la stupeur de découvrir qu'il avait survécu succéda une rage intense. Une rage née de la pensée intolérable que tous ces drames portaient sa marque, comme PM l'avait suggéré.

Elle se rua sur Ryan et se mit à le marteler de ses poings, lancés à l'aveuglette, dans le seul but de lui faire mal, autant qu'elle avait mal.

– Pourquoi je ne l'ai pas écouté ? Pourquoi je ne l'ai pas cru ? Pourquoi partout où tu passes tu sèmes la mort derrière toi ? Pourquoi ? Pourquoi ? POURQUOI ?

La gifle assénée avec force claqua sur sa joue avec un bruit mat.

Et les deux mains de Ryan la saisirent fermement par les épaules.

– PM n'a raison que sur un point, dit-il avec force. Je n'aurais raté ton mariage pour rien au monde.

Mariage. Ce tout petit mot fit sauter le verrou que la jeune femme avait solidement cadenassé sur un chagrin bien trop lourd.

– Lucas est mort, murmura-t-elle d'une voix de petite fille perdue.

Atteint de plein fouet par sa détresse, Ryan contempla le visage blême sur lequel la gifle marquait la chair délicate d'une empreinte rosissante. Les grands yeux verts posés sur lui semblaient quémander comme l'espoir d'une contradiction qu'il ne pouvait lui offrir. À l'idée qu'elle avait peut-être voulu mourir, son cœur se serra. Il hocha doucement la tête.

– Je sais, ma chérie, je sais. Je suis tellement désolé.

Ses bras se refermèrent sur elle alors qu'elle s'abattait sur sa poitrine, libérant le flot de larmes trop longtemps contenues.

*
* *

Son entrée passa inaperçue.

Et PM, qui avait longuement étudié devant la glace toutes les expressions douloureuses qu'on peut arborer dans ce genre de circonstance avant de rejoindre les autres au salon, en fut pour ses frais.

Seule Louise tourna son regard mort vers lui. Et encore, brièvement.

– Ah, c'est vous, Pierre-Marie, soupira-t-elle d'une voix lasse, en laissant aller sa tête sur le dossier de la bergère.

Vieille peau ! Cette façon de le traiter comme quantité négligeable lui rappelait cruellement son père. Que le diable ait son âme ! Ravalant le désir puéril de décocher une grimace à l'aveugle, il plaqua un sourire aussi hypocrite qu'inutile sur ses lèvres, s'approcha d'elle et lui tapota la main.

– Edward est à sa recherche, Franck est parti à cheval avec plusieurs employés. Ils vont la ramener, susurra-t-il. Ne vous inquiétez pas.

– Et s'il était trop tard ? murmura la vieille dame, angoissée.

PM réprima un haut-le-cœur en songeant que cela mettrait ses plans par terre et repoussa cette pensée avec force.

– Quelle drôle d'idée ! C'est une fille solide, elle sait encaisser. Elle l'a prouvé par le passé, ajouta-t-il non sans une pointe d'aigreur.

Il s'en voulut in petto de n'avoir pas su maîtriser ses sentiments, mais l'aveugle ne faisait déjà plus cas de lui. Vieille bique ! Il relâcha la main décharnée qui retomba mollement sur l'accoudoir et se tourna vers les autres.

Marc Fersen se tenait debout, derrière son épouse prostrée sur le canapé. Pierric était assis à côté d'Hélène, son tas de chiffons sur les genoux, l'air emprunté. Un peu plus loin, affalée dans un coin, Jill cherchait à croiser le regard de Ronan et butait régulièrement sur celui, hostile, de Juliette. Seule Viviane, allant de l'un à l'autre, une assiette de biscuits à la main, mettait une pointe de vie dans cette réunion à l'atmosphère pesante.

PM refusa poliment les sablés, songeant qu'ils étaient beaucoup moins appétissants qu'elle – une pensée qui le troubla. Puis il rejoignit Marc. Une main amicale posée sur son épaule, il lui débita, d'une voix empreinte d'un savant dosage d'émotion et de compassion, une formule de condoléances personnalisée.

– C'était quelqu'un de bien, il va nous manquer, conclut-il, satisfait de voir les yeux du père de Lucas s'embuer.

PM aurait aimé que son épouse le voie tenir dignement le rôle de l'oncle accablé, mais cette salope d'Armelle avait demandé le divorce en comprenant que la famille était criblée de dettes, et l'avait laissé croupir dans un asile de seconde zone, alors qu'elle avait largement les moyens de lui offrir le confort d'un palace.

Si cette garce ne perdait rien pour attendre, PM n'oubliait pas que c'était à Marie et Lucas qu'il devait d'avoir été interné.

La mort de ce sale flic n'était qu'un juste retour des choses.

– Qui est mort ? Qui est ce Lucas dont il parle ?

Les regards effarés convergèrent vers Hélène qui venait de poser la question d'une voix fluette. Le soupir de Marc, aussi léger fût-il, sembla déchirer le silence qui s'abattit soudain.

Prenant sur lui, il posa les deux mains sur les épaules de sa femme.

– Je te l'ai dit, ma chérie, murmura-t-il avec douceur. Notre fils…

– Quel fils ? l'interrompit-elle sèchement en dardant un œil mauvais sur lui. De quoi tu parles ? Tu n'as pas de fils !

Une expression de contrariété contracta violemment le visage de son époux. Sensible au malaise général, il fit rapidement le tour du canapé et prit les mains de sa femme entre les siennes.

– Calme-toi, Hélène, calme-toi, dit-il à voix basse.

Elle se dressa et le repoussa brusquement, deux taches colorées empourprant ses pommettes.

La crise n'était pas loin.

– Ne me prends pas pour une folle, Marc ! Qui est ce Lucas ? répéta-t-elle d'une voix sifflante. Pourquoi es-tu si malheureux ? Ne mens pas, je le sens bien à ta voix !

Elle balaya la pièce d'un air dément, s'attardant sur Louise qui s'était redressée dans son fauteuil.

– Et vous autres, pourquoi vous ne faites rien ? Pourquoi vous restez tous comme des bûches au lieu de le chercher ?

– Mais qui, ma douce, qui ? balbutia Marc, interdit.

– Mais lui... Mon petit garçon... Où est mon petit garçon ? Je veux mon petit garçon...

Montée dans les aigus, sa voix se fit hystérique tandis qu'elle se mettait à trembler de tous ses membres.

Louise était devenue livide.

Ses yeux éteints étaient fixés sur Hélène qui répétait en boucle : *Je veux mon petit garçon... Rendez-moi mon petit garçon...*

Cette fois c'en était trop pour Marc. Il quitta la pièce à grandes enjambées, bousculant au passage PM qui tentait de le retenir. La porte claqua avec violence derrière lui.

Et la crise d'Hélène cessa d'un seul coup.

Ses paupières papillonnèrent comme si elle sortait d'un profond sommeil. Totalement désorientée, elle se laissa retomber sur le canapé et porta sur l'assistance un regard d'enfant étonné.

– Pourquoi il est en colère ? Qu'est-ce que vous lui avez fait ?

Pierric lui sourit gentiment et le plus doucement possible, avec ses mots à lui, tenta de lui expliquer pourquoi Marc avait du chagrin.

– Lucas... Vous vous souvenez de Lucas ?

À son air fuyant, à sa façon de lisser avec application sa jupe sur ses genoux, il était clair que la question l'embarrassait. Elle fronça les sourcils comme si elle fouillait son cerveau à la recherche de la bonne réponse, prit une attitude pénétrée et hocha lentement la tête. Puis, après avoir scruté de tous côtés et constaté qu'on ne faisait plus attention à elle, la mère de Lucas se pencha vers Pierric avec une mine de conspiratrice et chuchota :

– Il n'est pas mort... Il fait juste semblant...

Et elle posa son index devant sa bouche.

Chuuut.

*
* *

Ryan escorta Marie jusqu'à l'entrée ouest du parc et arrêta sa monture sous le couvert des arbres.

Il avait prévu de repartir le lendemain du mariage, mais la mort d'Alice, assassinée à la place de sa fille, avait bouleversé ses plans. Persuadé que l'assassin ne s'arrêterait pas là, il avait alors décidé de rester.

Pour la protéger.

– Je ne te crois pas, dit Marie dans un souffle. Pourquoi je te croirais ? Tu n'as fait que mentir par le passé.

Elle eut une expression amère avant d'ajouter que cela n'avait pas d'importance, qu'il mente ou qu'il ne mente pas. Plus rien n'avait d'importance, maintenant. Il refusa de la laisser poursuivre.

– Tu n'as pas le droit de dire ça !

– C'est toi qui parles comme ça ? s'insurgea-t-elle à son tour. Toi qui n'as jamais surmonté la mort de Mary ?

Le regard bleu délavé prit les nuances marine de l'océan. La voix se fit plus rauque.

– Le besoin de savoir qui l'avait tuée m'a aidé à tenir pendant trente-cinq ans. Tu es de la même trempe que moi, Marie. Une fois le choc passé, tu feras face, tu voudras savoir qui a assassiné Lucas, et pourquoi.

Ryan plongea les yeux dans les siens.

– Et moi je t'aiderai, autant que je le pourrai.

Elle le dévisagea sans aucune aménité.

– Ah oui ? Et comment tu feras alors que tu es recherché par la police ? Et d'ailleurs, comment tu as réussi à t'en tirer après avoir plongé du haut du phare ?

Bien que la situation ne s'y prêtât pas, il s'autorisa un bref sourire.

– Si je te dis *en nageant*, tu ne me croiras pas…

L'écho d'un moteur de voiture, au loin, lui fit accélérer le mouvement. Il sortit le médaillon, celui qu'elle avait déposé sur la tombe quelques jours auparavant.

– J'ai été très touché que tu mettes ma photo à côté de celle de Mary.

– Je croyais que tu étais mort, marmonna-t-elle.

Il préféra ne pas lui demander si elle se réjouissait que ce ne fût pas le cas.

– À chaque fois que tu auras besoin de moi, tu n'auras qu'à le déposer au même endroit. Je m'arrangerai pour te contacter au plus vite.

Marie n'avança pas la main pour prendre le bijou.

– Je n'ai besoin de personne, et surtout pas de toi.

– J'aime à croire le contraire, répliqua-t-il doucement.

Et, dans un mouvement aussi rapide qu'un jeté de lasso, il se pencha vers elle et lui glissa le médaillon autour du cou.

– Juste au cas où tu changerais d'avis.

Pour toute réponse, Marie talonna son cheval et se dirigea vers le manoir.

Sans un regard en arrière.

*
* *

Louise crut qu'elle ne pourrait jamais rejoindre sa chambre sans défaillir et regretta presque d'avoir refusé le bras que ce fat de PM s'était précipité pour lui offrir.

Elle ferma à clé derrière elle et s'adossa au chambranle le temps de discipliner ses sens. Fermer les yeux faisait partie d'un rituel dont elle ne s'était pas départie en devenant aveugle. Cette fois, il ne l'apaisa pas.

Rien ne pouvait l'apaiser.

Cette voix surgie du passé, comme l'écho d'une douleur qu'elle croyait à jamais enterrée, la crucifiait. C'était impossible. Dieu ne pouvait pas lui jouer un tour aussi cruel ! Elle avait déjà payé un si lourd tribut…

Et si elle se trompait ? Sans cette maudite cécité, elle aurait pu en avoir le cœur net. Il fallait qu'elle appelle la seule personne en mesure de le faire.

L'aveugle se dirigea vers le téléphone posé sur la table de nuit et pianota rapidement un numéro sur les touches en braille. Tandis que les sonneries s'égrenaient, elle tourna la tête en direction du portrait de Mary.

Mère Clémence était en prière quand sa ligne directe sonna avec insistance.

Plusieurs personnes connaissaient ce numéro, pourtant la mère supérieure sut instinctivement de qui venait l'appel. Tout comme elle savait que cela avait un rapport direct avec la visite de ces policiers au couvent.

Elle écouta Louise sans l'interrompre.

La vieille dame au bout du fil entendit alors la religieuse confirmer ce que son oreille lui avait laissé entendre. Un silence s'ensuivit, à l'issue duquel toutes deux arrivèrent à la même conclusion.

– Il faut se débarrasser d'elle au plus vite.

La mère supérieure raccrocha sur ce verdict sans appel.

Amen.

10

Marie se tint un instant sur le seuil, s'attendant presque à le voir surgir de la salle de bains, l'œil tendrement ironique et les mains baladeuses. Sa mémoire planait encore, comme si son âme s'apprêtait à s'habiller pour sortir…

Le pull était abandonné sur le dossier d'une chaise.

Un cachemire bleu lavande qu'elle lui avait offert pour sa fête, au début du printemps. Avant qu'Edward ne vienne à Paris. Avant la lettre de Louise. Avant la décision de se marier ici et le courroux de Milic.

Avant.

Elle enfouit son visage dans le chandail, humant la laine pour s'imprégner de l'odeur de celui qu'elle avait perdu.

L'union de deux âmes doit se faire sur la terre qui a vu naître l'une d'entre elles au risque de voir ces deux âmes se détruire mutuellement…

Ô combien ces paroles résonnaient douloureusement aujourd'hui. Pourquoi n'avait-elle pas écouté son père ?

Son père…

Tu es de la même trempe que moi, Marie. Une fois le choc passé, tu feras face, tu voudras savoir qui a assassiné Lucas, et pourquoi.

Comme il la connaissait bien, cet homme qu'elle connaissait si peu.

Lorsqu'elle releva la tête, un long moment plus tard, il ne restait plus une seule trace d'émotion dans ses yeux.

Tous se turent quand elle descendit dans le hall.

Sur leurs visages tendus vers elle se lisait le chagrin, et la pitié. Seul PM, curieusement, sembla comprendre que l'heure n'était plus à l'apitoiement. Ce menton buté qu'elle pointait en avant, cet air déterminé, cette lueur dans l'œil ! Dieu du ciel ! L'espace d'une seconde, il crut voir Ryan ! Et dut se raccrocher fermement à l'essentiel pour ne pas tanguer.

L'essentiel était qu'elle ne parte pas.

Il fut donc le premier à réagir lorsque Juliette, certaine que la jeune veuve ne voulait pas moisir à Killmore, émit le projet de leur réserver des billets sur le prochain ferry pour la France.

– Tu vas rentrer avec Ronan et le bébé, dit-il à sa fille.

Dans son angle de vision, il aperçut Pierric qui se dandinait maladroitement, et réprima à peine une grimace.

– Lui aussi, il part. Moi je resterai avec Marie le temps qu'il faudra, affirma-t-il avec une autorité qui sidéra sa fille.

Si Ronan n'avait pas immédiatement décrété qu'il restait également, et si Juliette n'avait pas surpris le sourire soulagé et ravi de Jill, elle se serait sans doute contentée de demander à son père d'où lui venait cette fibre familiale aussi soudaine.

Là, fixant sa rivale, elle répliqua d'un ton sans appel :

– Dans ce cas, nous restons tous.

Même si cette sollicitude la touchait, Marie aurait préféré les savoir loin, en sécurité. Elle allait le leur dire quand Hélène s'approcha et lui adressa un sourire timide.

– Excusez-moi, mademoiselle… Ce Lucas, c'était un ami à vous ?

Et c'est reparti, songea PM, effaré qu'une toquée pareille fût en liberté alors que lui-même avait dû négocier sec la sienne.

La gorge de la jeune femme se serra, tandis qu'elle acquiesçait lentement.

– Oui, murmura-t-elle d'une voix étranglée. Un ami très cher.

Sa réponse sembla satisfaire l'épouse de Marc qui s'éloigna en chantonnant, frêle silhouette recroquevillée dans les plis d'un châle bien trop grand pour elle.

L'espace d'un instant, Marie se surprit à envier Hélène que sa terrible maladie mettait hors d'atteinte d'une insoutenable réalité.

C'est en revenant au salon que Pierric constata que sa poupée avait disparu.

Et que tout le monde s'en moquait.

La jeune flic allait se glisser derrière le volant quand le pick-up pila à sa hauteur. Avec une rapidité déconcertante pour un homme flanqué d'une patte folle, Edward descendit de voiture et lui fit part de sa peine. À sa façon. Directe.

– Si je n'avais pas insisté pour que ce mariage ait lieu ici, Lucas serait toujours vivant…

– Alice aussi.

Un tribut pour un autre. Il n'y avait rien à ajouter.

Ce fut en la serrant brièvement contre lui qu'il sentit la masse du holster qu'elle portait au flanc droit. Il éloigna la jeune femme de lui et, soucieux, la scruta sans détour.

– Je ne sais pas si je dois me réjouir de te voir mener l'enquête. Mais, même si tu le fais d'abord pour Lucas, je te remercie, au nom de ma fille.

– C'est mon métier, répondit-elle simplement, pour couper court à une émotion qu'elle n'était pas sûre de savoir gérer.

– Tu as du courage. Tu tiens ça de Mary.

Il la regarda démarrer dans un jet de graviers et sursauta en entendant la voix de PM s'élever dans son dos :

– Le courage est surtout un trait de caractère des K… de notre famille. L'opiniâtreté également. Jamais nous ne renonçons. Ainsi je n'aurai de cesse d'apporter la preuve que Ryan est vivant. Et qu'il est le meurtrier.

Edward eut la tentation de l'envoyer paître. D'un autre côté il ne pouvait faire l'économie d'une éventuelle information, aussi farfelue soit-elle.

– Admettons que Ryan ne soit pas mort. Admettons, répéta-t-il en voyant PM s'illuminer. Admettons encore qu'il soit venu dans l'île pour le mariage. De là à tuer Lucas et faire le malheur de sa propre fille…

Le reste se perdit dans une expression d'un scepticisme éloquent.

– Sauf si Lucas était sur le point de le coincer, rétorqua PM. Entre son gendre et lui, égoïste comme il est, faut-il vous dire qui Ryan aurait choisi ?

– Vous le haïssez vraiment…

Edward lança les clés à un employé en lui demandant d'aller garer le pick-up et se dirigea vers l'entrée, talonné par PM trop content d'avoir enfin trouvé une oreille attentive pour s'en priver aussi vite. Et puis il avait besoin d'Edward.

– Ce type sème le malheur, persifla-t-il, c'est comme ça depuis qu'il est gamin. Il n'a pas eu le moindre état d'âme à tuer notre père, encore moins à me faire accuser des meurtres.

– Il paraît, oui.

Un instant interloqué, PM marqua le pas, puis galopa pour rattraper Edward en haut des marches.

– Ah non, non, non. Il *ne paraît pas* ! C'est la vérité ! C'est même un vrai miracle si j'ai réussi à me reconstruire. Et vous savez ce qui m'a aidé ? C'est de me dire qu'il n'était pas mort, qu'un jour ou l'autre je le retrouverais et lui ferais rendre gorge.

Il marqua une pause avant d'ajouter, plus bas, que ce jour était proche.

– Qu'est-ce qui vous fait dire ça ? demanda Edward en lui tenant la porte. Un élément nouveau ?

PM pénétra dans le hall et fronça le nez comme s'il se dégageait une odeur nauséabonde.

– Je le sais. Je le sens… Dites-moi, Edward, ajouta-t-il à brûle-pourpoint, ce manoir doit avoir des souterrains, j'imagine ?

Déconcerté par cette pirouette, l'autre secoua machinalement la tête.

– Pourquoi vous me demandez ça ?

– Si ce rat de Ryan est là, c'est sous terre qu'il se planque.

– Oh… Désolé, mais la maison est construite de plain-pied sur d'anciennes tourbières asséchées.

– Vous êtes sûr ? grimaça PM.

Sa théorie s'effondrait en même temps que son moral.

– Positivement. Par contre, ajouta Edward au bout d'un instant, la distillerie possède tout un réseau d'anciennes caves et de chais. Un vrai labyrinthe aujourd'hui condamné.

PM, ragaillardi, apprit qu'il devait même en exister des plans quelque part.

Un labyrinthe. Des rats ! Ryan était là. Il le sentait !

*
**

La voiture était arrêtée devant le petit cimetière des Sullivan.

Sur le siège passager, les lettres d'amour écrites par Ryan à Mary en 1967 côtoyaient le mot laissé dans le bouquet de mariage quelques jours plus tôt.

C'était en prenant son arme enfermée dans un des tiroirs de la commode que Marie avait eu la soudaine intuition de les comparer.

Près de quarante ans séparaient les deux écritures, et si la seconde présentait plus de maturité dans le graphisme, la façon de former la boucle du « e » était identique sur les deux.

Que pouvait bien savoir Ryan sur celui qu'elle s'apprêtait à épouser pour avoir pris le risque de venir au manoir, au vu de tous, lui glisser cet avertissement ?

C'était cette question qui avait conduit Marie sur la tombe de sa mère.

La sonnerie de son portable la tira de ses pensées.

Angus. Elle retint son souffle en l'entendant dire qu'ils avaient relevé des empreintes sur le corps de Lucas, et qu'ils les avaient identifiées. Elle ferma à demi les yeux lorsqu'il lui communiqua le nom du suspect.

Quant à Fersen, si je le trouve sur mon chemin, je serai sans pitié !

Ce qui lui avait semblé n'être qu'une forfanterie jetée dans l'éloquence du désespoir prenait brusquement un sens terrifiant.

– J'arrive, dit-elle simplement, avant de raccrocher.

Elle suspendit le médaillon sur la pierre froide de la stèle et quitta rapidement les lieux.

La traque avait commencé.

Anne sut immédiatement qu'il ne s'agissait pas d'une visite amicale.

Elle se précipita au-devant de Marie qui montait à bord de la goélette, escortée d'Angus et de deux autres gendarmes irlandais. Devant le visage pâle et fermé de la jeune flic, elle se mit à mélanger, avec une hâte fébrile, ses regrets pour le deuil de la jeune mariée au fait que son frère, en dépit des apparences, ne pouvait pas y être mêlé. Les mots se bousculaient sur ses lèvres en une plaidoirie que personne ne lui demandait, et qui accablait Christian plus sûrement que des aveux.

– Il ne m'a pas quittée de toute la soirée, conclut Anne, les yeux étincelants. Je peux le jurer.

La jeune flic connaissait Anne depuis suffisamment longtemps pour savoir qu'elle irait jusqu'au bout pour défendre Christian. Et comment lui en vouloir ? Il était son héros, le grand frère qui l'avait protégée après la mort de leur mère, lui épargnant la violence quotidienne de leur alcoolique de père. Marie n'ignorait rien des épreuves qu'ils avaient traversées, enfants. Et qui les avaient soudés.

Mais l'heure n'était ni aux souvenirs, ni aux faux-semblants.

Elle allait parler quand la voix de Christian s'éleva. Sourde et rauque.

– Arrête, Anne, ça ne sert à rien de mentir…

Il se tenait sur le seuil de la cabine de pilotage. Des cernes profonds creusaient son regard bleu. Il n'avait visiblement pas fermé l'œil.

– Comment as-tu pu faire ça ? murmura Marie, le cœur au bord des lèvres.

Un pli amer barra le front du skipper.

– J'ai souvent souhaité sa mort, j'aurais pu le tuer… J'en avais à la fois l'occasion, le mobile et l'envie, reconnut-il sans détour. Pourtant je te promets, sur ce que j'ai de plus cher au monde, que je n'y suis pour rien.

Si je le trouve sur mon chemin…

– Tu l'as croisé cette nuit.

Ce n'était pas une question, juste un constat.

Christian ne songea pas à nier. Après avoir quitté la jeune femme vers 2 heures du matin, il était revenu au port et avait fait la tournée des bars. Il était près de 4 heures, et il était plus qu'imbibé, quand il s'était fait jeter par le patron du Swan. Il longeait les docks quand il l'avait aperçu. Le type était allongé sur le quai, en contrebas de la jetée, face contre terre.

Il avait tout de suite pensé à un marin ivre.

– C'est seulement en le retournant que je l'ai reconnu. Il était déjà mort. J'ai vu le coup sur la tempe, je savais que je serais immédiatement suspecté, alors j'ai paniqué. J'ai décidé de le planquer sous la bâche d'une palette prête à être embarquée sur un cargo.

La jeune flic n'eut pas un battement de cils.

– Je ne te crois pas.

– Tu ne me croyais pas non plus quand je t'ai parlé de l'hôtel de passe et de la rousse, se défendit-il, pourtant tu es allée vérifier, tu sais que je n'ai pas menti.

– Quel hôtel ? Quelle rousse ? questionna le gendarme irlandais, déconcerté.

– Plus tard, Angus. Plus tard.

Devant la tension de la jeune femme, il n'insista pas et ordonna à Christian de poursuivre. Il n'y avait pas grand-chose à ajouter. Il était retourné à sa goélette et avait décidé d'appareiller au plus vite. Puis Marie était venue le rejoindre. L'espace d'une seconde, il avait voulu croire que les dieux étaient enfin de son côté.

– C'est là que vous avez appelé, dit-il à Angus.

La suite, c'est Anne qui la raconta.

C'était la sonnerie du portable de Marie qui l'avait réveillée. Le temps de passer un vêtement et de sortir de la cabine, la jeune flic descendait déjà l'échelle de coupée. Anne, interloquée, s'était tournée vers Christian pour lui demander ce qu'elle était venue faire à bord. Et avait vu la souffrance qui ravageait ses traits.

– Je voulais te courir après, Marie, marmonna-t-elle avec rancœur. Te dire qu'il en avait assez bavé, qu'il fallait que tu sortes de sa vie une bonne fois pour toutes. Mais il m'en a empêchée. Il disait que ce n'était pas le moment, qu'il s'était passé une chose terrible… Et il m'a tout raconté.

Elle s'approcha de Marie.

– S'il te plaît, ne laisse pas le chagrin t'aveugler.

Troublée malgré elle, la jeune flic se força à examiner les faits froidement. De quelque côté qu'elle les prenne, ceux-ci se révélaient accablants.

– S'il était coupable, Marie, tu crois vraiment qu'il serait resté juste par amour pour toi ?

Instantanément, tout ce que Christian avait pu faire par amour pour elle lui revint en mémoire. Ses mensonges, ses trahisons. Et cette violence !

Tu es ma femme, tu entends ! Ma femme ! Je n'accepterai jamais de te perdre. Tu es à moi !

Ce fut d'une voix ferme qu'elle répondit à Anne :

– Oui, je crois que oui.

Et elle laissa son homologue irlandais procéder à l'arrestation de Christian, sans offrir l'occasion à ce dernier de croiser encore son regard.

*
* *

Il était près de 10 heures quand un couple de touristes aperçut le break échoué sur les rochers d'une crique, vingt mètres en contrebas d'une route de corniche, au nord de l'île.

Le vent s'était levé et les gendarmes bataillaient ferme pour équiper la descente de cordes afin de la rendre praticable. Mais Marie n'en avait pas conscience.

Debout au bord de l'à-pic, elle était encore dans l'hôtel où sa vie avait basculé, quelques heures plus tôt. Le taulier était devenu vert en voyant les flics de la police scientifique envahir son bouge. Et avait carrément paniqué en apprenant que le type qui avait loué la chambre 12 venait d'être retrouvé mort, assassiné, à moins de deux cents mètres de là.

Pour lui, la rousse était une pute fraîchement débarquée dans l'île – un canon comme ça, il n'aurait pas oublié –, pourtant il avait hésité devant la photo de Kelly qu'Angus lui avait collée sous le nez.

– J'ai pas bien fait gaffe à son visage, avait-il bafouillé, évitant de dire qu'il s'était plus volontiers attardé sur son anatomie.

Ça y ressemble, mais je peux pas en jurer. Par contre, lui, c'était un novice, vous pouvez me croire !

Des explications qui avaient suivi, il était ressorti que Lucas avait sorti un *gros paquet de biftons* pour régler la chambre. Au mépris de toute prudence.

– Pour moi la pute aura voulu le délester, ils se seront battus, elle se sera barrée par la fenêtre, il l'aura rattrapée vers les docks et…

Il s'était fendu d'une grimace compassée en ajoutant que le client n'avait pas eu de bol.

– J'espère qu'il a au moins pu tirer son coup avant de rendre l'âme.

Marie vacilla.

Sans Angus qui se précipitait pour la retenir, elle serait peut-être tombée de la corniche… non loin du break.

– Vous n'avez pas à subir tout cela. Repartez en France. Je vous promets que Bréhat ne s'en tirera pas, affirma-t-il gentiment.

La jeune femme songea à celui qu'elle avait épousé et qui avait coutume de dire qu'elle connaissait le meilleur de lui-même, et qu'il serait bien temps de découvrir le pire.

Tu ne sais rien de lui…

Et si le pire était encore à venir ?

Elle releva le menton d'un geste volontaire, et déclara simplement qu'elle ne quitterait pas Killmore tant que toute la lumière ne serait pas faite.

– Ne me mettez pas sur la touche, Angus, s'il vous plaît.

Sans lui laisser le temps de répondre, elle entreprit de descendre la falaise abrupte, suivie péniblement par le gendarme proche de la retraite qui se mit à maudire et son âge, et son léger embonpoint.

Le break gisait à l'envers, comme la carapace d'un gros crustacé incongru venu s'échouer là et que la marée descendante aurait laissé accroché au rocher. Des algues s'étaient fichées dans les passages de roues, dont l'une tournait encore lentement.

Marie reconnut immédiatement le véhicule qu'Edward avait mis à leur disposition à leur arrivée au domaine, et que Lucas conduisait la veille. Elle tira sur l'une des portières, se glissa à l'intérieur de l'épave et finissait de la fouiller quand Angus la rejoignit enfin, transpirant et essoufflé.

– Bréhat l'aura précipité dans la mer et la marée montante l'aura rabattu sur la côte, déclara-t-il, tentant de discipliner sa respiration. Sortez de là, c'est dangereux.

Elle obtempéra d'autant plus facilement que le rapide examen de la voiture s'était révélé stérile. Ce n'était pas là qu'elle trouverait des réponses à ses questions.

À celles, nombreuses, qu'elle se posait, s'ajoutait désormais celle de la culpabilité de Christian.

– Il connaît bien les courants, affirma-t-elle. S'il ne voulait pas qu'on retrouve la voiture, croyez-moi, il s'y serait pris autrement.

– Il aura paniqué. Il a bien planqué le corps sous une bâche alors qu'il aurait pu…

– Le balancer à la mer.

Angus opina lentement du chef en grimaçant. C'était effectivement curieux qu'il se soit débarrassé de la voiture, et pas du cadavre. Tout comme il était curieux que Lucas se soit baladé avec un *gros paquet de biftons* sur lui. Devant l'expression du flic irlandais, Marie réalisa qu'elle avait formulé sa pensée à voix haute.

– Cet argent, vous l'avez retrouvé ?

Angus reconnut piteusement qu'il n'avait pas songé à fouiller le corps et s'assombrit en comprenant qu'elle souhaitait le faire elle-même.

*
* *

– Toutes mes condoléances, madame Fersen.

Madame Fersen. S'entendre appeler ainsi lui vrilla le cœur. Ils avaient eu si peu de temps… Un terrible sentiment d'injustice l'envahit.

La table de dissection occupait le centre de la pièce, et la lueur violente des néons jetait des ombres blafardes sur le drap blanc qui recouvrait la silhouette inerte.

Jusqu'à ce que la mort nous sépare.

Marie se réfugia derrière ses automatismes de flic, et choisit délibérément des termes impersonnels comme *corps* ou *victime* pour questionner le légiste. Tout comme Angus, ce dernier savait que c'était la seule façon pour elle de mettre la distance nécessaire.

Le toubib désigna les vêtements posés dans un coin.

– Il n'avait rien sur lui, ni papiers, ni argent.

Angus, surpris, se demanda si Bréhat avait délibérément voulu faire croire à un meurtre crapuleux. Cela ne cadrait pas vraiment avec le profil d'un type paniqué.

Il fut distrait de ses pensées par le légiste qui exhibait une petite bourse en cuir suspendue au bout d'un cordon, que la victime, dit-il, portait autour du cou comme un talisman.

– Un souvenir de vous, sans doute.

Le fait qu'elle renfermât une mèche de cheveux d'un blond vénitien – quoique terni – avait amené le spécialiste de médecine légale à cette conclusion.

– Je ne lui ai jamais donné un truc pareil, murmura Marie, déroutée.

L'ombre d'un sourire rêveur passa sur le visage d'Angus. Quand il était jeune, il avait profité du sommeil de sa belle pour lui couper en secret une boucle…

Il s'interrompit en s'empourprant comme une rosière, et mit fin à sa propre confusion en demandant au légiste de procéder à une analyse ADN. Histoire de.

– Que pouvez-vous nous dire d'autre ? questionna-t-il, soudain pressé d'arracher la jeune femme à cette atmosphère délétère.

Le légiste haussa légèrement les épaules. À ce stade, il pouvait juste *supputer* que la victime avait *vraisemblablement* succombé à une hémorragie interne *sans doute* consécutive à un coup violent porté à la tempe. Il en saurait plus après l'autopsie.

Le bruit fut léger, à peine un froissement d'étoffe.

Comme si le cadavre se rebellait à l'idée d'être charcuté, sa main gauche venait de glisser de côté, dépassant du drap, faisant sursauter les deux hommes pourtant rompus à la fréquentation des défunts. Et à certains réflexes post mortem.

Marie, elle, ne vit qu'une seule chose : l'absence d'alliance à l'annulaire. Une alliance qu'elle lui avait elle-même passée au doigt.

– Bréhat la lui aura enlevée pour détruire le lien qui vous unissait, suggéra Angus, plus pour dire quelque chose que par conviction.

La jeune femme ne sembla pas l'entendre.

Prenant la main entre les siennes, elle allait la replacer sous le drap quand elle remarqua que la paume était noircie.

– J'ai vu, oui, répondit le légiste à son regard interrogateur. On dirait du noir de fumée. Je vous en dirai plus après analyse.

Elle reposa la main et rabattit doucement le drap pour dévoiler le visage. C'est en la voyant sursauter qu'Angus comprit qu'il y avait un problème. Il la rejoignit et se pencha par-dessus son épaule.

– Pourquoi vous lui avez coupé les cheveux ? demanda-t-elle sans se retourner.

– Je n'ai rien fait de tel, se défendit le toubib.

Angus retint un juron. Les boucles brunes étaient incontestablement plus courtes. Il aurait dû le voir. Il déclinait. Mais qu'est-ce que ça pouvait bien signifier ?

Marie filait déjà vers la table où étaient posés les vêtements de Lucas et les dépliait fébrilement.

– Ce ne sont pas ceux qu'il portait hier soir ! s'exclama-t-elle.

Le gendarme irlandais rejoignit la jeune flic et fronça les sourcils. Effectivement.

– C'est une histoire de fou...

Le cri étranglé du légiste les fit pivoter dans un même mouvement.

Les yeux exorbités, il fixait l'entrée de la salle, la bouche largement ouverte comme s'il cherchait à aspirer un oxygène qui lui faisait défaut.

De fait, l'air sembla soudain se raréfier.

L'homme dont l'apparition émouvait si fort le spécialiste en cadavres n'était autre que Lucas.

Les traits creusés par la fatigue. Les vêtements maculés de sable finissant de sécher.

Mais suffisamment vivant pour éternuer.

La première réaction de Marie fut de se ruer sur lui et de le couvrir de baisers jusqu'à ce qu'il crie grâce.

Les yeux noisette se mirent à pétiller tandis qu'elle le dévorait du regard.

– Si j'avais su que je serais accueilli de cette façon, j'aurais découché plus tôt…

La voix tendre et ironique ramena la jeune femme sur terre.

– Si tu es toi, qui est l'autre ? demanda-t-elle d'un ton âpre.

Le sourire de Lucas s'estompa tandis qu'il s'approchait de la table.

Face à son double, mort, le flic sentit pour la première fois son esprit cartésien se morceler.

11

Il était minuit, la veille, quand il avait quitté Angus, et il rentrait au domaine quand il avait reçu l'appel de Kelly. La palefrenière parlait d'une voix hachée par la peur, presque inaudible. Elle disait qu'elle savait qui avait tué Alice, elle avait trouvé une preuve, elle suppliait Lucas de la rejoindre au plus vite.

– Dans un hôtel de passe ? marmonna Marie, non sans une pointe de ressentiment.

Vêtu d'une tenue sèche de gendarme, Lucas, interloqué, se retourna vers sa jeune femme accoudée entre les deux sièges de devant. Elle grimaça un vague sourire et l'incita à poursuivre tandis que la voiture filait sur l'isthme.

– Non, près de la maison du lac. Si je ne t'ai rien dit, ajouta-t-il, c'est parce qu'elle m'avait fait promettre de venir seul.

Il posa une main amicale sur l'épaule d'Angus qui conduisait.

– Désolé de vous avoir pris pour alibi.

– Bah. . L'essentiel est que vous soyez vivant. Que vous a-t-elle dit ?

– Je ne l'ai pas vue. J'ai crevé au premier tiers de l'isthme.

Lucas avait entrepris de changer la roue, mais les boulons résistaient, et la marée montante avait été plus rapide que lui. Il avait de l'eau aux genoux quand il avait essayé de repartir, en vain. Moteur noyé. Son portable n'interceptant aucun réseau, il avait décidé de rebrousser chemin à pied. Mais le courant était violent et le vent contraire, il n'eut bientôt plus pied et comprit très vite qu'il ne réussirait jamais à rejoindre la terre ferme à la nage.

Alors il s'était hissé sur un des perchoirs qui émaillent l'isthme pour venir au secours des crétins comme lui qui se font prendre au piège.

De son nid de fortune, il avait vu le break être emporté par les flots, et venir droit sur lui. L'espace d'un instant, Lucas s'était dit qu'il allait mourir écrasé, ou noyé, ou les deux. Mais une vague avait dévié le véhicule in extremis.

– Maintenant je veux tout savoir, dit-il en fixant Marie dans le rétro. Et d'abord c'est quoi, cette histoire d'hôtel de passe ?

Des flics quadrillaient les environs de la maison du lac, d'autres étaient déjà en train de fouiller l'intérieur quand ils les rejoignirent. Laissant le gendarme irlandais les devancer, Fersen glissa un regard en coin à sa jeune épouse.

– Tu as vraiment cru que j'avais emmené Kelly dans un claque pour la sauter ?

– Ce n'est pas parce qu'elle aime les femmes qu'elle n'aime pas les hommes ! répliqua-t-elle, pétrie de mauvaise foi.

– Je te rappelle que je suis un homme marié, madame Fersen.

Cette fois les deux mots lui éclatèrent au cœur. Mais pas question de rendre les armes si tôt.

– Tu l'étais déjà quand tu la pelotais l'autre jour ! bougonna-t-elle, revancharde.

Le spécialiste des crimes rituels rendit machinalement leur salut aux gendarmes postés devant l'entrée.

– C'est uniquement le flic qui agissait.

– Oh vraiment ? Et j'imagine que c'est uniquement le flic qui s'est précipité au secours de la belle rousse en me mentant comme un arracheur de dents !

Il eut une légère grimace et la retint alors qu'elle allait franchir le seuil.

– Tu ne m'as pas dit comment tu avais su, pour mon sosie et l'hôtel de passe.

– Mon instinct de flic, répondit-elle en s'engouffrant à l'intérieur.

Il leva les yeux au ciel et la suivit.

La maison de plain-pied alliait la chaleur des lambris à la douceur du cuivre des appliques. Une cheminée centrale en fonte séparait le salon du coin cuisine-salle à manger. Une échelle de meunier menait à la chambre en mezzanine. Les portes-fenêtres s'ouvraient largement sur une terrasse et sur le lac. Il devait être agréable d'y venir, en d'autres circonstances.

Les cloches du couvent se mettaient à sonner quand Marie découvrit le petit morceau de tissu coincé entre deux lattes de plancher, à la lisière du tapis. Un bout de dentelle rouge dont la couleur se confondait avec les franges pourpres, raison pour laquelle les flics étaient passés à côté.

Ce que la jeune femme tenait délicatement entre le pouce et l'index était un fragment du voile qui avait disparu en même temps que la robe.

Son voile de mariée !

C'est en voulant le montrer à Lucas qu'elle réalisa qu'il n'était plus dans la maison.

Il se tenait de dos, accoudé à l'extrémité de la terrasse sur pilotis qui surplombait le lac. Le son des cloches enfla à mesure qu'elle approchait, étouffant le bruit de ses pas. Perdu dans la contemplation des eaux vertes, il n'eut pas un mouvement quand elle glissa doucement ses bras autour de sa taille et nicha son menton au creux de sa nuque. Profitant de l'instant.

Une angoisse sourde lui tordit soudain le ventre. Son instinct lui souffla de fuir. Mais son corps ne répondait plus.

Trop tard.

Sous son regard écarquillé, le lac disparut. Elle sentit les battements sourds et précipités de son cœur qui s'affolait tandis qu'elle basculait dans les ténèbres. Fuir. Vite ! Sa respiration, haletante, se mêla à des sanglots étouffés. Autour d'elle, les murs suintaient. La dalle d'un tombeau s'ouvrait. Des arches défilaient. Plus vite, plus vite ! Elle était dans la forêt, les branches lui fouettaient le visage, les racines, sournoises, lui agrippaient les pieds, et les ombres, derrière elle, se rapprochaient. Nooon…

Un sourd gémissement monta des lèvres de Marie au moment où les cloches se turent.

Lucas tourna vers elle un visage irrité.

– On dirait que tu as vu un fantôme ! maugréa-t-il.

La première chose qui la frappa fut l'expression de son regard, comme s'il était furieux d'avoir été arraché à ses pensées.

La seconde, qu'il saignait du nez.

Devant son extrême pâleur, il songea à cet autre lui-même, à la morgue, et s'en voulut de sa remarque déplacée.

– Excuse-moi, soupira-t-il. Le manque de sommeil… Qu'est-ce qui se passe ?

Pour toute réponse, elle lui appliqua un mouchoir sous le nez. Il haussa les épaules en voyant les taches de sang qui le maculaient.

– J'ai passé la nuit à me faire doucher, et à éternuer. J'ai attrapé la crève ! Rien de plus.

– D'abord le détendeur, maintenant le rhume…

Il se fit caustique.

– J'imagine que tu as une autre explication ?

Elle suggéra que ce pouvait fort bien être une réaction au stress subi par la découverte de ce double parfait.

– Avoue qu'il y a de quoi se poser des questions.

– Pour le moment, je me demande juste ce qui a pu arriver à Kelly, et quelle est cette preuve dont elle parlait.

Marie pensa qu'il fallait lui laisser le temps de se faire à l'idée du jumeau, et n'insista pas. Elle lui montra le bout de voile retrouvé dans la maison.

– C'est peut-être un début de réponse.

Il en convint, mais cela n'expliquait toujours pas la présence dans cet hôtel de passe d'un type lui ressemblant trait pour trait.

Ni qui avait tué ce dernier en le prenant pour lui.

– On peut au moins répondre à cette dernière question, déclara Angus derrière leur dos.

Voyant Marie piquer un fard, l'Irlandais comprit qu'il avait fait une boulette : elle n'avait encore rien dit à son mari.

– Enfin, disons qu'on a un suspect, corrigea-t-il hâtivement.

Au nom du skipper, un léger sourire naquit spontanément sur les lèvres de Lucas. Bréhat en garde à vue. La journée avait mal commencé, mais finissait en beauté.

*
* *

Et s'il avait picolé au point d'avoir tué Fersen, et de ne pas s'en souvenir ?

Cette pensée angoissante taraudait Christian depuis qu'on l'avait mis en cellule. Depuis que Marie était montée à bord. Depuis qu'elle n'avait pas émis le moindre doute sur sa culpabilité.

Un frisson le parcourut alors qu'il se repassait le film dans sa tête. Du départ du Swan jusqu'aux quais qu'il avait longés. Titubant et hagard.

Puis ce corps étendu face contre terre… Pourquoi avait-il fallu qu'il aille voir ?

Quelle force obscure l'avait poussé à s'approcher ? La solidarité des marins ? L'idée qu'il aurait pu être à sa place ? Ou juste le destin ?

Il s'était agenouillé près de l'homme, et avait accusé le coup en découvrant qu'il s'agissait de ce flic qu'il haïssait. Puis, de le voir là, à sa main, l'avait un bref instant submergé d'une joie primitive, celle d'être enfin délivré de son rival.

– Belle journée, non ?

Cette voix ! Christian crut pendant une seconde avoir définitivement perdu l'esprit. C'est alors qu'il le vit, debout derrière les barreaux, le contemplant avec un plaisir aussi écœurant que celui qu'il avait ressenti, la veille, sur ce quai.

Lucas Fersen ! Vivant !

La stupeur fit écarquiller les yeux à celui qui était supposé l'avoir assassiné.

– Eh oui, c'est bien moi ! ironisa le spécialiste des crimes rituels, savourant pleinement ce face-à-face. Ça fait un choc, n'est-ce pas ?

Christian tenta de discipliner son esprit, et fut soudain traversé d'une pensée positive. Fersen vivant, cela voulait dire qu'il ne l'avait pas tué. Le flic secoua lentement la tête.

– Désolé de te décevoir, Surcouf, mais on a quand même un cadavre sur les bras.

Il prit un temps, histoire de ménager son effet.

– Tu t'es trompé de Lucas, ajouta-t-il, suave. C'est trop con, non ?

Christian semblait pétrifié.

– Tu sais ce qu'on dit, poursuivit le flic sans le quitter des yeux. On a tous un sosie quelque part. Il se trouve que le mien était sur les docks la nuit dernière et qu'il a eu le malheur de croiser ta route.

Le skipper ferma à demi les paupières, comme sous le coup d'un choc trop dur à absorber. Puis dévisagea le flic avec une expression dans laquelle l'horreur dominait.

– Je n'ai tué personne, et vous le savez très bien, dit-il d'une voix sourde.

– Je sais juste que je vais t'envoyer derrière les barreaux pour vingt ans. Minimum.

– Espèce d'enfoiré…

– Je ne pouvais pas rêver plus beau cadeau de mariage de ta part ! conclut Lucas, sans relever l'insulte. Sincèrement.

Christian le suivit du regard alors qu'il s'éloignait.

Loin, très loin, venant des profondeurs d'une mémoire que son arrestation avait dégrisée, une voix identique à celle de Lucas, mais ténue, prononçait d'autres mots.

Monstre… tué…

Il fallait qu'il prévienne Marie du danger qui la menaçait.

*
* *

Les yeux légèrement proéminents de Teddy se posèrent sur la dame qui s'approchait du comptoir derrière lequel il était avachi. Ce n'est pas tant son âge – quelque part aux alentours de soixante-cinq ans – qui le surprit que son tailleur élégant, et son sourire à la fois timide et gourmand.

Décidément, on voit de tout de nos jours, songea le jeune homme, qui se redressa instinctivement comme s'il se retrouvait en présence de son institutrice ou, pire, de sa mère.

– Je voudrais une religieuse, réclama Hélène d'une voix douce. Une belle.

Légèrement ahuri, Teddy se dit que la perversion était partout, et surtout là où on l'attendait le moins. Mais une *religieuse* ? Il s'offrit rapidement le tour des rayons en sachant par avance qu'il n'avait pas ce genre d'articles en magasin. Ni de près ni de loin. Et pourtant il en avait, du choix.

Il reporta son attention sur la dame qui lui souriait toujours gentiment. Il aurait aimé lui donner satisfaction, mais il n'avait même pas la solution de lui conseiller d'aller voir ailleurs.

Love Island était le seul sex-shop de l'île.

Comment aurait-il pu savoir, ce tout jeune trentenaire, que la boutique qu'il tenait était, dans les années soixante, l'un des salons de thé les plus raffinés de Killmore ?

*
* *

Une jeune femme rousse correspondant au signalement de Kelly aurait été aperçue quittant le port sur un petit Zodiac vers 2 heures du matin. Pour Angus, cela collait avec le témoignage du taulier. Il se tourna vers Lucas.

– Mais cela n'explique pas pourquoi elle vous a appelé vers minuit pour vous donner rendez-vous à la maison du lac.

– Cette rousse n'est peut-être pas Kelly.

– Et ce jumeau n'est peut-être pas ton sosie ! rétorqua Marie, agacée qu'il prenne encore et toujours la défense de la palefrenière.

Lucas, pas dupe, esquissa un sourire qui eut le don de l'horripiler.

– Et si elle avait juste cherché à t'éloigner, le temps d'une marée ?

– Elle ne pouvait pas savoir que j'allais crever !

– Non, mais elle savait que tu l'attendrais, suffisamment longtemps pour te retrouver coincé par la marée haute.

– Tout ça pour s'envoyer en l'air avec une pâle copie de moi-même ? C'est tordu !

Marie le fusilla du regard.

– Pas plus que de te demander de venir seul ! Pourquoi n'a-t-elle pas appelé la police si elle avait vraiment identifié l'assassin d'Alice ?

– Parce qu'elle me fait confiance, j'imagine.

– Ou pour avoir les coudées franches afin de réussir là où elle a échoué, la nuit de notre mariage.

Angus sursauta.

– Vous pensez qu'elle a tué Alice en croyant qu'il s'agissait de vous ? Elle n'avait aucun mobile.

– Ce n'est pas moi qui l'ai dit, triompha Lucas.

– Sauf si elle a toujours su qu'elle était la fille de Tom Sullivan, et qu'elle n'a pas supporté qu'on me reconnaisse officiellement la place à laquelle elle n'a jamais eu droit.

L'Irlandais sifflota. Évidemment, vu sous cet angle…

Lucas leva les yeux au ciel.

– Et le jumeau dans tout ça ? Il joue quel rôle ? La doublure ?

– Le grain de sable. Elle le croise sur le port, le prend pour toi et panique. Elle l'entraîne à l'hôtel sous un prétexte quelconque. Là, elle se rend compte de sa méprise. Bagarre. Il réussit à s'enfuir, elle le rattrape vers la jetée et le tue. Puis elle file en Zodiac.

Le rire sarcastique de Lucas heurta la jeune femme qui haussa les épaules, vexée.

– Je ne vois pas ce qu'il y a d'amusant.

– Tu ne vois pas ? Elle ne voit pas, répéta-t-il en se tournant vers Angus, qui se mit à regarder ses chaussures avec l'intérêt de celui qui ne veut surtout pas être pris à témoin.

Lorsque Lucas reporta son attention sur elle, il ne riait plus.

– Tu as raison. Il n'y a rien d'amusant à voir l'imagination que tu déploies pour essayer de dédouaner Bréhat.

– Ça n'a rien à voir, riposta-t-elle, d'autant plus furieuse qu'il n'avait pas complètement tort, et qu'elle se reprochait, comme l'avait envisagé Anne, de s'être laissé aveugler par le chagrin.

Au grand soulagement d'Angus, l'arrivée de Marc Fersen mit un terme à la dispute entre les deux flics. L'époux d'Hélène se précipita vers Lucas. La nouvelle de sa survie était déjà parvenue au domaine.

– C'est un miracle, balbutia-t-il, les yeux noyés de larmes.

De voir son père devant lui ramena brutalement Lucas à une réalité dont il ne possédait pas tous les tenants, ni les aboutissants. Et dont il n'était pas sûr d'être prêt à assumer les conséquences.

– Pas un miracle. Une méprise, corrigea-t-il plus sèchement qu'il ne l'aurait voulu. Il y a à la morgue un type qui me ressemble comme deux gouttes d'eau. Mais j'imagine que tu as une explication logique à me donner.

Pour toute réponse, Marc se contenta de dire qu'Hélène avait disparu.

Presque simultanément, un dénommé Teddy appelait le poste pour signaler la présence d'une toquée dans son établissement.

*
* *

Louise était alitée. Il n'avait échappé à personne que son malaise avait eu lieu juste après la double annonce que Lucas était en vie et que c'était un type lui ressemblant étrangement qui avait été tué à sa place. Mais personne n'avait trouvé cela étrange. Tous étaient, à vrai dire, encore sous le coup de l'incroyable nouvelle. Et guettaient l'arrivée du miraculé.

Tous, sauf Juliette et Jill.

L'incident déclencheur eut lieu quand l'épouse de Ronan aperçut Pierric quitter l'une des chambres du premier, et dissimuler rapidement quelque chose derrière lui.

– Ai retrouvé mon doudou, bredouilla-t-il en grimaçant ce qui se voulait un sourire, la paupière agitée d'un furieux tic.

Pas dupe des efforts qu'il faisait pour la fuir, Juliette s'interposa et l'obligea à dévoiler ce qu'il planquait dans son dos. Il s'agissait d'une cotonnade roulée en boule, qui n'avait rien de commun avec le tas de chiffons sales dont il ne se séparait jamais.

Son sang ne fit qu'un tour en reconnaissant un sweat-shirt appartenant à Ronan.

Le regard de Juliette alla du vêtement à Pierric puis à la chambre dont il venait de sortir comme un voleur. Elle ouvrit la porte à la volée et resta figée sur le seuil. Inutile de demander à qui appartenait cette pièce ! La décoration gothique d'aussi mauvais goût ne pouvait avoir qu'une seule propriétaire.

Les deux filles étaient en train de se battre – avec un très net avantage à Juliette – quand les Fersen revinrent au domaine.

– Je m'en occupe, glissa Lucas à sa femme, pas fâché de ce répit qui lui permettrait de repousser provisoirement l'échéance des explications. Aide mon père à la raccompagner dans sa chambre, ajouta-t-il en désignant Hélène, je vous rejoins tout de suite.

Et il fila vers les deux harpies qui avaient choisi le couvert de la roseraie comme terrain d'affrontement. L'irruption du *miraculé* eut le mérite de mettre un terme à la raclée que Juliette administrait sans pitié à sa rivale. Et de leur clouer le bec à toutes les deux.

Le flic se mit à rire devant le maquillage gothique qui avait coulé.

– File te débarbouiller. Sinon, après un fantôme, c'est à un vampire que la famille va devoir faire face !

Tandis que la fille d'Alice s'éloignait, la lippe revancharde, il retint fermement Juliette qui allait faire de même.

– Il y a peut-être un meilleur moyen de récupérer ton mec que d'écharper cette pauvre fille !

L'épouse de Ronan se drapa dans le peu de dignité qui lui restait.

– Je ne vois pas du tout de quoi tu parles.

Il haussa les épaules et s'éloignait quand elle le retint d'une petite voix :

– Quel moyen ?

Un léger sourire aux lèvres, il revint sur ses pas et lui chuchota quelques mots à l'oreille.

Quelques minutes plus tard, tout sourire avait déserté son visage.

– Tu avais déjà six ans quand j'ai rencontré ta mère.

Lucas s'était attendu à tout, sauf à *ça*.

L'aveu qu'il n'était pas son père avait visiblement coûté à l'homme dont la route avait croisé celle d'Hélène, un jour de septembre 1968, à Paris.

La jeune femme s'était presque jetée sous les roues de sa voiture pour tenter de rattraper l'enfant qui venait de lui échapper. Elle était juste étourdie et avait refusé qu'il l'emmène à l'hôpital. Il l'avait reconduite à Belleville où elle occupait un petit deux pièces avec son fils. Tout ce qu'il savait d'elle, c'est qu'elle était infirmière et que son mari était mort peu après la naissance de Lucas.

Ce dernier le questionna avec âpreté :

– Tu n'as pas cherché à en savoir plus ?

– Elle a juste dit qu'elle n'avait plus de famille, que son passé était mort avec son mari.

– Et tu t'es contenté de ça ?

L'ombre d'un sourire rêveur envahit le visage de celui qu'il avait cru son père durant plus de quarante ans.

– Elle disait que si je l'aimais, je ne devais plus lui poser de questions. Je l'aimais éperdument. Je n'en ai plus jamais posé une seule.

Lucas eut un rictus désabusé en songeant que la seule personne capable de lui dire qui était ce jumeau reposant à la morgue était une femme atteinte d'une maladie qui lui avait grignoté la mémoire de façon irréversible.

Il alla néanmoins la voir dans sa chambre avec Marie. Il essaya de se frayer un chemin dans l'architecture complexe et instable de ce cerveau malade, en utilisant des mots clés pouvant y faire écho.

Mais rien ni personne ne semblait à même d'atteindre Hélène.

Plongée dans un profond mutisme depuis son retour du sex-shop, elle avait le regard comme tourné à l'intérieur sur un passé solidement cadenassé.

Sous la frustration pointait la colère, et sans Marie il se serait peut-être laissé aller à la secouer pour lui arracher une bribe de réponse.

– On trouvera autrement. Je te le promets, chuchota sa jeune femme.

Longtemps après leur départ, Hélène quitta sa posture prostrée, et, se mettant à genoux au pied d'un des lits jumeaux, en ramena un tas de chiffons d'un blanc sale qu'elle serra sur son cœur.

Et fredonna une comptine en berçant la poupée de Pierric.

12

La nuit tombait sur Killmore, et la morgue était déserte.

À l'intérieur, la lueur diffuse des veilleuses trouait d'ombres verdâtres et espacées la pénombre. Dire qu'il régnait un silence de mort dans ces couloirs carrelés aurait été pléonastique.

Les portes de la salle de dissection s'ouvrirent sans un bruit.

Au fond de la pièce, dans ce qui ressemblait à une alcôve, une dizaine de tiroirs frigorifiques étaient alignés sur deux rangs. Ils arboraient au fronton une étiquette destinée à recevoir le nom de leur locataire provisoire. Toutes étaient vierges, sauf une.

Le mot JUMEAU y était grossièrement inscrit en capitales.

Une légère vapeur s'échappa alors que le tiroir se mettait à glisser sur ses rails.

*
**

C'était une nuit de lune sur l'Île aux Chimères, et les eaux noires du lac reflétaient la carte d'un ciel étoilé.

La silhouette fantomatique se déplaçait à allure régulière, égrenant un chapelet qui semblait rythmer ses pas à la façon d'un métronome.

Un grain. Un pas. Un grain. Un pas.

D'ordinaire, la tourière s'imposait deux tours de lac comme d'autres s'infligent trois *Pater* ou quatre *Ave*.

D'ordinaire, rien ne venait se mettre en travers d'un parcours qu'elle faisait les yeux mi-clos pour être en communion avec la nature et son Créateur.

Là, ses pieds chaussés de sandales butèrent sur un obstacle.

Elle pensa qu'il s'agissait d'une branche morte venue s'échouer sur la berge, et c'est sans malice aucune qu'elle se pencha pour la saisir et l'écarter du chemin.

Plus tard, sœur Angèle demanderait pardon à Dieu d'avoir laissé la répulsion supplanter la miséricorde.

Pour l'heure, elle eut un hoquet terrifié et lâcha la chose qu'elle tenait entre ses mains. Une chose glaciale, inerte et poilue.

Une jambe d'homme !

Le corps reposait dans la chapelle du couvent.

Mère Clémence rabattit doucement le drap et contempla en silence le visage du jumeau. Ses lèvres se plissèrent jusqu'à ne plus former qu'un trait, alors qu'elle notait la tache plus sombre que formait l'hématome sur la peau bleuie.

Pour la doyenne du couvent, le fait que cet homme soit nu et que ses vêtements aient été posés à proximité de la berge ne pouvait signifier qu'une chose : il était allé se baigner dans le lac en dépit des interdictions répétées, avait plongé dans le noir et heurté un rocher.

– Il ne peut pas y avoir d'autre explication, décréta-t-elle avec autorité.

La tourière opina lentement, tout en priant le Ciel que sa supérieure dise vrai. Pourtant l'une comme l'autre avaient le ventre noué par l'angoisse.

– Nous l'enterrerons à l'aube, avant le réveil de nos pensionnaires. Maintenant laissez-moi, je vous prie.

Une fois seule, mère Clémence posa ses mains jointes sur celles du jumeau et lui demanda pardon de n'avoir pas su le protéger, comme elle l'avait promis.

Ses yeux s'embuèrent alors qu'elle s'inclinait pour embrasser pieusement le front glacial. Entre ses lèvres serrées, sa voix n'était qu'un souffle.

Pauvre petit Pierre.

*
* *

Appuyée sur un coude, Marie ne se lassait pas de contempler l'homme allongé à ses côtés, surveillant malgré elle le torse qui se soulevait à intervalles réguliers. Encore émerveillée qu'il lui ait été rendu. Angoissée par ce que leur réservait un avenir dont elle savait maintenant à quel point il pouvait être éphémère.

L'espace d'un instant, la vision de l'homme qui reposait à la morgue se superposa à celle de Lucas.

Qui pouvait-il bien être ?

Un jumeau, comme l'imaginait Lucas ? Un frère dont il avait été séparé à la naissance, et dont leur mère, traumatisée, avait toujours refusé de parler ?

Possible. Marie n'ignorait pas à quel point il était terrifiant de ne pas savoir qui étaient ses vrais parents, et aurait aimé qu'ils en parlent davantage, mais il avait renâclé.

– Hélène est ma mère, je n'ai aucun doute là-dessus. Quant à Marc, le lien qui nous unit ne peut se résumer à la taille d'un spermatozoïde.

– Alors tu ne vas pas chercher à savoir la vérité ?

– Si. Bien que cela ne me plaise qu'à moitié de fouiller dans la vie de ma mère. Mais pour le moment, ma priorité est de trouver Kelly et de savoir ce qu'elle avait découvert.

Le nom de la palefrenière n'avait cette fois déclenché aucune réaction de la part de Marie, qui n'avait pas insisté.

Elle effleura la joue de son amant d'un baiser et fermait les yeux pour tenter de trouver un sommeil qui la fuyait quand elle entendit les pas.

Quelqu'un marchait à nouveau dans la chambre de Mary.

La jeune femme glissa la clé dans la serrure de la lourde porte en chêne et la fit jouer en silence. Les sens en alerte, elle pénétra dans la chambre et profita du clair-obscur entretenu par la lune pour balayer la pièce du regard. Rien. Personne.

Elle allait faire demi-tour, perplexe, quand Ryan sortit de l'ombre. Il grimaça en la voyant porter instinctivement la main à son flanc droit, tâtonnant pour trouver une arme qu'elle n'avait pas songé à emporter.

– Je voulais juste m'assurer que Lucas n'était pas avec toi.

Il *savait*. Mais comment savait-il ? Et comment avait-il réussi à entrer dans une pièce dont elle seule avait la clé ?

Elle jeta un regard soupçonneux aux fenêtres hermétiquement closes.

– Je suis trop vieux pour l'escalade, fit Ryan, amusé. Mary m'avait donné une clé, il y a très longtemps… Vous avez pu déterminer l'origine de l'incendie ? demanda-t-il, fixant les murs noircis par la fumée.

Son aplomb la suffoqua.

– Que fais-tu ici ?

Il exhiba le médaillon qu'elle avait posé sur la tombe le matin même et le lui remit d'office autour du cou.

– Tu as demandé à me voir.

Dans la folie de cette journée où les morts semblaient s'être donné le mot pour revenir dans le monde des vivants, elle avait complètement oublié ce fichu pendentif.

Mais pas la raison pour laquelle elle l'avait déposé au cimetière.

– Pourquoi as-tu mis ce mot dans mon bouquet ? Pourquoi voulais-tu m'empêcher de me marier avec lui ? Que sais-tu sur lui ? Ne mens pas ! J'ai comparé l'écriture avec les lettres que tu envoyais à Mary. C'est la même !

Le visage de Ryan se plissa sous le poids des souvenirs.

– Si tu savais le mal qu'on a eu à correspondre, à l'époque. Sans l'aide de Dora, nous n'aurions jamais…

– Je ne suis pas là pour t'entendre me raconter ta vie. Pourquoi as-tu écrit ce mot ?

– Je venais d'apprendre certaines choses et…

– Quelles choses ?

– Jusqu'à aujourd'hui, tu étais persuadée, comme tout le monde, que Marc Fersen était le vrai père de Lucas. Moi, j'ai découvert que ce n'était pas vrai le matin de ton mariage.

Un sentiment de colère, né de l'intuition que *les choses* en question n'allaient pas s'arrêter là, envahit la jeune femme.

– De quel droit as-tu fouillé dans la vie de Lucas ?

– Disons que j'avais envie d'en savoir un peu plus sur l'homme qui allait épouser ma fille, répondit-il avec douceur.

Elle savait qu'elle s'en voudrait de poser la question suivante. Elle la posa quand même.

– Et qu'as-tu découvert d'autre ?

Ryan considéra le petit visage tendu vers lui, se demanda combien de coups elle pourrait encore encaisser sans tomber, et songea un bref instant à lui mentir.

– Hélène Moreau n'a jamais existé, dit-il finalement. Pas plus que Lucas.

*
* *

La silhouette sombre s'approcha en silence de Marc Fersen, s'assura qu'il dormait, puis se dirigea vers sa femme qui reposait dans le lit jumeau et se pencha sur elle, la main droite prolongée de ce qui ressemblait à une longue pointe.

Comme si elle sentait le danger, les yeux d'Hélène se mirent à papilloter quand la main gauche se plaqua sur ses lèvres, la bâillonnant.

Sa bouche s'ouvrit sur un cri étranglé. La main plongea alors la pointe dans sa gorge…

Le gémissement suffit à réveiller Marc, dont l'esprit restait en alerte de jour comme de nuit. La paupière lourde, il jeta un regard inquiet à son épouse qui s'agitait, à moins de deux mètres de lui.

Sans voir la silhouette qui s'était plaquée au sol le long du lit.

Bébé, mort, monstre…

Hélène geignait doucement et balbutiait, entre deux plaintes, des mots sans suite. La pensée qu'elle faisait allusion au jumeau le traversa, et l'atterra. De quel horrible passé s'était-il fait le complice aveugle au nom d'un amour qui ne l'était pas moins ?

Il allait se lever pour la questionner quand elle ferma les yeux. À son souffle qui se disciplinait, il comprit qu'elle s'endormait, reléguant ses tourments dans l'oubli. Il décida de faire de même et se retourna de l'autre côté.

Sans voir la silhouette qui s'éclipsait.

Et qui n'était autre que Lucas.

De retour dans le couloir, ce dernier s'adossa au mur et reprit son souffle comme s'il venait de traverser cette épreuve en apnée.

La pointe qu'il glissa précautionneusement dans un tube était un long bâtonnet dont les techniciens de la PS se servent pour effectuer des prélèvements de salive à des fins d'analyse ADN.

*
* *

Hélène et Lucas n'avaient pas d'existence légale...

Marie avait commencé par rire, tellement c'était énorme. Un réflexe de défense comme un autre. Puis le rire s'était tari, laissant la place aux arguments.

– Il est flic ! S'il avait des faux papiers, il s'en serait rendu compte depuis belle lurette.

Ryan n'était pas de cet avis. Et pour cause. Lui-même avait vécu pendant des années sous une fausse identité, avec des papiers plus vrais que nature qui avaient trompé tout le monde. La police comme la justice.

– N'oublie pas qu'il n'avait aucune raison de douter de son identité, et encore moins de se méfier de sa mère.

Marie savait qu'il avait raison. Tout comme elle savait qu'elle ne pouvait plus atermoyer. Elle ne voulait pas que Lucas ait des raisons de se méfier d'elle. Elle n'avait pas le culte du secret, et en connaissait trop les effets dévastateurs pour se taire plus longtemps.

– Je dois lui dire que tu es vivant.

Il la retint alors qu'elle quittait la chambre de Mary et la fixa avec gravité.

– Si tu fais ça, il essaiera de m'arrêter.

Elle eut envie de répondre que c'était dans la logique des choses et que lui seul en était responsable, mais il ne la laissa pas parler.

– Je ne retournerai pas en prison, Marie. Jamais.

Elle comprit immédiatement ce que cela signifiait, ne mit pas une seule seconde en doute sa sincérité, et lui en voulut de ce qu'elle considéra comme un chantage odieux.

– Si tu l'aimes, ne le mets pas en situation d'être responsable de ma mort, insista Ryan. Votre amour n'y survivrait pas.

La jeune femme songea à nouveau aux paroles de Milic sur les âmes qui se déchirent, et frissonna. Elle dévisagea longuement ce père pour lequel elle ressentait, malgré elle, un attachement hors du commun, et le détesta de la mettre devant ce choix cruel.

Elle quitta la pièce sans un mot.

Les deux mains se posèrent sur ses épaules alors qu'elle revenait dans sa chambre, lui arrachant un cri étouffé. Ses traits se détendirent en reconnaissant Lucas, arrivé dans son dos.

– Je croyais que tu dormais.

Il referma la porte et acquiesça.

– Je me suis réveillé. J'étais seul, alors je suis parti à ta recherche. Où étais-tu ?

En une fraction de seconde, elle revit le corps du jumeau étendu sur le quai, les yeux noisette sans vie, les traits figés dans la mort. Ce vide immense. Ce profond sentiment de solitude. Et cette douleur de l'avoir cru perdu à jamais.

Devant son regard tendre, elle sut qu'elle ne prendrait jamais le risque de voir leurs âmes se déchirer. Et opta pour une demi-vérité.

– Je croyais avoir entendu du bruit dans la chambre de Mary.

– Et ?

Elle secoua la tête doucement. Et rien.

Curieusement le mensonge lui ôta un poids. Elle eut alors une pensée pour Jeanne, sa mère adoptive, qui s'était retrouvée devant les mêmes choix cornéliens, et comprit mieux celui qu'elle avait fait de se taire.

Il dénoua le peignoir qui glissa à terre, et posa ses mains sur elle.

– J'ai envie de toi.

Et le désir monta, violent, balayant tout sur son passage. Les morts et les fantômes, les questions et les doutes, les secrets et les mensonges. Elle avait cru mourir en le pensant perdu. Sous ses caresses, son corps se fit ardent, et terriblement vivant.

Tandis que les amants cédaient à la passion, quelque part dans la nuit la lune éclaira brièvement la silhouette de Ryan avant qu'elle se fonde dans l'obscurité du parc.

13

L'aube pointait sur l'île, chassant les chimères.

De la crypte, située sous la chapelle, s'élevait la psalmodie étouffée de la prière des défunts.

Une volée de marches en pierre menait aux tombeaux dont certains – datant de l'époque où le couvent était une maladrerie – étaient vieux de plusieurs siècles.

Des dizaines de cierges jetaient leurs lueurs vacillantes sur les voûtes et les piliers taillés à même le roc, transformant les silhouettes recueillies de mère Clémence et de sœur Angèle en pleureuses fantomatiques.

Repoussée sur le côté, la dalle sculptée d'un gisant à la rose laissait entrevoir l'intérieur d'un sépulcre dans lequel avait pris place la dépouille du jumeau.

Seul un œil averti aurait pu voir, au linceul ancien qui débordait çà et là, qu'il n'était pas le seul occupant du caveau.

La supérieure songea qu'Erwan le Pieux n'aurait sans doute pas vu blasphème à partager sa dernière demeure avec petit Pierre.

Ô Juge tout compatissant, rends ton serviteur digne des joies du paradis. Ainsi soit-il. Amen.

Les religieuses se signèrent puis, dans un même mouvement, unirent leurs forces pour refermer le tombeau du gisant à la rose.

Et le visage du jumeau disparut, happé par les ténèbres.

*
* *

Lucas décocha une grimace comique à Marie par l'intermédiaire de la glace devant laquelle il se rasait.

– D'accord. Ma mère n'existe pas, moi non plus je n'existe pas, je ne sais même pas comment je m'appelle réellement, mais avoue que j'aurais pu tomber plus mal. Lucas Fersen. Ça sonne plutôt bien, non ?

Le soleil était déjà haut dans le ciel quand il s'était réveillé, ébahi qu'elle l'ait laissé dormir si tard. Un temps que la jeune flic avait mis à profit pour vérifier les assertions de Ryan, bien qu'elle sût déjà qu'elles seraient fondées.

C'est en choisissant soigneusement ses mots et sans évoquer Ryan qu'elle en avait informé Lucas.

Le choc passé, il avait traité cette affaire avec la dérision qui le caractérisait.

Mais sa tentative d'humour ne dérida pas sa jeune épouse et il haussa les épaules.

– En général on change de nom pour ne pas être retrouvé. C'est peut-être pour sauver nos vies qu'elle a agi ainsi.

Marie hocha lentement la tête.

– Peut-être, oui... Ou peut-être que c'était pour fuir.

Il suspendit son geste et la dévisagea, mi-figue mi-raisin.

– Tu es hyper positive, ce matin.

– Mon père a bien endossé l'identité de Ryan parce qu'il était recherché comme déserteur par l'armée française.

Le rasoir ripa sur la joue, l'entaillant légèrement. Il étouffa un juron.

– Serais-tu en train de suggérer que ma mère est une criminelle recherchée ? Note que ça nous ferait un point commun, ajouta-t-il, blessant.

Il la vit tressaillir et s'en voulut immédiatement.

– Excuse-moi, marmonna-t-il, penaud. C'était très con.

Elle ressentait trop bien son désarroi pour lui reprocher d'être sur la défensive.

– Je dis juste qu'il faut envisager toutes les hypothèses.

Lucas ôta les reliefs de mousse en s'aspergeant à grande eau et contempla son reflet dans le miroir. Ses yeux s'écarquillèrent soudain, comme sous le coup d'une révélation.

– L'Algérie ! J'aurais dû y penser plus tôt !

– Quoi, l'Algérie ?

Attrapant une serviette, il s'essuya vigoureusement le visage et revint vers elle.

– Je suis né en 1961, en plein milieu des événements. Si ça se trouve, ma mère a fauté avec un Arabe – très mal vu à l'époque – et pour fuir la honte de ma naissance, elle a rompu avec sa famille et changé nos identités.

Il se planta devant sa jeune épouse, faussement malicieux.

– Tu ne trouves pas que j'ai le type méditerranéen ?

Son rire forcé se heurta à la tendre réprobation de Marie.

– C'est normal que tu appréhendes de découvrir qui était vraiment ta mère.

Il leva les yeux au ciel.

– Et c'est reparti pour la minute psychologie de bazar !

La jeune femme captura son regard, et se fit insistante.

– Il faut faire une recherche sur les femmes mortes ou disparues entre 1960 et 1968. Idem pour les enfants nés en 1961.

Il jeta brusquement la serviette sur le lit.

– Eh bien, fais-la ! Après tout, tu ne m'as pas attendu pour commencer à enquêter.

L'acrimonie était patente, mais Marie ne s'en formalisa pas. Elle savait que, quoi qu'il en dise, ses certitudes volaient en éclats les unes après les autres, et que cela faisait mal. Elle voulut le serrer dans ses bras quand son portable sonna. Il décrocha. Marie le vit s'assombrir et répondre brièvement qu'ils arrivaient.

Il raccrocha et lança, lapidaire :

– On a volé mon cadavre !

*
* *

Le tiroir frigorifique était vide. Les vêtements avaient disparu. Les portes n'avaient pas été fracturées, aucune empreinte étrangère au personnel n'avait été relevée. Personne n'avait rien vu, rien entendu. Et pour cause. Entre la fermeture à 19 heures et l'ouverture à 9 heures, le bâtiment n'avait que les morts pour témoins.

Lucas était sur les nerfs.

Au point qu'Angus jugea plus prudent de garder pour lui ses superstitions de vieil Irlandais sur les fantômes qui traversent les murs.

– Il n'est quand même pas parti tout seul après s'être rhabillé ! Et l'alarme ? La vidéosurveillance ?

Le légiste reluqua le spécialiste des crimes rituels comme s'il venait de proférer une ineptie et l'informa de l'absence de tout système de protection.

– En général, on ne vole pas de cadavre. Enfin, moi, c'est mon premier.

Marie décida de calmer le jeu :

– L'essentiel est que vous ayez pratiqué l'autopsie.

À la brève lueur de panique qui traversa l'œil du praticien, elle sut que l'essentiel n'était pas à l'ordre du jour. De fait, c'était justement en voulant commencer la dissection qu'il avait constaté le vol.

– Mais qu'est-ce que vous avez fichu hier ? balança Lucas, furieux. Vous n'êtes pourtant pas surbooké !

– Depuis que vous êtes arrivé, je ne chôme pas ! protesta le légiste. Et puis hier… j'ai eu un contretemps, un début d'incendie chez moi…

– À croire qu'on ne voulait vraiment pas que vous découvriez de quoi il était mort.

– Oh, mais ça je le sais, le détrompa l'homme, pas fâché de lui river son clou.

Il alluma un tableau lumineux, y accrocha rapidement un jeu de scanners et commenta chacune des radiographies en s'attardant sur une petite masse sombre, proche du lobe temporal gauche.

– Le jumeau a succombé à une lente hémorragie interne due à un coup violent porté à la tempe. Heure estimée de la mort : 4 heures du matin. Avec une marge d'erreur inférieure à quinze minutes, précisa-t-il non sans fierté.

La tension de Lucas baissa d'un cran. Il s'autorisa même un léger hochement de tête approbateur à l'intention de l'homme.

– Ça confirme la culpabilité de Bréhat qui a quitté le Swan peu avant 4 heures, énonça-t-il sur un ton où perçait une certaine satisfaction.

Un détail titillait Marie.

– Lente. Vous avez parlé d'une lente hémorragie. Pourquoi ?

– Parce que le jumeau a mis plus de deux heures à mourir. Il a donc été frappé entre 1 h 30 et 2 heures. En tout cas pas après 2 heures.

Un ange passa soudain dans cet endroit dévolu aux morts. Un ange qui avait le regard bleu délavé et le sourire de loup de mer d'un skipper hors de cause.

Lucas n'avait nul besoin qu'on lui rappelle qu'à 2 heures du matin, Bréhat était en compagnie de Marie au domaine. Pourtant elle le fit, du ton le plus neutre possible. Pas dupe, néanmoins, de son indicible soulagement, Fersen retourna son animosité contre le légiste, dont il essaya de mettre en cause les conclusions, arguant que la disparition du corps les avait privés d'un examen approfondi et réellement fiable.

Le praticien lui jeta un regard aussi froid que celui d'un poisson mort.

– Je n'affirme jamais rien sans certitude. Et ce qui est sûr, au-delà de mon diagnostic, c'est que Bréhat n'a pas pu voler le cadavre, vu qu'il était en cellule !

Lucas passa ensuite sa mauvaise humeur sur Brody, chargé de l'enquête sur la disparition du jumeau.

– J'ai repéré deux caméras de vidéosurveillance au carrefour qui mène à la morgue. Vous attendez quoi pour récupérer les bandes ? Les vingt-quatre heures réglementaires avant qu'elles soient effacées ?

– Les… les bandes ? Mais pour… pour quoi faire ?

– Celui qui a embarqué le corps est obligatoirement passé par là en voiture. À moins que vous ne pensiez qu'il est parti avec le cadavre sur le dos, à travers le terrain vague ! ajouta Lucas, féroce.

Puis il vit Christian, libéré, traverser l'openspace en direction de Marie, et planta là son exutoire.

– Pour la mort d'Alice, j'étais ton alibi, pour celle de ce sosie tu es le mien. On dirait que le destin s'ingénie à nous réunir, entendit-il le skipper déclarer à la jeune femme.

Il s'interposa. Glacial.

– L'enquête en cours m'oblige malheureusement à vous demander de vous tenir à la disposition de la justice. Pas à vous supporter. Alors dehors !

– Je n'avais pas l'intention de quitter l'île de toute façon, répondit Christian sur le même ton. Je n'ai jamais eu l'intention de partir sans elle.

Marie n'avait pas besoin de regarder Lucas pour savoir qu'il était à deux doigts de sauter à la gorge de l'autre.

– Christian, s'il te plaît…

Son ex-amant se tourna vers elle.

– Je t'aime depuis plus longtemps que lui, Marie. Cela ne me donne pas forcément l'avantage, et jusqu'à hier je ne pensais pas avoir l'ombre d'une chance. Mais c'était avant de savoir…

– Savoir quoi ? l'apostropha Lucas.

Le marin fixa le flic sans détour.

– Ce jumeau sorti d'un chapeau… Vous avez de sérieuses zones d'ombre, Fersen. Mais peut-être est-ce congénital ? ajouta-t-il, sarcastique.

– Ça suffit maintenant, coupa Marie. Va-t'en, s'il te plaît.

– Je n'ai pas fait que des choses reluisantes dans ma vie, mais à la différence de lui tu sais tout de moi, le pire comme le meilleur, tu me connais par cœur. Tu sais aussi qu'il n'y a pas Breton plus entêté que moi. Surtout quand il s'agit de toi.

Puis, sensible au regard suppliant qu'elle lui adressait, il inclina la tête, effleura rapidement sa joue d'un baiser en lui soufflant quelque chose à l'oreille et s'éloigna.

Elle se força à rester impassible. Mais les mots que Christian lui avait murmurés lui vrillaient les tympans.

Méfie-toi de Lucas…

*
**

Edward Sullivan n'avait pas discuté quand, à la mort d'Andrew, sa belle-mère avait repris les rênes de la distillerie, qui lui revenaient pourtant de droit. Il n'avait jamais eu la carrure de s'opposer à Louise, alors il la seconda et attendit patiemment que l'âge accomplisse le travail de sape qu'il n'était pas capable de faire.

L'aveugle avait plus de quatre-vingts ans quand elle dételа enfin. Edward n'eut pas vraiment le temps de se réjouir, ni de profiter de son siège directorial. Quelques mois plus tard il faisait une mauvaise chute de cheval, et c'est Alice qui prenait la tête des affaires. Un rôle qui lui allait tellement bien qu'il ne songea pas plus à le lui disputer, une fois remis sur pied.

Distillerie Sullivan & fils.

La pancarte surplombant la grille de la société avait de quoi faire sourire.

Edward arrêta la voiture dans la cour et pilota Pierre-Marie jusqu'au vaste bâtiment en briques d'où émergeaient aux angles, tels des donjons, quatre imposants silos.

Le bruit surprit PM alors qu'il pénétrait dans les lieux. Comme une pluie de grêle s'abattant sur la tôle d'un hangar.

Tout en saluant les employés qui s'activaient à la manœuvre, un masque de protection sur le nez et la bouche, Edward haussa la voix pour se faire entendre :

– Ils remplissent le silo numéro 2.

La poussière âcre prenait à la gorge, et PM se mit à tousser. Edward l'entraîna vers le fond du bâtiment, longea un couloir visiblement désaffecté, et s'arrêta devant une vieille porte desservant ce qui tenait lieu de caves et de chais autrefois, avant la modernisation de la distillerie.

À l'étonnement d'Edward, la porte s'ouvrit facilement. Comme si les gonds avaient été récemment huilés et la serrure graissée, alors que l'issue était condamnée depuis plusieurs années. Pour PM, tout excité, c'était un signe !

Il regarda l'escalier en bois qui s'enfonçait dans l'obscurité et alluma la torche dont il s'était muni.

– Donnez-moi les plans, dit-il, pressé d'en découdre.

Edward les lui tendit, non sans répugnance.

– Ce n'est pas une bonne idée d'y aller seul. Si vous avez raison et si Ryan est vraiment planqué dans les sous-sols, il vaut mieux prévenir la police.

– Pour qu'on m'envoie paître une fois de plus ? Ou pire, qu'on me recolle à l'asile ? Hors de question.

– Si seulement cette maudite patte folle ne m'empêchait pas de vous accompagner ! maugréa Edward.

– Vous bilez pas comme ça, mon vieux. Je suis un grand garçon !

Edward le retint alors qu'il avait déjà le pied sur la première marche.

– Attendez… Prenez ça au moins, juste au cas où…

Non sans une certaine hésitation et moult recommandations, il lui tendit une arme. Et le prévint que s'il n'était pas revenu au domaine d'ici deux heures, il appellerait la police. Mais PM était déjà parti.

Une heure plus tard, il cédait au découragement.

Les seuls êtres vivants qu'il avait croisés dans ces sous-sols puant le moisi et le salpêtre étaient des araignées et des rats dont les proportions lui fichaient les jetons. Il regardait les plans pour déterminer à quel endroit exact il se trouvait quand sa lampe rendit l'âme.

Et quelque chose le frôla.

PM sentit la panique le gagner et il allait se mettre à hurler lorsqu'il la vit.

Une faible lueur venant dans sa direction. Une torche, dont le faisceau se précisait à mesure qu'elle progressait vers lui.

L'ombre immense se dessina sur une paroi, lui coupant le souffle. Totalement liquéfié, il se recroquevilla dans un renfoncement du mur, et sortit fébrilement l'arme que lui avait confiée Edward.

Il ferma les yeux lorsque la lumière de la torche effleura le sol à ses pieds, s'attendant d'un instant à l'autre à être repéré, et ne les rouvrit prudemment qu'en entendant les pas s'éloigner.

La lumière bifurquait vers la droite. Sans vraiment réfléchir, il lui emboîta le pas à distance respectueuse.

Quasiment en apnée, il progressa ainsi en rasant les parois suintantes des anciennes cuves, pendant une minute qui lui parut durer une heure, et déboucha bientôt en vue d'une cave où la lumière s'était arrêtée.

La torche posée à terre éclairait la salle voûtée.

La vue d'un lit de camp et d'un sac de couchage le ramena un an en arrière, dans les souterrains du château où Ryan s'était installé à l'insu de tous. Trop fort, jubila-t-il intérieurement. Je suis trop fort.

Lui tournant le dos, la silhouette était penchée sur une cantine dans laquelle elle fouillait.

PM la pointa de son arme et, d'une voix qu'il tenta de rendre autoritaire, lui ordonna de lever les mains, de les croiser au-dessus de sa tête et de se retourner, lentement. Très lentement.

Bien qu'il s'y attendît, il crut défaillir en voyant le visage de Ryan capturé par le faisceau de la torche. Comme un lapin pris dans les phares.

– Je le savais ! glapit-il. Je le savais ! Je le savais, que si t'étais vivant tu serais là ! Je le savais, que si tu te planquais quelque part ce serait dans les souterrains, comme le rat que tu es !

Éblouis par la lumière, les yeux de Ryan clignotèrent de surprise. L'autre éclata de rire.

– Ça t'en bouche un coin, grand frère, pas vrai ? On dirait que la situation n'est pas à ton avantage, cette fois !

Le père de Marie grimaça.

– Il faut croire que je me fais trop vieux pour ce genre de sport.

– Non… Il faut juste que tu admettes que tu as affaire à plus fort que toi. C'est fini, l'époque où tu me roulais dans la farine. Fini ! Terminé ! Aujourd'hui, c'est moi qui mène le jeu. Tu vas payer pour tout ce que j'ai enduré par ta faute, ordure. Un an chez les dingues… à cause de toi ! Je vais t'envoyer croupir en prison jusqu'à la fin de tes jours ! Je veux que tu crèves à petit feu. À petit feu…

Les yeux exorbités comme si une force démoniaque cherchait à les faire sortir de sa tête, le regard halluciné, et le doigt crispé sur la détente, PM semblait sur le point de tirer quand les mots que prononça Ryan se frayèrent un chemin jusqu'à son cerveau enfiévré.

– Si tu fais ça, tu ne trouveras jamais le trésor de la Reine Écarlate.

*
* *

Brody grimaça en voyant Lucas insérer la bande vidéo dans le lecteur. Il l'avait lui-même visionnée à plusieurs reprises et prenait comme un affront personnel le fait que le spécialiste français n'accordât pas plus de crédit au topo qu'il venait de lui faire.

– Une centaine de véhicules ont franchi ce carrefour entre 19 heures hier et 9 heures ce matin. Aucun d'entre eux n'allait vers la morgue.

– Eh bien on va vérifier ça, rétorqua Lucas.

Les images du carrefour apparurent à l'écran. Brody haussa les épaules :

– Faut pas vous attendre à un miracle.

Au bout de quelques minutes d'une insupportable monotonie passées à observer un carrefour peu fréquenté, Lucas accéléra la vitesse de défilement. Le time code affichait très exactement 21 h 17 quand il nota le détail qui avait échappé à Brody. Il revint en arrière.

– La camionnette qui franchit le carrefour juste devant le semi…

– Ben quoi, la camionnette ? marmonna Brody, soudain inquiet.

Fersen mit en lecture image par image. Sous le regard ahuri du jeune Irlandais qui se demanderait longtemps comment il avait pu laisser passer ça, tous virent nettement que, si le semi-remorque réapparaissait de l'autre côté du carrefour pour se diriger vers le port, la camionnette qu'il masquait aux trois quarts ne suivait pas le même chemin.

– Elle n'a pu aller que vers la morgue, conclut Marie. On ne voit pas grand-chose… Avance… Logiquement, on devrait la voir repasser dans l'autre sens.

Lucas enclencha le défilement avant et, une quinzaine de minutes plus tard, fit un arrêt sur l'image de la camionnette franchissant à nouveau le carrefour.

Angus eut un soupir de déception.

– On ne voit pas la plaque.

– Non, mais on aperçoit vaguement le conducteur… ou plutôt la conductrice ! s'exclama Marie.

– Le voilà votre miracle, Brody, ajouta Lucas, suave.

Derrière la vitre se découpait un profil perdu dans la blancheur d'un voile.

– Une religieuse ?

C'était au tour d'Angus d'être suffoqué. Outre le fait qu'il n'imaginait pas une femme seule porter un cadavre de soixante-dix kilos, il ne voyait pas pour quelle raison les frangines auraient fauché le corps du jumeau. Ni même comment elles pouvaient être au courant de son existence alors que l'information n'avait été communiquée qu'aux proches de Lucas. Ce dernier ironisa :

– Elles ont peut-être entendu des voix…

*
* *

Le mot *trésor* avait fait écho chez Pierre-Marie qui somma Ryan de s'expliquer.

– Le journaliste disparu il y a un an a été tué par les Sullivan parce qu'il avait découvert l'emplacement du magot. Aujourd'hui quelqu'un fait disparaître les membres de la famille les uns après les autres pour le récupérer.

PM éclata de rire.

– Et ce quelqu'un, c'est toi ! Je le savais, je le savais !

– C'est vraiment une manie de me coller tous les meurtres de la terre sur le dos. Déjà à Lands'en…

Il s'interrompit en voyant PM s'agiter à nouveau, l'arme en main, et remua légèrement les siennes comme pour dire *désolé, j'arrête.*

– C'est quelqu'un qui utilise mes méthodes, mais qui me copie mal. Tu vas te marrer, ajouta-t-il, faussement innocent, j'ai même cru que c'était toi.

Sentant PM prêt à bondir, il ajouta :

– Je dois trouver de qui il s'agit, et le mettre hors d'état de nuire. Le problème c'est que je ne peux pas y arriver tout seul.

– Tu n'as pas réussi à te trouver un complice ? Tu baisses, Ryan, tu baisses, railla PM.

– Je n'avais pas vraiment prévu ce qui arrive. Et je n'étais pas sûr de pouvoir te faire confiance.

Confiance ?

Le mot explosa dans le cerveau de PM, y créant des ravages pires que toutes les camisoles chimiques que les psychiatres lui avaient prescrites, et la rage l'étouffa au point qu'il se mit à éructer des mots sans suite dont il ressortait confusément qu'il avait fait confiance à Ryan, et que Ryan l'avait trahi. Comment osait-il encore employer ce mot ? Le reste de la diatribe se perdit dans un éclat de rire hystérique aussi soudain que bref.

Puis PM dévisagea son frère avec mépris.

– Laisse-moi deviner… Tu vas me proposer de partager le trésor avec moi. Part à deux ?

– Quelque chose comme ça, oui.

– Tu me prends vraiment pour un demeuré.

– Et si je te donne une preuve de ma bonne foi ?

Son frère lui jeta un regard soupçonneux et lâcha, presque à regret :

– Quelle preuve ?

– D'après la légende, les cinq beaux-fils de Dana, qui se méfiaient d'elle, avaient mis le trésor à l'abri dans un endroit connu d'eux seuls…

– Un endroit que seule l'union de leurs cinq clés permettait d'ouvrir, récita PM, blasé. Dis-moi quelque chose que je ne sais pas, pour changer.

– Ça ne se dit pas, ça se montre. Je peux baisser les mains ?

PM pensa qu'il y avait un piège, d'un autre côté la présence de l'arme le rassurait. La force était de son côté. Il agita le canon.

– Doucement. Si t'essaies de m'avoir, je n'hésiterai pas. Et à cette distance, même l'aveugle ne te louperait pas.

Ryan baissa lentement les mains, glissa la droite dans sa poche et la ressortit, paume tendue vers l'avant.

Malgré lui, PM avança.

Une petite clé en or brillait doucement dans la main ouverte de Ryan.

– Je l'ai trouvée en fouillant la chambre d'Alice. Il n'en manque plus que quatre.

Il ignorait encore où Louise, Franck et Jill gardaient la leur. Par contre, il avait localisé celle d'Edward.

– Où est-elle ? demanda PM avec avidité.

– Autour de son cou. Il ne l'enlève jamais.

La main de Ryan se referma sur la clé au moment où PM avançait la sienne pour l'attraper.

– Je te la donne uniquement si tu fais équipe avec moi. Pour toi, c'est la garantie que je ne pourrai pas accéder au trésor tout seul.

PM eut un gloussement.

– Tu n'es pas vraiment en mesure de dicter tes conditions. Moi, si. Pourquoi je partagerais alors que je peux tout garder ?

– Parce que tu ne trouveras jamais le trésor sans moi. Parce que si tu n'acceptes pas, je vais m'en aller. Parce que pour m'arrêter il faudra me tuer. Et parce que si tu me tues, tu iras en prison.

– Pourquoi faut-il toujours que tu sois si grandiloquent ? maugréa PM. Va te faire foutre ! Tu n'auras rien, tu m'entends ! Pas ça ! dit-il en faisant claquer son ongle sur sa dent.

Et Ryan se mit à avancer, ignorant les injonctions de PM qui le sommait de ne plus bouger.

Il n'était plus qu'à un mètre de lui quand le coup partit, l'atteignant en pleine poitrine. Interdit, PM le vit s'écrouler dans la poussière, comme au ralenti.

Il regarda l'homme étendu à terre, puis le canon qui fumait encore, le sang qui jaillissait de la blessure à la poitrine. Et lâcha soudain l'arme comme si c'était elle qui avait tiré, et non lui.

Les lèvres de Ryan remuèrent. Il voulait visiblement parler, mais les mots s'étouffèrent dans le gargouillis qui envahissait sa gorge. Un filet de sang coula à la commissure de ses lèvres, alors que les yeux bleus se figeaient. Définitivement.

Affolé, PM se précipita sur Ryan et chercha son souffle, en vain.

Contre toute attente, ses yeux se remplirent de larmes et, dans un mélange de peur et de regret, mais aussi de colère, il reprocha violemment à son frère de l'avoir obligé à en arriver là.

14

La sœur tourière avait juste entrebâillé la lourde porte, et poussa un gémissement étouffé en la voyant s'ouvrir largement sous la poussée de Lucas Fersen.

– L'heure est à la prière, chuchota-t-elle avec précipitation.

– Oh non, ma sœur, l'heure est à la confession. Je veux vous voir toutes réunies dans la chapelle d'ici deux minutes. Au pas de gymnastique !

Elle roula des yeux effarés.

– Toutes ?

– Toutes, répéta Lucas. Même les recluses !

Le spécialiste des crimes rituels n'avait jamais eu auditoire plus attentif. Et plus discipliné.

Les trente religieuses étaient entrées dans la chapelle comme à la procession, l'une derrière l'autre, et étaient allées se répartir, en un ballet bien réglé qui sentait l'habitude, entre les deux volées de chaises.

En dépit du vœu de silence de certaines, des murmures effarés se propagèrent dans les rangs lorsqu'il évoqua le vol du cadavre à la morgue. Et les signes de croix se multiplièrent lorsque Angus fit circuler la photo du jumeau parmi les sœurs. Fersen coupa court aux regards incrédules et aux messes basses dont il était l'objet.

– Bien évidemment, il ne s'agit pas de moi, mais d'un homme qui me ressemble comme deux gouttes d'eau.

Les chuchotements reprirent de plus belle lorsque Marie mentionna la camionnette conduite par une religieuse. Cette fois ce fut mère Clémence qui ramena le silence parmi ses ouailles, en frappant sèchement dans ses mains à plusieurs reprises.

– Vous devez faire erreur. Toutes les sœurs étaient réunies ici même pour les vêpres, ensuite le couvent est fermé pour la nuit.

– Et les vêpres, c'est approximativement quelle heure ?

La sœur tourière balaya le mécréant d'un regard offusqué.

– 18 heures, évidemment.

– Alors peut-être que l'une de vos pensionnaires a fait le mur !

L'hypothèse parut suffisamment saugrenue à certaines pour provoquer quelques gloussements. Mais aucune révélation.

– Bien. Nous allons toutes vous interroger, mesdames, les unes après les autres, comme à confesse. Inutile de vous rappeler que le mensonge, en plus d'être un péché, est passible de poursuites pouvant aller, en matière criminelle, de deux mois à deux ans d'emprisonnement ferme. Et croyez-moi, à côté de la prison, cet endroit tient presque du paradis !

Tandis qu'Angus et ses adjoints organisaient les interrogatoires, Lucas et sa femme rejoignirent la mère supérieure. Marie, sensible à l'émoi des sœurs, temporisa.

– Il se peut qu'on vous ait volé une tenue de religieuse. Vous nous aideriez beaucoup en faisant le décompte exact de celles qui sont conservées au couvent. Outre celles que vous portez.

– Pourquoi voudrait-on jeter la suspicion sur nous ? demanda mère Clémence, choquée.

– Le monde est si méchant, rétorqua Lucas, pince-sans-rire. Vous avez une camionnette ?

Le couvent possédait trois véhicules, garés dans un petit bâtiment situé à l'arrière du potager. Un tracteur et deux camionnettes. Aucune d'entre elles ne correspondait à celle qu'avait filmée la caméra de surveillance du carrefour. Quant aux tenues, chaque sœur en possédant deux, l'inventaire fut rapide. Et stérile. Il n'en manquait aucune.

Ils quittaient le couvent quand Angus reçut un appel qui le troubla violemment, en dépit de son flegme bien ancré. Et lorsqu'il les rejoignit près des voitures, sa mine s'était allongée.

– C'était le légiste.

– Le corps est revenu ?

Angus n'avait pas envie de rire.

– Il vient d'avoir le résultat de l'analyse ADN…

– Quel résultat ? l'interrompit âprement Lucas, soudain sur la défensive.

– Celle de la mèche de cheveux retrouvée sur le jumeau. Pourquoi ?

Il eut une grimace d'excuse.

– Je l'avais oubliée, celle-là. Ça donne quoi ?

– L'ADN est proche du vôtre, Marie.

– Comment ça, proche ? explosa Lucas. C'est le sien ou ce n'est pas le sien ?

Angus, embarrassé, expliqua qu'il comportait des marqueurs identiques.

– C'est celui de Mary Sullivan.

Le spécialiste du Département des crimes rituels eut un rire bref.

– Et ça continue ! Maintenant le jumeau a connu la mère de ma femme ! Bientôt je vais apprendre que si je suis allé enquêter à Lands'en, ce n'est pas un hasard, juste l'ironie d'un destin écrit à l'avance !

Angus attendit qu'il se calme et avança une hypothèse dont il s'excusa à l'avance, tant elle était tirée par les cheveux. L'expression, malheureuse, arracha un rictus sarcastique à Lucas.

– On n'est pas à un truc délirant près. Allez-y, Angus.

L'Irlandais prit une longue inspiration et se lança.

– Et si Pierre-Marie avait raison ? Et si Ryan était vivant, si c'était lui qui avait volé l'enveloppe que vous a léguée Mary, si elle contenait le secret des Sullivan, et si c'était lui le meurtrier ? Il peut très bien avoir gardé une mèche de cheveux de sa bien-aimée et…

Il s'interrompit en voyant Marie devenir livide.

– Je savais bien que j'aurais mieux fait de me taire.

Se méprenant sur l'origine du trouble de sa femme, Lucas le mit sur le compte de sa propension à croire à l'irrationnel. Et s'énerva.

– Tu ne vas quand même pas gober un truc pareil ! Cette boucle de cheveux est une mise en scène. Louise avait sans doute conservé une mèche de sa fille, quelqu'un la lui aura volée, et l'aura mise délibérément sur le corps pour brouiller les pistes.

– Sur ce dernier point, je vous suis, décréta Angus. Pour être brouillées…

Mais Lucas était déjà monté en voiture en claquant la portière.

– Désolé. Je ne pensais pas qu'il prendrait cela aussi mal.

– Vous n'y êtes pour rien s'il est à cran.

Encore déroutée par l'argumentation du gendarme, la jeune flic lui résuma brièvement ce qu'ils avaient découvert sur le passé d'Hélène. Angus compatit. Découvrir en moins de vingt-quatre heures qu'on a un jumeau, que son père n'est pas le sien et que sa mère n'a jamais existé suffirait à faire péter les plombs à plus équilibré.

Il ne croyait pas si bien dire…

De retour au poste, Marie trouva sur le bureau une liste des enfants déclarés morts ou disparus entre 1961 et 1968, et glissa un regard interrogateur à Lucas qui prenait place en face d'elle.

– Je ne savais pas que tu avais lancé cette recherche.

– C'est ce que tu voulais, non ?

– Oui, mais…

Il lui décocha un regard ambigu.

– Il faut bien que je te surprenne de temps en temps, sinon on va sombrer dans la routine.

Et il se plongea dans le listing, signifiant que le sujet était clos.

Une heure plus tard, quelques noms étaient entourés sur la partie épluchée par Marie. Entre autres celui des Reynault, dont l'enfant, un garçon de six ans, avait péri avec ses parents dans un accident d'avion la veille de Noël 1967. *Approfondir*, avait-elle indiqué dans la marge. Souligné deux fois.

Elle était au téléphone et se renseignait sur un nouveau-né disparu d'une clinique parisienne à l'automne 1961 quand Lucas revint vers elle, un café à la main.

– À quoi tu joues ? lui demanda-t-il alors qu'elle raccrochait. Tu ne penses tout de même pas que ma mère m'aurait volé à ma naissance ?

Devant son expression, elle botta en touche.

– Non. Mais cela arrive… Et c'est une vraie raison de changer d'identité.

Il l'admit du bout des lèvres, bien que n'imaginant pas un seul instant que cela puisse concerner Hélène. Dont il avait les yeux, lui rappela-t-il, comme si cette ressemblance pouvait le prémunir de tout.

Elle faillit lui dire qu'il avait également le nez de son père, mais décida d'y aller par étapes.

– Il suffit de faire un test ADN.

– Tu ne crois pas qu'on a perdu assez de temps comme ça ? On a plus urgent, non ?

Quelques gouttes de café éclaboussèrent le listing alors qu'il posait le gobelet sur le bureau. Marie allait répliquer que les recherches concernant Kelly étaient au point mort et que la disparition du jumeau avait tourné court, quand son portable sonna.

Elle décrocha et se raidit. C'était Christian.

– Ne raccroche pas, c'est important, lui dit-il précipitamment. Il faut que je te voie. Seule.

Essayant de garder un masque impassible, sensible à la proximité de Lucas, elle répondit que c'était une erreur. Mais Christian insistait.

– Ne dis rien à personne, surtout pas à Lucas. Tu ne sais pas…

Elle ne saurait jamais ce qu'elle ne savait pas. Elle avait raccroché.

– C'était quoi ? Un autre bébé volé par sa mère ? grinça Lucas, aigre-doux.

Pourquoi se crut-elle obligée de répéter qu'il s'agissait d'une erreur ? L'intuition du flic lui souffla soudain qu'elle mentait.

Avant qu'elle ait le temps de l'en empêcher, il lui arracha son portable des mains et appuya sur la touche de rappel automatique du dernier appelant.

L'estomac chargé de plomb, la jeune femme le vit se crisper violemment en reconnaissant la voix de son interlocuteur à l'autre bout du fil.

– Non, ce n'est pas Marie, connard !

Il jeta le portable sur la table, balayant les listings qui tombèrent en vagues sur le sol, et quitta l'openspace à grandes enjambées sous le regard navré de sa jeune épouse. Elle eut un mouvement pour le rattraper, mais Angus, qui n'avait rien perdu de la scène, l'en dissuada.

– Il a besoin d'être seul pour évacuer le trop-plein.

– Et s'il va trouver Christian pour lui casser la figure ?

– Eh bien, ma foi, ça ne leur fera de mal ni à l'un ni à l'autre !

Le portable sonna à nouveau. Christian. Marie coupa l'appel.

Vous êtes sur la boîte vocale de Marie Kermeur... (petit rire) Fersen. Marie Fersen. Laissez-moi un message après le bip.

Le marin eut un rictus amer en songeant qu'un temps elle avait failli s'appeler Marie Bréhat. Un an presque jour pour jour. Autant dire un siècle.

Anne, qui revenait chargée de provisions, l'entendit répéter avec insistance de se méfier de Lucas.

– Tu ne sais pas de quoi il est capable. Je dois te voir.

Il raccrocha et se recroquevilla légèrement sous le regard scrutateur de sa sœur.

– Tu crois vraiment que c'est en rabaissant son homme que tu vas la récupérer ? C'est pathétique. Tu es pathétique.

– Tu ne peux pas comprendre, grommela-t-il.

– Mais regarde-toi, bon sang ! Ça fait des jours que tu traînes ta misère comme un chien, en espérant qu'elle daignera t'accorder une faveur. Ouvre les yeux ! C'est fini ! Terminé !

Elle posa ses courses sur le pont.

– Ton sponsor cherche à te joindre. Il t'a décroché un engagement pour la Transat en double le mois prochain.

Elle allait ajouter que c'était une chance inespérée au vu de ses derniers résultats, mais il ne lui en laissa pas le temps.

– Je ne peux pas partir. Pas maintenant. S'il reste une chance, même infime, de la reconquérir, je ne la laisserai pas passer.

– Alors redeviens celui qu'elle a aimé : le corsaire qui la faisait rêver en prenant la mer d'assaut et en domptant les océans. Pas une loque traînant de bar en bar comme les marins à l'escale, dans l'espoir d'y trouver l'oubli au fond d'une pinte.

Le regard bleu se rétrécit, la bouche se tordit en un rictus mauvais.

– C'est pour toi que tu plaides, là. Pas pour elle. Finalement ça t'arrange bien qu'elle m'ait jeté. Comme ça tu n'es plus seule à avoir une vie de merde !

La soudaine pâleur d'Anne lui fit comprendre qu'il était allé trop loin. Elle ne lui donna pas le loisir de s'excuser.

– J'ai fait ce que j'ai pu pour te remettre à flot, mais si tu veux te laisser couler, ce sera sans moi, dit-elle dans un souffle. Je rentre à Lands'en.

Il n'eut pas un mot pour la retenir.

Quand elle quitta la goélette avec ses bagages, il eut soudain la sensation de perdre la seule personne qui l'aimait sincèrement.

Et d'être orphelin.

*
* *

Lucas était assis à l'extrême pointe de la jetée quand Marie vint s'installer à ses côtés.

Il avait fait et refait le parcours depuis l'hôtel de passe jusqu'aux docks où le corps du jumeau avait été retrouvé. Plus dans l'espoir de chasser les pensées qui l'agitaient en se raccrochant à son quotidien de flic que dans celui de découvrir quelque chose de tangible.

Elle respecta son silence, en observant, comme lui, les bateaux de pêche flirtant avec les cargos dans le va-et-vient du port.

– Dire que je préférais me marier ici plutôt qu'à Lands'en, parce que c'était moins chargé, railla-t-il.

Elle posa la main sur la sienne et sentit sous ses doigts les contours de l'alliance.

Dieu qu'elle aimait cet homme. Pour le meilleur et pour le pire.

– Je suis désolé, dit-il dans un souffle. Je n'ai pas à m'en prendre à toi… Je voulais t'appeler, mais j'ai oublié mon portable, ajouta-t-il, penaud.

Elle lui tendit le téléphone, et l'informa qu'il avait reçu l'appel d'un labo. Un de ces labos privés fleurissant sur le Net et qui proposent, en moins de vingt-quatre heures chrono, des tests ADN fiables à quatre-vingt-dix-neuf pour cent.

Il lui glissa un regard en coin et secoua lentement la tête.

– Vu ton air, j'imagine que le résultat est négatif.

– Le test confirme qu'Hélène est ta mère.

Aussi brève fût-elle, l'expression d'intense soulagement qui relâchait ses traits n'échappa pas à la jeune femme. Il esquissa un sourire contrit.

– Je sais que j'aurais dû te le dire, mais…

Il balaya la fin d'un geste évasif.

– Non seulement tu agis en douce, mais quand je t'ai parlé d'un test, tu as trouvé ça ridicule, alors que tu avais déjà fait un prélèvement de salive à Hélène, lui reprocha-t-elle.

– Ce n'est pas le test que je trouvais ridicule, mais l'idée qu'elle ne soit pas ma mère.

– Oh… Pourtant tu as cru une seconde à l'inverse.

Il se releva brusquement, comme pour clore un sujet qui le dérangeait.

– D'accord, j'ai flippé. C'est ça que tu veux m'entendre dire ?

Elle se mit à sa hauteur, et s'adoucit.

– Je veux juste que tu me fasses confiance. Si ce n'est pas à moi que tu confies tes doutes, à quoi ça sert d'être un couple ?

– Quand tu as découvert que tu étais la fille de Ryan, ce n'est pas vers moi que tu t'es tournée.

– C'est très différent. À l'époque, je te connaissais à peine et…

Elle ne termina pas sa phrase. Il le fit à sa place.

– Et tu as l'impression de ne pas me connaître beaucoup plus aujourd'hui, c'est ça ?

Elle cherchait désespérément les mots pour le convaincre du contraire, quand il prit doucement son visage entre ses mains, et plongea ses prunelles dans les siennes. Les yeux noisette débordaient d'un mélange d'amour et de désarroi.

– La seule chose dont je suis sûre est que je t'aime. Je ne laisserai jamais personne te permettre d'en douter.

Alors qu'il la serrait contre lui, le regard de Marie se porta sur la goélette qui se découpait au loin.

*
* *

– Rien de ce que tu pourras dire ou faire n'entamera ma confiance en lui. Alors cesse de me harceler.

Elle avait franchi l'échelle de coupée sans que Christian l'entende et se tenait face à lui, sur ce bateau dont la figure de proue avait ses traits. La voir ainsi, là, tout près, lui donna l'envie de courir vers elle, de la prendre dans ses bras, de l'emmener loin d'ici, de tout, de l'Autre. Pourtant il n'eut pas un mouvement et se contenta de la dévisager.

– Je te connais bien, Marie. Si tu ne te posais pas de questions, tu ne serais pas là.

La jeune femme le fustigea du regard et amorçait un demi-tour quand les paroles qu'il prononça la clouèrent sur place.

– Je crois que c'est Lucas qui a tué son jumeau.

Elle pivota, les yeux étincelants de colère.

– Et tu prétends m'aimer ? lâcha-t-elle d'une voix chargée de mépris. Tu es pitoyable.

En deux enjambées, il fut sur elle et lui bloqua le passage pour l'obliger à l'écouter.

– J'ai dit qu'il était mort quand je l'avais trouvé, mais ce n'était pas vrai. Il respirait encore, il a eu le temps de parler… Sur le moment, je n'ai pas compris à quoi il faisait allusion. Je pensais avoir affaire à Lucas, j'ai cru qu'il délirait. C'est seulement en apprenant l'existence d'un sosie que les mots ont pris tout leur sens.

L'estomac de la jeune femme se remplit soudain de plomb. Elle réentendit le légiste affirmer que la victime avait mis plus de deux heures à mourir. Et eut soudain la nausée.

– Quels mots ? questionna-t-elle âprement.

– Mon frère… monstre… tué…

Elle refusa d'en entendre davantage.

– Tu auras mal compris. Ou pire, tu mens ! Laisse-moi passer, maintenant !

Elle essaya de forcer le passage, mais il l'agrippa fermement par le bras.

– J'ai très bien compris. Et je ne te mentirais pas. Pas sur un truc pareil.

– Allons donc ! Tu es prêt à tout pour m'éloigner de Lucas ! Et tu n'as jamais été à une tricherie près pour gagner.

L'allusion à sa disparition programmée lors de la Transat en solitaire, l'été précédent, alors qu'il perdait la course, était claire. Il ne se déroba pas.

– Je ne peux pas t'empêcher de penser ça. Ni t'obliger à me croire en te disant que j'ai changé. Oui, c'est vrai, je suis prêt à tout pour que tu me reviennes. Mais si je pensais un seul instant que ton bonheur est avec lui, je m'inclinerais.

Il souda son regard au sien, et se fit grave.

– Non seulement j'en doute, mais maintenant j'ai peur pour toi.

L'accent de sincérité troubla la jeune femme, mais elle refusa de désarmer.

– Lâche-moi, s'il te plaît, répéta-t-elle, butée.

Il obtempéra, non sans lui demander si elle croyait au destin. Lui oui. Comment appeler autrement le hasard qui avait conduit le jumeau mourant tout près de sa goélette, comme s'il cherchait à lui délivrer un ultime message ?

Marie avait déjà la main sur l'échelle de coupée quand elle marqua le pas.

La déposition disait que le jumeau avait été retrouvé près des docks, en contrebas de la jetée, à deux cents mètres de la goélette.

– J'ai déplacé le corps, répondit-il comme s'il avait lu dans ses pensées. Mais ce n'est pas l'important. L'important est ce qu'il a dit avant de mourir.

Pas pour Marie, qui en remisa la signification à plus tard, préférant se raccrocher à quelque chose de concret. La procédure.

– En agissant ainsi, tu nous as peut-être privés d'indices essentiels. Montre-moi où tu l'as trouvé exactement.

Là, elle était en terrain connu.

Il désigna un renfoncement sous le muret surplombant le quai, à moins de dix mètres du voilier.

– Il était là.

La jeune flic examina les casiers à homards empilés en vrac.

– Où exactement ? À côté des casiers ? Derrière ?

– Il n'y avait pas de casiers cette nuit-là, juste un vieux sac de charbon éventré et un tas de détritus. Le jumeau était allongé derrière.

Du charbon.

Marie revit la paume noircie du jumeau. Le légiste avait parlé de noir de fumée. Elle se mit fébrilement à déplacer les casiers.

Ils étaient là, grossièrement dessinés sur le béton du quai, d'un trait approximatif tracé comme par un fusain. Ou par un morceau de charbon.

Cinq symboles différents. Cinq ogams.

Et parmi eux, le J figurant sur la pierre retrouvée dans la gorge d'Alice.

Du pont de la goélette, le skipper regardait les flics délimiter un périmètre de sécurité, photographier la scène de crime sous tous les angles et fouiller les environs à la recherche d'indices éventuels.

Ses yeux bleus se voilèrent en voyant Lucas et ce flic irlandais rejoindre Marie. Il ne pouvait pas entendre leur discussion, mais devinait, à la façon dont elle évitait soigneusement de regarder dans sa direction, que la jeune femme faisait tout pour ne pas aggraver la situation.

La proximité du marin attisait la nervosité de Lucas, qui prenait vraiment sur lui pour ne pas aller lui défoncer la tête.

Pas dupe, Angus s'absorba dans la contemplation des symboles, dont il rappela, plus pour meubler le silence que par nécessité, que les druides s'en servaient pour désigner le coupable d'un meurtre.

– Et quel est le nom indiqué par cette combinaison ? s'enquit Lucas, sarcastique. Avec un peu de chance, on va pouvoir coffrer l'assassin dans l'heure et quitter enfin ce bled pourri !

Conscient que le flic français était sur le point d'exploser, Angus jugea plus prudent d'adopter un profil bas.

– C'est en allant faire *une course* à la pharmacie que tu as compris que le corps avait été déplacé ? demanda le spécialiste des crimes rituels à son épouse. Ou ce sont tes origines celtes qui t'ont permis de *deviner* ?

– C'est Christian qui me l'a dit, reconnut-elle.

Fersen balaya la goélette et son propriétaire d'un regard froid n'augurant rien de bon.

– Oh, vraiment ? Et que t'a-t-il révélé d'autre, Surcouf ?

Mon frère… monstre… tué…

Estimant le moment peu propice – le serait-il un jour ? –, la jeune femme se contenta de secouer la tête négativement. Mais Lucas n'en avait pas fini avec elle. Angus battit en retraite pour ne pas être pris à témoin de ce qu'il estimait déborder le cadre policier.

– Pourquoi es-tu retournée seule l'interroger ?

– Je n'y suis pas allée en tant que flic, répondit-elle sans détour. J'étais venue le voir pour lui demander de quitter l'île.

L'expression de Lucas sembla s'adoucir. Il contempla le bateau toujours à quai et lâcha de façon lapidaire :

– Apparemment, tu as échoué.

15

Sur le panneau de liège derrière Angus, les cinq lettres de l'alphabet ogamique, griffonnées par le jumeau, étaient entourées d'un cercle. Il soupira, découragé.

– Ils se répartissent dans les trois familles. Et même en prenant la symbolique attribuée à chacune d'entre elles, il n'y a aucune logique d'ensemble.

Lucas le rejoignit.

– Je viens d'avoir le DCR. Ils ont soumis les cinq ogams à divers logiciels combinatoires. Ce n'est ni un anagramme, ni un sigle répertorié. S'il y a un code, ils n'ont pas réussi à le casser.

– L'expert auquel je pensais pour nous aider à décrypter le message est actuellement en Asie. Il va falloir trouver quelqu'un d'autre…

– Laissez tomber, Angus. C'est tellement évident que c'en est déroutant, s'écria subitement Marie en s'approchant d'eux, le livre de la Reine Écarlate à la main. Ce sont des initiales, celles de cinq beaux-fils de Dana.

Attrapant un marqueur, elle traça successivement les cinq ogams sur un tableau. Puis inscrivit les lettres correspondantes en dessous.

– J pour Jaouen, F pour Fergall, O pour Orin, S pour Seamus, Z pour Zoleig.

Un sourire sarcastique étira les lèvres de Lucas.

– Il était une fois une méchante reine… Allons Marie, dit-il avec une certaine condescendance, on ne peut pas baser une théorie sur du hasard.

– Le hasard ? Il se trouve que Jaouen est mort d'une chute de cheval, lui rappela-t-elle. Si le meurtrier a voulu donner l'illusion, même brève, qu'Alice était morte de la même façon, ce n'est plus du hasard, c'est de la préméditation.

– Ou une façon de brouiller les pistes en découvrant qu'il s'était trompé de victime.

Le gendarme assistait à la joute oratoire sans piper mot, fasciné par cette faculté qu'avaient Marie et Lucas d'oublier qu'ils étaient un couple, et des partenaires, pour faire valoir la suprématie de leurs arguments. Deux têtes de mule, foi d'Irlandais !

– Ce n'est pas à toi que je vais apprendre qu'en réactivant une légende, deux fois sur cinq un tueur en série cherche avant tout à raconter une histoire à laquelle, pour une raison ou une autre, il s'apparente, lui fit-elle remarquer.

– Et les trois autres fois, il s'agit d'un vulgaire assassin qui s'amuse à jouer avec les nerfs des enquêteurs.

Angus tressaillit.

– Tueur en série ? Vous pensez qu'il va y avoir d'autres meurtres ?

– C'est un peu tôt pour tirer ce genre de conclusion, estima le spécialiste des crimes rituels.

– Sauf si le jumeau a dessiné ces cinq ogams parce qu'il connaissait le plan du tueur, et qu'il voulait prévenir qu'il y aurait d'autres victimes, riposta Marie.

– Ou bien c'est lui le meurtrier, lui opposa Lucas, suave, et les crimes vont s'arrêter là.

– Oui, mais dans ce cas, il…

Emportée par son raisonnement, elle avait été sur le point de lui rapporter les mots prononcés par le jumeau avant de mourir.

– Il, quoi ? relança Fersen, les yeux brillants d'excitation.

Plus tard, Marie se demanderait pourquoi elle ne lui avait rien dit. Peut-être parce qu'elle le retrouvait tel qu'elle l'aimait : ironique et horripilant. Peut-être parce qu'elle n'avait pas envie de voir les yeux noisette s'assombrir.

– Il ne serait pas allé se faire piéger dans un hôtel de passe, dit-elle piteusement, faute d'avoir trouvé mieux.

Il sembla étonné de la faiblesse de la conclusion, mais son orgueil de mâle, et l'occasion d'avoir le dernier mot, prirent le dessus.

– Dix contre un que la mise en scène autour d'Alice n'était qu'un acte isolé.

Marie hocha lentement la tête, mais tout en elle lui soufflait le contraire.

*
* *

La découverte d'une mèche de cheveux ayant appartenu à Mary et retrouvée sur le corps du jumeau plongea Louise dans un état d'agitation extrême.

Au point que sa petite-fille mit un terme aux questions que Lucas posait sans chercher à ménager l'aveugle, qui répétait n'avoir jamais possédé de boucle de cheveux de sa fille disparue. Hélas.

Après leur départ, et en dépit de l'heure tardive, Louise appela le couvent et informa mère Clémence de ce nouvel élément.

La religieuse coupa court aux reproches que lui assénait Louise, par téléphone interposé. Elle avait bien une petite idée sur la façon dont cette boucle s'était retrouvée dans une bourse autour du cou du jumeau, mais ne voyait pas l'utilité d'accroître la panique de son interlocutrice.

– Il est mort. Et il a emporté son secret avec lui dans la tombe.

– Cela n'empêchera pas Marie et Lucas de chercher la vérité.

– De la chercher, peut-être. De la trouver, si. Ne t'inquiète pas, Loulou, j'ai tout sous contrôle.

Loulou. Il fallait que la mère supérieure soit bien perturbée pour l'appeler par ce surnom qu'elle n'utilisait plus depuis leur jeunesse.

Louise raccrocha et fit une chose qu'elle n'avait plus faite depuis des années. Depuis cette dramatique veille de Noël 1967.

Elle pria.

*
* *

Le marbre luisait doucement sous la lune. Il faisait doux, et le calme de l'endroit était propice au recueillement.

L'homme qui était agenouillé sur la tombe ne priait pas.

Il ne croyait pas en Dieu, ni aux fées, encore moins aux fantômes. Pourtant, quand il sentit une présence derrière lui, il sursauta violemment.

Marie dévisagea Lucas, et secoua la tête.

– Dis-moi que ce n'est pas vrai, murmura-t-elle.

Il se releva et prit le temps d'épousseter son costume avant de se justifier.

– L'hypothèse d'une profanation m'a effleuré, concéda-t-il. Les cheveux continuent de pousser bien des années après la mort. Il était possible que quelqu'un ait… Mais non, on n'a touché à rien.

Elle savait que derrière la désillusion, le désarroi n'était pas loin.

C'était la première fois, depuis Lands'en, qu'ils menaient conjointement une enquête impliquant intimement l'un d'entre eux. Soudain elle se demanda s'il aurait la force d'aller au bout, et ressentit profondément le besoin d'une aide qu'une seule personne au monde pouvait lui apporter.

Lorsqu'ils quittèrent le cimetière, le médaillon avait repris sa place sur la stèle.

De retour dans leur chambre, elle évoqua Hélène, et son étrange comportement depuis qu'elle était arrivée dans l'île.

– Et si ce n'était pas le hasard qui l'avait amenée dans la chambre de Mary ? Et si ce n'était pas le hasard qui l'avait conduite à arracher justement ce morceau de tapisserie ? Ou à aller dans ce sex-shop, un ancien salon de thé, pour y manger un gâteau ?

Lucas refusa de la suivre sur cette pente dangereuse. Sa mère avait une maladie qui lui détruisait le cerveau depuis dix ans.

– Je l'ai déjà vue faire des trucs autrement plus bizarres sans jamais y trouver le moindre sens.

Marie insista. Plus elle y pensait, plus elle estimait être dans le vrai. Si Hélène était déjà venue là avant, si elle avait connu Mary, bien des choses prenaient sens, au contraire.

– Si c'était le cas, Edward, Dora ou Louise l'aurait reconnue. Ou reconnu sa voix. Or personne n'a réagi à sa présence.

La jeune femme en convint à regret, séduite malgré elle par l'idée que peut-être, il y a bien longtemps, alors que Lucas n'était qu'un tout petit garçon, et elle-même pas encore née, leurs mères avaient pu se croiser, et que le destin les avait réunis ensuite tous les deux, à Lands'en…

Pour Lucas, le sujet était clos. Et comme pour le lui signifier, il entreprit de la dénuder. Ses mains cherchèrent son corps avec une fièvre qu'une année de vie commune n'avait fait que décupler. Sa bouche trouva la sienne. Et le lit les reçut, emmêlés, amoureux, chahutant avec volupté pour se débarrasser de leurs derniers vêtements, sans cesser de s'embrasser.

Par quel sournois engrenage de la pensée les mots vinrent-ils, juste à ce moment-là, jouer les trublions ?

Mon frère… monstre… tué…

Pas maintenant, disait son corps, frémissant sous les caresses que Lucas lui prodiguait. Mais son esprit, lui, était en plein doute. Et s'il n'avait pas vraiment passé la nuit sur un perchoir de l'isthme ? Et s'il avait inventé cet appel de Kelly ? Et s'il avait été sur le port ? Et s'il…

Au bout d'une âpre lutte, l'esprit gagna la partie, et son corps se ferma.

– On dit que le mariage tue le désir, mais si tôt, c'est un record.

Penché au-dessus d'elle, il la considérait avec une moue de dépit. Au-delà de la frustration, elle perçut la peur dont il refusait de parler. Une peur dont il avait cherché l'oubli entre ses bras, et qu'elle n'avait pas su apaiser.

Il se détacha d'elle et attrapait déjà son pantalon quand elle le retint, déterminée à ne plus laisser les doutes s'insinuer entre eux. Les yeux verts balayèrent sans équivoque le corps nu dressé devant elle et, avec une sensualité qui l'électrisa, elle se laissa doucement glisser à terre, effleurant au passage sa peau de ses lèvres, jusqu'à trouver l'objet de sa convoitise, sur lequel sa bouche se referma.

Au long frémissement qui s'empara de Lucas, elle sut qu'il serait bientôt apaisé.

À quelques mètres de là, un autre homme succombait au désir, attisé par des artifices auxquels Juliette, jusque-là, n'avait jamais eu recours.

Les fines lanières du porte-jarretelles crissaient sous les doigts fébriles de Ronan. La dentelle de la guêpière lui enflamma les sens, au point qu'il dut se faire violence pour ne pas la prendre, là, tout de suite, sans autre préliminaire.

Et le Baby-phone se mit à pleurer.

Pas maintenant ! cria intérieurement Juliette, priant pour qu'il se taise. Mais les pleurs redoublèrent, très vite remplacés par les hurlements de colère d'un tyran d'à peine un an, habitué à ce que sa mère rapplique au premier gémissement.

– S'il te plaît, n'arrête pas, murmura-t-elle le nez enfoui dans le cou de son mari. Il va finir par se calmer.

Mais il se détacha d'elle. Dégrisé. Et enfila un caleçon sous le regard désabusé de sa jeune femme.

– Elle fait mieux l'amour, c'est ça ?

Son amertume augmenta alors qu'il tournait des yeux consternés vers elle. La jeune femme se leva prestement, alla fouiller dans un tiroir et lui jeta un sweat-shirt à la tête. Celui que Pierric avait trouvé dans la chambre de Jill.

– Tu sais très bien de qui je parle !

Il soupira.

– Tu ferais mieux de dormir au lieu de dire des conneries. Je m'occupe de Seb.

Il fila dans la chambre attenante où le bébé se calmait, comme si d'avoir séparé ses parents le comblait.

La jeune femme délaissée croisa son reflet dans le miroir en pied, et eut une pensée pour Lucas qui lui avait conseillé de sortir le grand jeu. La lingerie fine n'avait pas eu le pouvoir que lui attribuait le flic. Elle se fit soudain l'effet d'être grotesque, et allait éclater en sanglots quand la voix de son jeune époux monta du Baby-phone, chantonnant une berceuse.

Juliette fixa l'objet, et ravala ses larmes.

Il y avait beaucoup mieux à faire.

*
* *

Le bâtiment abritant les silos était plongé dans la pénombre quand PM émergea des souterrains, le corps de Ryan jeté en travers de l'épaule. Ahanant sous l'effort, il le porta jusqu'au silo numéro 4 et le déposa sur le sol, le temps d'ouvrir la petite trappe et de vérifier qu'il était vide.

Les yeux de Ryan, qu'il n'avait pas osé fermer, semblaient lui poser l'ultime question du pourquoi. Et le mirent mal à l'aise, au point qu'il dut s'y reprendre à trois fois pour faire entrer la masse inerte dans la cavité.

Lorsqu'il referma enfin la trappe, il était en nage.

Dénouant le foulard qu'il portait autour du cou, il s'essuya la lèvre supérieure, puis le front, tout en se dirigeant vers le cadran permettant d'actionner le remplissage du silo. D'une main gantée, il pressa les boutons les uns après les autres. Après plusieurs essais infructueux, la pluie de grains se libéra.

Le bruit était tel que PM paniqua à l'idée qu'on devait l'entendre de loin, puis il eut un gloussement nerveux en se rappelant que la distillerie était isolée de tout.

Laissant la machine automatique faire son œuvre, il quitta les lieux sans demander son reste. Et sans un regard au silo à l'intérieur duquel le grain se déversait, poudrant le corps de Ryan d'une poussière ocre, l'ensevelissant inexorablement.

16

La brume matinale s'exhalait du lac comme une haleine moite, s'effilochant en volutes cotonneuses, et les premiers rayons de soleil, frappant la falaise à l'oblique, accentuaient la couleur pourpre de la roche.

Au bord du lac, les herbes folles ondulaient à la brise.

Marie et Lucas étaient arrivés les premiers sur place.

C'était le bruit du galop qui l'avait tirée d'une nuit peuplée de fantômes, à l'aube. Mue par un sombre pressentiment, elle s'était précipitée à la fenêtre. Et avait immédiatement reconnu Dogan, le cheval sur lequel Kelly avait pris la fuite alors qu'elle allait être arrêtée.

La robe était humide, les naseaux encore fumants, et sous les sabots, il y avait de la boue rouge.

Pourtant aucune empreinte de fers ne marquait la berge, encore humide de rosée.

– Ou il n'est jamais venu là, ou il a…

Une grimace d'ignorance acheva le commentaire de la jeune flic.

– Volé ? suggéra Lucas, caustique. Comme Pégase ?

Elle haussa les épaules et frissonna, malgré la douceur de l'air.

Tout était calme. Si calme. Trop calme. On aurait dit que la vie avait déserté l'endroit, et qu'une menace planait.

– Même les oiseaux ne chantent pas, murmura-t-elle, saisie par l'épaisseur du silence. Comme s'ils avaient conscience d'un danger.

– Ils font peut-être la grasse matinée, eux.

Il allait poursuivre dans le sarcasme quand le cri qu'elle poussa lui fit lever la tête.

En haut de la falaise, auréolée de lumière, une silhouette nimbée de rouge basculait en avant.

La chute sembla s'étirer dans le temps, se reflétant comme au ralenti dans leurs prunelles agrandies par l'horreur. Une gerbe d'eau fusa alors que le corps frappait la surface, explosant en milliers de gouttelettes scintillant au soleil.

Puis il disparut. Et seuls les cercles concentriques irradiant la surface attestaient qu'ils n'avaient pas eu une hallucination.

Les plongeurs émergèrent en remorquant le cadavre d'une femme aux longs cheveux roux que des adjoints d'Angus hissèrent sur la berge.

Marie tressaillit en reconnaissant le voile en dentelle rouge qu'elle portait lors de son union avec Lucas. Et comprit, en voyant les pierres qui le lestaient, pourquoi le corps n'avait pas refait surface.

Les mains gantées, le spécialiste des crimes rituels écarta doucement les pans du tissu pourpre et dégagea le visage de la femme dont il savait déjà que c'était celui de Kelly.

– Quelle macabre mise en scène, grommela Angus d'une voix qu'il avait du mal à empêcher de trembler. Je suis heureux que Dora ne soit plus là pour voir ça.

Il suffit à Lucas d'un examen sommaire du corps pour réaliser que la rigidité cadavérique avait déjà fait son œuvre.

Kelly était morte bien avant sa chute de la falaise !

Une sourde colère, née d'un profond sentiment de culpabilité, contracta violemment les traits de Fersen.

– Elle savait qui était son assassin, elle me l'a dit ! Elle était là, elle m'attendait et moi…

Sa voix dérailla.

– Ce n'est pas ta faute si tu n'as pas réussi à la rejoindre, dit doucement Marie. Et rien ne prouve que tu aurais pu la sauver.

– Mais rien ne prouve le contraire.

Elle connaissait trop bien cet état dépressif, consécutif au sentiment d'être arrivé trop tard, pour le retenir quand il s'éloigna.

C'est en examinant les pierres qui lestaient le voile qu'elle repéra l'une d'entre elles, beaucoup plus petite que les autres, plus plate aussi.

Une pierre frappée de l'ogam F.

Elle s'approcha d'Angus qui distribuait nerveusement des ordres à ses hommes.

– F comme le prince Fergall, l'un des cinq beaux-fils de Dana.

Une ombre obscurcit le visage de l'Irlandais.

– Mort noyé dans un étang…

– Celui qui a jeté Kelly dans ce lac essaie de coller au plus près à l'histoire d'autrefois. Mais pourquoi ?

Angus, lui, se posait une autre question.

– Si elle était déjà morte, comment se fait-il que vous n'ayez pas vu celui qui l'a poussée ?

La jeune flic secoua la tête, elle s'était également posé la question et n'y avait pas trouvé de réponse.

Un murmure étouffé les fit se retourner. Les hommes d'Angus, prêts à charger le corps sur un brancard, le contemplaient, pour certains terrifiés.

La cicatrice à trois spirales, tournant sur un centre, marquait la chair bleuie au niveau de l'épaule.

La Reine avait encore frappé.

– Cette fois, il s'agit bien d'une série, appuya Angus.

Son regard dériva vers le spécialiste des crimes rituels, comme pour quémander une aide que Lucas n'était pas en mesure, à cet instant précis, de lui donner.

Plongé dans la contemplation du lac, son regard fiévreux en fouillait la surface comme pour en sonder le fond.

Et de son nez coulait un filet de sang.

Le corps de Kelly venait d'être emporté par le fourgon de la morgue, et les gendarmes irlandais quadrillaient toujours la falaise et les alentours du lac quand une mélodie retentit.

– C'est le portable de Kelly ! s'exclama Lucas, sidéré.

– Qu'est-ce que tu racontes ?

– Elle avait la même sonnerie. Je lui avais fait remarquer que c'était curieux d'avoir choisi la musique du film *M le Maudit*.

Il fonça en direction du bruit, talonné par Marie et Angus.

Et la sonnerie cessa.

Lucas sortit alors son propre portable et pianota un numéro qu'il connaissait visiblement par cœur. Bien que l'heure ne fût pas à ce genre de détail, Marie se surprit à le noter et réprima une grimace en voyant que Lucas n'était pas dupe.

– J'ai enregistré son numéro quand elle m'a appelé, se crut-il obligé de dire.

La mélodie reprit. Elle venait de la maison du lac.

La battue s'organisa, entretenue par les appels répétés de Lucas.

Ce fut sous la terrasse en bois, dans la partie la moins haute jouxtant les fondations de la maison, que Marie finit par découvrir le téléphone échoué sur un lit de mousse et de lichens.

L'exploration de la zone s'avéra difficile, notamment en raison du peu de hauteur sous terrasse les obligeant à avancer pliés en deux.

La puissante torche de Lucas accrocha le reflet de cheveux roux, entortillés à la mousse humide du sol. Afin de ne pas abîmer les fragiles indices, il entreprit de dégager un large carré. Et ce qu'ils avaient initialement pris pour un rocher se révéla être la pierre d'une stèle.

Une pierre tombale, frappée en son centre d'un symbole identique à celui qui ornait la pierre retrouvée sur le cadavre d'Alice.

L'ogam J.

Franck Sullivan pénétra dans la maison du lac et reluqua Marie sans aucune aménité. Il n'appréciait pas du tout que sa cousine lui ait envoyé les flics pour le ramener dans l'île à des fins d'interrogatoire. Il aurait suffi qu'elle l'appelle, et il aurait répondu volontiers à ses questions.

Il protesta violemment quand Fersen lui demanda où il se trouvait la nuit où le jumeau avait été tué.

– Avec une femme. Pas la vôtre malheureusement, persifla-t-il, histoire de faire monter d'un cran la nervosité de Lucas.

Il ne la mit en veilleuse qu'en apprenant la mort violente de Kelly. L'espace d'une seconde, Marie vit comme une authentique lueur de tristesse envahir les yeux noirs, mais ce fut si fugace qu'elle crut avoir rêvé.

La colère le reprit lorsqu'il comprit qu'on le soupçonnait de meurtre.

– D'après la PS, l'appel qui a déclenché la sonnerie et nous a permis de localiser le téléphone de Kelly a été passé de votre propre portable, dit Fersen.

– C'est possible. J'ai perdu le mien, il y a deux jours.

– Comme c'est pratique !

– Pas vraiment, non.

Il exhiba le tout dernier Nokia qu'il s'était acheté pour remplacer l'autre.

– Vous pouvez vérifier auprès du revendeur. J'ai même dû changer de numéro pour bénéficier d'un nouveau forfait.

– Sans annuler l'ancien ?

– Mon père me reproche tout le temps de n'être pas organisé…

Marie décida qu'il était temps d'apaiser le jeu.

– La femme avec qui vous étiez avant-hier… Elle peut témoigner que vous avez passé toute la nuit avec elle ?

– Si elle ne le faisait pas, ce serait une ingrate, déclara-t-il non sans une expression éloquente sur la façon dont ils avaient dû occuper le temps. Et Viviane est tout sauf ingrate.

Lucas exhiba le petit morceau de voile en dentelle rouge retrouvé dans le salon. S'il pensait déstabiliser Franck, il en fut pour ses frais. Le frère d'Alice prétendit ne pas être le seul à fréquenter cette maison, dont la porte était ouverte à tous ses amis.

– La clé est sous la troisième marche, ce n'est pas un secret.

– Quand y êtes-vous venu la dernière fois ?

– Il y a quatre jours. Avec une femme.

Le sourire dont il gratifia Marie tandis qu'il précisait qu'il ne s'agissait pas de Viviane était d'une sensualité trouble qui la mit mal à l'aise.

– Et Kelly ? demanda sèchement Lucas. Elle est venue ici ?

– C'est arrivé, répondit-il en esquissant un sourire froid. Avant qu'elle ne me préfère ma sœur.

Au grand dam de Lucas, la jardinière paysagiste, jointe au téléphone par Angus, confirma spontanément et en tous points l'alibi de Franck.

Ce dernier s'offrit le luxe d'une dernière provocation.

– Dire que je vous ai presque trouvé sympathique en apprenant que vous étiez mort…

Lucas le suivit des yeux alors qu'il montait à l'arrière d'une voiture de gendarmerie qui allait le reconduire au manoir. Son regard écœuré en disait long sur ce qu'il pensait du fils d'Edward.

– Un faux jeton, et un manipulateur. Il se fiche de nous.

Marie eut une moue dubitative.

– On nous manipule, c'est certain, mais je ne pense pas que ce soit lui qui tire les ficelles.

– Ne me dis pas que tu as succombé à son charme de pacotille !

– Les flics ont ratissé les moindres recoins de la maison hier, poursuivit-elle sans relever. Intérieur et extérieur. Si le portable de Kelly avait été sous la terrasse, ils l'auraient trouvé.

– Selon vous, il aurait été placé là après ? sourcilla Angus. Mais dans quel but ? Faire accuser Franck ?

– En partie, oui, mais pas seulement. Quelqu'un voulait qu'on découvre la pierre tombale, et le lien entre la mort d'Alice et celle de Kelly.

– Les ogams placés sur les corps suffisaient, non ?

– Le meurtrier est un joueur. C'est lui qui fixe les règles. Les ogams ne sont que les indices d'un jeu de piste macabre. Le J retrouvé sur Alice désigne la pierre tombale près de laquelle Kelly a été sacrifiée. L'ogam F retrouvé sur le corps de Kelly annonce un prochain sacrifice. En agissant ainsi, le meurtrier nous met au défi de l'arrêter avant qu'il ne tue à nouveau.

L'Irlandais ne put s'empêcher de s'avouer bluffé par l'hypothèse.

– Elle a été à bonne école, déclara Lucas sentencieusement.

Mais le sourire dont il enveloppa Marie montrait à quel point il était fier d'elle.

– Le prochain lieu de sacrifice se trouve donc à proximité de la pierre tombale du prince Fergall, résuma Fersen. Nous devons la localiser au plus vite, et nous aurons peut-être une chance de battre l'assassin à son propre jeu.

Le vieil Angus s'assombrit.

– Le cimetière royal a été pillé durant la guerre. Nul ne sait ce qu'il est advenu des pierres tombales des princes. Ni même si elles sont encore dans l'île.

– Cet enfoiré a donc une belle longueur d'avance sur nous, décréta Lucas en regardant la stèle frappée de l'ogam J être chargée dans une camionnette.

Il avait fallu plus d'une heure pour la dégager de sa gangue de mousse et de terre. Il en faudrait encore un certain nombre pour l'acheminer, via le prochain ferry, jusqu'au musée archéologique de Cork où elle serait examinée, en vue d'authentification, par des experts.

Angus battit le rappel de ses hommes et donna le signal du départ.

– Je vais retourner fouiner sur la falaise, annonça Marie.

– Mes hommes ont examiné chaque centimètre carré. Il n'y a rien.

– Voyons, Angus... Quelqu'un a peut-être placé quelque chose depuis pour faire accuser le pauvre Franck ! insinua Lucas, sarcastique.

Marie haussa les épaules.

– Kelly n'est pas tombée toute seule du haut de la falaise. Pourtant nous n'avons vu personne d'autre qu'elle. Je veux juste essayer de comprendre.

– Tu ne crois donc plus aux fantômes ?

Lucas leva les yeux au ciel en la voyant s'éloigner.

– N'épousez jamais un flic ! lança-t-il à Angus, avant d'emboîter le pas à Marie. Surtout si elle est bretonne !

Vu de la falaise, il ne restait plus que les bandes jaunes de police, circonscrivant la terrasse de la maison du lac, pour rappeler qu'un drame avait eu lieu. Aussi loin que le regard portait, il n'y avait que la mer, et l'isthme, découvert pour quelques heures encore par la marée basse et sur lequel les gyrophares s'éloignant n'étaient plus que des points lumineux.

– Je continue de penser que Franck est notre meilleur coupable, affirma Lucas. Et pas seulement parce que je n'aime pas la façon dont il te reluque, ajouta-t-il en la prenant dans ses bras.

Nichée contre lui, Marie ferma à demi les yeux.

Par-dessus l'épaule de son mari, elle s'abandonna à la contemplation de cette île qui se découvrait dans toute sa splendeur.

Au couvent, c'était vêpres. Les cloches se mirent à sonner.

Instinctivement, les yeux de Marie se portèrent sur l'ancienne abbaye, défendue par de hauts murs de pierre mangés par les ronces.

Puis tout disparut, couvent, ronces, falaise et lac, comme happés par les ténèbres d'une nuit sans lune. Les sourds battements d'un cœur affolé rythmaient sa fuite. Plus vite ! Ne pas regarder en arrière. Foncer droit devant. Le vent fouettait son visage, des larmes au goût de sel ruisselaient sur ses joues. Son cœur battait si fort qu'il semblait vouloir s'échapper de sa poitrine. Les sanglots s'étouffaient dans sa gorge. Fuir ! Ne pas regarder en arrière ! Et soudain plus rien. Juste un précipice. La falaise. Les fantômes qui se rapprochent, les bras en avant comme des tentacules prêtes à l'attraper, et le sol qui se dérobe sous ses pieds…

– Marie ! Marie !

Il la retint alors qu'elle allait basculer en avant, s'alarma de l'air étrange avec lequel elle scrutait les eaux sombres, trente mètres plus bas. Et il allait lui demander ce qui se passait quand le lac s'embrasa.

Le signe de feu dessina l'emblème de la Reine Écarlate.

*
* *

Le jour déclinait lorsque le jardinier quitta le couvent.

D'ordinaire, il dormait dans le cabanon mis à sa disposition par les sœurs, mais depuis les phénomènes effrayants auxquels il avait assisté, il s'était procuré un petit bateau à moteur et rentrait désormais chaque soir à Killmore. Et ce quelle que soit la marée.

Alors qu'il longeait la falaise pour descendre vers la crique, il aperçut les deux flics en train de revêtir des combinaisons en Néoprène, se dit qu'il fallait être cinglé pour plonger dans le lac, puis se hâta vers son bateau.

Ce soir était une nuit sans lune. Pas question de moisir.

Lucas vérifiait les détendeurs et les bouteilles quand sa mémoire le ramena furtivement un an en arrière, dans la grotte des Naufrageurs où ils avaient failli se noyer tous les deux.

– Si on avait eu ce genre d'équipement, je n'aurais pas eu la trouille de ma vie.

– Il fallait bien ça pour que tu me dises enfin que tu m'aimes.

Lucas alluma sa torche, Marie la sienne. Comme un clin d'œil complice.

Avant de se laisser glisser dans les eaux que la semi-pénombre rendait insondables, il fit promettre à la jeune femme de toujours rester dans son sillage.

Elle porta furtivement deux doigts à son front, esquissant un petit salut comique.

– OK, je te laisserai terrasser seul le monstre.

– C'est un ordre, Marie, dit-il sérieusement. Sinon j'y vais seul.

– Chef, oui chef !

Il leva les yeux au ciel et pénétra dans l'eau.

Descendus à une vingtaine de mètres, ils se glissèrent entre les lianes des hautes herbes qui poussaient au fond du lac et débouchèrent dans le décor surréaliste des ruines de l'ancien village.

Docile, Marie suivait Lucas à deux mètres, et plongea comme lui derrière un mur éboulé, à l'intérieur de ce qui avait été la petite chapelle.

Remontant la nef, ils palmèrent vers l'autel dont la masse imposante, nappée d'une couche de vase, laissait néanmoins deviner qu'il s'agissait d'un dolmen.

L'eau se troubla quand Lucas passa la main dessus pour chasser la vase, et, durant une poignée de secondes, ils se perdirent presque de vue. Puis les particules en suspension s'éparpillèrent, l'eau redevint claire, et le signe gravé au centre de la pierre leur apparut dans toute sa royale majesté.

Le sceau de la reine.

Lucas se faufila sous la masse de pierre, entre les pieds de granit, et réapparut en secouant la tête, sachant très bien à quoi elle pensait, une fois de plus. Contrairement à celui de Ty Kern, ce dolmen ne dissimulait pas sous son ventre de mécanisme secret.

Il leva le pouce en l'air, en direction du clocher dont la flèche avait été brisée lors de la création du lac, et se mit à palmer. Elle allait le suivre quand elle eut soudain la conscience aiguë d'une présence.

Comme si on les épiait.

Elle tourna la tête et repéra les deux yeux verts fluorescents, au moment même où ils se retranchaient derrière un des piliers centraux. Comme par excès de timidité. Elle se fit immobile, et les yeux revinrent prudemment l'observer. Pour la narguer. Ou jouer.

Elle eut un regard vers Lucas, puis vers les yeux qui s'éclipsaient, hésitant entre la promesse faite et le désir de suivre le phénomène étrange qui rebroussait déjà chemin.

La curiosité fut la plus forte.

Les lueurs l'entraînèrent à l'extérieur de la chapelle, disparurent puis réapparurent plus loin, l'éloignant progressivement de Lucas sans qu'elle songe à faire demi-tour, bien trop émerveillée.

Elle fronça les sourcils en les perdant de vue, et les repéra à nouveau près de l'ancien cimetière. Puis ils s'évanouirent derrière un mausolée à la porte entrouverte.

Elle le contournait quand la tentacule se détendit vers elle. Une fraction de seconde, elle pensa à cette horrible vision qu'elle avait eue, puis se décrispa en réalisant qu'il s'agissait d'une anguille, aussi effrayée qu'elle.

Les yeux dépassaient d'une stèle à demi couchée, on aurait dit qu'ils l'attendaient. Ils l'entraînèrent de tombe en tombe, jusqu'à une masure à la toiture à moitié détruite où ils s'effacèrent à nouveau, comme s'ils jouaient à cache-cache.

Se glissant à l'intérieur par l'ouverture du toit, elle aperçut les yeux qui la provoquaient depuis ce qui avait dû être l'encadrement d'une fenêtre.

Elle palmait vers eux quand une poutre lui tomba dessus, lui arrachant son détendeur et la plaquant au sol où elle s'enlisa à demi dans la vase.

Coincée sous la poutre, privée d'air, la jeune femme ferma à demi les yeux. Surtout ne pas paniquer. Elle savait déjà, au poids pesant sur elle, qu'elle n'arriverait pas à se dégager, et que tout effort en ce sens n'aurait comme conséquence que de l'enfoncer un peu plus dans la vase.

Le détendeur ne devait pas être bien loin.

Mais la vase, remuée par la chute de la poutre, rendait l'eau opaque. La jeune femme était capable de tenir deux minutes en apnée. Deux minutes. Il en faudrait tellement plus à Lucas pour la retrouver.

Elle reprit espoir en voyant sa torche qui brillait toujours. Si seulement elle pouvait la saisir, et l'agiter pour attirer son attention. Il était à sa recherche, elle en était sûre. Il devait la maudire de ne pas l'avoir écouté.

Ô combien elle le regrettait amèrement, à cet instant.

Elle n'avait quasiment plus d'air quand elle le vit. Le détendeur.

Il était à peine à un mètre d'elle. Autant dire une éternité.

Mobilisant son esprit sur cet objectif, elle allongea le bras autant qu'elle le put.

Ses doigts effleurèrent l'embout. Elle se reprit à espérer.

Elle savait qu'elle n'aurait pas une autre chance, elle suffoquait déjà, et mit tout ce qu'elle avait dans ce dernier essai. Sa foi et son amour pour Lucas.

Le revoir. Juste le revoir.

Mais ses doigts ne rencontrèrent que le vide. Sous ses yeux que voilait le manque cruel d'oxygène, l'embout reculait, hors de sa portée, comme tiré en arrière par une main gantée de noir.

À moins d'un miracle, elle était perdue.

Mais les miracles n'existaient que dans les livres.

Alors elle ouvrit la bouche, laissa l'eau envahir sa gorge et ses poumons et, dans la lueur de la torche qui éclairait l'onde, les yeux grands ouverts, elle se noya…

17

Dans les eaux qui s'assombrissaient, Lucas fut attiré par un halo émergeant d'un pan de mur écroulé. Espérant avoir enfin retrouvé la trace de Marie, il palma avec énergie, s'insinua par les vestiges d'une ancienne fenêtre, se coula vers la jeune femme et aperçut, derrière le masque, son regard fixe, dénué de vie.

C'est alors qu'il entrevit la lueur d'une torche précédant un mystérieux plongeur qui s'approchait du corps de la jeune femme.

Avisant Lucas, l'homme lui fit signe d'attraper l'autre l'extrémité de la poutre qu'il agrippait et tentait de soulever pour libérer la plongeuse. Ensemble, ils réussirent rapidement à la dégager. Lucas saisit alors Marie sous les aisselles et, aidé de l'inconnu, la remonta rapidement vers la surface.

Les deux hommes-grenouilles émergèrent. Lucas déposa le corps sur la berge.

L'autre plongeur le rejoignit d'une démarche raide.

Le flic arracha son masque et sa cagoule, les traits tordus par la douleur. Il suffoquait littéralement, comme terrassé par la vision du corps sans vie de Marie.

L'autre homme s'était également débarrassé de son équipement, révélant son visage : Edward. Sans perdre une seconde, il se pencha sur sa nièce et dézippa à toute vitesse sa combinaison, dénudant son torse.

– Qu'est-ce que vous faites, vous ne voyez pas que c'est fini ? hurla Lucas.

– L'eau du lac est glacée, elle a réfrigéré le sang et arrêté le cœur. Si elle est en hypothermie, il reste une chance de relancer la mécanique ! Trouvez de quoi la réchauffer, bougez-vous, Bon Dieu !

Reprenant ses esprits, Lucas avisa alors le vieux jardinier qui se tenait à quelques mètres d'eux. Il se précipita vers lui, lui enleva sa veste, lui cria de trouver des couvertures et entoura sa femme du vêtement tandis qu'Edward entreprenait déjà un vigoureux massage cardiaque.

– Massez-lui les jambes et les bras ! ordonna Edward qui continuait à alterner les pressions sur le thorax et le bouche-à-bouche.

Lucas tomba à genoux à ses côtés pour le relayer, et les deux hommes s'acharnèrent fiévreusement sur le corps inanimé de la jeune femme. Lucas porta le regard vers le visage livide, les lèvres décolorées, les narines pincées et, incapable de supporter cette image morbide, il s'effondra, secoué d'un sanglot irrépressible.

– C'est trop tard… Marie…

Mais Edward continuait à s'obstiner, exhortant la noyée à revenir à elle. Rageusement il frappa une ultime fois des deux poings sur la poitrine inerte.

Un hoquet émergea alors de la gorge de Marie, puis un second et, sous le regard incrédule des deux hommes, elle se mit à tousser et à cracher de l'eau. Edward l'inclina immédiatement sur le côté pour qu'elle évacue le liquide ingéré, et apostropha Lucas qui la dévorait des yeux sans oser y croire.

– L'oxygène, vite !

Lucas réagit et glissa l'embout entre les lèvres de Marie dont le visage retrouva petit à petit une légère coloration.

– Marie, mon amour…

Tandis qu'elle respirait à petites goulées et reprenait lentement conscience, il la contemplait, aussi fasciné que s'il la découvrait pour la première fois. Il sursauta en entendant Edward l'agresser.

– Qu'est-ce que vous avez fichu ? Où étiez-vous pendant qu'elle se noyait ? On ne se sépare jamais en plongée ! Vous ne savez pas ça ?

Lucas se révolta, ulcéré.

– Et vous, alors, qu'est-ce que vous fichiez là ? Qu'est-ce que vous lui avez fait ?

L'adrénaline transformant la peur en colère, les deux hommes s'agressèrent violemment, chacun rendant l'autre responsable de la noyade de Marie. Une petite voix les interrompit.

– C'est ma faute, murmura-t-elle faiblement, c'est moi qui n'ai pas suivi Lucas…

Leur emportement interrompu net, Edward et Lucas la dévisagèrent, mais elle avait déjà refermé les yeux, épuisée. Sans un mot, ils l'enveloppèrent des couvertures que venait d'apporter le jardinier. Lucas fut le premier à rompre le silence, laissant percer un ton de suspicion.

– Comment expliquez-vous votre présence ici alors que la route est coupée par la marée ?

Edward se contenta d'un mouvement de tête en arrière. Lucas aperçut alors l'hydravion posé sur le lac, derrière le ponton de la maison de Franck.

Ils portèrent Marie sans rien dire jusqu'à l'appareil où Lucas l'installa à l'arrière, tandis qu'Edward larguait l'amarre et prenait place aux commandes. Sentant le regard méfiant du flic braqué sur lui, il consentit à lui expliquer que le jardinier du couvent les avait vus sortir leurs équipements de plongée et l'avait appelé. Sachant que ce lac était truffé de siphons, vestiges des puits de l'ancienne mine, il s'était alarmé de leur imprudence et avait pris l'hydravion car la marée montait, les isolant pour plusieurs heures. Et il avait plongé peu après eux, prêt à leur porter secours.

– Quelle intuition, railla Lucas.

– Simple bon sens, répliqua Edward sèchement. Deux personnes ont déjà disparu dans ce lac, et Marie en a réchappé de justesse la dernière fois, ça ne vous suffit pas ?

Lucas parut encaisser l'argument, mais il ne put s'empêcher de réattaquer peu après, trouvant curieux que le jardinier ait appelé Edward plutôt que la police. Tout en faisant rapidement sa check-list de mise en route, Edward répondit avec agacement. C'était lui qui, depuis la mort d'Alice, avait demandé au jardinier de le prévenir du moindre mouvement suspect sur la presqu'île. Il haussa le ton.

– Dois-je vous rappeler que ces temps-ci ce sont les membres de ma famille qui se font tuer ? Et que cela a chaque fois un lien avec le lac ? Je ne vois pas ce que vous trouvez de curieux à ma démarche.

La voix de Marie s'éleva, éraillée par la fatigue. L'affrontement des deux hommes achevait de l'épuiser. Elle posa la main sur le bras de Lucas pour l'apaiser et se tourna vers son oncle.

– Nous ne t'avons même pas remercié, fit-elle remarquer.

Le flic reçut le message et entama à contrecœur une phrase de gratitude qui se perdit dans le vrombissement des moteurs.

La jeune femme jeta un regard inquiet vers son mari : sa hargne à l'encontre d'Edward lui paraissait excessive et elle se demandait ce qui l'étayait. C'est à elle qu'aurait dû s'adresser son ressentiment pour cette nouvelle imprudence mais, pour l'épargner, sans doute préférait-il se défouler sur son oncle. Elle réalisa qu'il avait dû à nouveau éprouver une peur bleue pour elle. Attendrie par cette pensée, elle vint se lover contre lui. Elle sourit en remarquant qu'il se troublait mais s'efforçait de garder une mine sévère. Il se racla la gorge et la toisa.

– Qu'est-ce qui t'a pris d'aller faire du hors-piste sous l'eau ?

Elle eut un mouvement instinctif vers le lac qu'ils étaient en train de survoler.

– Quelque chose d'étrange m'a suivie. Deux yeux verts, phosphorescents, comme ceux de la Reine Écarlate…

Elle paria intérieurement que, quels soient les mots qu'elle choisirait, il allait lever les yeux au ciel et faire de l'ironie.

Pari perdu : Lucas se contenta de hausser les épaules et de lui crier dans la vibration des hélices qu'elle racontait n'importe quoi.

*
* *

Edward amarra rapidement l'appareil au ponton du domaine, jeta les clés de son 4×4 à Lucas, le priant de ramener Marie au manoir où l'attendait déjà un médecin pour l'examiner. Elle protesta qu'ils patienteraient, mais son oncle, qui semblait décidément de méchante humeur, leur aboya l'ordre de lui renvoyer la voiture. Il devait ranger l'hydravion, la météo annonçait un grain…

Marie eut une moue d'enfant grondée. Lucas la prit alors dans ses bras pour la porter jusqu'au 4×4. Elle eut beau protester qu'elle se sentait maintenant tout à fait bien, il refusa de la reposer au sol. Elle se résolut à le laisser faire et en profita pour l'embrasser au creux du cou, constatant avec satisfaction que cela lui faisait toujours de l'effet, bien qu'il fît des efforts visibles pour rester de marbre.

Lorsqu'il fit caler le moteur pour la deuxième fois, elle éclata carrément de rire en constatant qu'il parvenait difficilement à retrouver son sang-froid.

– Nerveux ?

– À qui la faute ? marmonna-t-il brièvement.

Avec douceur, elle posa la main sur la sienne, sans plus rien dire.

Tandis qu'ils roulaient sur le chemin menant au manoir, Lucas semblait plongé dans de sombres réflexions. Marie lui en fit la remarque et le regretta presque aussitôt tant les soupçons qu'il éprouvait encore à l'encontre d'Edward étaient vifs. Sa venue providentielle au lac le taraudait. D'autant qu'il s'était passé sous l'eau quelque chose qui motivait ses soupçons.

– Quand je suis arrivé dans la maison en ruine et que je t'y ai trouvée, ton oncle était déjà là, rôdant autour de toi. Et j'aurais juré le voir écarter quelque chose situé près de toi. Tu ne te souviens de rien ? Que s'est-il passé avant que tu perdes connaissance ?

Marie ferma à demi les yeux. Son dernier souvenir était cette poutre qui s'était soudain effondrée sur elle, puis, avant de se noyer, ses tentatives désespérées pour atteindre l'embout de son détendeur qu'elle avait presque réussi à toucher. Et il lui avait alors semblé qu'il avait bougé et s'était éloigné d'elle.

– Et si c'était cette chose aux yeux verts, sous l'eau, qui l'avait déplacé ?

Lucas eut un éclat de rire sarcastique.

– Et pourquoi pas le monstre du Loch Ness ?

Marie le dévisagea. Sous-entendait-il qu'Edward aurait volontairement fait tomber cette masse sur elle ? Qu'il aurait ensuite écarté le détendeur et, voyant Lucas arriver, aurait fait semblant d'être là pour la sauver ?

Lucas hocha affirmativement la tête.

– Je ne peux pas le jurer, mais Edward est un Sullivan, lui aussi a intérêt à voir disparaître une héritière.

– Ça ne tient pas debout, s'énerva la jeune femme, c'est lui tout autant que Louise qui a tout fait pour que je retrouve ma part de l'héritage et mes droits ! En plus il ne peut pas avoir tué sa propre fille : la nuit où Alice a été assassinée, il était à la fête à la distillerie !

– Je te rappelle qu'il n'a pas d'alibi pour la nuit des meurtres de Kelly et du jumeau. Et qu'il n'est pas impossible que Franck et Edward agissent de concert…

Marie resta silencieuse. Elle n'avait pas songé à cette hypothèse. Était-ce par manque de discernement, ou devenait-elle influençable parce qu'il s'agissait de sa nouvelle famille ? Examinant ses propres doutes, elle se rendit compte que sa conviction était contraire au raisonnement de Lucas. Qu'il affirme à ce point ses soupçons sur Edward la dérangeait.

Elle pressentit que quelque chose lui échappait.

Alors qu'ils arrivaient en vue du manoir, elle fut tirée de ses pensées en reconnaissant la silhouette d'Hélène, seule, debout devant la roseraie. Elle était en train de lancer quelque chose sur les buissons de fleurs. Curieusement, Lucas continuait tout droit sans prêter attention à sa mère.

– Tu ne t'arrêtes pas ? Tu ne l'as pas vue ?

Il freina brusquement et jeta un coup d'œil en direction d'Hélène. Son visage resta impassible et il ne fit pas un geste pour aller au-devant d'elle. Marie soupira, elle comprenait son ressentiment à l'égard de sa mère qui lui avait caché son passé.

– Elle a sûrement eu ses raisons, on ne peut pas juger sans savoir. Et maintenant elle est tellement perdue, tu ne peux pas la traiter comme une étrangère…

Il détourna le visage, sans un mot. Attristée plus qu'agacée, Marie sauta du 4×4 et se dirigea vers sa belle-mère.

En se rapprochant, elle vit avec perplexité qu'Hélène, dans un mouvement répétitif, continuait de jeter sur les rosiers des petits morceaux de pain.

Intriguée, elle observa un instant son manège, puis elle la prit doucement par le bras.

– Hélène ? Votre fils est là, venez…

– Mon fils ?

Son visage s'éclaira et un sourire de bonheur s'épanouit lorsqu'elle aperçut Lucas qui s'était enfin résolu à descendre du véhicule. Il la laissa se serrer contre lui et passer tendrement la main sur son visage, mais son expression restait indifférente malgré les mots tendres qu'elle lui murmurait.

– Mon petit, mon garçon chéri, mon bébé…

Il eut presque un mouvement d'humeur et se hâta d'installer sa mère à l'arrière du véhicule. Marie retint ses reproches en se souvenant à quel point elle en avait voulu à sa propre mère de lui avoir menti sur sa naissance.

Dans le rétroviseur, elle jeta un regard intrigué au massif de rosiers en songeant à cette nouvelle étrangeté du comportement d'Hélène.

*
* *

Traînant sa jambe raide avec une fatigue visible, Edward traversa le hall en direction de sa chambre. Il ralentit en entendant la voix de PM qui, depuis le vestibule, se renseignait au téléphone sur les horaires des prochains ferries. Il s'avança vers lui.

– Alors ? Apparemment vous n'avez pas trouvé celui que vous cherchiez ?

PM tourna vers lui un sourire crispé qui tentait sans succès de cacher une véritable panique. Il raccrocha d'une main fébrile et tenta de s'éclipser au plus vite, bredouillant de vagues excuses : il n'avait pas le temps de discuter. Mais Edward lui prit le bras et le pria de lui consacrer quelques instants.

– Un des silos de la distillerie s'est ouvert apparemment sans raison, il est urgent de procéder à une vérification de tous les mécanismes, et pour cela j'ai besoin de bras, je réquisitionne tous les hommes vaillants. Vous ne pouvez pas me refuser votre aide.

PM devint livide.

– C'est juste les mécanismes ? Vous n'allez pas les vider ?

– Bien sûr que si, affirma Edward, c'est justement l'essentiel du travail. Quelque chose ne va pas ? Vous vous sentez mal ?

PM semblait au bord du malaise.

– Non, enfin, il faut que je… Vous pouvez m'accorder un entretien ? Là, maintenant, en privé ?

L'ayant entraîné dans sa chambre, Edward fit asseoir PM et le considéra avec curiosité. Ne sachant pas comment s'y prendre pour avouer son crime involontaire, le Français s'emberlificotait dans ses phrases.

Attendant courtoisement qu'il parvienne à s'en sortir, Edward choisissait des vêtements de rechange. Il s'excusa de passer dans la salle de bains dont il laissa la porte légèrement entrebâillée, ajoutant que cette petite distance mettrait peut-être PM plus à l'aise pour une confidence apparemment délicate.

Resté seul, Pierre-Marie se mit à faire les cent pas, puis, à bout de circonlocutions, il se jeta enfin à l'eau.

– Je vous en supplie, jurez-moi de garder pour vous seul ce que je vais vous révéler.

– Douteriez-vous de ma parole, mon cher ? lança Edward depuis la salle de bains.

– Pas du tout ! Du tout, du tout…

PM se sentait comme un condamné sur une planche surplombant une mer infestée de requins. De l'autre côté de la porte, Edward arbora un sourire cynique encore plus effrayant qu'une mâchoire de squale et lui mit le poignard dans les reins pour qu'il saute.

– Je suppose que vous voulez me parler de Ryan ?

Face au miroir, l'oncle de Marie commençait à enlever ses vêtements.

– Auriez-vous enfin retrouvé sa trace ? insista-t-il.

– Euh oui, mais… Ce n'est pas si simple… C'est… Comment dire ?…

– Invraisemblable ? Incroyable ? s'amusa Edward, qui justement était en train de faire la chose la plus surprenante qui soit.

Glissant les mains dans ses cheveux drus, il parut se scalper lui-même à mains nues. Sa chevelure bascula vers l'avant, avec des gestes précis il décolla alors délicatement la peau de son visage.

Derrière le masque souple apparurent d'autres traits.

Ceux de Ryan.

Dans la chambre, PM s'escrimait toujours à raconter comment il avait été contraint de tuer celui-là même à qui il s'adressait…

– Il s'est littéralement jeté sur moi ! C'était de la légitime défense, il voulait me tuer, je vous jure, c'est un fou, si vous le connaissiez !

PM en rajoutait à plaisir, ignorant la saveur que ses mensonges donnaient à son récit.

Ryan faillit laisser échapper un jappement de rire, mais se reprit et s'appliqua à essuyer la sueur de son visage, à s'enduire de crème et à vaporiser l'intérieur du masque. Avec jubilation, il poussa son frère à lui dire où il avait planqué son propre corps.

– Justement, dans un des silos ! avoua piteusement PM en s'effondrant sur une chaise. Il faut absolument annuler ce nettoyage, je ne veux pas finir ma vie en prison !

Il se révolta.

– Tout ça, c'est votre faute !

Ryan allait appliquer à nouveau le masque sur son visage. Il interrompit un instant son travail d'ajustement.

– Ma faute ?

– Si vous ne m'aviez pas donné cette arme, rien ne serait arrivé !

– Vous m'avez décrit votre frère comme un tel monstre…

D'un coup de peigne, il acheva de parfaire son apparence. Il vérifia sa transformation, rajusta son col, le laissant suffisamment entrouvert pour qu'apparaisse une fine chaîne au bout de laquelle brillait une petite clef en or. Enfin satisfait, Ryan se voûta légèrement et c'est Edward Sullivan qui rejoignit tranquillement PM dans la chambre.

Au premier regard, ce dernier focalisa sur le bijou. Le miroitement du trésor de la Reine Écarlate traversa son esprit en même temps que le souvenir des paroles de Ryan : ce chien avait dit vrai !

Edward lut comme dans un livre les pensées de son frère, reconnaissant à son air hagard la tentation du gain qui l'agitait.

– Je devine ce que vous éprouvez, c'est terrible. Et un tel scandale n'arrangerait pas les affaires de la distillerie, ajouta-t-il.

Pour rendre plus crédible l'acte magnanime qu'il s'apprêtait à faire, il lui tendit la main comme pour sceller un pacte.

– Je ne peux pas vous laisser dans cette situation. Je vais faire le nécessaire pour que le cadavre de Ryan disparaisse.

– Comment ?

– Pour votre tranquillité d'esprit, moins vous en saurez, mieux cela vaudra. Et il vaut mieux que je vous épargne des détails macabres. C'est sans doute déjà assez difficile d'avoir tué votre propre frère, non ?

PM acquiesça douloureusement et leva des yeux reconnaissants vers Edward.

– Je vous remercie, du fond du cœur. C'est un homme comme vous que j'aurais aimé avoir pour frère.

– Vous pouvez me considérer comme tel, Pierre-Marie.

18

Franck Sullivan entra silencieusement dans le grand salon. Il prit le temps d'observer Marie, studieusement penchée sur des documents qui couvraient la table. Que cette fille soit flic le mettait mal à l'aise.

Il suivit d'un œil gourmand les courbes de son corps et eut la sensation d'être un ours muselé devant un pot de miel. Puis, réalisant qu'elle consultait les plans du domaine, il la rejoignit.

– Tu évalues la part qui va te revenir maintenant qu'Alice est morte ?

Elle se releva illico et le fixa, choquée.

Il lui adressa alors un sourire contrit.

– Désolé... Je m'en prends à la terre entière, mais c'est moi qui suis impardonnable. Je suis complètement passé à côté d'Alice. J'étais toujours critique à son égard, je ne comprenais pas que son côté donneur de leçons était sa façon de vouloir me protéger...

Contenant de plus en plus difficilement son émotion, il se reprocha d'avoir réagi si violemment en apprenant son homosexualité lors de l'ouverture du testament. Kelly avait été la seule à donner de l'amour à Alice, alors qu'au sein de leur famille sa sœur n'avait reçu qu'incompréhension et indifférence. Il imaginait la souffrance qu'elle avait dû endurer parmi eux. Dans l'enfance elle s'était occupée de lui comme une mère, essayant à sa façon de la remplacer, et c'est justement ce qu'il lui avait toujours reproché.

– Jamais je n'aurais pensé qu'elle me manquerait autant…

Marie, touchée par la peine qu'il tentait visiblement de contenir, esquissa un geste affectueux vers lui et tenta de prolonger ce premier moment de partage avec son cousin pour chercher à en savoir plus sur lui.

Elle apprit alors que leur mère, Alison, une Américaine, ne s'était jamais faite à la vie ici et était repartie pour son pays.

– Sans ses enfants ? s'étonna Marie.

Franck éluda. Il ne voulait condamner personne, mais Louise avait fait appel à ses relations et soutenu Edward pour qu'il obtienne leur garde. Et lorsque Alice et lui avaient été assez grands pour exiger de revoir leur mère, elle était remariée et avait fondé une nouvelle famille : le lien était rompu.

Marie observait le petit sourire désabusé qui ne le quittait guère. Probablement pour garder à distance ses émotions. Elle hésitait entre compassion et méfiance : les propos de Lucas lui restaient à l'esprit. Franck et Edward, complices ? Du meurtre d'Alice, de Kelly ? Pour quelle terrifiante raison auraient-ils pu en venir à tuer un membre si proche de leur famille ?

Comme s'il avait perçu ses pensées, la méfiance revint dans le regard de Franck.

– Pourquoi est-ce que tu ne me dis pas franchement ce que tu cherches ?

La réponse, en forme de question, le surprit visiblement.

– La roseraie a-t-elle toujours existé ?

Il la considéra avec surprise.

– Non… Dans le temps, il y avait à la place un grand bassin, avec des poissons. J'ai failli m'y noyer quand j'avais à peine un an, du coup mon père l'a fait combler et remplacer par l'actuelle roseraie. Pourquoi cette drôle de question ?

– Parce que je… La forme de ce massif m'intrigue, planté là, en plein milieu du parc…

Franck la jaugea, pas dupe.

– C'est dommage que tu ne me fasses pas confiance, Marie.

Il eut un geste tendre vers son visage.

– Quoi qu'il en soit, je suis infiniment heureux que tu sois en vie.

Sensible à cette douceur qu'elle ne lui connaissait pas, elle lui prit les mains et les serra affectueusement.

Depuis le seuil, Lucas les considérait d'un œil noir.

*
* *

La jalousie s'était emparée de Juliette à l'instant où Jill avait posé le regard sur Ronan. Depuis lors, elle avait insidieusement empoisonné les relations du jeune couple et Ronan tentait à grand-peine de convaincre sa jeune femme que, malgré les apparences, il n'éprouvait pour Jill rien d'autre que de la compassion.

Mais dans le cœur vulnérable de Juliette, le doute était le plus fort.

Elle avait beau être consciente que sa suspicion et ses reproches constants ne faisaient que la rendre de moins en moins supportable à Ronan, c'était irrépressible.

Elle résolut d'agir.

Après s'être glissée discrètement dans le couloir des chambres de l'aile opposée à la sienne, elle guetta un bon moment la porte de Franck. Dès qu'il en fut sorti et que ses pas eurent suffisamment décru dans l'escalier, elle s'introduisit subrepticement dans la pièce. Sortant de sous sa veste la partie émetteur de son Baby-phone, elle repéra un endroit stratégique où elle le cacha soigneusement.

Par jalousie ou stratégie, sinon les deux, Lucas attaqua Franck bille en tête.

– Je suis sûr que vous en savez plus sur François Maréchal ! La mort d'Alice et de Kelly est liée à sa disparition et à ses recherches sur le trésor de la Reine Écarlate. Quand avez-vous vu ce journaliste pour la dernière fois ?

Le regard surpris que Marie jeta à Lucas n'échappa pas à Franck qui se sentit encouragé à se rebeller.

– Je suis déçu, Fersen. Vous êtes prêt à me coller des meurtres sur le dos parce que vous ne supportez pas la complicité, hélas très innocente, que je peux avoir avec Marie…

Tout en parlant, il traversa le salon et se tourna vers Lucas avant de sortir.

– Votre attitude n'est pas très professionnelle, c'est à croire que le mariage ne vous réussit pas, acheva-t-il avant de décocher un tendre sourire à Marie et de refermer la porte derrière lui.

– Pauvre type, gronda Lucas.

Marie le força à la regarder.

– Moi, ça ne me déplaît pas que tu sois jaloux, mais ton coup de bluff à propos du journaliste… Tu as poussé le bouchon un peu trop loin, non ?

– Je ne suis pas jaloux, je suis lucide, lui asséna-t-il. Et apparemment il va falloir que je le sois pour deux…

Elle pouffa de rire.

– Quel acteur ! Tu n'espères pas que je vais te prendre au sérieux, j'espère ?

Tandis que, simplement vêtue de la soie lustrée d'une courte combinaison, Marie brossait ses longs cheveux avant de les nouer en torsade, elle s'offrait délibérément aux yeux de Lucas. Sortant de la douche ceint d'une serviette, son mari l'écoutait attentivement. Elle avait hésité avant de lui confier la découverte qu'elle avait faite concernant l'ancien bassin à poissons converti en roseraie et l'explication que Franck lui avait donnée.

– Il n'avait qu'un an alors, donc la transformation date de 1968. Les gestes d'Hélène ne sont pas un hasard, elle est déjà venue ici avant, c'est clair.

Lucas réfléchit un instant tout en finissant de s'habiller.

– Si c'était le cas, Edward l'aurait reconnue, et Louise aurait identifié sa voix.

– Ou bien, reprit Marie, ils l'ont reconnue mais ils ont de bonnes raisons de ne rien dire…

– Quelles bonnes raisons ?

Elle eut une moue d'ignorance, mais supposa que cela avait peut-être un rapport avec le fameux secret des Sullivan évoqué par le mot glissé sous sa porte la nuit du meurtre d'Alice.

Le vibreur du portable de Lucas l'interrompit. Tandis qu'il prenait l'appel, Marie déboucha son petit flacon de parfum et glissa le bouchon de cristal le long de son cou jusqu'à la naissance de ses seins. Lucas émit à peine un grognement et raccrocha.

– C'était Brody. Apparemment quelqu'un d'autre a cherché à en savoir plus sur ma mère. Et dès le jour de notre mariage.

Marie arrêta net son geste.

Ryan ! pensa-t-elle avec un coup au cœur. Pour cacher son trouble, elle passa dans la salle de bains.

– Et il a une idée de qui ça peut être ? interrogea-t-elle à la cantonade.

La légèreté qu'elle venait de mettre dans sa voix contrastait avec l'inquiétude de son expression qu'elle rencontra en reflet dans le miroir. Elle se détendit un peu lorsqu'il répondit que Brody venait d'ouvrir une enquête pour tenter de l'identifier.

– Mais pour moi c'est évident, reprit Lucas d'une voix sèche. Ce ne peut être que le jumeau.

Marie arrondit ses sourcils, étonnée autant par le propos que par la dureté du ton. Elle revint dans la chambre, et constata que Lucas n'y était plus.

Elle avisa la porte restée ouverte, attrapa un peignoir, et venait à peine de l'enfiler lorsqu'elle entendit des éclats de voix. Et un cri.

Hélène.

Elle se précipita.

Lorsqu'elle déboula dans la chambre des Fersen, Lucas, comme fou de rage, secouait sa mère sans ménagement.

– Je veux savoir ! Parle, mais parle, bon Dieu ! D'où tu sors ? Et moi je suis qui ? Tu m'as menti toute ma vie, ça suffit maintenant !

Hélène, terrorisée, recroquevillée, ne comprenait visiblement rien à ce qui se passait. Le sang de Marie ne fit qu'un tour. Elle fonça sur Lucas, et l'agrippa en lui ordonnant de lâcher sa mère.

– Tu deviens dingue, ou quoi ? Tu crois que c'est en la brutalisant que tu vas lui rendre la mémoire ?

Il tourna alors vers elle un visage ravagé par la colère et la repoussa durement.

– Ne te mêle pas de ça ! Ça ne te concerne pas, ce n'est pas ton histoire !

Saisie par la violence du propos, Marie devint livide. Elle vit Lucas s'éloigner à grands pas furieux, bousculant au passage Marc qui accourait en sens inverse.

– Que se passe-t-il ? Marie, répondez-moi ! supplia-t-il, découvrant la pâleur de sa belle-fille et l'état d'hébétude de sa femme.

D'une voix blanche, la jeune femme conseilla à Marc de ramener Hélène chez eux, loin d'ici, le temps que le ressentiment de Lucas s'apaise.

La voix soudain claire et autoritaire d'Hélène les interrompit.

– Je ne partirai pas. Mon fils me l'a juré, personne ne me séparera de lui.

Marie eut un regard interrogateur vers Marc.

– Lucas le lui a promis, c'est vrai.

En retournant vers sa chambre, Marie sentit que la colère, déclenchée en elle par l'attitude de Lucas lui laissait un réel malaise, une déception qui s'insinua comme une fêlure entre eux. Elle n'avait jamais imaginé qu'il puisse perdre à ce point son sang-froid. Cette incapacité à se maîtriser, qu'il trahissait pour la première fois, lui laissait un goût d'insécurité sur lequel elle préféra ne pas s'attarder.

Lucas était dans la salle de bains lorsqu'elle entra. Elle entendit le robinet ouvert à fond. Glissant un œil, elle l'aperçut qui s'aspergeait et se passait le visage sous l'eau. Il se redressa, ruisselant, avec une expression de souffrance qu'elle ne lui connaissait pas. Elle se dit qu'il n'aurait pas pu mieux faire pour cacher des larmes et en fut bouleversée. Le mensonge d'Hélène et de Marc avait profondément atteint Lucas, c'était évident, ses certitudes les plus fondamentales avaient volé en éclats. Elle s'approcha de lui et nota qu'il évitait d'affronter son regard dans le miroir.

– Je suis désolé… Désolé… bredouilla-t-il, totalement démuni.

Cet aveu de fragilité libéra dans le cœur de Marie un flot de tendresse qui balaya toutes ses idées sombres. Comment avait-elle pu douter de lui alors qu'il avait justement besoin d'elle ? Elle l'enlaça, chercha ses lèvres puis commença à déboutonner sa chemise, elle avait besoin de le réchauffer contre elle, de retrouver sa peau. Elle sentit son corps trembler, mais il se dégagea de ses caresses avec une expression navrée.

– Je n'arrive pas à me pardonner ce qui s'est passé au lac. J'ai failli te perdre. Par ma faute. Je t'ai crue morte, cette image me hante, Edward a raison, je n'aurais jamais dû te laisser seule, jamais…

Marie l'interrompit doucement, répétant que c'était sa faute à elle, c'est elle qui était allée faire du hors-piste au mépris de toutes les règles de plongée.

– Mais tu vois bien, ce n'était pas mon heure, plaisanta-t-elle avec un sourire qui se voulait léger. Dans la grotte non plus, ce n'était pas notre heure, tu te rappelles ?

– De quoi tu parles ? fit Lucas, agacé.

Elle crut qu'il plaisantait.

– De la grotte des Naufrageurs ! Quand on s'est fait bloquer par la marée, je n'oublierai jamais ce que tu m'as dit au pire moment…

Ils avaient cru se noyer. Et c'était pourtant devenu un de leurs plus beaux souvenirs puisque, pour la première fois, il lui avait murmuré, en guise de déclaration d'amour, cette phrase devenue leur talisman.

Pourquoi tout paraît possible quand tout devient impossible…

Mais le regard de Lucas ne refléta qu'une indifférence agacée. Il eut un mouvement d'humeur qui désarçonna sa femme. Il revint sur les reproches qu'il ne cessait de se faire : en l'épousant il avait juré de toujours prendre soin d'elle, de la protéger, or il avait failli à cette promesse, c'était impardonnable.

Elle eut beau tenter de le déculpabiliser, de le rassurer, rien n'y fit. Lucas, déprimé, se sentait tellement indigne d'elle qu'il ne parvenait même pas accepter ses caresses. Il lui murmura qu'il avait besoin de temps pour se pardonner à lui-même. Puis il garda le silence tandis qu'ils achevaient de se changer pour le dîner.

*
* *

Autour de la table, la bonne humeur et l'appétit inaltérables de Pierric contrastaient avec l'ambiance maussade de ces repas pris en commun dans la grande salle à manger.

Ronan observait avec inquiétude sa jeune femme qui, placée à la gauche de Franck, buvait plus que de raison et minaudait avec lui. PM, visiblement mal à l'aise, n'avait quasiment pas touché à son assiette. Il sursautait à chaque ouverture de porte, s'inquiétant de l'absence d'Edward. Lorsque ce dernier arriva en toute fin de repas, il s'excusa de son retard en expliquant qu'il y avait eu un gros problème avec un des silos de la distillerie.

PM blêmit instantanément. Edward le laissa un peu mariner, puis affirma en le fixant qu'il avait personnellement fait en sorte que tout rentre dans l'ordre. Soulagé, PM retrouva le sourire et s'attaqua copieusement au plateau de fromages. Il reprit également son sens de la provocation. Levant son verre à la santé de sa nièce, il lui porta un toast, heureux qu'elle soit saine et sauve, qu'elle ait échappé de justesse au sort tragique de ce pauvre journaliste parti à la recherche du trésor…

Franck, agacé, tenta de clore rapidement le sujet.

– Cette histoire de trésor est ridicule, c'est une affabulation pour jardin d'enfants !

– Ce n'est pas ce que disait François Maréchal ! affirma soudain Jill.

Stupéfaits, Marie et Lucas se tournèrent vers elle, non sans avoir noté au passage l'irritation de Franck.

– Qu'est-ce que tu en sais ? intervint rapidement Edward.

L'adolescente eut l'air étonnée. Décidément, depuis son accident en Amérique du Sud, son grand-père n'était plus lui-même !

– Rappelle-toi, il est venu déjeuner ici, il nous a raconté que, d'après ses recherches sur la légende, chacun des beaux-fils de la reine Dana avait été enterré avec une des clefs permettant d'accéder au trésor.

PM, soudain fasciné, riva son attention aux propos de Jill : ils donnaient du crédit à ceux que lui avait tenus Ryan.

– Il disait avoir réussi à localiser les tombeaux des cinq princes, poursuivait la jeune fille, et il avait les clés qui ouvraient la cache du trésor, il ne lui restait plus qu'à en trouver l'accès.

– Cette conversation, c'était longtemps avant sa disparition ? intervint Lucas.

– Non, juste quelques jours avant…

Elle s'interrompit net et se leva brusquement, comme sous le coup d'une pensée effrayante.

– Et si Claire, la fiancée du journaliste, avait raison ? Elle est venue nous menacer, vous vous rappelez ? s'affola-t-elle en direction de sa famille. Elle a prétendu que c'était l'un de nous qui avait tué François Maréchal ! Pour récupérer le trésor !

Louise tenta vivement d'intervenir pour calmer son arrière-petite-fille, mais l'adolescente poursuivait, de plus en plus hystérique.

– Et si tous les Sullivan étaient en train de payer pour ce qu'a fait l'un de nous ? D'abord maman, puis Kelly, et ce matin Marie y a échappé de justesse ! Qui de nous va y passer, maintenant ? Et qui fait ça ? Qui ?

– La gendarmerie et la police s'en occupent, Jill, calme-toi ! intervint Edward, prenant énergiquement sa petite-fille dans ses bras pour tenter de la rassurer.

Lucas n'avait pas quitté Franck des yeux, le dévisageant ostensiblement, au point que celui-ci, se sentant nettement visé, se dressa brusquement à son tour, jeta sa serviette sur la table et s'en prit au flic.

– Pourquoi est-ce que vous me regardez comme ça ? La suspicion gratuite à ce point-là, ça devient intolérable !

Il quitta la pièce, faisant retentir la porte derrière lui.

Tout comme Lucas, Marie n'avait pas cessé d'observer, les uns après les autres, tous les Sullivan présents. Autant aller jusqu'au bout du sujet, se dit-elle en rompant le silence qui suivit la sortie de Franck.

– J'ai vu Claire Varnier partir d'ici, elle avait l'air furieuse, j'étais avec Lucas, c'était la veille de notre mariage !

Elle poursuivit en fixant tour à tour chacun d'entre eux.

– Pourquoi ne nous avez-vous pas parlé plus tôt de cette menace de Claire ? Qu'est-ce que vous attendiez ? Qu'il y ait encore des cadavres ?

– C'est moi qui ai demandé à tous de rester discrets sur cette visite et sur les propos de cette femme ! coupa Louise avec autorité.

Puis elle se tourna vers Marie, tempérant sa voix.

– Je ne voulais pas que cela vienne gâcher ton mariage.

Sentant que l'argument, pourtant léger, avait fait mouche sur sa jeune femme, Lucas prit le relais.

– Et pourquoi ne pas en avoir parlé après la mort d'Alice ?

Louise, accablée, se tassa sur sa chaise. Edward vint à son secours en haussant le ton.

– Vous oubliez le choc de cet assassinat. C'est ma fille qu'on venait de tuer de façon atroce, la mère de Jill, la sœur de Franck, la petite-fille de Louise ! Nous n'avons même plus pensé aux propos délirants de cette pauvre Claire.

– Difficile de croire à une telle amnésie collective, lui opposa Lucas. Avouez que si vous aviez voulu vous couvrir, vous n'auriez pas agi autrement…

*
* *

Pour la deuxième fois, Marie vida le cendrier débordant d'Angus et resservit des cafés tièdes.

Ils avaient listé toutes les questions posées par cette affaire, le tableau en était couvert.

La jeune femme tentait de regrouper des thèmes. Elle dégagea trois axes principaux : le secret des Sullivan était-il l'assassinat du journaliste par l'un d'entre eux pour récupérer un éventuel trésor ? Quel secret, bien plus ancien, aurait révélé la lettre volée que Mary Sullivan avait laissée chez le notaire pour son enfant ? Pourquoi l'avait-on dérobée sinon pour cacher son contenu ?

La troisième énigme demeurait celle de la présence d'Hélène à Killmore avant 1968. Le lien avec le mystérieux jumeau assassiné semblait évident. S'il n'avait pas été supprimé, il aurait sans doute révélé le secret d'Hélène…

– Je m'occuperai moi-même de tout ce qui concerne ma famille, coupa soudain Lucas. Pour ce qui est de la tienne, ajouta-t-il pour répondre au regard étonné de Marie, je te laisse gérer les renseignements qui touchent aux Sullivan.

Angus eut une expression dubitative.

– Moi j'aurais organisé le travail à l'inverse, c'est plus difficile d'être objectif sur sa propre famille.

La voix du flic se fit métallique et encore plus péremptoire.

– Personne ne peut être plus motivé que moi pour découvrir qui je suis.

L'autorité du ton ne laissait pas la place à la moindre contestation. Angus lâcha prise, observant que le flic s'adoucissait en posant un baiser sur les cheveux de sa femme.

– Je veux aller parler à mon père.

Elle amorça un mouvement pour l'accompagner, il l'arrêta d'un geste.

– Je préfère être seul avec lui. Qui sait, il retrouvera peut-être quelque chose, un détail qui pourrait être significatif.

En le regardant sortir, Marie eut à nouveau la sensation qu'une distance s'était imperceptiblement instaurée entre eux. Refoulant cette pensée négative, elle se plongea une fois de plus sur les éléments consacrés à la légende.

Une heure plus tard, Juliette arriva en larmes dans la gendarmerie. S'abattant dans les bras de Marie, elle hoqueta qu'elle n'avait personne d'autre à qui se confier. La jeune flic lui servit un verre d'eau et l'aida à se calmer.

– J'ai définitivement détruit mon couple ! affirma-t-elle d'une voix cassée par le chagrin. J'ai agi comme une idiote !

Elle repartit dans des sanglots dont Marie parvint à démêler que, désirant se venger de l'attirance de Ronan pour Jill, Juliette avait délibérément provoqué Franck. Elle s'était introduite dans sa chambre et lui avait fait un stupide numéro de charme, sachant que Ronan entendait tout via le Baby-phone qu'elle avait dissimulé. Ce qu'elle n'avait pas prévu c'est que Franck, pas dupe de son manège, avait décidé de lui donner une leçon.

– Il m'a arraché mon déshabillé tout neuf, il m'a culbutée sur son lit, il s'est jeté sur moi et... Quand Ronan est entré comme un dingue dans la chambre, Frank m'a… C'est dégoûtant, il m'a embrassée de façon ignoble !

Imaginant la scène, Marie réprima un sourire, mais les sanglots de Juliette redoublaient.

– Il ne me pardonnera jamais !

Marie lui tendit des Kleenex, puis passa posément un coup de fil à Ronan. Quelques minutes plus tard, il rappliqua, le petit Sébastien dans ses bras, trop content de récupérer sa jeune femme.

Lorsqu'ils furent partis, Marie, nostalgique, se rendit compte que l'amour du jeune couple, ravivé par cette petite aventure, l'avait émue plus qu'elle ne l'aurait voulu. Elle referma ses dossiers et décida d'aller retrouver Lucas.

Elle aussi avait besoin d'être rassurée.

*
* *

Des coups secs, frappés à la porte, affolèrent PM.

Il était en train de faire ses bagages, comptant filer de Killmore sans préavis.

Il résolut de ne pas ouvrir.

Mais la lumière sous sa porte trahissait sa présence et la curiosité de savoir qui, à cette heure tardive, voulait le voir, fut irrésistible. Il entrouvrit très légèrement le battant et aperçut Edward. Il prépara une phrase d'excuse, mais n'eut même pas le temps de la servir que ce dernier s'était déjà propulsé dans la chambre.

Edward sourcilla en voyant une antique Vuitton, presque pleine, posée sur le lit.

– Vous comptiez partir ?

La question, pourtant posée avec courtoisie, contenait déjà une objection, aussi PM décida d'être péremptoire.

– J'ai mûrement réfléchi. Je prends le premier ferry de demain. Non, ne cherchez pas à m'en empêcher, Edward, je vous suis redevable à vie de ce que vous avez fait pour moi, vous me manquerez, beaucoup, si, si ! Mais il faut que je suive mon intuition, rien ne pourra me faire changer d'avis.

Edward hocha la tête d'un air contrarié qui inquiéta PM.

– Ce départ serait regrettable, finit-il par soupirer, j'avais justement un service à vous demander…

Il vaut mieux ne pas savoir, pensa PM. Sa priorité était de mettre le plus vite possible de la distance entre lui et le cadavre de Ryan, et d'aller se calfeutrer dans son château de Lands'en. L'évocation mentale de la sinistre bâtisse de pierre grise, de la solitude effrayante qui l'y attendait et que seuls viendraient troubler des créanciers fit rapidement son œuvre.

– Quel genre de service ? s'entendit-il demander.

– Marie et Lucas ont raison, reprit Edward tranquillement. Le journaliste a bien été assassiné parce qu'il avait découvert le trésor. Pauvre garçon, il a trop parlé. Mais ses recherches n'ont pas été vaines pour tout le monde…

Il s'interrompit un instant et porta comme machinalement la main à l'endroit où, sous sa chemise, se devinait la petite clef.

– L'ennui, c'est que les flics vont m'avoir à l'œil, ils soupçonnent avant tout les Sullivan… Ça tombe mal, très mal…

– Pourquoi ?

Edward le jaugea, se demandant ostensiblement s'il pouvait se fier à lui. Puis il se rapprocha de PM, lui posa la main sur l'épaule et baissa la voix en prenant un ton d'amicale complicité.

– Ce n'est qu'en réunissant toutes les pierres tombales qu'on peut localiser l'endroit où est planqué le trésor et ouvrir la cache. J'ai entrepris ces recherches depuis longtemps, je suis près de toucher au but, mais…

L'expression dévorée de curiosité de PM l'incita à poursuivre.

– Avec ces soupçons sur le dos, je ne vais plus avoir les coudées franches. J'ai besoin de vous, PM. Vous êtes le seul en qui je puisse avoir confiance, ajouta-t-il avec un discret trémolo d'émotion. Si vous acceptez de m'aider, je m'engage à partager le butin pour moitié avec vous. En quelques jours, votre fortune peut être faite.

PM, chamboulé, déchiré entre tentation et suspicion, se remit à faire les cent pas. Les dires d'Edward, comme ceux de Jill, corroboraient ce que Ryan lui avait dit à propos du trésor et l'incitaient à y croire. Mais cela lui rappelait le marché de dupes qu'il avait passé avec son frère un an auparavant en espérant récupérer les lingots des Naufrageurs. Cette mauvaise expérience clignotait dans son cerveau comme des warnings. Les mauvais souvenirs l'emportèrent.

– Écoutez, c'est très gentil à vous, votre confiance m'honore, mais j'ai réservé mon ferry, je dois partir demain.

– Non seulement vous avez tort, soupira Edward avec déception, mais vous n'avez guère le choix.

Il exhiba alors une pochette plastique contenant le flingue avec lequel PM avait tué Ryan.

– Réfléchissez encore, mon cher, susurra-t-il. Le revolver porte vos empreintes, et je sais bien trop de choses pour que vous puissiez refuser ma proposition…

Le regard rivé sur l'arme, PM se ratatina sous le coup de l'angoisse. Il rassembla le peu de courage qu'il put trouver pour s'insurger violemment. Il crut hurler mais n'émit qu'un couinement qui partit dans les aigus.

– C'est une menace ?

– C'est une incitation à saisir votre chance, cher ami.

Il ajouta un sourire affectueux.

– Je vous aime bien, Pierre-Marie, sincèrement. Et nous allons faire une excellente équipe.

Maintenant qu'il n'avait pas le choix, PM fut étonné de ressentir plus d'excitation que de rancune.

– Vous savez ce que contient ce trésor ?

– Les documents concordent, il s'agit de la réserve royale. Principalement de l'or, et des diamants provenant des anciennes mines de la presqu'île.

Edward vit briller les yeux de PM. Derrière le masque, Ryan se remémora un instant son frère, tout enfant. Il se souvint des trop rares années d'insouciance partagée et eut un pincement de regret pour cette fraternité gâchée par leurs destins contrariés.

– Moi aussi j'ai fait des recherches, s'emballait déjà PM, je sais que du temps de la Reine Écarlate le cimetière royal était situé près du couvent. À l'origine c'était une abbaye, elle a été pillée plusieurs fois à partir de 1845 et pendant toute la Grande Famine.

– Et le couvent recèle une crypte, compléta Edward, c'est par là qu'il faut que vous commenciez…

– Moi ? Que je m'introduise dans le couvent ? Je ne peux pas faire ça !

– Ça me paraît infiniment moins risqué que d'avoir affronté ce fou de Ryan, dit-il avec un fond d'ironie. Et puis, cher associé, la moitié d'un trésor pareil, ça se mérite…

19

Lucas ouvrit sans bruit la porte de la chambre.

Marie, de dos, pianotait sur Internet. Elle aussi cherchait des informations sur les tombeaux des héritiers royaux, et venait de tomber sur un site dont le contenu retenait toute son attention.

Absorbée par sa lecture, elle ne sentit pas Lucas qui s'approchait à pas de loup et poussa un cri étouffé lorsqu'il posa les mains sur ses épaules. Elle fit volte-face et s'éclaira d'un sourire heureux en découvrant son homme. Elle l'attira contre elle.

– Tu me manquais… Tu sens le vent et la mer, tu étais où ?

– J'avais besoin de marcher. Tu as trouvé quelque chose ?

Elle désigna l'écran. Elle était en train de lire un historique de l'île qui évoquait les tombeaux des beaux-fils de Dana. Ils auraient été récupérés par les religieuses de l'Île aux Chimères bien avant la Grande Famine.

– Les éléments qui ramènent au couvent se multiplient, je suis sûre que ça vaut le coup de creuser cette piste…

Pour toute réponse, Lucas éteignit l'écran. Sa femme le dévisagea, étonnée.

– Écoute-moi, Marie, j'ai failli te perdre aujourd'hui, je refuse que tu continues à t'exposer en poursuivant cette enquête.

– Qu'est-ce que tu racontes ? fit-elle, interloquée.

Il l'entoura de ses bras, plongea dans son regard et prit une voix grave.

– J'ai peur pour toi, je suis responsable de toi, je veux te savoir en sécurité.

Elle mit un temps à réaliser, tant ce qu'il sous-entendait lui semblait impossible.

– Tu es en train de me demander de me retirer de l'enquête ?

Il acquiesça et resserra amoureusement son étreinte, mais Marie, piquée au vif, se dégagea avec force et lui fit face, hors d'elle.

– Comment peux-tu seulement penser une chose pareille ? Comment peux-tu croire une seconde que je puisse accepter ça ? Je suis flic, j'ai toujours pris des risques, poursuivit-elle avec véhémence, c'est comme ça que tu m'as connue, comme ça qu'on vit toi et moi depuis plus d'un an ! Qu'est-ce qui te prend ?

– Je t'ai vue mourante, Marie ! Je ne veux pas que ça se reproduise ! Maintenant tu es ma femme !

Les yeux de Marie étincelèrent de colère.

– Ce mariage ne te donnera jamais le droit de régenter ma vie ! Ni toi, ni personne ne m'empêchera de faire ce que je veux ! Et je trouve très grave que tu aies pu imaginer le contraire !

Elle pivota et sortit rageusement.

Il lui fallut marcher un long moment dans le parc avant de parvenir à contenir le bouillonnement de rage que les paroles de Lucas avaient déclenché en elle. Jamais elle ne l'aurait cru capable de lui demander de renoncer à une enquête. Cette prise de risques était justement le choix de vie qui les rassemblait. Elle se rendit compte qu'au-delà de la colère, une incompréhension profonde était en train de la séparer de Lucas. Si elle ne voulait pas qu'ils se perdent, il fallait qu'elle déchiffre ce qui se passait en lui.

Elle repensa à sa violence vis-à-vis de sa mère.

Lucas ne savait plus qui il était, et dans cette période d'incertitudes il n'avait plus qu'elle, sa femme, pour seul repère.

Alors l'idée de pouvoir elle aussi la perdre, ce qu'il avait cru le matin même, lui était sans doute insupportable au point qu'il veuille la protéger, y compris d'elle-même. Ce raisonnement la rassura.

Et elle s'en voulut. Son caractère emporté retardait parfois son intelligence des autres s'ils se mettaient en travers de son chemin. Son amour pour Lucas ne faisait aucun doute, pourtant elle venait de lui claquer la porte au nez à la première incompréhension. Se répétant qu'il avait besoin d'elle, elle se promit désormais de s'obliger à plus de patience et d'écoute.

Elle s'accrocha à cette pensée, la première qui fût positive depuis un moment, la seule qui l'empêchât de laisser remonter à sa conscience les mots de Christian et ceux du bouquet : elle ne savait pas vraiment qui était Lucas.

Sans qu'elle s'en soit rendu compte, ses pas l'avaient menée jusqu'au petit cimetière familial. Elle ressentit seulement à cet instant la fraîcheur de la nuit, les effluves sucrés des buissons en fleur. Elle fit grincer le portillon en fer ajouré et marcha droit jusqu'à la tombe de sa mère, Mary Sullivan.

Fouillant l'obscurité, elle cherchait sur la stèle de marbre, le médaillon qu'elle y avait déposé. Disparu.

Soudain, suspendu juste devant ses yeux, il apparut, oscillant au bout d'une main.

Celle de Ryan.

Il lui fit face.

– Tu as besoin de moi ?

Marie resta saisie par la façon qu'il avait de débarquer ainsi aux endroits où on l'attendait le moins. La suivrait-il ?

– Je te protège, sourit-il simplement. Je sens quand tu as besoin de moi.

Elle refoula l'étrange mélange d'attirance et de méfiance qu'il suscitait chaque fois en elle et, d'une voix qu'elle voulut froide, exposa à Ryan l'hypothèse de PM selon laquelle il serait l'auteur des meurtres.

Il étouffa un rire dont il s'excusa : cette idée était concevable de la part de son frère, mais il s'étonnait qu'elle s'y attarde.

– Selon toi, quels seraient mes mobiles ?

– En supposant que ce soit toi qui aies volé la lettre de Mary, expliqua-t-elle, tu as pu y découvrir le secret qu'elle avait tenu à livrer à son enfant. Si elle accusait sa famille, qu'elle avait fuie, d'avoir commis je ne sais quelle horreur contre elle, tu serais en train d'accomplir une nouvelle vengeance, pour elle. Cette fois contre les Sullivan.

– Le seul d'entre eux que j'aurais volontiers tué, soupira-t-il, c'était Andrew, le mari de Louise, il y a bien des années de ça, mais la maladie s'en est chargée…

– Qu'avait-il fait ?

Il prit une grande inspiration et ferma les yeux. Il lui était visiblement douloureux de replonger dans ces années qui auraient dû être les plus heureuses de sa vie : il aimait Mary, et elle l'aimait en retour, tout aussi passionnément.

– Seulement Andrew Sullivan avait d'autres projets pour sa fille, et fin 1967 il n'a pas hésité à la faire séquestrer pour nous séparer…

– C'est faux, l'interrompit Marie, Louise m'a dit que Mary s'était enfuie pour te rejoindre.

– Elle t'a menti. Ou alors Andrew a agi à son insu. Mary savait que sa famille n'accepterait jamais notre union…

Marie sentit la colère sourdre dans la voix de son père, et s'amplifier crescendo au fur et à mesure du récit qui ravivait ses blessures.

– Mary avait effectivement décidé de s'enfuir pour me rejoindre, on s'était donné rendez-vous, je l'ai attendue, attendue, des jours… Elle n'est jamais venue. Plus le temps passait, plus je devenais fou d'inquiétude. N'y tenant plus, je suis allé rendre visite aux Sullivan. Andrew a été horrible, insultant, il s'est fait un plaisir de me dire qu'il avait mis sa fille en lieu sûr et que jamais je ne la reverrais. S'il n'avait pas été son père, je l'aurais tué.

Elle vit passer dans son regard cet éclair froid, commun à ceux qui sont capables d'ôter la vie sans remords, d'un simple geste. Mais une tristesse infinie embuait maintenant les yeux bleus délavés.

– J'ai remué ciel et terre pour la retrouver. Et quelques semaines après sa disparition, elle est soudain réapparue ! Ma belle, mon bonheur, elle était là…

Marie, fascinée par la force intacte de l'amour que Ryan portait toujours à Mary, le vit s'abstraire, illuminé par les souvenirs qui l'emportaient. Elle dut répéter sa question pour qu'il revienne à elle.

– Que lui était-il arrivé ?

– Je l'ai cent fois questionnée sur les circonstances de sa disparition, elle n'a jamais rien voulu me dire.

– Qu'est-ce qui l'en empêchait ?

Il fit un visible effort pour lui répondre, touchant au plus douloureux de son passé.

– Elle m'a promis qu'elle me raconterait tout, plus tard... Elle disait que si je savais la vérité sur ce que lui avait fait sa famille, je voudrais me venger, tout ce qu'elle voulait c'était fuir au plus vite ses parents, cet endroit, fuir, juste tous les deux... J'étais tellement heureux qu'elle soit près de moi... Je n'ai pas insisté.

– Et elle n'a pas vécu assez longtemps pour révéler son secret. Sauf peut-être dans la lettre qu'elle a laissée pour moi, et qu'on m'a prise, soupira-t-elle avec regret.

Ryan sourit à sa fille et sortit alors de sa veste l'enveloppe kraft disparue le jour du mariage.

– C'est toi qui l'as volée ?

– Juste empruntée. Comprends-le, c'est tout ce qui me reste d'elle...

De l'emballage, il tira un carnet, rongé par la moisissure et l'humidité. Les pages étaient si étroitement collées entre elles qu'elles ne formaient plus qu'un carton raidi, taché d'encre dissoute. Il était malheureusement impossible d'en déchiffrer un mot.

Ryan avait fait analyser le document par un labo, mais hélas il ne restait rien du témoignage de Mary. Par contre...

Il tenta de dévisager Marie, la lune diffusait un clair-obscur auquel ils s'étaient habitués. Elle lut une hésitation, une inquiétude dans ses prunelles, elle sentit qu'il avait peur de parler, peur pour elle.

– Il y avait quelque chose d'autre ?

– C'est tellement impensable...

– Dis-moi, ordonna-t-elle.

Il retira alors de l'enveloppe une feuille assez abîmée, glissée dans une pochette plastique, et la tendit à sa fille sans la quitter des yeux.

Marie, rivée au document, ne parvint pas à croire ce qu'elle vit. Cela dépassait l'entendement…

Dessiné au pastel, c'était le portrait d'un homme, et sans aucun doute possible, il représentait Lucas. Son Lucas, âgé d'une trentaine d'années !

– Ce n'est pas possible ! explosa la jeune femme. Comment Mary Sullivan a-t-elle pu déposer ce dessin à l'étude d'un notaire en mai 1968 ? Lucas n'avait que six ans à l'époque !

Ryan retourna le feuillet et montra à sa fille les quelques mots inscrits au dos. Il fut formel, c'était bien la main de Mary qui avait tracé cette phrase :

Cet homme est un monstre, ce qu'il a engendré est monstrueux.

Marie sombra dans un abîme de perplexité, une angoisse sourde l'étreignit.

Elle sut que le pire était à venir.

*
* *

Lucas, dans l'abandon du sommeil, les traits détendus, ses boucles noires éparses sur le front, avait pour la première fois depuis longtemps une expression de douceur, de bonheur même.

Un monstre. Obsédante, la phrase tournait dans la tête de Marie tandis qu'elle contemplait son mari endormi. Non, ce ne pouvait pas être lui, le monstre. Mais son père biologique. Ryan et elle en étaient convenus.

Pourquoi Mary avait-elle pris la peine de le dessiner si précisément et d'en donner le portrait à l'enfant qu'elle portait ? Où l'avait-elle rencontré ? En poussant le raisonnement, la jeune femme se dit que si Mary avait connu le père de Lucas, elle avait également pu croiser le petit garçon, il avait à peine six ans à l'époque de ce dessin. Ainsi sa propre mère avait peut-être connu l'homme qu'elle aimait !

Aussi saisissantes qu'elles soient, ces spéculations ne parvenaient cependant pas à effacer la terrible phrase.

Cet homme est un monstre.

– Lorsque j'ai découvert ce portrait et surtout ces mots, avait dit Ryan à sa fille, j'ai tenté de t'alerter, j'ai mis in extremis ce mot dans ton bouquet de mariage. Ce soir encore, je t'en conjure, Marie, sois prudente, méfie-toi.

Elle s'était insurgée, avait affirmé avec véhémence sa confiance en Lucas et son amour pour lui.

Maintenant qu'elle le regardait dormir, elle ne pouvait pas éluder cette affirmation que lui avait adressée sa mère.

Ce qu'il a engendré est monstrueux.

Lucas était-il lui aussi un monstre, comme son père ?

*
* *

Marie l'avait vu de loin, debout, vêtu de noir, face à la mer, sur la plus haute falaise de Killmore. Elle s'approcha et l'appela doucement :

– Lucas… Lucas ?

Pas un geste. L'entendait-il ? Elle se mit à crier.

– LUCAS !

Il ne réagit pas, comme si elle n'existait plus pour lui. Elle l'agrippa, le forçant à se retourner. Elle resta saisie d'angoisse : il avait les yeux fermés, le visage blême de la mort, et de son nez coulait du sang.

Elle cria à nouveau son nom, c'est alors qu'il souleva ses paupières. Elle hurla de terreur. Ses yeux étaient verts, phosphorescents, et ils la fixaient horriblement.

D'un geste, il l'entoura d'un linceul de dentelle rouge dans lequel elle se débattit et qui se resserrait inexorablement sur elle…

Entortillée dans ses draps, le cœur battant la chamade, Marie se réveilla en sueur. Il était tard, et à côté d'elle le lit était vide.

Ce fut la colère qui la délivra de l'impression glauque laissée par l'horrible rêve qu'elle venait de faire.

Pourquoi Lucas ne l'avait-il pas réveillée afin qu'elle parte travailler avec lui ? S'il voulait vraiment la virer de l'enquête, ce serait la guerre.

Après une douche énergique pour se débarrasser des lambeaux de ce cauchemar qui la poissait encore, elle poursuivit l'enquête à sa façon, en débarquant dans la chambre de sa grand-mère. Bien décidée à obtenir, en complément de ce que lui avait appris Ryan, d'autres informations sur la séquestration de Mary et sur la possible venue d'Hélène à Killmore avant 1968.

La vieille dame, encore calée dans ses oreillers, avait parfaitement ressenti, malgré sa cécité, l'agitation de sa petite-fille. Elle fut contrariée par ses questions et répondit avec véhémence.

– Si, par le plus incroyable des hasards, Hélène était venue ici avant 1968, je le saurais et ne l'aurais pas caché !

Pour ne pas dévoiler de qui elle tenait ses informations, Marie prétendit avoir retrouvé l'enveloppe que sa mère lui destinait,

La colère succédant à l'incrédulité, Louise fut horrifiée d'apprendre que son mari Andrew avait pu lui mentir aussi cyniquement.

– Il m'a dit que Mary s'était enfuie avec ses vêtements et ses objets personnels, il m'a juré avoir mené des recherches aussi longues que vaines !

La vieille dame était dans tous ses états. Elle dut admettre que son mari avait bel et bien fait enfermer Mary.

– Elle a dû penser que j'étais au courant de cet enfermement, que je l'abandonnais sans la défendre. Mon ange, ma petite, elle est morte en croyant que moi aussi je l'avais trahie…

Emportée par une souffrance inconsolable, Louise se recroquevilla dans ses oreillers. Marie ne parvint même plus à obtenir d'elle un mot, elle se retira, pétrie de culpabilité. Non seulement elle n'avait rien appris de plus, mais elle avait sans ménagement infligé un moment de torture à sa grand-mère.

Elle se serait moins fustigée si elle avait pu observer Louise juste après son départ.

Dès qu'elle eut la certitude que Marie s'était suffisamment éloignée, la doyenne des Sullivan s'était levée avec détermination, avait filé droit jusqu'à un secrétaire et déverrouillé l'un des tiroirs. D'une main sûre, elle en avait saisi le contenu, des photos en noir et blanc, au bord dentelé.

Et sans hésitation elle les avait jetées dans le feu.

Les images avaient crépité dans la cheminée, se tordant parmi les flammes.

Sur l'une d'elles, on reconnaissait, en fond, le manoir des Sullivan.

Au premier plan, une jeune femme, accompagnée d'un petit garçon de six ans, aux boucles brunes, lançait des morceaux de pain à des poissons dans un bassin.

*
* *

Lucas quitta la fenêtre de son bureau d'où il venait de voir Marie qui approchait du poste. Rien qu'à sa démarche rageuse et à son expression butée, il comprit que l'humeur n'était pas au beau fixe. Il eut un léger sourire.

– Bien dormi ? fit-il dès qu'elle entra.

– Pourquoi tu ne m'as pas réveillée ?

– J'ai essayé, mais tu dormais si profondément…

Elle le scruta, cherchant à savoir ce que cachait son flegme et ne put se retenir d'être directe.

– Tu as toujours l'intention de m'empêcher d'enquêter ?

– Si c'était le cas, soupira-t-il, je te rappelle que je suis ton supérieur hiérarchique et qu'il me suffirait de t'en donner l'ordre.

Elle allait se rebeller, mais il lui sourit avec humour.

– Je sais qu'être ton mari ne me donne aucun droit, mais j'espérais au moins le plaisir d'un aimable bonjour… Un café d'abord, peut-être ?

Prise à contre-pied, Marie se rendit compte de son agressivité et rejoignit son époux à la machine à café. Il lui tendait un gobelet brûlant.

– Désolée, j'ai tellement mal dormi, je…

– C'est moi qui suis désolé pour hier soir. Je n'aurais jamais dû te dire une chose aussi stupide.

Il lui dédia un regard si tendre qu'elle se sentit fondre.

– Rien au monde ne devrait justifier qu'on se parle aussi durement, toi et moi, ajouta-t-il en se penchant vers elle pour poser ses lèvres sur les siennes.

Marie grogna en entendant Angus se racler la gorge pour signaler sa présence et interrompre un baiser qui devenait ardent.

– Je viens d'avoir la PS, déclara l'Irlandais en faisant semblant de ranger le fouillis de son bureau pour se donner une contenance. L'autopsie de Kelly confirme qu'elle est morte d'une rupture des vertèbres cervicales bien avant d'avoir pu téléphoner à Lucas. Et elle n'a été immergée dans le lac que deux jours après sa mort. Quelqu'un a utilisé ou imité sa voix pour vous attirer dans la presqu'île, conclut-il en se tournant vers Lucas.

– C'est étrange, releva Marie, le tueur a également tout organisé pour nous faire croire que l'assassinat d'Alice avait aussi eu lieu près du lac : la mise en scène destinée au jardinier, la robe rouge mouillée, la boue rouge sous les sabots du cheval…

– Il y a autre chose, annonça Angus. Le labo a analysé l'eau du lac. Elle contient quatre éléments inhabituels : salpêtre, naphte, soufre et bitume. D'après les techniciens de la PS, ce sont les ingrédients du feu grégeois, le feu liquide !

Il leur lut le bref topo sur cette arme redoutable, dont la propriété était de s'enflammer au contact de l'eau. Utilisée dès 960 pour incendier les bateaux de guerre ennemis, elle était encore employée au XIVe siècle. Et donc, déduisit le gendarme, la Reine Écarlate avait très bien pu en disposer.

Sa découverte donnait au phénomène observé sur le lac une réalité qui accentua le sentiment d'angoisse de Marie.

– Ça ne nous dit pas qui a pu remettre au goût du jour cette invention de cinglé, grommela Angus, perturbé.

La jeune femme hocha la tête.

– Quelqu'un de cultivé, d'inventif, d'obsessionnel, de déterminé… De monstrueux.

– Un meurtre auréolé de phénomènes paranormaux, c'était le plus sûr moyen de vous attirer là-bas, approuva Angus.

– A fortiori si j'en avais été la victime et non pas Alice, renchérit Marie.

Lucas les interrompit avec agacement.

– Vous divaguez complètement, si on avait voulu me tuer il y avait plus simple que de monter une pareille usine à gaz ! D'autant qu'il n'y a aucun mobile ! On se fait balader par l'assassin depuis le début, conclut-il en se levant. Je vais tout reprendre de zéro.

Angus eut un regard perplexe vers Marie, et ralluma une cigarette.

Quelques cendriers plus tard, tous les dossiers de l'enquête étaient étalés sur les bureaux. Au mur, des illustrations tirées du livre, représentant la mort de chacun des cinq héritiers royaux, étaient fixées par des punaises.

Tout en récapitulant, Lucas dessinait sous chacune des gravures l'ogam initial des noms des princes assassinés par la Reine Écarlate.

– D'après l'histoire, précisa Marie, la pierre tombale de chaque héritier royal était marquée de son ogam.

– Et le mystérieux jumeau de Fersen, ajouta Angus, a tracé avant de mourir ces cinq lettres…

– Alice a été tuée au domaine dans la nuit du 20 mai, reprit méthodiquement Lucas. Sa mort a été mise en scène comme s'il s'agissait d'une chute de cheval en relation avec celle du prince Jaouen. Et on a retrouvé dans son cadavre une pierre gravée de l'ogam J. Quelques jours plus tard, le corps de Kelly est jeté du haut de la falaise dans le lac, une pierre gravée de l'ogam F lestait le voile de mariée dont on l'avait affublée, F comme Fergall, second héritier assassiné par noyade. Le portable de Kelly s'est mis à sonner sous la terrasse de Franck, permettant de découvrir une pierre tombale très ancienne gravée de l'ogam J. Curieusement, releva-t-il en inscrivant le nom de Franck en rouge, on retrouve souvent des indices ramenant à Franck Sullivan.

– Pour la mort d'Alice, il était à la distillerie, objecta Angus, et la nuit où Kelly est morte il était avec Viviane, elle a confirmé son alibi.

– Je veux la réinterroger, décréta fermement Lucas.

Marie le fixa d'un air déconcerté, hésita, puis décida cette fois de ne pas taire ce qu'elle pensait.

– Cette accumulation d'éléments contre Franck, c'est tellement manifeste... Pour moi, ça sent le coup monté.

– Il va te falloir combien de preuves pour ouvrir les yeux ?

Le ton cinglant de la remarque la blessa. Elle allait se rebiffer, mais Lucas interpellait déjà Brody, exigeant d'avoir au plus vite un rapport complet sur Franck Sullivan.

– Tu l'as déjà demandé ! s'exclama Marie, interloquée.

– Justement ! Il est inadmissible que ce ne soit pas encore fait !

Le mouvement d'humeur qui accompagna la remontrance surprit autant Angus que la jeune femme. Ils échangèrent un regard perplexe, mais Marie garda pour elle son sentiment de malaise. Elle aurait juré que Lucas venait d'être de mauvaise foi. Décidément, ce ton cassant revenait de plus en plus souvent et sa mémoire n'était plus si exceptionnelle.

Elle s'immergea dans le travail comme pour anesthésier une partie de sa pensée.

Le coup de fil de Juliette la ramena à d'autres réalités. Elle lui rappelait leur départ de Killmore, et insistait pour voir Marie avant d'embarquer sur le ferry, elle tenait à l'embrasser.

Et aussi à lui révéler quelque chose qui devrait l'intéresser.

*
* *

Les embrassades avec le jeune couple et son bébé furent chaleureuses. Pierric avait la larme à l'œil, d'autant que sa poupée de chiffons était demeurée introuvable. Marie lui promit qu'elle ferait tout pour la lui restituer.

Juliette reprocha à PM, venu les accompagner, de ne pas rentrer avec eux.

Posant la main sur l'épaule de Marie, celui-ci se redressa, le regard fier, et déclama le plus sérieusement du monde qu'il était un homme de devoir et d'engagement, il était de sa responsabilité de rester aux côtés de sa chère nièce dans l'adversité quels qu'en soient les dangers.

– Je saurai la défendre et la protéger, j'en fais ici le serment, acheva-t-il pompeusement, ignorant que le vent soulevait son toupet clairsemé qui flotta comme un grand point d'interrogation au-dessus de son crâne rose, ôtant tout sérieux à sa déclaration.

Les deux jeunes femmes se mordirent les lèvres pour étouffer un fou rire, puis elles se mirent un instant à l'écart.

Juliette confia alors que, ayant complètement oublié l'émetteur du Baby-phone dans la chambre de Franck, elle avait entendu sans le vouloir son répondeur qui se mettait en marche.

– C'était la voix de Viviane, j'en suis sûre, elle était complètement paniquée, elle a laissé un message à Franck pour lui dire qu'elle ne voulait plus mentir pour le couvrir, et qu'il fallait qu'ils se voient d'urgence.

Marie la remercia. Intérieurement, elle s'en voulut d'avoir douté de la sagacité de Lucas qui avait, à juste titre, ressenti la nécessité de réinterroger Viviane.

Les deux jeunes femmes s'embrassèrent, Marie chargea sa cousine de transmettre toute sa tendresse et son affection à Milic et Jeanne.

– Ne leur dis pas ce qui se passe ici, je ne veux pas qu'ils s'inquiètent pour moi, promis ?

Lorsque la petite troupe monta la passerelle du ferry, la jeune flic avait déjà prévenu Lucas de la confidence de Juliette.

Elle eut un coup d'œil vers la goélette de Christian, amarrée à l'autre bout du port. L'idée d'aller lui rendre visite l'effleura sans qu'elle s'y arrête. Elle dut s'avouer que, malgré tout ce qui leur arrivait, elle gardait toujours pour lui une affection indestructible, sans doute parce qu'elle s'était forgée dans leur enfance.

Une voiture de gendarmerie arrivait déjà vers elle.

Elle rejoignit Lucas à bord et évita de regarder vers la goélette lorsqu'ils passèrent à proximité.

Elle aurait peut-être pu distinguer Christian qui, depuis l'entrée du carré, guettait le véhicule à gyrophare.

Dès qu'il se fut éloigné, le beau skipper descendit rejoindre l'homme qu'avec surprise il avait vu monter à son bord. Edward Sullivan.

Se demandant où il voulait en venir, Christian lui laissa d'abord raconter dans quelles circonstances Marie avait failli mourir noyée.

– Qu'attendez-vous de moi ? fit-il ensuite, méfiant.

– Promettez-moi de veiller sur elle. Protégez-la de son mari.

– Je ne comprends pas. Vous avez fait venir votre nièce à Killmore alors que vous ne la connaissiez quasiment pas, vous avez tout organisé pour son mariage avec Lucas et maintenant vous venez me demander à moi, son ex-amant, de la protéger de lui ? Quel jeu jouez-vous ?

L'oncle de Marie comprit alors qu'il n'obtiendrait rien de Christian sans se dévoiler.

– Je ne suis pas Edward Sullivan.

Sa voix rauque s'était transformée, reprenant les sonorités de son identité véritable.

– Rien au monde ne m'importe plus que la survie et le bonheur de ma fille.

Il laissa à Christian le temps de réaliser ce qu'il venait de dire.

– Ryan ? s'exclama alors le marin avec stupeur. Mais comment…

– Marie est en danger, éluda son interlocuteur avec impatience. Mon subterfuge m'empêche de la protéger comme je le voudrais, vous êtes le seul qui puissiez m'y aider.

– Pourquoi vous méfiez-vous autant de Lucas ? interrogea Christian.

Ryan lui confia alors qu'il le sentait capable du pire, et qu'il avait quelques raisons de penser que Marie n'était pas en sécurité avec lui. Christian hocha la tête, pensif. Allant dans le même sens, il livra alors à Ryan qu'il demeurait obsédé par ce que le mystérieux jumeau avait dit avant de mourir. Cela semblait accuser Lucas. Aussi, depuis la découverte des ogams tracés par le jumeau agonisant, il avait décidé de mener des recherches sur tout ce qui avait trait à ces signes.

Pour l'amour de Marie, il ne fut pas difficile à Ryan de s'assurer la collaboration de Christian.

20

Derrière les grandes verrières d'une ancienne serre d'époque victorienne, dans un foisonnement d'immenses plantes en pots, Viviane avait depuis peu achevé d'aménager un appartement à la fois zen et exotique.

La jeune femme blonde et pulpeuse, vêtue d'un long tablier de jardinage, répondait d'une voix apeurée à l'interrogatoire de Lucas Fersen dont la brusquerie avait fait jaillir des larmes de ses grands yeux bleus.

– Je vous jure que je n'ai pas menti, répétait-elle. La nuit du meurtre de Kelly, j'étais bien avec Franck, depuis 21 heures ! Et quand je me suis réveillée le lendemain à 7 heures, il était là, près de moi !

Mais bien sûr, elle ne pouvait pas affirmer que pendant son sommeil, qui avait été ininterrompu, Franck était resté toute la nuit avec elle…

– Où est-il ? reprit agressivement Lucas, je suis sûr que vous savez où il se cache !

Depuis la veille, Franck n'avait effectivement pas reparu au domaine. Angus venait de rejoindre l'équipe à la serre et leur apprit que malgré ses recherches et celles de Brody, il demeurait introuvable.

– La dernière personne à l'avoir vu, termina l'Irlandais, c'est PM, hier. Il quittait le manoir pour aller rejoindre Viviane.

– Moi ? Mais pas du tout ! s'insurgea la jeune femme. Il n'est pas venu, ça n'était même pas prévu… Vous croyez qu'il lui est arrivé quelque chose ? s'alarma-t-elle.

Les trois flics échangèrent un bref regard non dénué d'inquiétude.

– Il a peut-être senti que la piste se resserrait autour de lui et il aura pris la fuite, suggéra Marie.

Lucas ne répondit pas. Tandis que sa femme s'employait à calmer les angoisses de Viviane, il furetait dans l'appartement. Il poussa une exclamation sourde lorsqu'il découvrit, à proximité du lit, de légers résidus de boue rouge.

Marie, alors penchée vers la compagne de Franck, perçut nettement son trouble. Elle réagit immédiatement et plongea ses yeux dans ceux de Viviane.

– Vous mentez, et vous mentez mal ! Vous savez que Franck est sorti cette nuit-là.

Les larmes coulèrent à nouveau sur le visage rond et blond. Et Viviane murmura qu'en se réveillant ce matin-là, elle avait effectivement noté qu'il y avait des traces de boue rouge sous les chaussures de Franck…

Lucas ne put retenir un sourire triomphant à l'adresse de Marie.

*
* *

F. Maréchal.

La page que la jeune flic venait d'arracher au broyeur de bureau de Franck ne comportait que cette mention, tracée d'une écriture en pattes de mouches. À sa grande déception, elle constata que le reste du carnet avait été réduit en fins lambeaux par l'appareil. Elle ragea, la fouille de la chambre du fils Sullivan n'avait hélas livré rien d'autre, malgré leurs recherches.

Lucas la rejoignit, elle lui tendit le feuillet intact.

– Regarde, c'est une page de garde, il y a inscrit son nom.

Ils se penchèrent ensemble sur les restes des feuilles encore coincées ou tombées dans la corbeille du broyeur. À grand-peine, ils parvinrent à décrypter un court passage, qui indiquait l'emplacement de la pierre tombale découverte sous la terrasse de la cabane du lac.

– Pour reconstituer ces spaghettis, s'agaça Lucas, il faudra des semaines à une équipe de la PS et encore, pas sûr qu'ils en sortent grand-chose ! En tout cas, on a sous le nez la preuve de la culpabilité de Franck.

Marie ne put retenir une moue dubitative.

– Quoi encore ? s'agaça Lucas. En plus il a pris la fuite, qu'est-ce que tu veux de plus ?

Marie calma son envie de surenchérir dans l'énervement et se força à une voix calme et posée pour préciser qu'en l'état ils ne pouvaient pas parler avec certitude de fuite, mais de disparition. Elle insista.

– Encore une fois, je trouve étrange que les seules informations que l'on puisse retenir de ce qui n'a pas été broyé du carnet, c'est très opportunément ce qui dénonce Franck.

– Et s'il n'avait pas fui ? conclut pour elle Angus. Si ce n'était qu'une mise en scène pour le faire accuser ?

– Vous n'allez pas vous y mettre vous aussi ? s'exaspéra Lucas. Marie, je ne te comprends plus ! Tu peux m'expliquer pourquoi tu t'obstines systématiquement à réfuter tout ce qui incrimine Franck ?

Ce fut plus fort qu'elle, elle se dressa face à lui et monta elle aussi le ton.

– Je vais finir par croire que c'est lui qui a raison ! Tu as perdu toute objectivité dans cette affaire !

Lucas devint blême. Est-ce qu'elle l'accusait d'être un mauvais flic ?

Angus, de plus en plus gêné au fur et à mesure que la dispute s'envenimait, tenta discrètement un repli stratégique. Il arrondit le dos en entendant Lucas prendre sa voix métallique et glaciale des moments de crise.

– Tu as pris fait et cause pour ton cousin dès le meurtre d'Alice ! Si tu m'avais écouté, Franck aurait été mis en garde à vue comme je le suggérais ! Et Kelly serait peut-être encore vivante !

Scandalisée par la gravité de cette accusation, Marie se laissa emporter sans retenue par la colère.

– Si tu n'avais pas joué cavalier seul après avoir reçu l'appel de Kelly, les choses auraient peut-être tourné autrement !

La dispute tournait au règlement de comptes. Angus prit alors son courage à deux mains et, renonçant à la fuite, il intervint fermement pour calmer le jeu. Lucas fit demi-tour et fila vers la sortie en hurlant, à bout.

– Faites ce que vous voulez ! Je suivrai seul la piste de Franck !

Dans le silence qui suivit, le gendarme s'attrista de voir Marie au bord des larmes.

– C'est toujours comme ça, quand vous bossez tous les deux ? risqua-t-il.

La jeune femme secoua lentement la tête. Ils avaient toujours eu des rapports passionnés, quelques fois des avis opposés, mais elle ne lui connaissait pas ces accès de colère.

– Côté sale caractère, vous ne vous défendez pas mal, fit-il en cherchant son regard avec un bon sourire. Et je m'y connais, foi d'Irlandais.

– Vous dites ça pour me faire plaisir…

Il fut attendri de l'effort qu'elle faisait pour plaisanter, mais constata qu'elle était profondément bouleversée. Il la gratifia d'une bourrade affectueuse et pudique.

– Qu'il soit innocent ou coupable, il n'en reste pas moins qu'il est urgent de retrouver Franck. Allez, courage ! Il faut donner des ordres pour faire dresser des barrages, venir des renforts, fouiller les environs ! insista-t-il pour la sortir de ses sombres pensées.

*
* *

– Venez, vite ! Il se passe quelque chose de bizarre !

Marie sortait à peine du manoir lorsque Viviane se précipita vers elle, les traits crispés par la peur.

– Je viens des écuries, balbutia la paysagiste, le cheval de Franck est sellé, comme prêt au départ, mais lui est introuvable ! J'ai peur ! J'ai peur qu'il lui soit arrivé malheur, comme à Kelly !

En se dirigeant vers les écuries, Marie tenta de la rassurer, mais Viviane, tremblante, ne cessait de se lamenter.

– Si seulement je savais où il a pu se réfugier, mais il est tellement secret, il s'absente, il part à cheval sans dire où il va…

Lorsqu'elles pénétrèrent dans le box de la jument de Franck, l'animal mâchonnait placidement son avoine, sellé et harnaché, deux sacoches sanglées à ses flancs.

Sans hésiter, Marie les ouvrit. Elles ne contenaient que quelques affaires de rechange que Viviane reconnut comme appartenant à son compagnon.

Marie fouilla les vêtements.

– Apparemment il a préparé une fuite à cheval, il faut découvrir ce qui l'a fait changer d'avis…

C'est alors qu'un objet tomba d'une poche qu'elle s'apprêtait à vérifier. Marie s'accroupit pour le ramasser et se figea.

Une pierre. Gravée d'un ogam !

Z comme le prince Zoleig, songea-t-elle immédiatement. Zoleig, retrouvé mort dans une oubliette !

Viviane, qui s'agitait avec angoisse, tira Marie de ses réflexions.

– Il s'est fait surprendre par l'assassin alors qu'il s'apprêtait à partir, c'est ça ? gémit-elle.

Pour toute réponse, Marie lui demanda d'aller chercher Angus qui était encore au manoir. Tandis que la compagne de Franck s'éloignait, la jeune flic commença à fouiller les écuries. Elle venait à peine d'entrer dans un box voisin quand elle entendit un hurlement.

Se précipitant dans l'allée centrale, Marie vit alors Viviane, violemment projetée hors d'un box, heurter la paroi d'en face au bas de laquelle elle s'effondra, inerte.

La jeune flic dégaina instantanément et s'approcha du box dont le portillon était largement ouvert. Elle allait y pénétrer lorsqu'un coup violent s'abattit sur sa nuque.

La dernière chose qu'aperçut la jeune femme avant de sombrer dans l'inconscience fut le bas d'un vêtement rouge.

Écarlate.

Une migraine intolérable vrilla le crâne de Marie lorsqu'elle reprit à demi ses esprits. Sa bouche était écrasée par un bâillon, ses poignets déchirés par des liens solides, et elle sentait sous son ventre quelque chose de froid comme de la pierre. Elle se rendit compte qu'elle était couchée sur le sol mais que le haut de son corps était penché au-dessus d'un vide. Faisant un effort surhumain pour parvenir à entrouvrir les yeux, elle réalisa avec angoisse qu'elle était face à un puits, noir, sans fond.

Soudain quelqu'un lui arracha violemment le dos de sa chemise. Elle détecta alors une odeur âcre qu'elle ne parvint pas à analyser, mais la chaleur de plus en plus intense qui s'approchait de son épaule lui fit comprendre en un éclair l'horreur de ce qui allait suivre.

La marque au fer rouge !

Elle se débattit avec l'énergie du désespoir, mais le métal incandescent imprima dans sa chair l'atroce douleur de sa brûlure.

Elle fut alors violemment poussée, et tout son corps bascula d'un coup en avant, chutant tête la première dans l'obscurité. Le hurlement de terreur qui monta de tout son être s'étrangla dans son bâillon. Instinctivement, elle se roula en boule pour éviter de rebondir sur les parois.

Une dizaine de mètres plus bas, elle heurta une eau stagnante et nauséabonde qui amortit partiellement sa chute.

Suffoquant et crachotant comme elle pouvait l'eau vaseuse du fond, elle s'agita avec l'énergie du désespoir, jusqu'à réussir à prendre enfin pied sur quelque chose de ferme. Elle leva alors les yeux vers le haut.

L'orifice du puits, comme un rond lumineux, disparaissait peu à peu sous une dalle qui, inexorablement, était remise en place. Pétrifiée, Marie vit la lumière disparaître pour ne plus former qu'un cercle très mince, puis elle entendit résonner les raclements d'une fourche, et comprit à la lueur qui s'estompait plus encore que quelqu'un recouvrait la dalle de fourrage.

Des sanglots de détresse montèrent alors de sa gorge et, pour une fois, elle se laissa totalement aller à son désespoir.

*
* *

Lucas cherchait Marie, vainement.

De plus en plus inquiet, il rejoignit, dans la cour du domaine, Angus qui accueillait les renforts et distribuait des directives. Ils interrogèrent le personnel du manoir ainsi que les gendarmes présents depuis la fouille de la chambre de Franck.

Lorsque, enfin, l'un d'eux indiqua avoir aperçu Marie se dirigeant vers les écuries en compagnie de Viviane, une bonne trentaine de minutes plus tôt, Angus décela dans la gravité soudaine du regard de Lucas que celui-ci pressentait un drame.

Les deux hommes se précipitèrent.

La vision d'Edward penché sur le corps inerte de Viviane ne les rassura guère. Lucas poussa l'oncle de Marie sans ménagement et se pencha vers la jeune femme qui gisait au sol et reprenait à peine connaissance. Lucas exhortait déjà Viviane à répondre à ses questions. La paysagiste entrouvrit alors les yeux et balbutia des propos décousus dont ils décelèrent quelques mots.

– La Reine… Zoleig… La pierre… Marie… Marie, il faut la retrouver…

– Qu'est-ce qui s'est passé ? Où est Marie ? Répondez ! hurla Lucas.

Angus dut intervenir pour que Fersen laisse Viviane se ressaisir et qu'il l'interroge moins brutalement. La jeune femme, à mesure qu'elle recouvrait ses esprits, était à nouveau submergée par la terreur, mais elle parvint à se maîtriser suffisamment pour pouvoir murmurer quelques explications.

Elle révéla qu'elles avaient trouvé une pierre dans les sacoches du cheval de Franck, un ogam, avait dit Marie qui lui avait demandé d'aller chercher les gendarmes, mais elle avait à peine fait quelques pas qu'elle avait été violemment frappée…

Lucas, fou d'angoisse, avisa alors Edward et, sous le coup d'une terreur irraisonnée, s'en prit furieusement à lui.

– Qu'est-ce que vous avez fait à Marie ? Où est-elle ?

Il fallut toute la robustesse d'Angus pour obliger le flic à lâcher Edward qui suffoquait à moitié. Mais Lucas n'en démordait pas, clamant que ce n'était pas un hasard si c'était justement lui qui avait trouvé Viviane inconsciente. Edward lui fit alors face.

– Lucas, je comprends et je partage votre angoisse pour Marie, mais mon fils aussi a disparu. Ne perdons pas de temps à nous battre, il est plus urgent de rechercher l'un et l'autre.

Avec l'aide des renforts, ils fouillèrent, jusqu'à l'épuisement, les moindres recoins des écuries et des alentours.

Angus, témoin impuissant de la souffrance de plus en plus manifeste de Lucas, le vit passer dans la grange où, armé d'une fourche, il déplaçait un à un les lourds ballots de fourrage.

Quelque dix mètres plus bas, pataugeant dans un mètre d'eau et dans une obscurité à laquelle elle s'était habituée, Marie entendit les raclements au-dessus d'elle. Reprenant espoir, elle tenta de crier, mais sa voix bâillonnée s'étrangla, et elle comprit rapidement que ses gémissements étaient trop faibles pour atteindre le haut du puits obstrué. Alors, avec rage, elle s'acharna à déchirer ses liens, les frottant frénétiquement contre la pierre qui lui écorchait la peau.

Angus laissait Lucas s'exténuer, conscient que cette recherche harassante était le seul anesthésiant qui puisse l'empêcher de basculer dans le désespoir.

Un flic vint alors les prévenir que, à l'extérieur, des traces semblaient indiquer que Marie avait sans doute été traînée hors des écuries par la porte arrière.

Quelques instants plus tard, Angus découvrit une chaînette accrochée dans un buisson. Lucas s'empara vivement du fin bracelet.

– C'est celui de Marie, elle le portait encore ce matin, murmura-t-il, accablé.

– En moins de trente minutes, elle n'a pas pu être emmenée bien loin, on va la retrouver, affirma Angus.

Il avait autant besoin que le flic de se rassurer.

*
* *

Inlassablement, Christian Bréhat arpentait les ruelles du port et de la petite ville, visitant un à un les pubs, les moindres commerces, arrêtant les passants et leur ressassant les mêmes questions concernant les ogams.

Le temps et la fatigue ne comptaient plus, il savait qu'il ne lâcherait pas prise tant qu'il ne trouverait pas une réponse, une piste.

Ce fut un homme de plus de soixante-dix ans qui vint l'aborder dans un bar. Il s'appelait O'Maley et avait entendu dire que le skipper cherchait des informations sur les ogams. Christian le dévisagea, n'osant trop y croire. Puis il sortit de sa veste un papier sur lequel il avait reporté les signes tracés par le jumeau sur le quai. Le vieux resta silencieux, fixant alternativement les dessins puis le skipper. Ce dernier mit un moment à comprendre, puis il tira de sa poche une poignée de billets que le vieux saisit avidement et fit instantanément disparaître dans la sienne.

Il sembla soudain retrouver la parole.

– Possible que j'aie déjà vu ces trucs-là quelque part, oui…

– Où ? Je veux savoir où !

Le vieux se mit à gargouiller de rire.

– Toute la région en est truffée si on sait regarder !

– Ce que je cherche ce sont des pierres tombales, très anciennes, sur lesquelles seraient gravés ces ogams-là, insista Christian.

Le vieux hocha lentement, silencieusement la tête, mettant à vif les nerfs du skipper. Puis il tendit un doigt sale vers le papier et pointa l'un des signes, celui correspondant au F, qui figurait sur la pierre trouvée sur le cadavre de Kelly.

– Celui-là me dit bien quelque chose… Ouais, j'ai vu ça gravé sur une vieille dalle de pierre, ça remonte bien à… à plus d'une vingtaine d'années. À l'époque, poursuivit-il avec une placidité et des temps de réflexion qui crucifiaient Christian, à cette époque, j'étais ouvrier, je faisais des travaux dans une grange, j'avais alors repéré des infiltrations dans le sol, je m'souviens... On a cherché à comprendre d'où ça venait et on a découvert qu'une des dalles recouvrait un ancien puits. On l'a remise en place, on s'est contentés de faire un joint, avec du ciment qui...

– Quelle grange ? Où est-elle ?

Le vieux haussa les épaules, et sembla se désintéresser totalement de Christian pour loucher ostensiblement sur son bock de bière vide.

*
* *

Marie avait perdu la notion du temps lorsqu'elle parvint enfin à rompre ses liens. Elle ôta fébrilement son bâillon et se mit à crier, ignorant qu'au-dessus d'elle tous avaient abandonné les recherches dans la grange.

La voix brisée d'avoir hurlé en vain, la jeune femme entreprit alors de grimper le long de la paroi, s'accrochant aux moindres interstices des pierres. Elle parvint à se hisser de quelques mètres, mais l'humidité glissante de la muraille anéantissant ses efforts, elle retomba dans la vase du fond. À bout de forces, désespérée, elle ferma à demi les yeux pour reprendre son souffle.

L'idée lui vint alors qu'en fouillant le fond du puits elle y trouverait peut-être quelque chose, des objets jetés là qu'elle pourrait glisser entre les pierres pour prendre un appui.

Réprimant une nausée, elle enfonça le bras jusqu'à l'épaule et commença à sonder l'eau fangeuse. Soudain, elle agrippa quelque chose de mou, d'indéfinissable. Elle tira vers elle ce poids mort dont une partie émergea brusquement près d'elle, elle saisit à pleines mains cette chose visqueuse et hurla de terreur en distinguant dans la pénombre, contre son visage, la tête dégoulinante de Franck.

Se plaquant contre la paroi pour s'éloigner le plus possible du corps qui affleurait maintenant la surface, Marie ne parvenait plus à calmer les battements fous de son cœur. Elle resta un moment complètement tétanisée, elle aurait voulu s'évanouir, sombrer à son tour dans l'eau noire, s'y noyer, et mourir tout de suite plutôt que d'affronter l'horreur qui lui était infligée et qui ne pouvait qu'empirer. Combien d'heures, de jours mettrait-elle à succomber dans cette tombe immonde, faisant face à ce cadavre en décomposition ?

Faire face… Oser le pire pour survivre… L'idée la traversa, mais il lui fallut de longues minutes pour surmonter sa répugnance et la mettre à exécution.

Fouiller le corps de Franck.

Lorsqu'elle s'y résolut, elle décida de le faire méthodiquement. Une poche après l'autre. Un couteau pliant fut sa première victoire sur cette prospection macabre. Encouragée par cette découverte, mais tremblant de dégoût, elle retourna le corps et reprit à tâtons son exploration. Sa main rencontra alors un objet de métal, un étui à cigarettes. En l'ouvrant et en y découvrant un briquet, elle faillit crier de joie et dans le même instant se rendit compte de l'absurdité de cette sensation au cœur du pire.

Elle actionna la molette, mais l'humidité empêchait le mécanisme de fonctionner. Elle s'impatientait à chaque tentative puis se dit avec cynisme qu'elle n'avait plus devant elle que la perspective d'une mort lente, donc tout son temps. Avec l'énergie du désespoir, elle se mit à souffler sur le briquet et à l'actionner jusqu'à ce qu'enfin une flamme apparaisse.

Le halo qui se dégagea rendit alors toute sa terrible réalité au cadavre de Franck. Marie eut un haut-le-cœur et faillit lâcher le briquet en découvrant, sur le torse à demi dénudé du mort, la cicatrice fraîche de la Reine Écarlate.

*
* *

La nuit était tombée comme une chape de plomb, accentuant la consternation des équipes toutes revenues bredouilles.

Pas la moindre trace de Franck, ni de Marie.

Angus annonça que, dès l'aube, les maîtres-chiens arriveraient pour reprendre les recherches dont il ordonna l'arrêt pour la nuit.

– Je refuse de renoncer ! Je suis sûr que Marie n'est pas loin, je le sens ! se révolta Lucas malgré son épuisement.

Edward, bien que ressentant la défiance de Lucas à son égard, le soutint. Incapable lui aussi de se résigner à l'inaction, il tentait maintenant de chercher des pistes par le raisonnement. Il évoqua la façon dont étaient morts les trois derniers héritiers royaux.

– Le prince Seamus a succombé à un enlisement dans la boue, Orin a été empoisonné, et Zoleig est tombé dans une oubliette.

– C'est une pierre gravée de l'ogam Z qui a été retrouvée dans les sacoches du cheval de Franck, poursuivit Angus.

Edward enchaîna.

– Et Marie a mystérieusement disparu en moins de trente minutes… Pour moi, c'est une évidence : il y a une oubliette tout près d'ici !

Accrochée par la main gauche à une anfractuosité, Marie avait entrepris d'escalader à nouveau la paroi, utilisant le couteau de Franck comme point d'appui, le glissant dans les interstices, le reprenant dès qu'elle trouvait une prise naturelle et progressant ainsi pierre après pierre.

Lorsqu'elle parvint enfin au sommet, osant à peine respirer de peur de dévisser comme elle l'avait déjà fait des dizaines de fois, elle détacha le petit foulard qu'elle portait noué autour de son cou. Puis, se servant de la pointe du couteau, elle glissa le tissu millimètre par millimètre dans l'interstice entre la dalle et la margelle jusqu'à ce qu'elle estime qu'il ressortait de l'autre côté.

Les traits crispés, concentrée à l'extrême, contrôlant du mieux qu'elle pouvait les mouvements de ses muscles qui commençaient à trembler de fatigue, Marie sortit lentement le briquet et, après quelques tentatives infructueuses, réussit à faire jaillir la flamme qu'elle approcha du bout du foulard. La petite lueur éclaira alors la dalle obstruant le puits.

Et révéla, gravé dans la pierre, un ogam. L'ogam F.

La pierre tombale d'un des héritiers royaux ! Celle de Fergall.

Cette découverte la fit tressaillir, le léger mouvement fut fatal à son équilibre. Marie glissa et retomba, rebondissant douloureusement sur la paroi.

Christian roulait comme un fou en direction du manoir.

En désespoir de cause, Edward l'avait brièvement appelé pour le prévenir de la disparition de Marie.

Lucas, avec Angus et PM, avaient examiné sans succès tous les plans du domaine, cherchant fébrilement la moindre indication susceptible de révéler l'emplacement d'une cache secrète qui, de près ou de loin, puisse évoquer une oubliette.

Lorsqu'il arriva en vue de la propriété des Sullivan, le skipper fronça les sourcils en apercevant de la fumée dont les volutes semblaient sortir de la grange.

Il écrasa l'accélérateur jusqu'à ce qu'il pile au plus près du bâtiment dans lequel il se précipita.

L'ouverture de la lourde porte créant un appel d'air, le feu attisé bondit d'un ballot de fourrage à un autre. Sans conscience du danger, Christian bondit sur la fourche qui traînait au sol, balança à l'écart les ballots embrasés qui propagèrent plus loin les flammes. Il aperçut alors le petit morceau de foulard qui finissait de se consumer, révélant l'interstice dont il émergeait.

Se servant de la fourche comme d'un levier, il réussit à faire basculer la dalle de pierre sur le côté et, se penchant au bord du puits, en fouilla le fond de sa torche en hurlant le nom de Marie.

Lorsqu'il l'aperçut, inanimée, dix mètres plus bas, il eut un rapide regard autour de lui et aperçut une grande échelle. Mais elle était déjà la proie des flammes qui maintenant l'encerclaient.

Une lueur dans la nuit attira Angus vers la fenêtre du salon, où Lucas et PM étudiaient encore les plans.

– Il y a le feu aux écuries ! clama le gendarme.

Au même moment, Lucas désigna un point sur le plan.

– Regardez, là ! C'est un puits ! L'oubliette, c'est ça, j'en suis sûr ! Il est situé dans la grange à quelques mètres de l'endroit où a disparu Marie !

– Vous m'entendez ? Elle est en flammes ! La grange ! hurla Angus qui appelait déjà les pompiers.

Lucas se rua à l'extérieur.

L'incendie illuminait maintenant tout le domaine, il s'était communiqué aux écuries d'où émergeaient des hennissements affolés. Quelques chevaux, parvenus à se libérer, s'échappaient et fuyaient, terrifiés, tandis que les ombres chinoises des palefreniers s'agitaient, accourant pour libérer ceux qui étaient encore captifs.

Lucas, filant à toute allure en direction de la grange, vit soudain débouler sur lui la horde paniquée des chevaux fous sauvés in extremis. Bousculé, il tomba au sol, manquant de se faire piétiner. Angus le rejoignit alors, hors d'haleine, et l'agrippa fermement pour l'empêcher d'approcher davantage de l'incendie.

– C'est de la folie, vous ne pouvez plus rien faire, c'est trop tard !

Lucas, tétanisé devant l'ampleur des flammes, dut se rendre à l'évidence, le bâtiment n'était quasiment plus qu'un brasier… C'est alors que, les yeux exorbités, il vit apparaître, émergeant littéralement d'un rideau de feu, Christian. Il portait Marie dans ses bras.

*
**

Sur la peau laiteuse, la trace rougeoyante laissée par le fer incandescent dessinait sinistrement le triskell maudit.

Tandis que le médecin nettoyait la plaie, Lucas, le visage blême et durci, contemplait l'épaule meurtrie de Marie. Le regard de Christian ne pouvait lui non plus s'en détacher. Il se mordait les lèvres en voyant les traits de celle qu'il aimait se crisper sous la douleur.

Sentant la muette inquiétude des deux hommes, la jeune femme leva les yeux, croisa ceux de Christian et, troublée par la force de l'amour qu'elle y lut, s'en détourna rapidement.

Pour résister à la douleur autant qu'à l'ambiance de la pièce dans laquelle se reflétaient, par instants, les restes de l'incendie et les gyrophares des véhicules venus le maîtriser, Marie s'empressa de terminer le récit de ce qui lui était arrivé lorsque, avec Viviane, elle était entrée dans les écuries.

Depuis qu'elle leur avait appris la mort de Franck, sa compagne était recroquevillée dans un coin, et pleurait en silence.

Lorsque sa femme eut conclu, Lucas se tourna vers Christian qui avait écouté le récit sans dire un mot. Le flic toisa le skipper dont les vêtements étaient roussis et le visage encore maculé de fumée.

– Maintenant j'aimerais vraiment savoir par quel miracle vous vous êtes retrouvé là juste quand il fallait…

Il n'avait pu exclure de sa voix un ton sarcastique.

Devançant Christian, Edward intervint.

– C'est moi qui l'ai prévenu de la disparition de Marie.

Lucas lui jeta un regard froid. Puis, se tournant vers Christian, il fit un effort visible et le remercia sobrement d'avoir sauvé sa femme.

Il revint vers Edward.

– Vous m'avez une fois de plus jugé incapable de veiller sur elle ?

– Comment faire confiance à quelqu'un dont le supposé jumeau a dit avant de mourir que son frère était un monstre et un assassin ? déclara brusquement le marin, en allant planter son regard dans celui du flic.

Lucas accusa nettement le coup, puis se tourna vers Marie. Il lut clairement dans son expression qu'elle était au courant.

– Quoi ? murmura Angus, sous le coup de la surprise.

Éludant toute explication, Christian résuma alors brièvement sa conversation avec O'Maley, l'ancien ouvrier des Sullivan.

Le vieil homme, convoqué dès le lendemain matin à la gendarmerie en présence d'Edward, confirma les dires du skipper. Il ajouta qu'à l'époque les travaux avaient été supervisés par Edward Sullivan et que celui-ci était donc parfaitement au courant de l'existence du puits et de la dalle.

– C'est faux ! s'insurgea l'oncle de Marie, sous le coup de la surprise. Cet homme se trompe ! Vous n'allez tout de même pas m'accuser d'avoir tué mon propre fils et de l'avoir jeté dans ce puits ! Et j'aurais sauvé Marie de la noyade pour ensuite lui faire subir le même sort ? Ça n'a aucun sens !

Marie garda le silence, désemparée par son accent de sincérité.

– Cette fois, je ne prendrai pas le moindre risque. Vous êtes désormais en garde à vue, signifia froidement le flic à Edward.

– Il ne peut pas être coupable ! intervint impulsivement Christian.

Tous le dévisagèrent. Le gendarme marqua son étonnement.

– Pourquoi êtes-vous si affirmatif ?

Le skipper dévisagea l'oncle de Marie qui, d'un imperceptible froncement de sourcils, lui signifia de se taire.

Christian, désarmé, garda le silence sur la véritable identité d'Edward Sullivan.

Lucas le rompit en appelant Brody pour qu'il emmène le suspect en cellule. Au moment où il était embarqué, Edward trébucha et se rattrapa en prenant appui sur le skipper.

– Veille sur elle, lui murmura-t-il discrètement.

21

Ajoutant à la grisaille matinale, une pluie fine et serrée faisait luire les poutres et les débris noircis de ce qui avait été la grange. L'odeur âcre de l'incendie, maîtrisé à peine quelques heures auparavant, prit Marie à la gorge lorsque les trois enquêteurs pataugèrent dans l'eau pâteuse de cendres. Ils s'étaient arrêtés devant la dalle de pierre que des gendarmes avaient déplacée pour dégager l'entrée du puits.

Deux hommes y descendaient, à la recherche du cadavre de Franck.

Marie, que tourmentait encore la douleur lancinante de la brûlure, fixait la lettre gravée sur l'envers de la dalle maintenant retournée.

F. La même que sur la pierre accrochée au voile de Kelly.

La théorie selon laquelle les ogams annonçaient le lieu du prochain meurtre se vérifiait. Et les héritiers Sullivan étaient bel et bien assassinés par des procédés semblables à ceux que la Reine Écarlate avait utilisés pour se débarrasser des héritiers royaux.

Comme elle, l'assassin les avait marqués au fer rouge.

Marie exhiba le sachet dans lequel elle avait glissé la pierre trouvée dans les sacoches du cheval de Franck. Elle portait l'ogam Z. L'urgence était de tout mettre en œuvre pour localiser la pierre tombale gravée de ce signe.

– Ce sera le lieu du prochain crime, émit sombrement la jeune femme.

– Il est probable que la série s'arrête maintenant qu'Edward est en garde à vue, objecta Lucas.

– Nous n'avons que des présomptions, rectifia Angus. Je préfère être prudent, découvrir les emplacements des autres pierres tombales et les mettre sous surveillance au cas où...

Il ajouta que si l'on en croyait la légende, deux types de crime n'avaient pas encore été utilisés : l'enlisement et l'empoisonnement. Il allait immédiatement donner des ordres stricts pour faire contrôler les repas servis aux derniers héritiers Sullivan, à savoir Jill, Louise et Marie...

Le visage de Lucas se ferma tout à coup. Marie suivit la direction de ses yeux : Christian s'était approché d'eux en silence, sa voix s'éleva avec calme.

– Fersen, vous devriez également vous méfier. Par votre mariage avec Marie vous êtes devenu un héritier Sullivan, donc vous êtes une victime potentielle. Ou un coupable. Après tout, qui peut affirmer que la nuit du meurtre de Kelly vous avez réellement passé des heures accroché à un refuge sur l'isthme ?

– Christian, s'il te plaît, intervint immédiatement Marie, je n'oublierai jamais que tu m'as sauvée de ce cauchemar et que je te dois la vie, mais...

– Tu es en danger, insista-t-il, l'enveloppant d'un regard amoureux si intense qu'il recréait entre eux un instant d'intimité.

– Je suis en sécurité maintenant, murmura-t-elle en évitant l'ardeur de ses yeux bleus. Il faut que tu nous laisses travailler, je te promets de faire attention.

Il hésita, nota l'expression songeuse de Lucas, puis fit demi-tour à regret.

Elle suivit un instant sa silhouette qui s'éloignait comme une âme en peine.

Se retournant vers Lucas, elle se rendit compte qu'il la dévisageait. Elle lut sur ses traits l'expression d'une souffrance qui l'émut, et se dit qu'il avait quelque chose d'un enfant abandonné. Tentant de le rassurer d'un sourire qui lui disait toute sa tendresse, elle lui prit la main et la serra fort tandis qu'ils rejoignaient les hommes qui remontaient le corps de Franck.

Un des gendarmes rompit le silence dans lequel tous fixaient, sur le torse musclé, la marque de la Reine Écarlate.

– Il y a aussi des ossements au fond du puits. Des ossements humains.

Marie, Angus et Lucas échangèrent un regard sidéré.

Un autre cadavre ?

Les deux gendarmes acquiescèrent. Vu l'état, ça faisait un bon moment qu'il croupissait au fond…

Avec la tombée de la nuit, la pluie s'était encore renforcée lorsque le couple rentra au manoir. Depuis la gendarmerie, ils n'avaient pas cessé de parler boulot, comme pour tenir à distance tout sujet plus personnel.

Marie faisait tinter les glaçons dans son verre de whiskey, une façon de meubler le malaise qui s'était établi entre eux dans le grand salon.

Elle savait qu'il était indispensable qu'ils se parlent enfin franchement pour rétablir la clarté de leur relation. Mais comment mettre des mots sur les doutes imprécis qui s'étaient imperceptiblement insinués en elle ? Qu'avait-elle de tangible à lui reprocher, sinon des accès de colère somme toute compréhensibles ? Ses fondements s'étaient effondrés, ne lui laissant que des incertitudes.

Elle réalisa que ce qui l'avait le plus blessée, et amenée à douter de lui, était qu'il ait pu oublier les paroles qu'il lui avait dites au plus fort moment de leur histoire d'amour.

Pourquoi tout paraît possible quand tout devient impossible.

– À quoi tu penses ? fit-il tout à coup.

La question piège.

– À la grotte de Lands'en. À ce que tu m'as dit ce jour-là. J'ai besoin de l'entendre à nouveau.

Lucas la fixa.

– À quoi tu joues ?

– Je ne joue pas. Dis-le-moi.

– Marie, j'en ai assez, explosa-t-il. Qu'est-ce que tu cherches ? À me tester ? Tu crois que je ne me rends pas compte de la méfiance que tu as de plus en plus pour moi ? Tu me soupçonnes de quoi ? Vas-y, dis-le !

– Je ne te soupçonne pas…

– Tu sais ce que je crois ? Tu regrettes de m'avoir épousé. Tu saisis le moindre prétexte pour aller voir Christian, tu es prête à croire tout ce qu'il raconte pour me détruire dans ton esprit. Et ces idioties, soi-disant prononcées par le jumeau avant de mourir ! Pourquoi ne m'en as-tu pas parlé ?

Marie, culpabilisée, s'excusa. Elle était sincèrement désolée qu'il ne l'ait pas appris par elle mais de la bouche de Christian.

– Il faut que tu me croies, j'ai seulement voulu te préserver, je pensais que tu avais encaissé suffisamment de coups comme ça, avec Hélène et…

Lucas l'interrompit en l'attrapant soudain par les épaules. Il l'obligea à soutenir son regard et se fit grave.

– Je veux savoir si à un seul moment tu as pensé que je pouvais être un assassin, si tu as pu croire que j'aie été capable de tuer mon jumeau.

Surprise par la force avec laquelle ses mains s'incrustaient dans ses épaules, elle mit une fraction de seconde avant de répondre.

– Non. Christian a dû interpréter les propos de ton jumeau dans le sens qui l'arrangeait. Par jalousie sans doute, ajouta-t-elle en dégageant son épaule douloureuse.

Elle en rajouta, comme pour se convaincre elle-même.

– Si le jumeau a réellement prononcé ces mots *monstre, frère, tué*, il voulait peut-être prévenir qu'un monstre cherchait à tuer son frère… Non ?

Lucas continuait de la dévisager, mais elle sentit que, rassuré, il se détendait.

– Tu es la seule sur qui je puisse compter. Si tu doutes de moi, mon amour, je suis perdu.

Il se pencha vers elle et l'embrassa avec une ferveur qui la surprit, elle se glissa contre lui avec le désir de retrouver la passion insouciante de leurs étreintes.

Derrière la vitre d'une fenêtre ruisselant de pluie, une silhouette, fondue dans l'obscurité, les observait depuis l'extérieur.

Le visage exsangue, Viviane fixait le couple.

*
* *

Dans les premières lueurs du matin, Lucas contemplait le corps de Marie.

Il ne résista pas au désir de la humer, de sentir sous ses lèvres la douceur tiède de sa peau, la fermeté de sa bouche dont il admira le contour. Il glissa sa main entre ses seins ronds et chauds et s'y arrêta pour sentir battre son cœur.

Elle ne parvint à émerger d'un sommeil lourd qu'après qu'il eut plusieurs fois murmuré son nom dans le creux de son oreille. Entrouvrant les yeux, elle le vit assis sur le bord du lit, habillé, visiblement prêt à partir.

Il sourit à la grimace qu'elle fit en prenant conscience de la migraine diffuse qui enserrait ses tempes. Il passa amoureusement la main sur sa joue et murmura.

– Pourquoi tout paraît possible quand tout devient impossible ?

Elle le dévisagea, saisie. Lucas souriait toujours, ses yeux noisette rivés au regard vert de sa femme.

– Comment as-tu pu croire que j'aie oublié un seul mot de ce que nous nous sommes dit dans la grotte des Naufrageurs ?

Pour toute réponse, Marie l'attira à elle et l'enlaça passionnément. Il se laissa déshabiller avec volupté et cette fois répondit vraiment à son désir. Il lui fit l'amour avec une urgence qui la laissa un peu sur sa faim.

Au pied du lit, parmi les vêtements épars, gisaient les chaussures de Lucas.

Dans le dessin des semelles, de la boue rouge restait incrustée.

*
* *

Les ossements remontés du puits étaient disposés sur la table du légiste de façon à reconstituer le squelette. Le praticien, dévorant de bon appétit un sandwich à la mortadelle, discourait au téléphone, observant son travail avec satisfaction.

– C'est un garçon ! fit-il comme s'il annonçait joyeusement une naissance. Environ la trentaine, mort d'une rupture des vertèbres cervicales, laissez-moi encore un peu de temps pour le bichonner et je vous en dirai plus… Pour Franck Sullivan, facile, c'est du frais, mais même punition, rupture des cervicales. La mort remonte à quarante-huit heures, pas plus !

Il raccrocha, goba les dernières miettes du sandwich sur sa blouse blanche et se frotta les mains.

Deux morts d'un coup à faire parler, c'était jour de fête.

*
* *

Lucas ouvrit la fenêtre. Il supportait décidément de moins en moins les sempiternelles cigarettes d'Angus qui se moquait éperdument des consignes légales.

Prenant soin cette fois de ne parler qu'au conditionnel, Fersen n'en avait pas moins un ton catégorique qui indiquait clairement sa conviction.

– Pour moi, les ossements retrouvés dans le puits sont ceux de François Maréchal. Le journaliste a dû plonger dans le lac, trouver le trésor, après quoi il se sera fait dépouiller, tuer et jeter dans le puits. Très certainement par un ou plusieurs membres de la famille Sullivan qui se sont probablement déchirés entre eux pour la possession du magot.

Angus opina. Cela viendrait confirmer les accusations de Claire Varnier.

Marie surprit le regard que Lucas jeta en direction de la cellule dans laquelle on apercevait Edward.

– Je suis persuadé qu'on tient le coupable. Je ne peux pas croire qu'une vieille femme aveugle comme Louise ou une adolescente comme Jill soit l'assassin.

– Et moi j'imagine mal Edward capable d'avoir tué ses propres enfants, tempéra Marie.

Lucas se fit un plaisir de lui rappeler qu'Alice avait publiquement, et jusque dans son testament, accusé son père d'indifférence et de froideur à son égard. Quant à Franck, ils ne l'avaient pas vu échanger plus de trois phrases avec son père.

Au soulagement d'Angus, qui craignait que le ton monte à nouveau, Brody vint apporter de nouvelles informations. La pierre tombale du puits avait été authentifiée, et tout comme celle retrouvée sous la terrasse, elle datait bien de l'époque de la reine Dana.

Le jeune inspecteur leur donna le relevé des inscriptions gaéliques, pratiquement effacées, qu'un traducteur avait transcrites et déchiffrées à grand-peine. D'après l'épitaphe et l'ogam F, il s'agissait bien de la pierre tombale du prince Fergall.

Marie disposa la photo représentant la dalle de Fergall à côté de celle du prince Jaouen, elle fit de même pour les deux épitaphes transcrites et se tourna vers Lucas.

– Tu te souviens de ce que j'ai trouvé sur Internet ? Les tombeaux des héritiers royaux étaient à l'origine regroupés dans le cimetière de l'abbaye royale, l'actuel couvent. Au point où on en est, c'est la seule piste à explorer. Il faut aller vérifier là-bas si on trouve la trace du tombeau de Zoleig.

Lucas restant dubitatif, Marie insista.

– Je te rappelle que c'est une religieuse qui a volé le cadavre du jumeau ! C'est un motif de plus d'aller perquisitionner au couvent.

– Bretonne et irlandaise, se moqua-t-il. Je capitule, tête de bois !

Il concéda donc une visite aux sœurs, mais ne put s'empêcher d'ajouter qu'il serait plus efficace, d'après lui, de se concentrer sur Edward et de trouver enfin des preuves pour le confondre.

*
* *

Lorsque Marie, dépitée, déboucha bredouille dans le cloître, Lucas eut le triomphe modeste.

– Au moins on a la conscience tranquille de ce côté-là, le couvent ne recèle ni pierre tombale princière, ni jumeau caché !

Accompagnés d'une escouade que la sœur tourière et mère Clémence avaient surveillée d'un œil constamment réprobateur, ils avaient fouillé tout le bâtiment.

Le visage serein de la supérieure n'avait même pas cillé lorsqu'ils étaient entrés dans la crypte, elle avait continué de murmurer des prières tandis que les gendarmes suaient sang et eau à soulever les unes après les autres toutes les dalles des anciens tombeaux.

Ceux-ci, dans le meilleur des cas, ne révélèrent que des linceuls poussiéreux sous lesquels se devinaient encore quelques ossements. Lorsqu'ils en étaient arrivés à la sépulture du gisant à la rose, la dalle avait glissé avec un raclement sinistre et la tombe n'avait livré que la dépouille très ancienne d'Erwann le Pieux.

Sous son voile, mère Clémence pouvait prier tranquille, le cadavre du jumeau s'était volatilisé.

Ils allaient quitter les lieux lorsque Angus apparut, tenant à la main un album.

– Regardez, c'est intéressant…

Il feuilleta le volume devant le couple de flics. Il s'agissait de photos retraçant l'historique du couvent.

Le gendarme désigna un cliché.

– C'est mère Clémence quand elle était novice, elle venait de prononcer ses vœux…

La légende indiquait qu'elle quittait pour toujours son patronyme de Thérèse Reynault pour devenir sœur Clémence.

– Étonnant, non ? fit Angus.

Marie, saisie, resta muette.

– Je ne vois pas ce qui vous semble curieux, intervint Lucas, toutes les bonnes sœurs ont eu un nom avant de prendre le voile.

La jeune femme le fixa avec étonnement.

– Quoi encore ? s'agaça le flic.

– Tu ne te rappelles pas le listing des femmes et enfants disparus avant 1968 ? Un certain Jacques Reynault, son épouse Françoise et leur fils, Quentin, âgé de six ans, ont disparu dans un accident d'avion en Irlande, à la Noël 1967…

– Mère Clémence, la supérieure du couvent, est possiblement de la famille de Jacques Reynault, enchaîna Angus. C'est ça qui est curieux…

– Et si Hélène et la femme de Jacques Reynault étaient une seule et même personne ? Cela expliquerait que ta mère soit déjà venue dans l'île.

Elle se tut. En voyant se contracter le visage de Lucas, elle se reprocha de s'être emballée sans tenir compte de sa sensibilité sur le sujet. Son oubli du listing en était la preuve, l'angoisse de découvrir la véritable personnalité de sa mère le perturbait gravement.

Le gendarme eut moins de scrupules à poursuivre le raisonnement.

– Votre mère ne peut malheureusement pas nous renseigner, mais mère Clémence aura sans doute des choses à nous dire.

Lucas gardait un silence contrarié. Elle lui prit la main et se fit douce.

– Il vaut mieux que tu saches une fois pour toutes. Crois-moi, c'est mieux que de se laisser ronger par des doutes souvent pires que la réalité.

Il eut un pâle sourire de reconnaissance, elle le sentit serrer sa main plus fort et c'est lui qui l'entraîna à la suite d'Angus vers le bureau de la supérieure.

Le visage empreint de gravité, mère Clémence admit qu'elle était effectivement la sœur de Jacques Reynault.

Sans un mot, Marie lui tendit une photo d'Hélène. Le trouble de la religieuse fut alors tangible : bien qu'avec quarante ans de plus, elle reconnaissait d'évidence Françoise Reynault.

Elle eut un air perplexe.

– Je ne comprends pas, j'étais certaine que Françoise était morte avec mon frère Jacques et leur fils, le petit Quentin !

Clémence se tourna alors vers Lucas et le dévisagea longuement.

– Quentin… murmura-t-elle, bouleversée. Vous êtes Quentin ?

Blême, le flic ne parvint pas à prononcer un mot. Marie vint à sa rescousse et pria la supérieure de leur expliquer ce qu'elle savait.

Elle sembla se recueillir, son regard devint absent, comme tourné vers un passé qu'elle leur révéla avec émotion.

Françoise, enceinte, était à Killmore avec Jacques lorsque le travail s'était brusquement déclenché. Il était trop tard pour aller à l'hôpital et c'est Jacques qui, étant médecin, l'avait lui-même accouchée.

– La délivrance fut difficile, se souvint Clémence, car Françoise portait des jumeaux…

Elle précisa que le petit Quentin sortit le premier, un magnifique bébé, en pleine santé, puis vint le petit Pierre, qui était son identique à la grave différence près qu'il naquit en arrêt respiratoire.

– Mon frère ne pouvait pas admettre la perte d'un enfant, il a lutté avec acharnement pour rendre la vie au deuxième bébé. Lorsque enfin la respiration du petit a repris, il avait déjà subi des dommages cérébraux irréversibles. Pauvre petit Pierre…

L'émotion de Clémence était perceptible. Elle hésita un instant, gênée. Visiblement ce qu'elle avait à dire lui coûtait.

– Un an auparavant, Françoise et Jacques avaient perdu une fille, reprit-elle en se signant. Ils ont très mal vécu cette épreuve, la pire qui soit. Ma belle-sœur en a été si affectée qu'elle a fait une dépression. Lorsque Jacques lui a mis dans les bras le petit Pierre, souffrant, amoindri, elle a eu une réaction de rejet si violente que… qu'elle a tenté de tuer l'enfant.

Clémence sembla s'abstraire en prière, n'offrant plus aux regards que la blancheur de son voile. Alors Lucas, la respiration courte, s'adressa à la religieuse d'une voix atone.

– Poursuivez, je vous prie.

Elle eut un bref signe d'assentiment et repartit dans ses souvenirs.

Son frère Jacques avait décidé de lui confier la garde de l'enfant pour qu'elle en prenne soin et qu'il soit en sécurité. Mais lorsqu'à la Noël 1967 la famille Reynault avait accidentellement trouvé la mort, mère Clémence avait appris avec stupeur que Pierre avait été déclaré mort-né.

– J'ai eu peur qu'on m'enlève le petit, il était tout ce qui me restait de mon frère et je m'étais tellement attachée à cet enfant…

Elle leva des yeux désolés vers Angus.

– Je sais que cela n'a rien de légal, mais il était seul au monde, je ne voulais pas qu'on le mette dans une institution pour attardés mentaux. Alors je n'ai rien dit. Je l'ai élevé ici, avec amour, et je me suis occupée de lui jusqu'à ce qu'il s'enfuie, il y a dix jours…

– Mais pourquoi n'avez-vous pas réagi en voyant Lucas qui lui ressemble comme deux gouttes d'eau ? s'étonna Marie.

La supérieure avait évidemment été sous le choc de leur parfaite ressemblance. Elle avoua qu'elle avait été prise d'une panique irrationnelle, puis elle s'était rendu compte que Lucas Fersen ignorait visiblement tout d'un possible jumeau, alors elle avait pris sur elle de garder son secret.

Lucas s'était assis dans un des vieux fauteuils du bureau de la supérieure. Le regard au loin, il semblait intégrer lentement les informations qui lui parvenaient, laissant à Marie le soin de poursuivre.

– Pourquoi Pierre s'est-il échappé ? Il avait déjà fugué ?

Le voile s'agita de gauche à droite.

– Jamais.

– A-t-il eu connaissance de l'existence de Lucas ?

Mère Clémence secoua à nouveau sa belle tête auréolée de blanc : elle ne voyait pas qui l'aurait prévenu, ni comment. Elle ne comprenait pas ce qui avait pu se passer dans le cerveau dérangé de Pierre.

– Et pourquoi, lui qui n'a jamais dérobé quoi que ce soit, pourquoi avant de s'enfuir a-t-il pris dans mon bureau la boîte où je gardais de l'argent liquide ?

Lucas sortit enfin de son mutisme et se tourna vers Marie. Cela corroborait la version selon laquelle le meurtre de Pierre serait un crime crapuleux commis par une prostituée de passage qui l'aurait racolé puis dépouillé…

– La seule chose qu'on ait retrouvée sur lui, intervint Angus, c'est, très étrangement, une mèche de cheveux de Mary Sullivan.

La religieuse, un instant étonnée, réalisa que, dans la boîte volée, en plus de l'argent, elle gardait quelques menus souvenirs, dont effectivement une petite bourse de cuir renfermant une mèche de Mary.

– Étant enfant, expliqua-t-elle, elle accompagnait toujours Louise qui me rendait visite ici chaque semaine. Comme beaucoup de petites filles, elle était fascinée par les sœurs, par leur costume surtout. Un jour, elle s'est coupé une mèche de cheveux et elle me l'a donnée en me disant qu'elle deviendrait novice.

La supérieure ébaucha un sourire nostalgique à cette évocation du passé.

Angus ne la laissa guère s'attendrir et l'interrogea sur le vol du cadavre : il avait été perpétré par une religieuse, les images vidéo en attestaient.

La mère, choquée d'un tel acte, fut incapable de fournir la moindre explication.

Marie attaqua à son tour.

– Avant de mourir, Pierre a laissé un message lié aux meurtres, or vous nous avez affirmé qu'il n'était jamais sorti de l'Île aux Chimères, donc ça ne peut être qu'au couvent qu'il a eu connaissance des plans du tueur…

– Mais comment ? C'est impossible ! s'insurgea Clémence. À moins d'imaginer que l'une d'entre nous soit l'assassin !

Un silence perplexe s'ensuivit, qu'Angus rompit en demandant à la supérieure de leur montrer dans quel endroit vivait Pierre.

– C'est juste à côté, signifia-t-elle, en se dirigeant vers une porte qu'elle ouvrit.

D'un geste, elle leur désigna une pièce, plus vaste et plus agréable qu'une cellule, mais entièrement vide. À l'exception d'un sommier et d'un crucifix. Clémence précisa qu'elle l'avait fait nettoyer et débarrasser des effets de Pierre dès l'annonce de sa mort.

S'inquiétant de l'expression de désarroi de Lucas qui restait en arrière, Marie glissa son bras autour de sa taille et se pencha à son oreille.

– Ça va ? s'enquit-elle tendrement.

Il fit un effort pour lui sourire, avec un signe d'assentiment.

La lourde porte du couvent se referma avec un bruit sourd derrière Marie, Lucas et Angus. Mère Clémence exhala alors un grand soupir de soulagement. La lassitude et la contrariété marquaient maintenant ses traits. Une ombre d'ironie l'anima lorsque la sœur tourière vint la rejoindre, tout émotionnée.

– C’est un miracle que le corps de Pierre ait disparu de la tombe du gisant à la rose !

La supérieure relativisa l’intervention du Saint-Esprit.

– J’ai reçu un appel anonyme m’annonçant la visite des gendarmes, juste à temps pour que je puisse me débarrasser du corps de Pierre.

– Un appel ? De qui ?

– Je l’ignore… Je ne comprends pas qui tire les ficelles. Pierre est mort, Lucas Fersen semble tout ignorer, et le monstre est sous contrôle… Vous avez vérifié ?

La sœur tourière hocha affirmativement la tête.

Le visage de Mère Clémence prit alors une expression déterminée.

– Il est temps d’agir.

Avec un froissement d’étoffe, les deux sœurs firent demi-tour et leurs silhouettes disparurent rapidement dans l’ombre du cloître.

Quelques minutes plus tard, dans le halo de leurs lampes torches, elles s’enfonçaient mystérieusement dans un souterrain.

22

Le choc de la vérité fut rude.

Marc Fersen, depuis son coup de foudre pour Hélène, avait admis cette part de mystère qu'elle lui avait imposée. Il commença à en payer le prix lorsque Lucas et Marie lui révélèrent ce qu'ils avaient appris.

La révolte le saisit.

– Qu'Hélène soit Françoise Reynault, peut-être, peu m'importe son nom ! Mais qu'elle ait voulu tuer son bébé parce qu'il avait des déficits mentaux, non ! C'est impossible !

Il argumenta avec véhémence : il leur suffisait de voir le lien qui s'était immédiatement établi entre Hélène et Pierric, en plus elle avait fait partie pendant des années d'une association d'enfants handicapés, elle y avait consacré une énergie et un dévouement admirables !

Marie sous-entendit que cela avait peut-être été pour elle une façon de se racheter, mais Marc s'entêta. Il connaissait sa femme et ne pouvait pas croire qu'elle ait été capable de faire ce dont l'accusait la mère supérieure… Il s'en prit à Lucas.

– Comment peux-tu croire une chose pareille de ta mère ?

– Comment aurais-je pu croire que tu n'es pas mon père ? objecta-t-il sombrement.

Marc le regarda avec une peine infinie et lui murmura que l'amour qu'il lui avait donné et les bonheurs qu'ils avaient partagés étaient beaucoup plus pour lui qu'une filiation biologique, il espérait qu'il ne l'oublierait pas…

Ce fut Marie qui eut un geste de réconfort pour Marc dont le chagrin évident la touchait. Lucas avait baissé la tête et, sans un mot, était allé s'asseoir auprès d'Hélène à qui il entreprit de poser des questions.

Sa patience fut mise à rude épreuve. Sa mère ne semblait même pas comprendre de quoi son fils lui parlait. Et elle ne s'intéressa pas plus aux tentatives que fit Marie.

Le seul moment où elle parut se connecter à ce qui lui était dit fut lorsque la jeune femme prononça le nom de Jacques.

– Jacques… répéta-t-elle en fronçant les sourcils comme si elle cherchait à extraire quelque chose de sa confusion intérieure.

Suspendus à ses lèvres, ils l'entendirent murmurer un mot, un seul.

– Monstre, souffla-t-elle, le regard soudain agrandi par une vision intérieure dont ils ne purent rien savoir car elle se mura obstinément dans le silence.

Jusqu'à ce qu'elle se remette à chantonner, à nouveau hors d'atteinte.

Lucas tenta un vague sourire cynique.

– Après mon jumeau qui dit que je suis un monstre, maintenant c'est mon père qui en est un. En plus de ma mère qui est à demi folle…

Sans pouvoir achever, il fit soudain demi-tour et quitta la chambre, suivi de Marie.

Elle tentait de le réconforter lorsqu'un appel de Brody confirma l'existence d'un extrait de naissance du petit Quentin Reynault, ainsi que la déclaration d'un jumeau mort-né.

– Clémence, ou bien dois-je l'appeler tata, ironisa Lucas, a bel et bien dit la vérité, ma mère est une infanticide. Et mon père, un monstre. J'aurais préféré ne jamais rien savoir…

Marie s'appuya tendrement contre lui pour lui rappeler silencieusement que, dans cette tourmente, elle était avec lui. Mais il poursuivit dans l'humour noir.

– Encore une chance que j'aie été normal, sinon j'y serais passé aussi, ça aurait peut-être mieux valu…

La jeune femme n'eut pas le temps de protester qu'il enchaînait déjà sur le terrain du raisonnement. Il supposa que son jumeau, ayant appris son existence et sa présence dans l'île à l'occasion de leur mariage, avait dû s'enfuir du couvent pour tenter de le rejoindre.

– Et le pauvre vieux se sera fait tuer à ma place… Sans même qu'on ait eu la moindre chance de se connaître, ajouta-t-il douloureusement.

Il se réfugia soudain dans les bras de Marie.

– Le pire pour moi c'est d'assister à la déchéance de ma mère. On s'adorait… murmura-t-il, tout contre elle. Je me demande ce qu'on a bien pu lui faire subir, quand elle s'appelait Françoise, pour qu'elle ait voulu changer d'identité et effacer son passé. Mon père biologique devait vraiment être la pire des ordures pour la pousser à de telles extrémités…

Le sentant se livrer si totalement, Marie pensa qu'elle ne pouvait plus lui cacher davantage ce qu'elle savait, entre autres le contenu de l'enveloppe laissée par Mary. Elle n'en eut pas le temps car Lucas lui avait pris le visage entre ses mains.

– Sans toi, Marie, sans ta confiance, je crois que je sombrerais…

Renonçant à lui en apprendre plus, elle se contenta de lui sourire, puis détourna son attention vers la souffrance d'un autre.

– Marc aussi a été atteint de plein fouet, il est très choqué, il a besoin de toi.

– Tu as raison. Mais pour l'instant je n'ai pas la force de remuer encore tout ça, j'ai vraiment besoin d'air…

Ils convinrent qu'elle irait seule remonter le moral de Marc, tandis qu'il marcherait pour rejoindre la gendarmerie où elle le retrouverait pour interroger Edward.

Elle le regarda s'éloigner, notant sa démarche plus raide, sa silhouette moins fluide. Elle eut un élan de compassion en constatant quels efforts il devait faire pour tenir debout et continuer à travailler sur une affaire qui le perturbait si profondément. En d'autres circonstances, elle se serait étonnée qu'il n'ait pas le réflexe professionnel d'aller tout de suite interroger Louise. Elle ne le lui avait d'ailleurs pas fait remarquer, préférant s'en charger sans lui.

*
* *

La vieille dame était visiblement fatiguée et d'humeur sombre lorsque Marie tenta de la mettre au pied du mur. Françoise Reynault était venue plusieurs fois au domaine, c'était maintenant une certitude. Non seulement Louise l'admit, mais elle ajouta qu'elle avait également connu le petit Quentin, qui n'était autre que Lucas.

– Pourquoi m'avoir menti ? questionna directement Marie.

Louise secoua tristement la tête, visiblement atteinte par l'accusation.

– Je ne t'ai pas menti. Lorsque j'ai entendu la voix d'Hélène pour la première fois, j'ai eu un doute. Mais pour moi Françoise était morte avec son mari et son fils en 1967. Il était impossible qu'elle ait survécu à l'accident, et totalement invraisemblable qu'il s'agisse justement de la mère de Lucas, l'homme qui allait t'épouser.

Consciente de l'effort qu'elle demandait à sa grand-mère, Marie la poussa néanmoins à lui dire ce qu'elle savait de la famille Reynault.

– Cela remonte si loin, balbutia Louise. En 1942, au moment où mes parents ont été tués dans un bombardement. Leurs amis proches, Joseph et Madeleine Reynault, partaient avec leurs enfants se réfugier à Killmore, dans l'Île aux Chimères, où ils avaient une maison. Madeleine était ma marraine, ils m'ont emmenée avec eux…

Un soupir souleva sa poitrine lorsqu'elle évoqua Andrew Sullivan qu'elle avait alors rencontré. Puis elle l'avait épousé et s'était installée dans son manoir. Le fils des Reynault, Jacques, plus jeune qu'elle de dix ans, leur rendait parfois visite. Devenu médecin, il avait amené un jour sa femme, Françoise. Elle venait de perdre leur premier enfant, une petite fille, et commençait à devenir dépressive.

– Un an plus tard, elle a donné naissance au petit Quentin. Avec Jacques, ils continuaient à voir de temps en temps

Clémence qui avait prononcé ses vœux et intégré la communauté du couvent.

La vieille dame prit un temps, fouillant sa mémoire.

– C'est pour passer la Noël 1967 que Jacques, Françoise et le petit Quentin sont revenus ici la dernière fois. Jacques m'avait alors confié que sa femme n'allait pas bien, mais je n'y ai guère prêté attention… Jusqu'à la veille de Noël, où Françoise a été prise d'une crise de délire. Elle a voulu tuer son mari et s'enfuir avec son fils en prenant l'hydravion qu'elle ne savait même pas piloter. Jacques a réussi à grimper dans l'appareil au moment où elle parvenait à le faire décoller à l'aveuglette, personne n'a jamais su ce qui s'était passé à bord, mais peu après l'hydravion a explosé en mer…

Le récit avait plongé Louise dans une fébrilité qui l'avait épuisée. Elle tendit la main vers sa petite-fille.

– Marie, comprends-moi, quand j'ai cru reconnaître la voix de Françoise, ça n'avait rien d'une certitude, je ne pouvais tout de même pas venir te dire que tu venais juste d'épouser le fils d'une femme folle à lier, une femme qui avait tenté de tuer son propre mari ! Et comme personne ne semblait au courant de ce passé, j'ai pensé que je m'étais trompée. Hélène étant amnésique, pourquoi aurais-je risqué de déterrer un passé aussi lourd ? De quel droit aurais-je, peut-être pour rien, perturbé votre bonheur de jeunes mariés ?

Marie garda le silence, troublée.

– Maintenant c'est à toi, ma petite fille, de savoir si tu veux continuer de l'exhumer…

Les paroles de Lucas revinrent immédiatement à la jeune femme : *J'aurais préféré ne jamais rien savoir.* Une fois de plus, elle se retrouvait confrontée à cette interrogation : jusqu'où fallait-il révéler la vérité ? Elle se remémora sa quête acharnée sur Lands'en et le lourd tribut payé. La vie de ses frères. Et aujourd'hui l'éloignement de ceux qui lui avaient pourtant donné tout leur amour, ses parents adoptifs, Jeanne et Milic. Comment savoir ce qu'il était juste de faire ?

Cette réflexion la poursuivit longuement, et guida ses pas jusqu'au petit cimetière des Sullivan. Elle fit un détour par la tombe récente d'Alice, puis s'arrêta face à celle de sa mère.

Elle y déposa quelques fleurs cueillies au passage, ainsi que le médaillon qu'elle sortit de sa poche. Elle ne put s'empêcher de jeter un regard alentour, comme si, cette fois encore, Ryan allait soudain apparaître. Mais tout était désert.

*
* *

Dans l'ambiance morose du dîner qui ne comptait plus que quatre convives, Marc et Hélène, Lucas et Marie, celle-ci guettait son époux du coin de l'œil. La difficulté qu'il avait à mastiquer ses aliments ne devait rien au manque d'appétit mais à la façon dont s'était déroulé l'interrogatoire d'Edward.

Sous le regard du gendarme irlandais, qui observait la séance derrière la vitre sans tain de la salle d'audition, Lucas avait tourné en rond autour du prévenu, l'abrutissant de questions.

Edward, retranché dans une attitude de prostration apparente, la tête dans les mains, était en fait moins préoccupé de subir les assauts du flic que de maintenir en place son masque qui, par endroits, commençait à se décoller de son visage. Ex-activiste au sein de l'IRA, ancien taulard… L'expérience de Ryan donnait à son personnage de Sullivan les moyens de tenir tête à l'acharnement de Lucas Fersen. Il se contentait de répondre aux questions agressives avec un calme et une courtoisie propres à exaspérer le flic.

Il y parvint si bien que Lucas, une fois encore débordé par un de ses accès de colère, avait fini par le saisir au collet et le plaquer violemment au mur. Ryan avait senti se détacher le masque sous sa perruque poivre et sel, et n'avait eu d'autre recours, pour préserver son identité, qu'une solution radicale : il avait balancé un direct si puissant qu'il avait envoyé le flic au tapis.

Avant même que Lucas ait eu le temps de se ressaisir, Angus et Brody avaient surgi et remis Edward en cellule. Juste à temps pour qu'il puisse réparer grosso modo les dégâts les plus visibles de son masque.

L'humiliation ressentie par Lucas n'avait fait qu'accentuer sa tension et sa mauvaise humeur.

Marie restait soucieuse tandis que le dîner traînait en longueur, déserté par Louise – trop fatiguée pour descendre –, par Jill dont l'anorexie s'accentuait de jour en jour et par PM qui n'avait pas reparu. Personne, d'ailleurs, ne s'en inquiétait, car il consacrait désormais son temps, disait-il, à découvrir Killmore de fond en comble.

Le silence pesant n'était troublé que par les encouragements patients que Marc prodiguait à Hélène pour lui faire avaler son repas.

Marie, songeuse, observait sa belle-mère qui émiettait son pain autour de son assiette, au point que Lucas, horripilé, finit par saisir le bras de sa mère pour qu'elle cesse son manège. Hélène agrippa alors la main de son fils, la porta à son visage puis la caressa en l'examinant tendrement.

Soudain, ses traits se crispèrent, elle leva le regard vers Lucas et le dévisagea avec effroi, comme si elle s'adressait à un autre que lui.

– Où est Lucas ? s'exclama-t-elle, paniquée. Qu'est-ce que tu as fait de lui ? Où est mon fils ?

Il accusa durement le coup. D'un geste brusque, il se dégagea, blême, et avec une expression complètement désabusée, il quitta rapidement la table.

Marie s'élança pour le retenir, mais il la repoussa durement.

– Laisse-moi ! lui jeta-t-il, d'un ton si exaspéré qu'elle en resta clouée sur place tandis qu'il sortait à grandes enjambées.

– J'ai réservé des places sur le premier ferry de demain, murmura Marc consterné.

Marie acquiesça en silence, les larmes aux yeux.

Elle mesura alors sa solitude. Plus que jamais elle aurait eu besoin d'une présence amie, d'un conseil, mais Ryan ne lui donnait plus signe de vie.

Dans le crépuscule, elle se rendit à nouveau sur la tombe de sa mère et y chercha le médaillon du regard. Avec un mélange d'inquiétude et de déception, elle constata qu'il n'avait pas bougé de l'endroit où elle l'avait déposé.

Elle marcha un long moment dans les prairies fleuries du domaine. Les parfums de juin, les chants d'oiseaux qui l'entouraient, la beauté des chevaux qui s'ébattaient autour d'elle, loin de l'apaiser, décuplaient son découragement. Elle était mariée depuis quelques jours à peine avec l'homme qu'elle aimait, elle aurait dû profiter de ce séjour comme d'un des plus doux moments de sa vie, or chaque heure semblait creuser davantage un fossé dans son couple. Malgré toute sa patience et sa compréhension, Lucas la tenait à l'écart de ses tourments, il lui semblait de plus en plus étranger alors qu'ils s'étaient juré de tout partager. Quelque chose de cet homme échappait à sa compréhension et laissait s'insinuer les doutes. Par force, elle devait admettre qu'elle ne connaissait pas aussi bien qu'elle l'avait cru celui à qui elle venait de lier sa vie.

Elle leva le regard vers la fenêtre de leur chambre, les lumières étaient éteintes.

Elle y rentra à regret et, après une longue douche qui ne la libéra en rien de ses angoisses, elle se glissa dans le grand lit vide.

Elle avait sombré dans un sommeil lourd et agité lorsque, dans la nuit noire, une silhouette menue, toute de sombre vêtue, arpentait le chemin menant à la mer, traînant une valise à roulettes derrière elle.

Hélène s'arrêta un instant, regarda en direction de l'hydravion amarré, puis, se dirigeant vers l'appareil qu'elle fixait obstinément, elle se remit en marche, remorquant son bagage.

Elle s'arrêta à l'extrémité du ponton et, les yeux perdus, elle resta longuement immobile. Totalement absorbée dans des pensées mystérieuses, elle n'entendit pas les pas qui, dans son dos, résonnèrent alors sur les planches de bois.

L'homme s'arrêta juste derrière elle et, sans un mot, le visage impassible, posa ses mains sur ses épaules…

Marie se débattit dans ses rêves. Lucas, qui venait de se glisser à ses côtés, se tourna vers elle et la dévisagea longuement.

– Dors, ma belle, dors… chuchota-t-il.

Il considéra le verre vide et la carafe posés sur la table de chevet. Puis il reporta son attention sur la jeune femme, posa doucement une main sur sa gorge et l'y appuya progressivement. Elle gémit, cherchant sa respiration, tendit les bras, rencontra le corps de Lucas qu'elle attira à elle. Il relâcha un peu sa pression, ferma les yeux, résista un instant puis se laissa aller et se lova contre le corps chaud et doux de Marie, la serrant contre lui, enfouissant comme un enfant son visage dans son cou.

Ils dormaient, toujours étroitement enlacés, lorsque Marc, bouleversé et haletant, vint les avertir qu'Hélène avait disparu.

*
* *

Le jour s'était levé. Aidés de renforts, ils finirent par découvrir la valise abandonnée sur le ponton, et retrouvèrent le corps d'Hélène, flottant entre deux eaux.

Deux gendarmes remontèrent la dépouille. Lucas ne détourna pas un instant le regard du terrible spectacle.

Le dévisageant avec inquiétude, Marie observait ses traits qui restaient étonnamment impassibles. Alors, sans qu'elle puisse les contrôler, des images surgirent en elle. Comme dans un kaléidoscope, elles se superposaient et s'enchaînaient rapidement.

Le visage glacé de Lucas, indifférent à sa mère qui jetait des miettes aux rosiers… sa violence pour la faire parler… l'expression terrible qu'il avait eue lorsqu'elle n'avait pas reconnu sa main…

Marie avait refoulé à plusieurs reprises la sensation qu'il haïssait Hélène.

Le pire pour moi c'est d'assister à la déchéance de ma mère… Cette fois, elle laissa émerger cette pensée, et face à la froideur de Lucas qui contemplait le cadavre de sa mère, l'idée qu'il puisse l'avoir tuée l'effleura, imprimant à son visage une expression d'effroi. C'est à cet instant qu'il pivota vers elle et saisit la suspicion avec laquelle elle le fixait. Il explosa.

– Je sais que c'est ma faute ! Tout est ma faute ! Jamais je n'aurais dû chercher à savoir la vérité sur elle, jamais !

Il se détourna, les épaules secouées par le chagrin. Marie, culpabilisée par ses horribles pensées et touchée par sa détresse, s'excusa.

– Moi aussi j'ai tout fait pour savoir, je te demande pardon, je n'aurais pas dû…

Il était déjà parti à grandes enjambées, sans un mot, sans même répondre à son père qui pourtant l'interpellait en lui tendant les bras.

En pleine confusion, la jeune femme soutint Marc. Son beau-père chancelait en voyant le corps de l'être qu'il avait aimé le plus au monde chargé dans le véhicule qui l'emportait vers la morgue. Il eut un regard en direction de l'Île aux Chimères qu'on devinait au loin.

– Jamais je n'aurais dû insister pour l'emmener ici, je n'ai pas été assez attentif à elle. Dès notre arrivée, cette île l'a terrifiée.

*
* *

La main de Louise tremblait de peur alors que, seule dans sa chambre, elle composait fébrilement un numéro de téléphone.

– Passez-moi mère Clémence. Louise Sullivan, oui.

Sa voix avait claqué avec autorité et impatience. La vieille dame s'assit lourdement en attendant sa correspondante. Sa respiration était altérée, sous le coup d'une forte émotion.

– Clémence ?… Françoise est morte. C'est terminé, maintenant il n'y a plus de survivant du passé.

Elle s'apprêtait à raccrocher, mais elle tressaillit vivement aux paroles de son interlocutrice.

– Comment non ?… Explique-toi !… Tu ne peux pas me… Je comprends, oui, je viens.

Cette fois elle raccrocha. Complètement bouleversée, elle passa la main sur son visage en marmonnant des paroles indistinctes, puis elle composa deux chiffres et ordonna au chauffeur de se préparer à sortir la voiture.

Dans le hall, incapable de supporter l'attente, elle rappela son conducteur qui tardait à venir la chercher.

Juste au-dessus d'elle, PM, du haut des escaliers, l'entendit houspiller le bonhomme à qui elle ordonnait de l'amener au plus vite au couvent. Il descendit rapidement et, sans se manifester à elle, se faufila dehors.

Enfin, il tenait l'occasion rêvée de s'introduire discrètement chez les sœurs ! Sa première tentative avait échoué quand, la veille, il avait, avec difficulté, escaladé le mur d'enceinte du couvent. Il était retombé lourdement dans le jardin de l'ancienne abbaye et s'était alors retrouvé aux pieds d'une plantureuse religieuse qui l'avait fixé d'un regard torve, puis vigoureusement attrapé par le bras pour le traîner vers la sortie.

Lorsque les portes du couvent s'ouvrirent pour laisser entrer la voiture dans laquelle on distinguait Louise assise à l'arrière, personne ne songea à fouiller le coffre.

Les portes se refermèrent tandis que mère Clémence venait accueillir la vieille dame. Alors qu'elles disparaissaient toutes deux dans le cloître, le coffre s'entrouvrit doucement. PM guetta un moment alentour, puis il sortit et fila vers la chapelle.

*
* *

Marc s'était effondré dans les bras de Marie. Elle l'avait encouragé à donner libre cours à son chagrin, puis lui avait fait servir un thé réconfortant dans la bibliothèque, retardant ainsi le moment où il devrait se retrouver seul dans la chambre et où les objets d'Hélène lui marqueraient plus encore son absence irrémédiable.

La douleur de Marc face à la froideur de son fils renvoyait Marie à ses propres doutes. Il le ressentit, et chercha avec elle à comprendre ce qui arrivait à Lucas.

La jeune femme avoua qu'elle se faisait beaucoup de souci pour son mari. Elle non plus ne comprenait pas les changements qu'elle voyait s'opérer chez lui presque chaque jour.

– Il a des pertes de mémoire, il est devenu irritable, de plus en plus agressif, avec des accès de violence que je ne lui ai jamais connus en un an de vie commune.

– Il a perdu presque toute complicité avec moi, ajouta Marc en écho. Il n'a plus la même tendresse. Il m'en veut tellement de lui avoir caché la vérité… Et je crois qu'il n'a pas pardonné à sa mère l'histoire de ce frère jumeau qui est mort pour avoir voulu le rejoindre. Tout ça l'a complètement déstabilisé.

Dans le silence qu'ils partagèrent à l'issue de cette conversation planait le même sentiment que, malgré leurs efforts pour comprendre et excuser Lucas, quelque chose de lui leur échappait. Marc tenta d'atténuer l'angoisse de Marie.

– Il est en grande difficulté, c'est sa souffrance qui le transforme, il a besoin de ton aide, j'en suis sûr.

Marie composa alors sur son portable le numéro de son mari.

*
* *

Lucas cheminait dans le sentier traversant l'épaisse forêt de l'Île aux Chimères. Il arriva en vue du lac et distingua alors les silhouettes de deux gendarmes en faction qui, d'ennui, piétinaient sur place. Son portable vibra. Il jeta un œil sur l'écran et y vit apparaître le nom de *Marie*. Il rangea l'appareil sans répondre. Poursuivant tranquillement sa marche, il alla rejoindre et saluer ses collègues.

– Je vais passer un moment dans le coin, j'ai besoin de réfléchir sur place. Je prends la relève, rendez-vous dans une heure et demie, ça vous va ?

Les deux hommes ne se le firent pas dire deux fois et, la bouille réjouie de quitter cet endroit peu riant, ils remercièrent Fersen et filèrent à la voiture de service pour prendre la direction du premier pub venu au-delà de l'isthme.

Lucas alla se planter sur le bord du lac dont il regarda fixement les eaux sombres. Une lueur étrange dansa alors dans ses yeux. Il s'assura que le véhicule de gendarmerie était hors de vue, puis il contourna le lac d'un pas déterminé.

Quelques minutes plus tard, il contemplait son image dans le miroir d'une salle de bains entièrement blanche, et sans aucune ouverture sur l'extérieur.

Il ramena ses cheveux mouillés en arrière, adressa un large sourire de satisfaction à son reflet dans le miroir, puis il pivota et disparut dans la pièce attenante.

*
* *

Vaste et sans fenêtres, l'espace, sorte d'immense living, était assez dépouillé. Deux grands pans de mur retenaient plus particulièrement l'attention. L'un était couvert de rayonnages chargés de livres de tous genres et tous formats, l'autre offrait une profusion d'installations techniques : hi-fi, écrans vidéo, informatique, et consoles diverses.

Lucas traversa la pièce avec une aisance indiquant nettement que le lieu lui était familier. Il se dirigea vers l'autre extrémité de la pièce où l'on devinait, dans les profondeurs d'une alcôve, une chambre.

Il s'arrêta sur le seuil, les mains dans les poches, fixant un grand fauteuil dont on ne voyait que le dos. L'expression glaciale de son visage, s'ajoutant au sourire orgueilleux qu'il arbora, traduisait clairement une joie sadique. Il s'approcha du siège, y décocha un petit coup de pied sec qui le fit pivoter.

Il se trouva alors face à un homme, brun, avachi, léthargique, qui leva vers lui ses yeux noisette hébétés, ses boucles brunes collées à son front transpirant.

Face à face, les deux hommes aux traits exactement identiques ne se différenciaient que par l'épuisement pathétique de l'un et l'arrogance affirmée de l'autre. Ce dernier secoua son double en shootant de nouveau dans le fauteuil et s'adressa à lui avec un plaisir cruel.

– Comment va Lucas Fersen ?

23

Il luttait visiblement pour fixer un regard que les drogues, que je lui administrais régulièrement depuis quelques jours, rendaient incertain.

D'ici quelques secondes, une minute tout au plus, la vérité s'abattrait sur lui dans toute son horreur. Je pourrais alors lire l'effroi dans ses yeux si semblables aux miens, et serais enfin payé pour tout ce que j'avais moi-même enduré depuis si longtemps.

Quarante ans.

J'ai été enfermé ici durant quarante ans. Et sans l'entêtement quasi miraculeux d'un journaliste scientifique et une poignée d'ogams, je moisirais encore entre les quatre murs de cette prison aussi hermétique que secrète.

Je m'appelle Axel Reynault.

Notre père, Jacques, chercheur visionnaire aussi génial que délirant, avait repris à son compte les travaux menés avant lui par son propre père, Joseph, sur la dissociation de la cellule embryonnaire.

Les prémices de la fécondation in vitro.

Ce fut ainsi que notre mère donna naissance à des triplés.

Trois garçons rigoureusement identiques. Du moins en apparence.

Très vite, il apparut que deux d'entre eux développaient de graves anomalies du comportement. Affligé d'un QI avoisinant difficilement les 50, Pierre souffrait d'un lourd handicap mental le privant à jamais d'un avenir adulte et autonome. Au contraire, doté d'une intelligence aussi redoutable que démoniaque, je fus rapidement diagnostiqué comme psychotique, asocial et définitivement dangereux.

Pour des raisons diamétralement opposées, nous devînmes tous deux des indésirables. Pour la société. Pour nos semblables, dont nous étions trop différents.

Pour notre mère.

Je ne garde aucun souvenir d'elle – je ne suis même pas sûr de l'avoir connue, bien qu'on m'ait affirmé le contraire –, pas plus que je ne me souviens du troisième d'entre nous.

Quentin.

Tel l'élu sur le berceau duquel les bonnes fées se seraient penchées, il fut le seul à trouver grâce aux yeux maternels.

Le seul à avoir droit à son amour exclusif.

À l'instar de la Reine Écarlate, soucieuse de protéger son fils préféré, cette mère monstrueuse décida de nous exiler sur l'île, Pierre et moi, et nous abandonna aux mains des religieuses.

Ad vitam æternam.

Complètement débile, mais dépourvu d'une once de méchanceté, Pierre vécut au couvent, l'île devenant son jardin dès que la marée était haute.

Estampillé cruel et dangereux, je fus enfermé dans cet appartement souterrain où mère Clémence, en alternance avec sœur Angèle, me ravitaillait deux fois par jour, insensibles l'une comme l'autre à mes hurlements, mes larmes ou mes supplications, impossibles à duper, émouvoir ou fléchir.

Ma seule consolation, durant toutes les années qui suivirent, fut que notre mère avait payé ce forfait de sa vie.

Du moins est-ce ce que je croyais jusqu'à ce que je découvre l'an dernier, à la faveur de journaux relatant l'affaire de Lands'en, l'existence de Lucas Fersen.

Son regard se stabilisa enfin.

Et l'étonnement se peignit sur ses traits.

Qui est ce double parfait qui porte mes vêtements, et qui pointe mon arme sur moi ? semblaient demander les yeux écarquillés.

Pour moi qui avais eu l'habitude d'être deux avant de découvrir que j'étais trois, je savais que le choc serait terrible pour celui qui s'était, si longtemps, cru unique.

Je savourai cet instant que j'avais si longtemps appelé de mes vœux, et laissai son esprit cheminer jusqu'aux confins de la terreur.

Avant de lui dire que, désormais, j'étais lui.

*
* *

L'homme agenouillé à terre ne priait pas.

Balayant le sol du faisceau de sa torche, PM examinait soigneusement chacune des dalles composant la travée centrale de la chapelle du couvent, impatient d'y découvrir le texte d'une épitaphe princière.

Le grincement de la lourde porte l'arracha soudain à son exploration.

Se plaquant contre la pierre glacée, il rampa entre les rangées de chaises, conscient que les pas venaient dans sa direction. Deux sortes de pas, les uns furtifs, les autres moins, tous deux rythmés par le son régulier d'une canne heurtant légèrement le pavé.

Mère Clémence, la main sous le coude de Louise, remontait la nef en compagnie de l'aveugle.

Le nez au ras du sol, PM faillit se dévoiler en sentant l'étoffe lui frôler la racine des cheveux. Il retint son souffle, s'attendant à voir poindre les pieds chaussés de sandales d'une religieuse, quand il réalisa qu'il ne s'agissait pas de l'ourlet d'une chasuble, mais du rideau d'un confessionnal.

Il se glissa à l'intérieur.

Les deux femmes passèrent à quelques mètres de lui, sans se douter qu'il les épiait à travers les claustras, et se dirigèrent au fond de l'abside, d'où partait l'escalier pour la crypte. Avant de s'y engager, la supérieure jeta de rapides coups d'œil en arrière pour s'assurer qu'elles n'étaient pas suivies, et guida la descente.

Tout, dans leur comportement, transpirait le secret.

L'obscurité les avait avalées quand PM se décida enfin à quitter son cagibi et à leur emboîter le pas.

Sa torche éclaira les marches de pierre. Une légère poussière lui chatouilla le nez alors qu'il les descendait une à une. Il flottait dans l'air comme un parfum d'encens, et de cire. Une odeur de mort.

La légère vibration, assortie d'un raclement sourd, le figea à mi-descente.

Le souffle court, le front perlé de sueur, il se fit violence pour ne pas rebrousser chemin en courant.

D'une main que la peur faisait trembler, il sortit un tube de sa poche et dut s'y reprendre à trois fois pour en extirper deux pilules qu'il se fourra hâtivement dans la bouche.

Il déglutit avec difficulté et, prenant sur lui, reprit sa progression.

La crypte était déserte.

Les deux femmes s'étaient tout simplement évaporées.

*
* *

L'écran plasma dernière génération occupait tout un pan de mur, équipé d'un home cinéma performant et coûteux.

Une impressionnante bibliothèque courait le long des deux murs adjacents, la troisième cloison disparaissait sous un alignement de stores baissés.

La vaste pièce, contiguë à la chambre, faisait dans les cent mètres carrés.

Interdit par ce déploiement de technologie, Lucas, que son double dément avait entraîné là sous la menace de son arme, s'autorisa un rapide tour du propriétaire.

Un sas à doubles portes vitrées, situé à l'extrême gauche, semblait être la seule issue de cette prison souterraine.

Axel le lui confirma suavement.

– Verre Sécurit triple épaisseur. Impossible à briser. Crois-moi, j'ai essayé. Système d'ouverture en alternance hautement sécurisé. Mécanisme extérieur inaccessible.

Le regard de Lucas franchit les portes de verre et aperçut le départ d'une galerie faiblement éclairée.

– Il n'y a pas d'autre sortie, ajouta Axel.

Lucas le dévisagea. Ses yeux avaient retrouvé toute leur acuité.

– Sauf par le lac, dit-il.

Il se revit dans la chapelle du village englouti, alors que, revenant d'explorer le clocher, il avait réalisé que Marie n'était plus là. Il allait s'éloigner quand il avait aperçu la lueur d'une torche.

Il avait palmé dans cette direction et découvert l'amorce d'un escalier s'enfonçant sous l'église. La lueur s'était stabilisée en bas des marches. Persuadé que la torche était celle de Marie, Lucas avait franchi le seuil du passage.

Lorsqu'il avait compris que la torche posée là n'était qu'un leurre destinée à le piéger, il était trop tard.

Le passage derrière lui venait de se refermer, lui coupant toute retraite.

Coincé, Lucas n'avait eu d'autre choix que celui de poursuivre sa route dans la galerie descendant en pente douce.

Au bout d'une centaine de mètres, il était arrivé à l'embranchement d'un puits remontant à la verticale, et il l'avait emprunté.

Il avait émergé, cinquante mètres plus haut, dans un bassin naturel ouvert sur une grotte qui ne fut pas sans lui rappeler celle des Naufrageurs.

Le coup était arrivé dans son dos.

La télévision était allumée sur LCI.

Encore sous le choc de se découvrir un *deuxième jumeau*, Lucas avait écouté Axel lui faire le récit terrifiant de leurs origines communes. Et de son enfermement. En d'autres circonstances, il aurait éprouvé de la compassion pour celui qui avait vécu l'enfer de la solitude.

– Télévision par satellite. Ce qui se fait de mieux en la matière. Avec la presse, ma seule fenêtre sur le monde. C'est comme ça que je suis tombé sur l'affaire de Lands'en. Imagine ma tête en voyant la tienne au 20 heures !

Il éteignit l'écran et pivota vers Lucas.

– Tu connais le Masque de Fer, j'imagine. De ce jour, je n'ai plus eu qu'un seul but : trouver le moyen de te faire venir jusqu'ici et prendre ta place. J'ai cru défaillir en apprenant que tu allais te marier à Killmore. Il ne me restait plus qu'à gamberger un plan pour t'attirer jusqu'au lac.

Les pièces du puzzle s'assemblaient.

– Alors les phénomènes paranormaux, les meurtres, toute cette mise en scène macabre autour de la Reine Écarlate, c'était juste un appât ?

– Auquel le spécialiste des crimes rituels a mordu comme un débutant.

– Sauf que ce n'était pas Alice qui devait mourir, mais Marie ! Bien sûr ! Le meilleur moyen pour me faire venir et prendre ma place était de tuer la femme de ma vie ! Mais tu t'es planté ! Un mauvais point pour ton intelligence redoutable, ça.

Axel eut un brusque accès de colère.

– Cette idiote d'Alice a semé la perturbation dans mon plan, mais j'ai su réagir et m'adapter ! Cela dit, c'était un mal pour un bien, car cela m'a permis de faire la connaissance de Marie…

Le ton sur lequel il avait prononcé le nom de sa femme fit tressaillir Lucas.

Soudain pris d'une angoisse irrépressible, il apostropha son jumeau d'une voix sourde.

– Qu'est-ce que tu as fait d'elle ?

Axel fut tenté de lui répondre qu'elle était morte, histoire de savourer chez ce frère tant haï un nouveau degré de souffrance, puis il songea qu'il y avait bien pire que l'absence. Les affres de la jalousie.

– Il y a une heure, elle était encore dans mes bras, décréta-t-il. Nue et comblée.

La douleur irradia le corps de Lucas qui ferma les yeux sous la violence de l'impact.

*
* *

Sidéré par la disparition des deux femmes, PM balaya l'intérieur de la crypte de sa torche, révélant les masses inertes des tombeaux, et frémit à l'idée que l'une ou l'autre allait en surgir, les canines sanguinolentes en avant.

Il allait faire demi-tour quand, à la faveur d'un nouvel éclairage, il repéra les deux passages jumeaux ouverts dans le mur du fond, séparés de seulement quelques mètres.

Celui de droite donnait sur un nouvel escalier de pierre dont les marches abruptes disparaissaient dans les entrailles de la Terre.

Le second, par contre, s'ouvrait sur une petite pièce de quelques mètres carrés tout au plus, dont les niches creusées dans le roc se mirent à scintiller sous la lumière de la lampe.

L'éclat de l'or électrisa PM.

Et la convoitise lui fit tout oublier. La peur et la prudence.

Il s'avança et contempla, avec une excitation croissante, les dizaines de ciboires dont certains, incrustés de pierres précieuses, étaient de toute beauté.

Incapable de résister à l'appel des pierreries, il tendit la main vers le plus chargé des calices. Et l'empoigna.

Vibration. Raclement sourd.

Dans son dos, la paroi de pierre se mit à glisser lentement, sortant de l'intérieur du mur, occultant inexorablement la sortie de la pièce aux reliques.

Fasciné par le ciboire, PM réagit avec un temps de retard qui lui fut fatal. Lorsqu'il fit volte-face, le passage étroit était déjà aux trois quarts fermé, et toutes ses tentatives pour le freiner demeurèrent vaines.

Pris du fol espoir que le calice avait tout déclenché, et qu'il suffisait de le remettre en place pour que le processus s'inversât, PM reposa l'objet dans sa niche.

La vibration cessa. Le bruit sourd également.

Trop fort ! songea-t-il en se retournant. Mais le passage demeura hermétiquement clos. Il n'y avait d'évidence aucun lien de cause à effet.

Il sortit son portable, mais ne réussit à capter aucun réseau.

Il était pris au piège !

PM sentit ses jambes se dérober. Un rire hystérique s'empara de lui, secouant son corps que même les calmants n'étaient pas assez puissants à contrôler. Un rat ! Il était fait comme un rat !

Il hurla, frappa la paroi de ses poings à s'en écorcher les jointures, puis, littéralement pris de panique, gesticula dans tous les sens dans l'espoir de trouver une autre issue, et se retrouva face à une rangée de crânes dont les orbites vides le fixaient d'un œil macabre.

La lampe lui échappa des mains, tandis qu'il sombrait dans l'inconscience.

Alors que sa torche roulait au sol, le faisceau éclaira la paroi de pierre qui fermait le passage. Et qui n'était autre qu'une pierre tombale.

Frappée de l'ogam O.

Dans le silence de la crypte, le mur du fond avait retrouvé son apparence originelle.

La rage froide qui animait Lucas était telle qu'il dut se faire violence pour ne pas sauter à la gorge d'Axel. Ne surtout pas lui donner ce plaisir.

– Marie ne se laissera pas abuser par une vulgaire copie. Au moindre souvenir un peu personnel, elle te démasquera.

La bouche de l'autre s'étira en un mauvais sourire.

– Pourquoi tout paraît possible quand tout devient impossible ?

Lucas accusa le coup. Son double se mit à rire, enchanté de ce petit jeu qui l'excitait au plus haut point.

– Tu te demandes comment je peux connaître cette réplique à la con, je suppose. C'est simple, ajouta-t-il, cynique, c'est toi qui me l'as dite gentiment quand j'en ai eu besoin. C'est fou tout ce que les drogues permettent d'apprendre aujourd'hui.

Malgré lui, Lucas sursauta, il lui semblait bien avoir vu Axel à une ou deux reprises, mais son brouillard était tel qu'il avait cru à un cauchemar.

Axel éclata de rire :

– *C'est* un cauchemar, sauf que maintenant c'est le tien.

– Si tu lui fais le moindre mal, siffla Lucas entre ses dents, je...

– Tu quoi ? Il fera quoi, le superflic ? Il volera au secours de la belle ? Tssst, tssst... Ne t'inquiète pas, je suis là maintenant ! Je te promets de ne pas la tuer. Enfin, pas tout de suite... Je compte bien profiter de son cul somptueux le plus longtemps possible. Et de ces trucs qu'elle fait avec sa bouche...

L'époux de Marie tenta un effort désespéré pour reprendre la main sur ce taré.

– Tu finiras par te trahir, à un moment ou à un autre. Un oubli, une erreur...

– Elle est folle de moi, au point de mettre mes pertes de mémoire et mes sautes d'humeur sur le compte du stress subi en découvrant le passé obscur de notre *chère maman*.

Lucas eut une pensée fugace pour Hélène dont la mémoire enfouie ne lui serait sans doute d'aucun secours. À moins que le fameux instinct maternel...

Comme s'il avait suivi la progression de ses pensées, Axel hocha la tête. En dépit de sa maladie, môman – comme il l'appelait avec un plaisir sadique – avait compris à un tout petit détail sur la paume de sa main qu'il n'était pas son Lucas bienaimé.

Ce dernier sut immédiatement ce qui allait suivre, et eut la tentation de se boucher les oreilles pour ne plus rien entendre.

– Dès cet instant, cette vieille toquée signait son arrêt de mort, confirma Axel, qui lui narra, avec un luxe de détails particulièrement imagés, la façon dont il avait *suicidé* Hélène.

Ravagé par le chagrin, Lucas le traita de monstre, un terme sur lequel l'autre rebondit, haineux.

– C'est elle qui a fait de moi le monstre que je suis devenu, elle devait payer pour ça ! Elle ne s'est d'ailleurs pas débattue !

Tandis que l'horreur envahissait les traits de Lucas, son jumeau lui expliqua comment il avait soulevé Hélène dans ses bras, et tenue un instant au-dessus de l'eau, avant de la lâcher.

– Je n'ai même pas eu besoin de lui enfoncer la tête sous l'eau, elle s'est laissée couler, sans un geste.

Il passa sous silence le regard qu'Hélène avait longuement fixé sur lui tout en sombrant. Un regard qui lui avait rappelé une de ses lectures préférées, enfant. Un poème qui disait que *l'œil était dans la tombe et regardait Caïn.*

Fou de douleur, ignorant l'arme qu'Axel braquait toujours sur lui, Lucas se rua en avant. Le coup le cueillit à la façon d'un uppercut, et l'envoya heurter de plein fouet la vitre très épaisse du sas.

Axel sortit rapidement un petit pistolet à air comprimé de sa poche et, s'approchant de Lucas qui gémissait à terre, groggy, lui tira une minuscule flèche dans l'épaule. Dans un dernier sursaut, Lucas essaya de l'arracher, mais ses forces l'abandonnaient.

Axel s'agenouilla près de lui et lui tapota l'épaule.

– Je n'ai fait que régler son compte à celle qui, il y a près de quarante ans, m'a condamné à vivre enfermé ici. C'est à ton tour, maintenant, d'y passer le reste de tes jours.

*
* *

La galerie souterraine, aux parois taillées dans la roche, suintait d'une humidité luisante. Les deux femmes arrivèrent à un croisement avec un autre boyau au bout duquel brillait doucement la lueur du sas.

Clémence retint Louise qui trébuchait sur une pierre et la rassura :

– Nous sommes bientôt arrivées…

Lui prenant doucement le coude, elle fit bifurquer l'aveugle vers le nord, laissant le sas loin derrière elles.

Louise commençait à donner des signes de fatigue quand la mère supérieure s'arrêta enfin devant une lourde porte enchâssée dans la paroi rocheuse, et l'ouvrit.

La pièce ressemblait à une cellule qu'éclairait faiblement la petite flamme d'une bougie.

Dans un angle du fond, une silhouette imposante était tapie, comme prête à bondir. La masse bougea légèrement en direction des deux femmes qui se tenaient sur le seuil.

Dans la pénombre, deux paupières s'entrouvrirent sur un regard opalescent, tandis qu'une voix sépulcrale murmurait :

– Louise…

Le regard de la vieille dame s'écarquilla d'horreur tandis que ses traits s'altéraient violemment. Sans Clémence pour la retenir, Louise se serait effondrée au sol.

*
* *

Marie contempla la valise à roulettes qu'un des hommes d'Angus venait de déposer sur la table, devant elle. Mais elle répugnait à l'ouvrir. Comme si fouiller les affaires d'Hélène en l'absence de Lucas relevait de l'intime.

Elle essaya de le joindre à nouveau, bascula automatiquement sur la messagerie et raccrocha, soucieuse. Cela faisait maintenant près de deux heures qu'ils avaient découvert le corps sans vie de sa mère et qu'il était parti Dieu sait où. Aurait-elle dû insister pour ne pas le laisser seul ?

Comme s'il avait pu lire en elle, Angus la rassura.

– Personne ne peut rien pour lui actuellement. À part lui-même. Vous voulez que j'ouvre cette valise ?

Pour toute réponse, la jeune femme fit jouer les fermoirs et souleva le couvercle.

Ses yeux s'arrondirent de surprise. Ceux du gendarme irlandais également.

La valise ne contenait en tout et pour tout qu'un tas de chiffons d'un blanc sale.

La poupée de Pierric.

Marie la prit entre ses mains et la fixa comme si l'objet inanimé allait lui révéler la raison qui avait poussé Hélène à fuir en l'emportant avec elle.

Pour Angus, ce n'était qu'un des errements de la démence, mais Marie ne partageait pas cet avis.

– Alzheimer ne rend pas fou, il détruit la mémoire. Et dans un des replis de celle d'Hélène, quelque part, cette poupée a un sens. J'en suis sûre.

Angus eut une grimace sceptique, puis se laissa tomber sur une chaise, pesamment.

– Le squelette du puits a été identifié. Il s'agit bien de celui de François Maréchal. D'après les experts, son séjour dans le puits ne remonte pas à plus d'un mois.

Le visage de Marie se plissa.

– Savent-ils où il a été entreposé jusque-là ?

– Pas encore. Ils doivent effectuer des tests beaucoup plus pointus. L'hypothèse la plus probable est que le journaliste avait découvert l'emplacement du trésor de la Reine Écarlate et qu'il a été assassiné par un ou plusieurs membres de la famille Sullivan désirant le garder pour lui.

– Si c'était le cas, pourquoi déplacer le corps ? Ça ne tient pas debout, Angus, sauf si le but recherché était de faire accuser la famille.

Il haussa les épaules :

– Si vous n'aviez pas réussi à donner l'alerte, on ne l'aurait jamais retrouvé. Pas plus que le corps de Franck.

Le vieux flic s'abstint d'ajouter que celui de Marie y serait également resté enfoui.

– Je ne crois pas, dit-elle. Je pense même tout le contraire. Le tueur se serait arrangé pour qu'on le découvre au moment choisi par lui. Les pages du carnet, ils en sont où ?

– D'après l'encre et le papier utilisés, elles ont été écrites antérieurement aux années soixante-dix. Or François Maréchal est né en 1975.

– Ces carnets ne sont donc pas à lui… Il faut trouver qui est ce F. Maréchal – sans doute un membre de sa famille.

– J'ai mis Brody sur le coup.

Marie regarda une dernière fois la poupée de Pierric et la remit dans la valise. Elle rabattit le couvercle avec le sentiment d'un avant-goût d'enterrement.

Un frisson la parcourut.

Non loin de là, un jeune employé vêtu d'un blouson siglé *Resto-Rapid* débarrassait les plateaux-repas que la gendarmerie, pour des raisons pratiques, faisait livrer afin de nourrir son personnel, et, le cas échéant, les clients détenus provisoirement dans ses locaux.

Assis sur le banc d'une des cellules offrant une petite vue sur le hall, la tête dans les mains, Edward observait attentivement le type qui empilait les plateaux les uns sur les autres, au mépris de toutes les lois de l'équilibre, visiblement soucieux de ne pas multiplier les allées et venues. Edward le regarda se diriger vers la sortie, les bras encombrés de cet échafaudage instable, et frémit lorsque les portes vitrées, s'ouvrant automatiquement devant l'employé, accrochèrent l'un des coins d'un plateau, faisant tanguer dangereusement la pile.

Durant une fraction de seconde, tout sembla sur le point de s'écrouler tel un château de cartes, mais, d'un coup de rein qui sentait l'habitude, le jeune homme rétablit le fragile équilibre. Et poursuivit sa route.

Sans remarquer l'enveloppe qui venait de s'échapper d'un des plateaux, et qui, balayée par l'appel d'air des portes se refermant, allait s'échouer dans le hall.

L'instant d'après, elle était ramassée par un flic arrivant au poste. Retenant son souffle, Edward le vit déchiffrer le nom qui était inscrit dessus, jeter vaguement un regard alentour, hausser les épaules, poser simplement la missive sur le comptoir de l'accueil désert, et s'éloigner.

Edward le maudit. Fonctionnaire de merde ! jura-t-il entre ses dents.

Et, tâtant son masque dont l'un des coins continuait inexorablement de se décoller, il se demanda combien de temps il lui restait avant qu'on ne découvre la supercherie.

*
* *

Les deux gendarmes montant la garde au lac n'avaient pas vu malice quand le commandant Fersen leur avait proposé de les relever, le temps qu'ils aillent se sustenter. Ils savaient quelle terrible épreuve venait à nouveau de frapper le Français et comprenaient d'autant mieux son besoin d'être un peu seul que l'idée de surveiller le lac les emballait très moyennement.

Aussi ne s'étaient-ils pas attardés à se poser des questions inutiles, et avaient-ils traîné sur la route du retour.

Le lac était désert, pourtant la voiture de Fersen était toujours là. Sans doute faisait-il le tour du lac…

S'ils avaient été plus vigilants, peut-être auraient-ils aperçu les bulles crevant la surface, à proximité du ponton jouxtant la maison en bois. Ils auraient alors repéré l'embout du tuba, affleurant les herbes de la berge, suivi la progression du plongeur qui rejoignait en silence l'arrière du cabanon, et surpris Lucas en train de troquer sa combinaison en Néoprène contre des vêtements de ville.

Là, ce fut lui qui les fit sursauter en s'approchant d'eux en silence, coupant court à leur ébauche de salut. Il leur demanda de lui signaler tout mouvement suspect, puis s'éloigna.

Plus tard, l'un d'eux dirait avoir été étonné que Fersen ait les cheveux mouillés. Plus tard. Trop tard.

*
* *

– Le père de François Maréchal était un médecin généticien. Il a été l'assistant de Jacques Reynault de 1962 à 1967. Après la mort de son patron, il a longuement été hospitalisé pour dépression et, alors qu'il avait, d'après ses collègues, un avenir prometteur dans la recherche génétique, il a totalement changé de voie. Il a ouvert un cabinet généraliste.

Angus et Marie avaient écouté Brody sans l'interrompre. Elle le remercia d'un hochement de tête approbateur qui fit rougir le jeune gendarme.

– F comme Francis, pas comme François. Les carnets appartenaient au père du journaliste. Le fait que celui-ci ait débarqué dans l'île quelques mois après sa mort n'est donc pas une coïncidence. Beau travail, Brody. Creusez, en questionnant son entourage.

– Sa femme est décédée il y a deux mois. Cancer.

– Il avait sans doute des amis, peut-être une maîtresse... On a besoin d'en savoir plus. Je compte sur vous.

Brody acquiesça, galvanisé par la confiance de la jeune flic, et tourna les talons, croisant un planton qui venait apporter une enveloppe à Marie.

– Elle a été déposée à l'accueil. Y a votre nom dessus.

Marie y jeta un rapide coup d'œil, reconnut instantanément l'écriture et se mit à l'écart pour ouvrir la missive.

Celle-ci contenait juste quelques mots signés Ryan.

Edward est innocent, ce n'est pas lui qui a essayé de te tuer au lac, c'est Lucas.

Il dévisagea la jeune femme qui venait de débouler dans sa cellule, la question à la bouche, et fronça les sourcils, mal à l'aise.

– Qui vous a raconté ça ? Je n'en ai rien dit à personne !

La main de Marie chassa l'air. Sa voix se fit âpre.

– Peu importe… Expliquez-vous !

Il ferma à demi les yeux, comme s'il cherchait à se remémorer chacun des détails de ce jour-là avec précision, puis releva la tête et la fixa.

– J'étais encore à une vingtaine de mètres de la masure quand je vous ai vue essayer de récupérer votre détendeur… J'ai alors aperçu une ombre arriver dans votre angle mort, et déplacer délibérément l'embout pour le mettre hors de votre portée. Quand je suis arrivé sur place, Lucas tournait autour de vous.

– Il m'a dit la même chose, en parlant de vous.

– Il ment.

– Pourquoi vous croirais-je ?

Il haussa légèrement les épaules.

– Vous étiez morte quand on vous a ramenée sur la berge. Lucas a voulu m'empêcher de m'acharner sur vous, il disait que c'était trop tard. Si je l'avais écouté, vous ne seriez pas revenue.

Loin, très loin, ces mots faisaient écho à ceux qu'elle avait cru entendre alors qu'elle luttait pour vivre.

Non, ça ne pouvait pas être vrai.

Il vit les efforts qu'elle faisait pour ne pas craquer et s'en voulut de lui infliger ça. Mais il n'avait pas le choix.

– Si je n'ai rien dit, c'est uniquement parce que je n'ai pas de preuves. Et parce que je savais que vous ne me croiriez pas. J'ai moi-même du mal à comprendre pourquoi Lucas voudrait vous tuer. À moins…

– À moins que quoi ?

Il ne se déroba pas à son regard scrutateur.

– À moins d'être subitement devenu fou.

Quelques minutes plus tard, Marie revenait auprès d'Angus qui, très embarrassé, ne pouvait que confirmer la violence avec laquelle Lucas avait agressé Edward la veille, au cours de son interrogatoire.

Le gendarme chercha les mots pour excuser le comportement de son homologue français.

Mais n'en trouva aucun.

24

Fou. Il allait devenir fou s'il ne sortait pas immédiatement de ce piège !

Lucas entreprit d'explorer méticuleusement le sas vitré, dont la porte extérieure, en verre Sécurit, donnait sur le boyau d'une galerie souterraine. Et comprit très vite que le mécanisme d'ouverture, situé de l'autre côté, était inaccessible.

Le nez écrasé contre la paroi, il fouillait la pénombre d'un regard enfiévré quand il *les* repéra !

Les deux silhouettes légèrement voûtées marchaient lentement, épaule contre épaule, semblant se soutenir mutuellement, passant à moins de dix mètres de lui sans le voir…

Une canne était accrochée au bras de l'une d'elles.

Pris d'un espoir insensé, il se mit à hurler, en frappant la vitre de ses poings et de ses pieds. Mais la triple épaisseur de la paroi étouffait tous les sons. Lucas se rua alors dans l'appartement, attrapa une chaise et revint dans le sas où, la force décuplée par l'énergie du désespoir, il cogna encore et encore sur la vitre, jusqu'à ce que le siège se brise, se réduisant à un morceau de dossier dans sa main.

Les silhouettes avaient disparu.

Une sueur glacée envahit l'époux de Marie. Ne pas céder à la panique. Réfléchir. Rationaliser. Il y avait forcément une autre issue. L'air était renouvelé, il arrivait bien de quelque part. Il y avait forcément des ouvertures, une fenêtre, une gaine de ventilation.

Il retourna dans l'appartement, focalisa sur les stores fermés à travers lesquels filtrait une douce lumière.

Et les releva d'un coup sec.

Son regard noisette s'élargit, sous l'effet d'une stupeur intense.

Des spots, coincés entre le rocher et les baies vitrées, dispensaient un éclairage artificiel donnant cruellement l'illusion d'une belle journée d'été.

Mais ce qui le terrassa, ce furent les dizaines et dizaines d'articles consacrés à l'affaire de Lands'en dont son double dément avait tapissé les vitres, du sol au plafond.

Pourtant rompu à toutes sortes de déviances et de perversions depuis qu'il s'était spécialisé dans les crimes rituels, Lucas fut pris d'une terreur abjecte en contemplant ce patchwork démentiel.

L'obsession à l'état pur.

*
* *

La voiture de Lucas allait franchir l'entrée du domaine quand un cheval se dressa soudain devant son capot, l'obligeant à piler net.

Du haut de sa monture, Viviane l'apostropha sèchement alors qu'il ouvrait la portière à la volée.

– Pourquoi tu ne réponds plus à mes appels ?

Pour toute réponse, il attrapa le cheval par la bride, l'entraîna à couvert des arbres et, saisissant la jeune femme *manu militari*, l'arracha à la selle et la plaqua violemment contre le tronc rugueux d'un chêne.

– Ne refais jamais une chose pareille, sinon je te tue !

Viviane se recroquevilla sous le regard rétréci par la rage au point de se réduire à deux fentes hostiles. Mais la jalousie l'emporta sur la crainte.

– Je t'ai vu avec elle, souffla-t-elle. Je t'ai vu l'embrasser…

Contre toute attente, Lucas la lâcha. Un sourire ambigu retroussa ses lèvres.

– Tu m'espionnes, maintenant ? De mieux en mieux. Je te rappelle quand même que si tu ne t'étais pas trompée de cible, je serais veuf à l'heure actuelle, et je n'aurais pas à jouer ce jeu répugnant pour donner le change.

– Ça n'avait pas l'air de te dégoûter tant que ça, la nuit dernière.

Le reproche amer avait fusé. La gifle la cueillit net.

Les yeux de Viviane s'emplirent de larmes. Ceux de Lucas avaient pris la dureté de l'agate.

– Tu devais la tuer avant de la jeter dans le puits ! répliqua-t-il. Pas l'emmurer vivante ! Alors ne viens pas me reprocher maintenant de devoir rattraper tes conneries !

Elle eut un violent mouvement de recul alors qu'il approchait à nouveau la main vers elle, mais il se contenta de lui effleurer la joue, comme pour effacer la trace du coup qu'il venait de lui porter.

– Marie n'est qu'un pion, Viv', tout comme Franck l'était. Tu crois que cela ne me faisait rien de t'imaginer au plumard avec lui ? Je l'ai accepté. Tu dois l'accepter aussi.

– Ça va trop loin, dit-elle dans un souffle. On devrait partir…

– Ah oui ? Et tu vois ça comment ? Je demande le divorce pour me casser avec la jardinière ? Tu crois vraiment que Marie va gober ça ? On partira dès que l'enquête sera bouclée. Edward est en garde à vue, il ne reste plus qu'à porter l'estocade. Une fois les Sullivan exterminés, l'intégralité des biens me reviendra. Et on aura la belle vie, tous les deux, comme je te l'ai promis.

– À trop en vouloir, on risque de tout perdre.

Il la prit par les épaules et plongea son regard dans le sien.

– Si je te dis que Marie est la prochaine sur la liste, ça te rassure un peu ?

Viviane se perdit dans l'éclat noisette des yeux fixés sur elle.

Elle avait été éblouie la première fois qu'elle s'était retrouvée face à lui, à la fin de l'été précédent. C'était une nuit de lune. Très vite, le lac était devenu leur jardin secret, le rendez-vous de leurs amours clandestines, quelques précieux instants arrachés à leurs geôlières respectives.

Viviane n'avait jamais cru en Dieu, mais cette nuit-là elle avait eu une révélation. Son destin tourmenté venait enfin de se frayer une issue dans un avenir qu'elle ne croyait plus possible.

Jamais elle ne renoncerait à cet homme. Quoi qu'il lui demande.

Aussi acquiesça-t-elle à la question qu'il venait de lui poser.

Le téléphone de Lucas sonna. Il jeta un regard à l'écran et décrocha sans quitter Viviane des yeux.

– Oui, je sais… Je suis désolé… Je te rejoins tout de suite.

Il raccrocha et effleura les lèvres de la jeune femme d'un baiser rapide.

– Ma femme m'attend.

*
* *

La vive lueur l'éblouit.

Ainsi c'était donc ça, cette fameuse lumière au bout du tunnel, songea PM du fond de sa mémoire encore groggy. Mais où était le sentiment de paix et d'amour dont parlaient tous ceux qui, revenus d'une *Near Death Experience*, avaient tutoyé la mort ?

Lui avait une peur bleue, et la peau parcourue de frissons.

Ses yeux clignotèrent.

La torche. La lumière vive n'était que le faisceau de sa torche échouée au sol, lui projetant l'horrible réalité en pleine figure : il était emmuré vivant !

Couvert d'une sueur glacée, il en vint presque à regretter la cellule capitonnée qu'il avait occupée à l'asile, et se sentait prêt à signer n'importe quel pacte avec le diable pour qu'il le sorte de ce cauchemar. Et de cette pièce morbide peuplée d'ossements qui le terrifiaient.

Le cliquetis macabre le fit sursauter, jusqu'à ce qu'il réalise que ce n'était que sa mâchoire qui, nerveusement, lui offrait ce numéro de claquettes. Il serra les dents, récupéra sa torche et, évitant soigneusement de croiser les orbites vides des crânes empilés, entreprit d'explorer sa prison.

L'ironie du destin lui apparut dans tout son éclat quand le faisceau caressa le dessin de la pierre tombale, et l'épitaphe gravée en hommage à Orin, le quatrième beau-fils de Dana.

PM eut un gloussement compulsif qui s'étouffa dans les sanglots. Il allait crever là, comme un con, si près du but… Et la seule personne qui pouvait venir à son secours était en garde à vue !

Un profond sentiment d'injustice et de désespoir mêlés le terrassa.

Et celui qui s'enorgueillissait que l'opiniâtreté soit une marque de famille se laissa glisser au sol, fouillant sa mémoire à la recherche des prières qu'on l'obligeait à réciter enfant, quand le bip de son portable le fit tressaillir.

Les pupilles dilatées, il fouilla fébrilement ses poches, extirpa le mobile et comprit, à l'icône *batterie faible* qui clignotait sur l'écran, qu'il s'agissait du témoin sonore de charge.

Il allait pulvériser l'objet quand la vibration reprit. Suivie du raclement sourd.

Tassé contre le mur du fond, PM vit la dalle se mettre à glisser transversalement, dégageant la sortie, en s'effaçant dans le mur. En s'effaçant ! Et effaçant le texte avec elle. Le texte !

Il se dressa comme un diable, braqua la torche sur la pierre tombale et, zoomant avec son mobile, prit précipitamment l'épitaphe en photo.

La voie était libre.

Il eut un regard de regret au calice incrusté de pierres précieuses qui, posé dans sa niche, semblait le narguer, puis quitta ce qui avait failli être son tombeau, traversa la crypte en se cognant à celui du gisant à la rose et, sans se demander par quel miracle le passage s'était ouvert, avala les marches quatre à quatre…

L'écho de ses pas s'estompait quand mère Clémence déboucha de l'autre passage, soutenant Louise.

Le visage de l'aveugle avait pris la teinte cireuse de la mort.

La doyenne des Sullivan posa sa main décharnée sur l'un des prie-Dieu et tenta d'oublier ce qu'elle venait de voir, tout en sachant que c'était peine perdue.

Le contact de la main de Clémence sur son bras lui fit l'effet d'une morsure. Elle recula violemment et tourna un visage douloureux vers la religieuse. La voix, blanche, était à peine audible.

– Pourquoi m'as-tu menti durant toutes ces années ? Et pourquoi me dire la vérité aujourd'hui ?

Toute compassion déserta le visage de Clémence, qui se compacta en un masque de haine. Sa voix se fit sifflante. Un serpent.

– J'aurais pu te laisser dans l'ignorance, c'est vrai. Mais je veux te faire payer le mal que tu as fait autrefois. Je veux que tu endures mille morts en songeant à ce qui aurait pu être et qui n'a pas été. Je veux que tu expies pendant les années qu'il te reste à vivre.

La vieille dame brandit nerveusement sa canne comme si elle allait en frapper la religieuse, mais celle-ci anticipa le geste, la lui arracha des mains et la lança dans la chapelle où elle ricocha avec un son métallique.

– Tu as fait un enfer de la vie de tous ceux qui t'aimaient, Louise. Il est temps de le vivre à ton tour. Que Dieu me pardonne.

Elle s'éloigna, laissant l'aveugle dépourvue de tout repère. Perdue.

Cette dernière se laissa alors tomber à genoux sur le prie-Dieu et se prit la tête dans les mains. Mais elle eut beau fermer les paupières, la voix venant des profondeurs de la terre murmurait son nom sans lui laisser de répit.

*
* *

La main dans celle de Marie, l'assassin d'Hélène poussa l'ignominie jusqu'à se payer le luxe d'un frisson en voyant le corps de sa mère étendu sur la table de la morgue.

Marc Fersen tourna vers Lucas des yeux rougis de larmes, un indicible soulagement détendant néanmoins ses traits. Lui aussi s'était reproché d'avoir laissé son fils ruminer seul son chagrin.

Le légiste toussota légèrement.

– Rien ne permet de conclure à une mort autre qu'une noyade accidentelle.

Lucas le soumit alors à un interrogatoire serré pour exclure toute autre possibilité. Les questions étaient courtes et précises, les réponses du légiste le furent également.

– Pas de trace de violence, aucune marque de coup, pas l'ombre d'une pression exercée sur les épaules ou sur le crâne. Aucune empreinte.

Lucas ferma les yeux un court instant, comme pour se donner le temps de digérer l'idée que sa mère s'était suicidée. Sensible à son désarroi, à des années-lumière de soupçonner qu'un tel chagrin puisse être feint, Marie lui pressa tendrement la main.

Marc s'approcha de son fils.

– Hélène savait que la maladie allait en s'aggravant. Je pense qu'elle n'a pas voulu être une charge pour nous.

– Avec elle, tout espoir de connaître mon passé s'est envolé, murmura douloureusement le traître.

– Mais pas l'amour, immense, qu'elle t'a toujours porté.

Les larmes éclaboussèrent soudain les paupières de Lucas.

– Je m'en veux d'avoir été aussi dur avec elle, juste avant… J'aurais voulu faire la paix… J'ai toujours pensé que je serais là quand elle partirait…

L'image d'Hélène disparaissant sous l'eau faillit gâcher la prestation parfaite qu'il leur offrait, à tous. Alors il choisit de s'effondrer dans les bras de son père, où l'hilarité qui le guettait passa pour le tremblement des sanglots.

Marie, bouleversée, regarda les deux hommes unir leur chagrin, soudés l'un à l'autre, et remercia le légiste quand celui-ci proposa de se charger des formalités afin que le corps d'Hélène puisse quitter Killmore dès le lendemain.

Plus tard, alors qu'ils quittaient la morgue, Lucas fit part à Marie de son désir de boucler l'enquête au plus vite et de quitter cette île avec elle.

– Il ne manque plus que les aveux de ton oncle pour clore le dossier.

Les mots écrits par Ryan dansèrent devant les yeux de la jeune femme, qui se crispa.

Lucas se méprit sur l'origine de son trouble.

– Je sais que tu l'aimes bien, Marie, et que c'est dur d'imaginer qu'il soit un tueur. Mais rappelle-toi ce qui s'est passé au lac. Sans moi… Je ne préfère même pas imaginer ce qui aurait pu t'arriver, ajouta-t-il en la serrant contre lui.

Au creux de son épaule, les yeux verts se noyèrent dans un questionnement sans fin.

Au moment où les deux époux montaient en voiture pour revenir au poste, Edward demanda à aller aux toilettes.

Brody l'y escorta, lui ôta les menottes pour lui entraver à nouveau les poignets, mains devant cette fois, et poussa la porte d'une des cabines.

Edward s'autorisa un léger sourire en désignant le vasistas, fermé de barreaux.

– À moins d'être Houdini, je ne vois pas bien par où je m'échapperais…

Brody haussa les épaules sans répondre et se mit en position d'attente devant la cabine, avançant le pied pour en bloquer la fermeture complète.

Edward lui adressa un sourire mi-figue mi raisin par l'entrebâillement, puis lui tourna le dos.

Brody était plongé dans la contemplation des graffitis ornant la porte quand le bruit de la chasse d'eau le fit presque sursauter.

La porte s'ouvrit simultanément.

Ce qu'il crut voir alors lui fit écarquiller les yeux de stupeur, mais il n'eut ni le temps d'épiloguer, ni celui de crier.

Le poing d'Edward s'écrasa sur son visage, lui faisant ravaler les hurlements qu'il s'apprêtait à pousser.

Dans le hall, PM tambourinait nerveusement sur le comptoir d'accueil tenu par une gendarmette à l'acné persistante.

– Juste une minute, supplia-t-il. Je suis de sa famille, après tout !

La fille garda pour elle le fait qu'il ne faisait pas bon faire partie de la famille Sullivan par les temps qui couraient.

– Edward Sullivan est en garde à vue, lui répéta-t-elle. Il n'est pas autorisé à recevoir de visite… Même de la famille.

Elle se fendit d'un sourire ironique lorsque PM, très contrarié par ce contretemps, lui demanda s'il pouvait au moins lui faire passer un message.

– Tant qu'il ne s'agit pas de lui délivrer un éventuel projet d'évasion…

Le petit frère de Ryan afficha un air outragé et, suçant la pointe d'un crayon, chercha les mots les plus anodins pour prévenir Edward de la découverte essentielle qu'il venait de faire dans la crypte.

– Un message oral, précisa la boutonneuse.

PM en resta pointe en l'air, et plissa le front. Il était tellement concentré qu'il ne remarqua pas l'homme en tenue de gendarme qui traversait le hall, dissimulant au mieux la raideur d'une jambe droite.

– Dites à Edward Sullivan que je me suis occupé de tout pour l'enterrement du pauvre Franck, et que j'ai trouvé la pierre tombale qu'il voulait lui offrir, dit PM alors que l'homme passait à moins de deux mètres de lui.

Les portes automatiques, s'ouvrant à son passage, créèrent un appel d'air qui fit voleter les mèches de la fille.

– Ce sera fait.

Elle sourcilla en voyant PM qui se tortillait devant elle.

– Autre chose ?

À mots couverts, et terriblement gêné d'avoir à lui demander une chose pareille, il lui confia alors à quel point il lui serait reconnaissant de pouvoir utiliser les toilettes du poste.

La fille leva les yeux au ciel, et lui indiqua le couloir dont venait de sortir le gendarme claudicant.

PM se précipita.

La voiture conduite par Lucas arrivait en vue de la gendarmerie. Marie avait profité du trajet pour l'informer des derniers développements concernant les Maréchal et les fameux carnets.

– François était journaliste scientifique. Son père, Francis, était un spécialiste en génétique appliquée qui travaillait avec

Reynault. Plus j'y pense, plus je doute que le journaliste soit venu ici pour chercher le trésor de la Reine Écarlate. On doit découvrir ce qu'il est réellement venu faire dans l'île, et pourquoi Francis a fait une telle dépression à la mort de Reynault.

– Perdre son mentor, son ami et son job… Tout ça en même temps, il y a de quoi péter les plombs.

– Au point d'abandonner la recherche pour devenir généraliste ?

Lucas ralentit à l'approche du poste et fit un léger écart pour laisser passer une voiture qui démarrait rapidement, gyrophare activé.

L'espace d'un instant, Marie aperçut le profil de celui qui conduisait et poussa une exclamation incrédule :

– Le type au volant ! C'était Edward !

Lucas blêmit et, effectuant un rapide demi-tour, prit le véhicule de gendarmerie en chasse tandis que Marie appelait Angus afin qu'il leur envoie des renforts.

Ni l'un ni l'autre ne remarqua le conducteur de la moto qui leur emboîtait le pas.

Au même moment, peu ou prou, PM, pressé de soulager sa vessie, découvrait Brody en sous-vêtements, affalé, inconscient, sur la cuvette des toilettes pour hommes.

Les deux voitures fonçaient à vive allure vers le port, et Marie, en ligne avec Angus, frémit en voyant Lucas donner un coup de volant et mordre le trottoir pour ne pas se laisser semer, manquant d'écraser une mère et ses gosses.

– Lève le pied ! Tu vas finir par tuer des innocents !

Le regard fixé sur la voiture de gendarmerie qui se dirigeait vers les docks, il ne sembla pas l'entendre.

Cramponnée à son siège, Marie aperçut, de loin, un semi-remorque déboucher d'une rue perpendiculaire, s'engager sur la voie, s'arrêter et manœuvrer pour tenter de négocier le virage en direction du port, bloquant la rue sur toute sa largeur.

– Il est coincé. Lève le pied !

La voiture conduite par Edward n'était plus qu'à quelques mètres du poids lourd quand elle effectua un tête-à-queue magistralement maîtrisé, et repartit dans la direction inverse, gyrophare allumé et sirène deux tons hululante.

Comme au ralenti, la jeune flic vit les véhicules les précédant s'écarter pour céder le passage à celui de la gendarmerie qui remontait désormais la voie dégagée, fonçant droit sur eux.

– Il ne coupera pas ! dit-elle. Range-toi !

Pour toute réponse, Lucas accéléra.

D'un coup d'œil, elle enregistra le regard fou, les traits violemment contractés, les mains serrant compulsivement le volant, les jointures des doigts qui blanchissaient.

– Tu vas nous tuer ! RANGE-TOI ! répéta-t-elle en criant.

Les museaux des voitures n'étaient plus qu'à quelques mètres l'un de l'autre, au point que Marie apercevait nettement les traits d'Edward se découpant derrière le pare-brise…

Ceux-ci s'altérèrent en reconnaissant la jeune femme assise sur le siège passager.

Le motard, qui les suivait toujours, retint un juron en voyant les deux voitures prêtes à se percuter tels des destriers en armure s'affrontant au cours d'un tournoi.

Derrière la visière légèrement fumée de son casque, le regard bleu de Christian se chargea d'angoisse.

La collision était inévitable.

Les calandres allaient se percuter quand, simultanément ou presque, Edward donna un grand coup de volant, faisant dévier sa voiture, tandis que Marie tirait le frein à main de celle conduite par Lucas.

Sous le regard affolé de dizaines de passants, la voiture de gendarmerie faucha un panneau de stationnement et finit sa course en sautant le trottoir, dans un couac du deux-tons, tandis que celle pilotée par Lucas partait en glissade et heurtait brutalement une façade.

Sous le choc, l'airbag conducteur se déploya immédiatement, le scotchant littéralement à son siège. Marie, qui s'était accrochée en prévision du choc, descendit du véhicule sans tenir compte des invectives furieuses de Lucas, empêtré dans l'épaisseur de la baudruche.

La jeune femme courut à la voiture de gendarmerie qu'Edward manœuvrait déjà pour repartir et, se profilant derrière sa vitre, le mit en joue :

– Ce n'est pas en prenant la fuite que je vais croire à votre innocence ! Sortez de cette voiture ! Lentement, mains croisées derrière la tête !

Le coup de feu la prit au dépourvu.

Les gens se mirent à courir dans tous les sens, paniqués.

Lucas venait de faire exploser l'airbag.

Il ouvrait la portière quand une poigne d'acier s'abattit sur lui et l'arracha à son siège.

Christian.

L'uppercut cueillit le flic au menton, et l'envoya frapper violemment la carrosserie. Insensible à la douleur, la force décuplée par la rage, celui-ci sauta à la gorge du skipper.

Une lutte sans merci s'engagea entre les deux hommes.

– Vous devriez les séparer avant qu'ils ne s'entre-tuent, suggéra Edward.

– Sortez de là, répéta-t-elle, tout en lorgnant vers la bagarre.

– Tu crois vraiment que j'aurais pu te tuer, sous le lac ?

Cette voix. Non… Les prunelles agrandies, Marie fixa Edward qui venait de parler avec la voix de Ryan.

Et tout d'un coup, tout prit un sens.

Sa visite à Paris pour la convaincre de venir en Irlande. Sa fierté en la conduisant à l'autel. Son réel bonheur de l'avoir arrachée à la mort…

Et le mot innocentant Edward.

L'attelle métallique était posée au sol, au pied du siège passager.

– Qu'est-il arrivé au véritable Edward Sullivan ? demanda-t-elle, encore sous le choc. Tu l'as tué ?

Le visage dissimulé sous le masque se plissa tristement.

– Pourquoi faut-il toujours que tu t'en tiennes aux apparences, Marie ? C'est comme pour le lac… Quand comprendras-tu que Lucas est dangereux ?

Malgré elle, mais sans cesser de braquer Ryan, la jeune femme tourna légèrement la tête et s'assombrit en voyant Christian être expédié au sol et ne pas se relever…

– Bréhat est la seule personne en qui tu peux avoir confiance, reprit Ryan. Avec moi.

Marie allait répondre quand elle vit Lucas dégainer son arme et la pointer sur le marin qui tentait de se redresser.

– Il va le tuer si tu ne fais rien.

Sa décision fut prise avant même que Ryan remette le contact. Sans rengainer son arme, qu'elle dissimula discrètement dans son dos, elle courut vers les deux hommes.

– Arrête, Lucas, lui jeta-t-elle alors qu'elle était encore à quelques mètres de lui.

Sans tourner la tête, il lui conseilla sèchement de rester où elle était, mais elle continua d'avancer, tout en l'exhortant au calme.

Toujours au sol, Christian tourna les yeux vers Marie et, en dépit de l'arme pointée sur lui, la supplia de ne plus se voiler la face :

– Cette fois tu sais, Marie. Tu sais que c'est un grand malade. Tu dois le quitter.

Le doigt se crispa sur la détente, Lucas était prêt à tirer.

– C'est toi que j'ai quitté il y a un an, répliqua-t-elle d'un ton froid. Quand vas-tu enfin comprendre que je n'éprouve plus rien pour toi, Christian ? Et que l'homme que j'aime, c'est lui ?

Le doigt se fit plus souple, le regard hésitant que lui lança son époux balançait entre suspicion et incrédulité, mais avait perdu de sa fixité. Celui du skipper, par contre, s'écarquilla de stupeur :

– Ouvre les yeux, bon Dieu ! Il finira par te faire du mal !

– Tu m'as sauvée l'autre jour, dans ce puits, et je t'en serai toujours reconnaissante. Mais tu dois me laisser vivre ma vie. Et ma vie est avec lui.

– Tu n'en penses pas un mot, tu…

– Ça suffit maintenant ! l'interrompit-elle, glaciale. Va-t'en, Christian ! Quitte cette île et sors de ma vie ! Ce sera mieux pour tout le monde.

La désillusion, puis le mépris, chassèrent l'incrédulité.

– Anne avait raison. Tu ne vaux pas mieux que lui. Quand je pense au temps que j'ai perdu pour quelqu'un comme toi, ça me donne envie de gerber !

Le bruit des sirènes de gendarmerie s'amplifia. Les renforts annoncés par Angus arrivaient. Excité par l'impuissance du skipper, et par les propos que la jeune femme venait de lui asséner, Lucas rengaina son arme, sans voir la jeune flic faire discrètement de même avec la sienne.

– T'as entendu la dame, Bréhat ? Alors mets les voiles avant que je ne te coffre pour complicité d'évasion.

Christian se releva et s'éloigna sans un seul regard pour Marie.

S'il s'était seulement retourné, il aurait vu la jeune femme reculer à l'approche de Lucas, et aurait alors conçu des doutes sur la sincérité des propos qu'elle venait de lui tenir.

Mais il ne se retourna pas. Cette fois, il était bien décidé à la rayer de sa vie.

Lucas dévisagea sa jeune épouse, dont la réaction n'aurait pas été différente s'il avait chercher à la frapper, et s'assombrit.

– Tu dis que tu m'aimes, mais tu as peur de moi.

L'arrivée d'Angus la dispensa de répondre. Et, tandis que Lucas résumait la situation au gendarme irlandais, elle ne put s'empêcher de suivre des yeux la moto de Christian qui se dirigeait vers le port.

Son cœur se serra à l'idée qu'il n'avait pas compris qu'elle n'avait fait tout ça que pour le protéger.

25

De loin, Brody vit Lucas Fersen approcher, et battit prudemment en retraite afin de s'épargner la nouvelle pelletée de sarcasmes que ne manquerait pas de lui balancer ce flic arrogant pour avoir laissé filer Edward.

– Je sais pas quoi vous dire, avait-il lamentablement bredouillé. Quand il est sorti des chio… des toilettes, on aurait dit qu'il… comment dire ? Qu'il avait la tête à l'envers…

– Si je ne me retenais pas, ce serait la tienne que je mettrais à l'envers ! lui avait rétorqué Fersen, furieux.

Marie avait alors compris comment Ryan, en positionnant son masque devant-derrière, avait réussi à scotcher Brody.

Lucas revenait de la machine à café quand il entendit Angus prévenir Marie qu'il allait la faire placer sous protection.

– Auriez-vous peur que je lui fasse du mal, vous aussi ? demanda-t-il sèchement.

L'Irlandais sentit la moutarde lui monter au nez.

– L'évasion d'Edward met votre épouse en danger, répliqua-t-il sur le même ton. Au même titre que les autres membres de la famille Sullivan.

Lucas n'avait pas besoin de regarder Marie pour savoir qu'il venait de faire une boulette. Il devait se rattraper, reprendre le contrôle. Vite.

– Il devrait chercher à quitter l'île dans les meilleurs délais. Je ne pense pas qu'il prenne le risque de commettre d'autres meurtres.

– C'est probable, acquiesça Angus, mais dans le doute je préfère être prudent.

– On doit continuer de chercher les pierres tombales manquantes, renchérit Marie. Celle de Zoleig, mort dans une oubliette ; celle d'Orin, empoisonné ; celle de Seamus, enlisé dans des sables mouvants.

Glissant un œil en coulisses vers Lucas, elle évoqua l'anse d'Arcoüet où il avait failli périr dans les sables, l'an dernier. À son absence de réaction, il était évident qu'il avait oublié à quoi elle faisait référence, mais elle le sentit sur la défensive.

Pour diluer sa suspicion, elle s'approcha du panneau sur lequel étaient épinglées les photos des deux pierres tombales déjà en leur possession, et s'absorba dans la contemplation des deux textes, traduits en français.

Son regard s'arrondit.

Soudain, certains mots semblaient se détacher avec une logique évidente.

Elle attrapa un crayon et les entoura rapidement, tout en expliquant à Lucas et Angus de quelle façon fonctionnait le code, proche de celui que George Sand utilisait pour dissimuler des propos terriblement érotiques derrière un texte anodin.

Puis elle pivota vers eux, les yeux brillants d'excitation.

– Dans la légende de la Reine Écarlate, il est dit que « seule l'union des cinq clés ouvrira le secret ». Et si les fameuses clés étaient en fait des morceaux de messages codés dissimulés dans chaque épitaphe ?

Elle lut à voix haute le début de phrase reconstitué à partir des mots entourés dans les deux inscriptions :

En ce royaume dédié aux fidèles,
honni par la fille de Dagda…

– Dans la mythologie celte, Dagda est le père de Dana. Or Dana, la fameuse Reine Écarlate, était païenne, c'est-à-dire une incroyante. Ou encore une infidèle.

Lucas estima que son silence allait finir par paraître suspect.

– Donc elle ne fréquentait pas l'église, ou tout autre lieu de culte, ajouta-t-il en forçant la note.

– Exact. Or la seule chapelle dans l'île datant du Moyen Âge est celle qui se trouve sous le lac. Je suis prête à parier que le passage menant au trésor est situé *dans* la chapelle.

Angus tempéra leur ardeur.

– Nous ne cherchons pas un trésor, mais un criminel.

– Je sais bien, Angus, mais le journaliste a plongé dans le lac, ensuite il est mort.

– Si ta théorie est la bonne, il nous faut absolument les trois autres textes, conclut Lucas.

*
* *

PM rentra au domaine, épuisé par l'interrogatoire que lui avaient fait subir les gendarmes irlandais persuadés qu'il était lié, d'une façon ou d'une autre, à l'évasion d'Edward. Le fait d'être allé justement aux toilettes à ce moment-là leur paraissait éminemment suspect, au point que PM, qui n'avait pu soulager sa vessie, avait été fugitivement tenté de leur pisser dessus séance tenante pour les convaincre de la véracité de l'urgence. Prenant sur lui pour ne pas exploser, dans tous les sens du terme, il leur avait balancé qu'il ne se serait pas présenté au poste la gueule enfarinée pour voir Edward s'il projetait de le faire évader.

Il avait immédiatement regretté cette provocation en voyant la fille de l'accueil approcher. Mais pourquoi avait-il dit ça ? Pourquoi ? Elle allait parler de la pierre tombale qu'il avait évoquée, ils feraient le rapprochement avec l'enquête, le trésor, la reine…

Il avait cru défaillir en entendant la gendarmette répondre :

– Il voulait juste dire à Edward Sullivan qu'il s'occupait de tout pour l'enterrement de son fils.

Ragaillardi, PM avait failli s'offrir le luxe de rabrouer la fille qui avait mangé la moitié du message. Mais cette fois il l'avait bouclée.

Il allait quitter le poste quand il avait aperçu Marie, de loin, en train d'entourer des mots sur les épitaphes des pierres tombales. Il avait essayé de s'approcher, mais s'était fait repérer et avait battu en retraite précipitamment.

Depuis deux heures, réfugié dans sa chambre, il planchait lui aussi sur les textes.

Aux brouillons qui émaillaient la table, et dont certains jonchaient le sol, il était visible qu'il s'était livré à toutes sortes de combinaisons pour découvrir les bouts de message se cachant dans chaque épitaphe. Et tout aussi visible qu'il n'en avait rien tiré.

Il regardait fixement les traductions posées devant lui, comme si elles allaient lui livrer leur secret, quand les feuilles se mirent à trembler et bourdonner en s'éclairant sporadiquement.

PM recula violemment, flirtant dangereusement avec la chute, avant de comprendre que cela n'avait rien de surnaturel. C'était son portable, caché sous les feuilles, qui vibrait et s'allumait en rythme.

Il décrocha et se figea à nouveau. Edward.

– J'ai bien eu votre message, l'avertit ce dernier. Je dois absolument récupérer le troisième texte. Apportez-le-moi ce soir, à la distillerie.

PM renâcla. Il ne se ferait pas le complice d'un type recherché pour meurtre.

Le rire sarcastique d'Edward cascada dans l'appareil.

PM ne voyait pas ce qu'il y avait de drôle. Il venait de passer une heure au poste et… Edward l'interrompit.

– C'est un juste retour des choses, non ? Après tout je suis votre complice pour le meurtre de Ryan.

PM grimaça en l'entendant ajouter que cela ferait mauvais genre si la police retrouvait le corps – et l'arme portant ses empreintes – et conclut par un ordre :

– Ce soir, 22 heures, au silo numéro 4.

Edward raccrocha, mais ce fut Ryan qui se tourna vers Christian. Le skipper venait de le rejoindre dans le carré lambrissé d'acajou. D'humeur sombre, il résuma ce qui s'était passé entre Marie et lui alors que Lucas pointait son arme sur lui, prêt à tirer.

– Je ne peux pas la protéger d'elle-même, soupira-t-il.

– À sa place, c'est très exactement ce que j'aurais dit pour ne pas attiser la jalousie de Lucas à ton égard.

Christian haussa les épaules. Peut-être, oui…

*
* *

À quelques milles de là, dans une île où tout n'était que chimères, le véritable Lucas, ayant émergé de sa torpeur, avait littéralement mis à sac l'appartement.

Ce fut derrière les rangées de bouquins qui avaient accompagné la jeunesse d'Axel qu'il découvrit une trappe d'aération, suffisamment large pour dissimuler un boyau dans lequel il devait être possible de ramper.

Armé d'un couteau, il s'attaqua aux boulons. Et se hissa bientôt dans le conduit, doté d'une lampe torche trouvée au cours de sa fouille.

Il rampa ainsi dans la gaine durant une bonne cinquantaine de mètres avant de tomber sur une nouvelle trappe, qu'il fit sauter d'un coup de pied sec.

Le faisceau éclaira les parois rocheuses d'une galerie souterraine.

Lucas se laissa glisser au sol, deux bons mètres plus bas, et faillit se tordre la cheville en atterrissant sur d'anciens rails datant de l'époque où la mine était exploitée.

Avec le sentiment de remonter le temps, il choisit d'aller vers le nord et s'enfonça lentement dans les entrailles de la Terre.

Le premier embranchement apparut au bout de quelques minutes.

Indécis sur la direction à prendre, Lucas décida d'explorer la galerie de droite et traça un repère dans la poussière du sol.

Le nouveau boyau était plus étroit, l'humidité plus importante.

La lampe commençait à donner des signes de faiblesse, et Lucas avançait toujours dans la galerie quand le sol se déroba sous ses pas. Il bascula vers l'avant, ses bras battirent l'air. Il sembla sur le point d'être happé par le gouffre et ne dut qu'à une puissante détente en arrière de ne pas sombrer.

Un puits. Un ancien puits d'extraction dont il calcula grossièrement la profondeur en jetant quelques petits cailloux dedans. Le temps de la chute avant l'impact lui fit froid dans le dos.

La lumière baissa d'un coup. Il était temps de rebrousser chemin, et de croiser les doigts pour espérer que, quelque part dans l'appartement, un jeu de piles neuves lui permettrait de poursuivre son exploration souterraine.

L'embranchement semblait identique, pourtant la marque avait disparu.

Lucas se traita de con. Même le Petit Poucet était plus futé qu'un spécialiste des crimes rituels ! Il allait jouer la direction à pile ou face quand sa lampe le lâcha.

Alors il progressa lentement, rasant la paroi suintante d'humidité, et reprit espoir en voyant une lumière émaner d'une autre bouche d'aération.

Les boulons tombèrent les uns après les autres, libérant la trappe. Et après avoir dérapé à plusieurs reprises sur la roche glissante, il réussit à s'introduire dans le nouveau conduit.

La lumière s'accentua à mesure qu'il avançait. Et l'espoir revint. Logiquement, ce conduit devait, à un moment ou à un autre, déboucher à l'air libre !

Il arriva bientôt derrière une nouvelle trappe aux contours dessinés par une vive lumière : il touchait au but !

Trop à l'étroit pour passer ses jambes vers l'avant, il poussa de toutes ses forces avec le plat des paumes sur la grille. Emporté par l'élan, il bascula la tête la première et tomba lourdement sur un revêtement dont la douceur et la souplesse le surprirent.

Un canapé.

Il sentit sa raison l'abandonner en comprenant qu'il était à nouveau dans l'appartement.

Retour à la case départ.

*
* *

Personne ne s'était vraiment attardé au dîner, servi dans une ambiance morose. Louise s'était retirée en prétextant la fatigue, Marc Fersen avait suivi de près, incapable de manger quoi que ce soit, et Jill restait obstinément enfermée dans sa chambre, vissée à son Ipod.

Quant à Lucas, il était resté au poste – pour parcourir à nouveau le dossier, avait-il dit. Sachant pertinemment qu'il appréhendait en fait de se retrouver seul avec elle, Marie, qui restait obsédée par le nouveau trou de mémoire de Lucas concernant les sables mouvants, était rentrée seule au domaine.

Dans le silence du salon, seul retentissait le cliquetis des touches qu'elle actionnait fiévreusement.

Marie pianotait sur l'ordinateur, ouvrant successivement plusieurs pages de sites Internet.

Maladie d'Alzheimer – premiers symptômes – pertes de mémoire…

Centrée sur sa lecture, la jeune femme réalisa que Lucas était entré dans la pièce quand il ne fut plus qu'à quelques mètres d'elle.

Tapant rapidement un autre mot clé, elle affichait un site dédié aux pierres tombales au moment même où il posait ses mains sur ses épaules.

– Tu veux un verre ?

Le souffle encore suspendu, elle se contenta d'incliner la tête, et but une grande gorgée du liquide ambré, fierté des Sullivan.

L'alcool lui fouetta le sang.

Ils sirotèrent leurs verres dans un silence qui en disait long sur le malaise planant entre eux.

Elle fut la première à le rompre. Dans un demi-sourire.

– Tu te souviens, quand j'avais trop bu, ce soir-là à Lands'en, et que j'étais furieuse parce que tu m'avais attrapée dans tes bras pour me porter dans ma chambre ?

Il plissa les yeux comme s'il cherchait à savoir où elle en voulait en venir.

– Je t'ai accusé de vouloir abuser de moi, ajouta-t-elle, et tu m'as lâchée. Je n'oublierai jamais ce que tu m'as dit. Tu te souviens ? Quelle arrogance !

Il posa sèchement son verre sur une table et la considéra.

– Ce petit jeu commence à devenir gonflant ! Je sais que tu n'as plus confiance en moi, je sais que tu te demandes si je ne suis pas en train de devenir cinglé, comme ma mère !

Il balaya soudain son verre d'un revers de la main, et regarda le liquide ambré se faire absorber par le tapis.

– Et je ne peux pas te donner tort. Je ne peux pas !

Il avait l'air si désemparé, si malheureux, qu'elle s'en voulut immédiatement. En deux pas elle fut sur lui, et posa la main sur son bras.

– Je suis désolée. C'est juste que… j'ai peur.

– Peur de moi, je sais.

Elle secoua doucement la tête, prit son visage entre ses mains et l'obligea à la regarder.

– Peur pour toi.

Il eut un rictus amer et se dégagea de son emprise.

– Tu mens mal, Marie. Et s'il y a bien une chose que je ne veux surtout pas de toi, c'est ta pitié ! Je dormirai dans une autre chambre cette nuit.

Et il s'éloigna sans attendre une quelconque objection.

La jeune femme, navrée, voulut le suivre, mais ses jambes se dérobèrent. Un vertige qu'elle attribua à l'alcool, dont elle n'avait pas l'habitude.

Elle s'assit lourdement dans un profond fauteuil, le temps de récupérer.

Autour d'elle, tout se mit à tourner, et à devenir flou. Elle lutta, mais ses paupières étaient si lourdes, si lourdes…

Elle ferma les yeux.

*
* *

PM pénétra dans le hangar à silos, et se dirigea vers le numéro 4 en songeant qu'Edward était pervers de lui donner rendez-vous ici.

Effrayé par le silence enveloppant, il héla l'oncle de Marie à plusieurs reprises, et se détendit en l'entendant lui répondre enfin.

– Où êtes-vous ? râla-t-il. Je ne vous vois pas !

La voix s'éleva à nouveau pour le guider. Se fiant au son, PM arriva devant le silo, mais Edward était toujours invisible.

– Ce n'est vraiment pas drôle ! En plus je suis crevé, moi ! J'ai eu une journée… je ne vous dis même pas !

– Je suis là, Pierre-Marie.

La voix résonnait curieusement, comme en écho.

– Montrez-vous à la fin, merde ! C'est agaçant !

Il fit un bond en arrière en voyant la trappe du silo s'ouvrir. Tétanisé, il ne pouvait détacher son regard des deux pieds qui apparurent, chaussés de bottes. Ces bottes, il en avait déjà vu de semblables… Il ne se rappelait ni où ni quand, juste que c'était lié à quelque chose de très désagréable.

Et Ryan se matérialisa devant lui.

Les yeux exorbités, totalement paniqué, PM recula, et recula encore, jetant des regards de tous côtés en jappant plaintivement le nom d'Edward, se prit les pieds dans un chariot et s'affala de tout son long.

– Ce n'est pas possible, bredouilla-t-il. Ryan est mort ! Je le sais ! Je l'ai tué ! Edward aussi le sait ! C'est même lui qui a planqué le corps ! Ed ! Ed !

Il se recroquevilla en voyant Ryan se dresser, et se mit à hurler lorsque ce dernier le saisit d'une poigne ferme pour le remettre debout. Un fantôme n'a pas de consistance, donc Ryan n'était pas un fantôme.

– Où est Edward ? Qu'est-ce que tu en as fait ? Ed !

Ryan prit un air désolé.

– Edward était devenu inutile, alors je m'en suis débarrassé.

L'incrédulité puis la révolte envahirent les traits de PM. L'estomac chargé de plomb, il en oublia jusqu'au petit chantage qu'Edward avait exercé sur lui. Des larmes lui montèrent aux yeux, et ce fut d'une voix étranglée qu'il cracha sa haine sur Ryan.

– C'était mon ami, mieux qu'un ami même, il était comme le grand frère que tu n'as jamais été. Il aimait parler avec moi, il savait m'écouter, il m'a aidé, protégé… Et tu me l'as pris, comme tu m'as toujours tout pris, à commencer par l'affection de notre père. Je te hais, Ryan !

Ce dernier écrasa un sourire. Et ce fut avec la voix d'Edward qu'il poursuivit :

– Je suis infiniment touché d'avoir eu la chance, grâce à Ed, de nouer un vrai lien avec toi.

La bouche ouverte, PM le contemplait d'un air stupide.

Puis sa bouche se tordit, et son rire hystérique se répercuta en écho dans le hangar vide.

*
* *

La silhouette se glissa derrière la roseraie et longea les murs de la demeure jusqu'aux portes-fenêtres donnant sur le salon.

Dissimulée par la pénombre, elle observa Marie qui dormait dans l'un des profonds fauteuils.

Elle allait entrer dans la pièce quand Lucas y revint.

Il se dirigea droit vers Marie sans remarquer la porte-fenêtre qui se refermait en silence.

La silhouette se plaqua au mur extérieur, le souffle court.

Viviane. Ses yeux étincelaient de colère. *Il* avait promis que Marie serait la prochaine sur la liste, mais ne semblait pas pressé d'en finir. Pourquoi avait-il fallu qu'il arrive justement au moment où elle s'apprêtait à agir ?

Elle le vit prendre la jeune femme dans ses bras, et l'épia de l'extérieur tandis qu'il traversait le grand hall pour monter à l'étage.

L'idée qu'il allait peut-être se glisser sous les draps avec cette fille mit Viviane dans un tel état qu'elle faillit hurler.

Une lumière s'alluma au premier.

Lucas dévêtit Marie entièrement.

Il apprécia un instant le corps dénudé de la jeune femme, remonta le drap pour la couvrir sans qu'elle ait la moindre réaction et se pencha sur elle.

Approchant la main de son visage, il souleva ses paupières, vérifia la fixité des pupilles et, rassuré sur la profondeur du sommeil artificiel, quitta la chambre.

*
* *

Le rire de PM s'était tu. Accoudé au comptoir de dégustation de la distillerie, un verre de pur malt dans le gosier, il écoutait Ryan lui expliquer pourquoi il avait agi ainsi.

– Ton obsession à répéter que j'étais vivant pouvait devenir gênante à la longue. La seule façon de te convaincre de ma mort était de t'amener à me tuer. C'est pour ça que j'ai… Qu'Edward t'a donné une arme, mais une arme chargée à blanc. Je n'avais plus qu'à te forcer à tirer. Une petite poire d'hémoglobine déclenchée discrètement a suffi à faire la blague.

Il freina PM qui attrapait la bouteille pour se servir un nouveau verre.

– Ensuite tu m'as jeté dans le silo. J'ai attendu que tu t'en ailles, et je suis sorti.

– Et si j'étais resté plus longtemps ? Hein ? T'aurais eu l'air malin !

– Disons que j'ai parié sur le fait que tu n'aurais pas envie de t'attarder.

– Après ça tu as repris la peau d'Edward, tu m'as poussé aux aveux, et tu m'as proposé de planquer le corps…

– Eh oui. Dès cet instant, tu étais ferré. Désolé, petit frère, mais j'avais vraiment besoin de ton aide.

– Ce n'est pas toi que j'aidais, c'était Edward, répliqua PM, buté.

Ryan lui versa un nouveau godet qu'il s'enfila d'un trait.

– Edward, moi… Quelle importance ? L'essentiel est qu'on se soit trouvés, non ?

Et il choqua son verre contre celui de PM.

Une demi-heure plus tard, l'ambiance avait monté de plusieurs degrés, et l'ivresse de PM itou.

– Trop fort ! Trop fort !

Pris d'une hilarité largement entretenue par le douze ans d'âge, PM salua Ryan qui l'avait manipulé une fois de plus, et de façon magistrale.

Dire que Ryan était à sa portée depuis son arrivée dans l'île, dire qu'il se sentait proche de lui, dire que pour aider Edward il avait risqué sa vie dans la crypte du couvent ! Tout ça pour des textes qui ne recelaient aucun message secret et pour un trésor qui n'avait jamais existé !

Ryan le détrompa.

– Le trésor existe, et les textes gravés sur les cinq pierres tombales permettent d'y accéder, ce sont les fameuses clés dont parle la légende. Chaque texte contient une partie du message qui mène à la cachette.

– Bla-bla-bla ! éructa PM d'une voix avinée. Tout ça c'est du bidon ! J'ai cherché et j'ai rien trouvé ! T'es plus mort ! Je suis plus coupable ! Edward peut plus me faire chanter... Alors je m'en vais.

Ryan haussa les épaules.

– Je ne peux pas te retenir contre ton gré, mais réfléchis quand même... Ce n'est pas tous les jours qu'on a une chance de pouvoir rattraper le temps perdu.

PM lui jeta un regard morne.

– Toi et moi, Pierre-Marie. Si tu savais combien de fois j'ai prié le Ciel d'avoir l'occasion de faire la paix avec mon petit frère.

Le petit frère rota bruyamment.

– Tu parles... Y a que le trésor qui t'intéresse. Une fois qu'on aura mis la main dessus, tu te barreras avec.

– Je ne peux pas t'empêcher de penser ça, soupira Ryan. Dommage...

Il quitta le bar et avait déjà parcouru quelques pas quand PM le rappela.

– Si je t'aide, qu'est-ce qui me garantit que tu ne garderas pas tout pour toi ?

Ryan tourna la tête vers lui et afficha sa déception.

– Tu n'as pas encore compris que le seul trésor qui m'intéresse, c'est Marie ? Tu n'as pas compris que si j'avais pris la place d'Edward, si je m'étais accroché une attelle métallique à la jambe, si j'avais supporté cette famille, c'est pour elle, pour être près d'elle ? Je me moque de l'or, tu pourras tout garder pour toi si tu le souhaites. Je n'ai qu'un désir : mettre le tueur hors d'état de nuire et la regarder vivre heureuse.

Pour la première fois, PM sentit l'accent de sincérité dans les paroles de son frère et s'en émut.

– Elle est flic, elle te laissera jamais faire.

– Ça, c'est mon problème.

Ryan revint vers PM.

– Tu as apporté le troisième texte ?

*
* *

Viviane avait vu la lumière s'éteindre à l'étage.

Toutes sortes d'images, plus odieuses les unes que les autres, hantaient son esprit jaloux sans qu'elle puisse les chasser. Elle aurait voulu fuir, le quitter, mais elle restait là à attendre, comme un chien attend son maître.

Comme l'esclave qu'elle était !

Elle n'eut que le temps de se renfoncer dans l'ombre quand il sortit de la demeure. Surprise, elle le vit se diriger vers sa voiture et démarrer.

Où pouvait-il bien aller, à cette heure ?

La jeune paysagiste évita de se perdre en conjectures. L'essentiel était qu'il ne soit pas avec cette femme. Et que la belle au bois dormant se trouve à sa merci.

Elle surgit de l'ombre de la roseraie et se faufila à l'intérieur de la demeure, alors que le véhicule de Lucas quittait la propriété.

Le palier de l'étage était désert.

Elle fit jouer doucement la poignée et se glissa dans la chambre de la jeune flic.

Au même moment, Lucas arrêtait la voiture, en proie à des sentiments aussi contradictoires que nouveaux pour lui.

Il avait vu Viviane se glisser dans la demeure et savait très exactement ce qu'elle avait en tête. La mort de Marie était inévitable, pourtant l'idée que ce corps tendre et sensuel ne serait bientôt plus qu'un morceau de viande froide ne le laissait pas indifférent.

Marie était la vie même, et c'était la vie qu'il tenait dans ses bras quand il lui faisait l'amour. Il n'avait pas envie que cette vie s'éteigne.

Le sac en plastique bruissa quand Viviane le sortit de sa poche et le déplia. Décollant doucement la tête de Marie de l'oreiller, elle l'en coiffa sans que la jeune femme ait la moindre réaction.

Le plastique épousa peu à peu les contours du visage, dont le souffle se fit soudain plus court. Marie commença à s'agiter dans son sommeil, sa bouche s'ouvrit pour aspirer l'air qui se raréfiait, une longue plainte étouffée monta de sa gorge sans qu'elle ne se réveille.

Et ses yeux s'écarquillèrent…

Lucas déboula dans la chambre et embrassa la scène en un coup d'œil : Marie qui étouffait sous le plastique, Viviane qui la regardait mourir lentement, un petit sourire satisfait aux lèvres.

Avec une rapidité surprenante, il arracha le sac et assomma Viviane d'un coup précis sur la nuque.

Il se pencha alors sur Marie qui était dans un état de semi-conscience et, sortant un pistolet à injection de sa poche, lui fit rapidement une piqûre pour qu'elle replonge dans un profond sommeil.

Lorsqu'il sortit de la demeure, il portait Viviane en travers de son épaule.

*
* *

Tandis que Ryan examinait attentivement le texte de la troisième pierre tombale, PM finissait de lui raconter comment il avait découvert l'existence du passage secret et de la pièce aux reliques.

– Je me demande bien ce que les deux vioques allaient faire sous terre.

– C'est peut-être là qu'elles planquent le meurtrier.

– Si c'était le cas, Louise aurait parlé en voyant les membres de sa famille se faire dézinguer les uns après les autres, non ?

– Certaines personnes préfèrent parfois se taire plutôt que de révéler leur secret.

L'ombre de leur père se profila soudain, couvrant la salle d'une chape de plomb.

Un silence s'ensuivit, au cours duquel Ryan acheva d'entourer certains des mots en gaélique. PM était écœuré.

– Que tu lises le gaélique, soit, marmonna-t-il. Tu as toujours été bon en langues. Mais comment peux-tu savoir les mots qu'il faut garder ?

Ryan eut une moue amusée.

– En prison, j'ai beaucoup étudié les anciens codes utilisés par les druides pour délivrer un message noyé dans un texte banal…

– Et en français, ça donne quoi ? questionna PM, avide de savoir.

Ryan écrivit la phrase sur une feuille :

À la croisée des quatre points

PM ironisa.

– C'est tout à coup beaucoup plus lumineux !

Ryan sortit alors les deux autres textes traduits et lut les mots entourés sur chacun d'entre eux.

En ce royaume dédié aux fidèles,
honni par la fille de Dagda,
À la croisée des quatre points…

PM écouta Ryan lui expliquer rapidement pourquoi le royaume était la chapelle sous le lac, et ce que signifiait la troisième phrase.

– Les quatre points et la croisée font référence aux quatre éléments figurant sur la croix celtique : l'eau, le feu, la terre et l'air.

PM eut une moue dubitative.

– En admettant que tu aies raison, et même si on trouve les deux pierres tombales manquantes pour compléter le texte, on ne pourra pas plonger dans le lac vu qu'il est surveillé en permanence.

– Je me chargerai des gendarmes. Concentre-toi sur la recherche des stèles de Zoleig et de Seamus.

– J'ai mis des alertes sur tous les sites et les blogs de spécialistes et d'amateurs de pierres datant du Moyen Âge. J'espère que cela va donner quelque chose…

– Il faut faire plus. Interroge les gens du coin, les sculpteurs de pierres tombales, les gardiens de cimetière, les jeunes adeptes de jeux de rôles…

PM leva les yeux au ciel.

– Et toi, tu fais quoi ?

– Je te rappelle que je suis recherché…

*
* *

La voiture de Lucas était arrêtée devant l'appartement de Viviane.

La jeune femme reprenait ses esprits quand il la balança sans aucun ménagement sur le lit.

– Si jamais tu touches encore à elle, je te tue !

Ces mots lui firent l'effet d'un coup de fouet.

– Tu es tombé amoureux d'elle ! C'est ça, hein ? Je le savais ! Je le savais ! C'est pour ça que j'ai voulu me débarrasser d'elle…

Lucas l'agrippa par le cou et la plaqua violemment contre la tête de lit.

– On a passé un accord tous les deux, et je tiendrai parole. Mais c'est moi qui déciderai quand, et comment ! Vouloir tuer Marie comme ça était totalement stupide, à moins que tu n'aies eu envie de me faire accuser moi !

Viviane roula des yeux paniqués. Non, non…

– Si je plonge, tu plonges avec moi, ajouta-t-il. Et contrairement à moi, tu n'auras aucune circonstance atténuante.

Les larmes ruisselèrent sur les joues de la jeune paysagiste, et, entre deux sanglots, elle lui demanda pardon.

Il desserra son étreinte et soupira.

– J'espère vivement que Marie n'aura aucun souvenir de ce qui s'est passé, sinon tout est fichu !

Puis il s'adoucit et prit Viviane dans ses bras.

– Fais-moi confiance. Tout sera bientôt terminé.

Et il se sauva.

Il avait un petit détail à régler.

*
**

La goélette n'était plus là.

Lorsque Ryan atteignit le quai, l'emplacement occupé par le bateau de Christian était vide. Interloqué, il fouilla la pénombre du regard et l'aperçut qui allait franchir la passe du port. Il courut le plus vite possible jusqu'à la jetée, tout en essayant de joindre le marin sur son portable.

Messagerie.

Le cellulaire sonna longtemps sans que Christian, allongé sur l'une des couchettes du carré, n'ait le moindre geste pour aller décrocher.

Et pour cause.

Ses mains étroitement ligotées et reliées par une fine cordelette à ses chevilles entravées ne laissaient aucun doute sur la réalité de la situation.

Même si sa poitrine se soulevait doucement, il ne dormait pas.

Il était inconscient.

L'homme à la barre coupa le moteur et hissa la grand-voile qui se gonfla au vent. Une fois au large, il engagea le pilote automatique et se dirigea vers le carré.

Lucas.

Il eut un regard au ciel étoilé, puis, un sourire satisfait aux lèvres, il attrapa une hache et descendit dans le cockpit.

Il pulvérisa la radio et le GPS sans que Christian ne bronche.

Ensuite il descendit dans la soute. Et entreprit de créer une voie d'eau en frappant la coque à l'endroit où elle était la plus mince.

De retour sur le pont, Lucas se précipita à la poupe, détacha l'annexe, sauta dedans et fila.

Derrière lui, la goélette commença à sombrer.

L'eau s'engouffra dans le carré et monta très vite, atteignant la couchette sur laquelle Christian gisait toujours…

26

La caresse l'arracha à un sommeil lourd, peuplé de cauchemars, et, pendant un instant, Marie retint la main si douce qui lui effleurait la joue. Puis elle ouvrit les yeux.

Lucas était là, penché vers elle, à la fois soucieux et tendre. Il nota la petite mine pâle, les cernes bistre soulignant les prunelles vertes, et cette lueur d'inquiétude que la nuit n'avait pas effacée.

Ils se dévisagèrent ainsi en silence, durant une longue minute, comme s'ils cherchaient mutuellement à puiser, dans le regard de l'autre, la force de cet amour qui les unissait.

Sa voix était pâteuse quand elle parla enfin.

– Cette nuit… J'ai rêvé que j'étouffais… Tu étais là et…

Le reste de la phrase se perdit dans un soupir. Il s'assombrit.

– Je sais que tu te poses beaucoup de questions à mon sujet, commença-t-il d'une voix sourde. Mes accès de colère, mes trous de mémoire… Je suis allé sur les sites sur lesquels tu as surfé hier… Non, ne dis rien, ajouta-t-il vivement en la voyant s'agiter. Je comprends. Tu sais, à ta place, j'en ferais autant… Moi aussi je m'inquiète… Ces pertes de contrôle… Au point de risquer de te tuer… ou d'abattre Bréhat…

Ses traits s'altérèrent sous l'effet d'une angoisse rétrospective. Il secoua la tête.

– Je suis peut-être bien en train de devenir dingue…

Le cœur de la jeune femme se serra. Elle ne pouvait pas laisser celui qu'elle aimait se torturer ainsi, sans rien faire. Elle ouvrait la bouche pour parler, mais il posa doucement le doigt sur les lèvres.

– Laisse-moi finir, mon amour, s'il te plaît… J'ai décidé de faire une série de tests pour savoir si je n'ai pas hérité de la maladie de ma mère… Je ne veux pas être un danger pour toi… Si c'est le cas, je prendrai mes distances, car pour rien au monde je ne voudrais te faire le moindre mal…

Les yeux verts s'embuèrent. Profondément touchée par le désespoir de Lucas qui faisait écho au sien, elle l'encercla de ses bras.

– Je t'ai épousé pour le meilleur et pour le pire, chuchota-t-elle. Si le pire devait arriver, je serais là avec toi, parce que je t'aime.

Il songea à l'Autre, prisonnier d'un dédale dont lui seul connaissait l'issue. Il avait suffisamment étudié Lucas Fersen pour savoir qu'il ne laisserait pas la discussion se terminer sur une note aussi lourde.

– Même si je ne suis qu'un type affreusement arrogant ? souffla-t-il.

Surprise par la lueur de gaieté qui traversa le regard noisette, elle arqua légèrement les sourcils tandis qu'il poursuivait :

– Je ne me rappelle pas exactement ce que je t'ai dit, cette nuit-là à Lands'en, avoua-t-il. Mais, me connaissant, j'imagine que c'était quelque chose du genre : *le jour où vous serez à moi, ce sera parce que vous le voudrez.*

À l'imperceptible détente de ses traits, il sut qu'il avait fait mouche.

Lucas is back, se glorifia-t-il intérieurement tandis qu'elle l'attirait à elle dans une étreinte passionnée.

Ce fut d'un cœur plus léger, et la peau encore couverte des baisers de Lucas, qu'elle le laissa sous la douche pour descendre à la cuisine. Elle songeait à la façon, presque timide, dont il lui avait laissé prendre une initiative que d'habitude il s'attribuait avec une autorité très masculine.

Comme s'il avait peur de la blesser.

Ses hésitations l'avaient troublée, puis touchée. Elle les avait mises au compte d'un état qui le perturbait. Qui les perturbait tous les deux. Comment aurait-elle pu se douter que l'amant d'expérience n'était pas plus rompu aux jeux de l'amour qu'un tout jeune homme sortant à peine de l'adolescence ?

Elle finissait de boire un café quand Viviane entra dans la cuisine, le nez chaussé de grandes lunettes noires qui ne dissimulaient toutefois pas totalement la marque d'un hématome.

La paysagiste ne s'attendait visiblement pas à se trouver face à Marie. Elle bredouilla une vague excuse sur la raison de sa présence et allait repartir quand la jeune flic la retint.

En dépit de ses protestations, Marie lui enleva ses lunettes et poussa une exclamation étouffée devant l'ecchymose bleuissante qui lui mangeait le visage, partant du grain de beauté qu'elle avait au coin de l'œil et s'étirant jusqu'à la tempe.

– Qu'est-ce qui s'est passé, Viviane ? Qui vous a fait ça ?

La jeune femme éluda d'une grimace.

– Je n'ai pas envie d'en parler… Surtout pas à vous.

Pensant clore le sujet, elle récupéra ses lunettes et les remit en place. Mais le ton de Viviane avait alerté Marie, un mauvais pressentiment l'envahit, au point qu'elle eut la tentation de la laisser filer sans savoir.

Pourtant ce n'était pas dans sa nature de tourner le dos à la réalité.

Elle l'exhorta à parler, allant jusqu'à la menacer de prévenir la police si Viviane s'entêtait dans son silence.

La police ?

Le mot seul arracha un rictus à la jeune paysagiste. Et Marie sut que son pressentiment était fondé.

– Je vous en prie, articula-t-elle sourdement. Je dois savoir.

En dépit des verres fumés, Viviane détourna le regard. Son débit se fit saccadé, comme pressée d'en finir avec quelque chose de très désagréable.

– Lucas m'a un peu secouée pour me faire avouer que j'étais la complice d'Edward. Il ne me croit plus depuis que j'ai confirmé le faux alibi de Franck. Je me suis énervée, j'ai menacé de porter plainte, il a pété les plombs et…

Marie n'avait pas attendu la fin de la phrase pour fermer les yeux, atterrée. Viviane posa une main compatissante sur son bras.

– Vous êtes bien la dernière personne à qui je voulais dire ça, Marie. Mais après tout, c'est peut-être mieux que vous soyez au courant.

La jeune flic était incapable de répondre. Elle se contenta de hocher la tête.

– Je ne ferai rien contre lui, mais je vous conseille d'être sur vos gardes. Ce type est un grand malade...

*
* *

Lucas n'avait plus aucune notion de l'heure depuis qu'il était enfermé, il ignorait même totalement quel jour ce pouvait être. Ou quelle nuit. Sa montre était désormais en la possession d'Axel, comme tout ce qui lui appartenait.

Alors il avait allumé l'écran plasma et s'était connecté à ce lien ténu avec l'extérieur pour tenter de se raccrocher à une réalité.

Il zappait sur la multitude de canaux d'un œil morne quand le jumeau haï était apparu à l'image d'une chaîne locale. *L'imposteur* concluait la brève interview en déclarant qu'Edward Sullivan serait prochainement déféré devant la justice et qu'il pourrait enfin quitter l'île avec sa jeune épouse pour un voyage de noces bien mérité.

La télécommande avait explosé au sol.

Des heures durant, accablé par l'idée qu'il ne sortirait jamais de ce dédale, il avait essayé de chasser Marie de ses pensées, mais les images revenaient sans cesse le hanter, le crucifiant dès qu'il l'imaginait avec l'Autre.

Il était prostré sur le canapé, et contemplait sans le voir le sas qui fermait la pièce, quand la porte donnant sur la galerie s'ouvrit sur mère Clémence qui poussait devant elle un chariot garni d'un plateau-repas.

Il se rua sur la porte donnant côté appartement, et réalisa très vite que celle-ci ne s'ouvrait que quand l'autre était refermée.

La supérieure immobilisa le chariot.

Il crut halluciner en l'entendant parler d'œufs brouillés, de bacon, de saucisses – *ses préférées*, disait-elle – en lui rappelant qu'on était dimanche.

Il était enfermé sous terre et la bonne sœur lui débitait le menu !

Le temps était compté.

Il devait absolument la convaincre qu'il n'était pas Axel.

– Tu n'as aucune chance d'y arriver, lui avait dit ce dernier. Crois-moi, j'ai tout bétonné de ce côté-là.

De fait, la religieuse se contenta de hocher la tête quand il lui balança, en vrac, qu'il était le vrai Lucas Fersen, qu'Axel avait pris sa place, qu'elle devait le laisser sortir.

La voyant amorcer un demi-tour, il se mit à hurler.

– Si vous ne faites rien, il va tuer ma femme !

Il eut un bref espoir alors qu'elle tournait la tête vers lui.

– Tu devrais manger avant que ça ne soit froid.

La porte glissa puis se referma derrière elle, tandis que celle donnant sur l'appartement s'ouvrait sur Lucas.

Il se précipita sur la vitre extérieure, tambourina, hurla, mais la sœur s'éloigna inexorablement, sans un regard en arrière.

Des larmes de désespoir et d'impuissance montèrent aux yeux du flic.

*
* *

Un grand malade.

Ces mots résonnaient encore dans la tête de Marie alors que, assise au côté de Lucas, elle se rendait avec lui au poste.

Silencieuse depuis leur départ du domaine, elle essayait de garder les yeux obstinément fixés sur le paysage pour ne pas avoir la tentation de l'observer. Et de le questionner.

La lande, la route en corniche, l'océan à perte de vue, le bourg, le port, les bateaux…

Son regard chercha malgré elle la silhouette élégante de la goélette, dont les deux mâts tellement reconnaissables se distinguaient d'ordinaire dans la forêt de haubans.

Elle n'était plus là.

La goélette n'était plus à quai !

Le cœur de Marie marqua un battement et, malgré elle, un frisson la parcourut.

– On dirait que Surcouf a suivi ton conseil et a fini par mettre les voiles, commenta Lucas, comme s'il percevait son trouble. Bon débarras !

Elle prit violemment sur elle pour afficher un air détendu. Et lui offrit un visage impavide.

L'œil rivé au rétro extérieur, elle vit le port disparaître alors que la voiture bifurquait en direction du poste.

Mais ses pensées restaient à quai.

Elle songeait à celui qu'elle avait connu gamine, et qu'elle avait tant aimé avant d'être emportée par sa passion pour Lucas. Elle revoyait le regard délavé et le sourire de loup qui l'avaient tant fascinée. Elle le réentendait lui dire que jamais il ne renoncerait à elle, et que toujours il la protégerait.

Christian avait visiblement pris ses paroles définitives au pied de la lettre.

Comment ai-je pu perdre autant de temps à aimer quelqu'un comme toi ? Tu n'en vaux pas la peine.

Elle ferma les yeux. Envahie par un terrible sentiment d'abandon.

Et une peine infinie.

Brody les attendait avec une nouvelle qui chassa provisoirement le skipper de son esprit.

– Francis Maréchal a effectué de nombreux déplacements sur l'île de 1962 à fin 1967, époque à laquelle Jacques Reynault est mort. Mais ce n'est pas tout : j'ai découvert l'existence d'un labo créé durant la Seconde Guerre mondiale par le père de ce dernier, Joseph Reynault, un chercheur qui aurait collaboré avec les nazis à la création de leur fameuse race supérieure.

– Charmant personnage, marmonna Angus.

Les bras croisés, appuyé au rebord d'un bureau, Lucas se fendit d'une moue sceptique.

– Allons, Angus ! Un labo ? Sur l'Île aux Chimères ? On en a fouillé le moindre recoin ! On l'aurait trouvé s'il existait.

Vos sources me semblent un peu fantaisistes, Brody, railla-t-il.

Le jeune gendarme ne se laissa pas démonter. Cette fois il avait tout bétonné pour ne plus avoir à supporter les sarcasmes de Fersen.

– Mes sources, comme vous dites, commandant, proviennent des archives de la Préfecture. De Paris, ajouta-t-il, savourant la précision. Il existe un document datant de 1941, signé par Himmler lui-même, attestant une demande de transfert de fonds pour un laboratoire de recherche expérimentale dont la direction serait confiée à Joseph Reynault.

– Mais rien ne prouve que ce labo ait vu le jour, et encore moins qu'il ait été créé dans l'île, rétorqua Lucas. À moins que vous n'ayez trouvé des éléments qui corroborent cette thèse. Au cadastre de Killmore, par exemple.

Une ombre passa sur le visage de Brody.

– Il n'y a rien de… probant, finit-il par avouer au bout de quelques instants. Mais…

Marie décida de couper court à la confusion du jeune gendarme. Non seulement il avait fait de l'excellent travail, mais le fait que le laboratoire ne soit pas inscrit au cadastre, ou que personne n'en connaisse l'existence, ne prouvait pas qu'il n'avait pas existé. Qu'il n'existait pas encore…

– Oh, je vois, un laboratoire secret. C'est bien à ça que tu penses ?

La jeune flic choisit d'ignorer l'ironie sous-jacente de Lucas, et approuva.

– Exactement. Joseph Reynault ne serait pas le premier scientifique à avoir profité de cette période trouble pour organiser des recherches expérimentales en marge de la loi. Plein d'unités se sont ainsi montées à l'insu de tous. Certaines ont été découvertes depuis, mais pas toutes. Les allées et venues dans l'île de Jacques Reynault et Francis Maréchal, tous deux généticiens, ne sont pas une coïncidence.

– Pour toi, ils auraient utilisé le labo à des fins de recherche ?

Elle opina.

– Je pense que c'est peut-être la nature de ces travaux qui était consignée dans les carnets de Francis Maréchal, et que son fils, journaliste scientifique, est venu dans l'île pour en découvrir la réalité. Et que c'est pour l'empêcher d'en faire état qu'on l'a tué.

– Et Edward s'est évadé juste parce qu'il était claustrophobe, ricana Lucas.

La jeune femme darda son regard vert sur lui avec une folle envie de lui prouver qu'Edward était innocent, pour la simple raison qu'Edward n'existait que par le truchement de Ryan.

Mais indépendamment du fait qu'elle était allée bien trop loin dans le mensonge, elle n'était plus du tout sûre d'avoir envie de partager ce secret avec qui que ce soit. À commencer par Lucas.

– Je ne sais pas comment Edward s'inscrit dans toute cette histoire, mais mon intuition me dit que tout est lié à cette île, où comme par hasard ton jumeau a été élevé dans le plus grand secret par les religieuses. Faites-moi un topo sur les sœurs, Brody.

Lucas leva les yeux au ciel et, pendant un court instant, redevint le Lucas railleur et horripilant mettant à mal ses hypothèses, et en échafaudant d'autres qu'elle détruisait consciencieusement.

Angus en était presque soulagé. Finalement, il aimait autant quand ces deux-là se chamaillaient.

Vêtues d'aubes longues et blanches, les visages pris dans des coiffes qui en arrondissaient les contours, elles souriaient toutes avec retenue à l'objectif.

Brody n'avait pas vraiment eu de difficultés à se procurer ces clichés auprès du photographe agréé du couvent. Même si pour la forme, et pour faire mousser sa fonction, l'homme s'était fait tirer l'oreille, arguant de la réputation de sa maison, soucieuse de confidentialité.

Le jeune gendarme lui avait promis la plus grande discrétion.

Marie entama la pile de photos de classe, dont les plus anciennes remontaient aux années soixante. Et les passa en revue, année après année.

Les visages se succédaient, identiques dans leur expression, à croire que l'habit avait annihilé jusqu'à la moindre parcelle de personnalité.

Elle éplucha ainsi plus des trois quarts des photos, avec l'impression croissante de perdre son temps. Que pensait-elle trouver à l'examen de ces portraits de groupe ? Un signe qui lui permettrait de déceler, derrière ces façades respirant la pureté, un semblant de début de piste ?

Résolue à en finir rapidement, elle se pencha sur l'avant-dernier cliché, datant de 2004. Un grand cru. Pas moins d'une cinquantaine de sœurs posaient cette année-là pour une postérité réduite aux membres du clergé.

Elle allait le ranger quand un détail retint son attention.

Même pas un détail. Une sensation tout au plus.

Comme un malaise diffus.

Elle focalisa sur la troisième religieuse en partant de la gauche, debout au dernier rang. Sœur Agnès de la Miséricorde, à en croire la liste numérotée figurant sur le volet de gauche.

Le regard était différent des autres, et déteignait sur l'expression du visage. Moins serein. Presque inquiet.

Un visage qui lui rappelait vaguement quelqu'un, sans qu'elle puisse dire ni où ni quand elle l'avait déjà croisé.

Elle le détailla à la recherche de l'indice qui la mettrait sur la voie.

Elle le trouva au coin de l'œil gauche.

Un infime petit point, pas plus gros que ces mouches que les élégantes se peignaient sur la peau, autrefois.

Quelque part, du fond de sa mémoire, surgirent une paire de lunettes fumées, un hématome bleuissant et un grain de beauté. Elle sut alors de qui il s'agissait.

Marie scanna fébrilement la photo et lança Photoshop pour en agrandir le format.

Le grain de beauté se précisa.

Cliquant rapidement sur le programme, elle détoura le visage de la religieuse, remplaça la coiffe par une courte chevelure blonde, et imprima le résultat qu'elle soumit aux regards d'Angus et de Lucas.

À sa grande satisfaction, le flic en resta scotché.

Sœur Agnès de la Miséricorde n'était autre que Viviane !

Angus crut défaillir en entendant Brody décréter que la bonne sœur était fichée aux Mœurs. Prostitution et racolage.

– Elle a quitté la Belgique il y a cinq ans. Il semble qu'elle ait été témoin d'un règlement de comptes et qu'elle ait préféré mettre les voiles pour entrer au couvent.

Les voiles. Le voile. Brody s'empêtra dans le mauvais jeu de mots qui lui avait échappé. Et se mit à bredouiller.

– D'après l'évêché, elle aurait renoncé à ses vœux à la fin de l'été dernier, et quitté les bonnes sœurs.

– Peu de temps après la disparition de François Maréchal, releva Marie. Ce ne peut pas être une coïncidence. Pas plus que son emploi au domaine Sullivan.

Cette fois, Lucas ne ricana pas. Mieux, il s'excusa auprès de Marie de s'être moquée de son obsession *mystique*.

– J'ai toujours pensé que cette fille était ambiguë, dit-il. De là à imaginer qu'elle avait été religieuse…

L'ombre d'un hématome se profila.

– Pourtant tu l'as interrogée hier, glissa-t-elle, l'air de rien.

Le regard qu'il lui adressa était sincèrement étonné.

– Pas depuis qu'on a démonté ensemble le faux alibi de Franck.

Ce fut au tour de Marie d'être déconcertée. Elle s'apprêtait à lui narrer la conversation qu'elle avait eue le matin même avec Viviane, quand il poussa une exclamation étouffée.

– Elle était avec toi dans les écuries, quand tu as été jetée dans le puits ! Nom de Dieu ! Et moi qui ai gobé sa soi-disant agression ! Quel con ! C'est elle qui a essayé de te tuer !

Le film de ce jour-là défila à toute allure devant les yeux de Marie. Tout prenait soudain une autre perspective.

– Et ce n'est sûrement pas un hasard si Viviane travaille au domaine, reprit Lucas, en se tournant vers Brody. Savez-vous qui l'a embauchée ? Et quand ?

Le gendarme acquiesça.

– C'est Edward Sullivan, peu de temps avant son voyage en Amérique du Sud, il y a six mois.

Le spécialiste des crimes rituels évita de pavoiser. Les pièces du puzzle s'assemblaient d'elles-mêmes, suffisamment éloquentes pour qu'il n'y eût pas besoin d'en rajouter.

– Viviane, ex-religieuse, a dû garder sa tenue en quittant le couvent. Ce serait elle qui aurait volé le corps du jumeau à la morgue, suggéra Marie.

Lucas renchérit.

– Si elle est bien la complice d'Edward, ce que je crois, cela explique comment Kelly et le jumeau ont pu être tués la même nuit, à quelques heures d'intervalle.

– Pute, religieuse et criminelle… Je n'arrive pas à y croire, marmonna Angus dont le vieux fond de catholique irlandais se révoltait à cette idée.

Une pute.

La rousse était une pute fraîchement débarquée dans l'île, leur avait dit le taulier du bouge.

L'homme observa attentivement le photomontage sur lequel la courte chevelure blonde avait été remplacée par une crinière rousse et mousseuse.

Il hésitait quand il se souvint du grain de beauté, niché au coin de l'œil.

– J'ai même cru que c'était un faux, vous savez, ouais, comme ces nanas se mettaient dans le temps pour aguicher… Ça porte un drôle de nom… Un truc d'insecte…

– Une mouche, dit Marie.

Le taulier jubila. *Une mouche !* Exactement !

Mais la jeune femme ne l'écoutait plus.

Tandis qu'elle questionnait le type en compagnie d'Angus, Lucas s'était éclipsé.

Son sang ne fit qu'un tour lorsqu'elle entendit un moteur rugir à l'extérieur. Elle se précipita dehors, suivie d'Angus, et secoua la tête en voyant la voiture de gendarmerie filer, Lucas au volant.

Le gendarme ne perdit pas de temps à épiloguer sur le curieux comportement de son homologue français. Il appela Brody et lui demanda de leur envoyer une autre bagnole, en urgence.

Il lut l'angoisse dans le regard de la jeune flic, et ne trouva pas les mots pour la rassurer.

*
* *

Lucas avait roulé à fond jusqu'au domaine où il finit par repérer le quad de Viviane, garé à proximité du verger.

La jeune femme, suspendue à un baudrier, tronçonnait habilement les branches mortes des fruitiers.

Surprise de le voir, elle stoppa la tronçonneuse.

Il lui résuma en deux mots la situation, la pressant de descendre de son perchoir et de décamper.

Viviane s'était débarrassée des lanières du baudrier et prenait la tronçonneuse pour la ranger dans la remorque du quad quand l'autre voiture de gendarmerie arriva.

– Prends immédiatement le ferry pour la France, je te rejoindrai à Paris une fois que tout sera terminé.

– On ne me laissera jamais embarquer !

– Je m'arrangerai pour que ton signalement soit différé. Allez, file. *File !*

Le véhicule venait dans leur direction, il serait bientôt là. Lucas détacha la remorque du quad.

– Jette-moi cette tronçonneuse à la tête, et sauve-toi en passant par le sentier côtier. Les voitures auront du mal à te suivre. Tu devrais nous semer facilement…

– Nous ?

– Je vais faire semblant de te poursuivre, histoire d'être crédible. Et je m'arrangerai pour les ralentir. Vite !

Le véhicule conduit par Angus n'était plus qu'à une centaine de mètres quand ils virent la jeune paysagiste balancer la tronçonneuse sur Lucas, sauter à califourchon sur le quad et filer vers le nord.

– Le sentier côtier ! cria Marie. Elle va essayer de nous semer !

Au même moment, Lucas, remis sur pied, se glissait derrière le volant de sa voiture et prenait Viviane en chasse.

Une courte distance séparait désormais les deux véhicules de gendarmerie.

Le visage fouetté par le vent, agrippée à son guidon, Viviane bifurqua sur le chemin communal.

Un œil dans le rétro, elle vit Lucas la suivre, en dépit de l'étroitesse du sentier. Et blêmit en notant que l'autre voiture suivait le même chemin, indifférente aux branchages qui fouettaient la carrosserie, griffant la peinture.

Elle devait réagir vite, trouver une solution si elle voulait leur échapper.

Les yeux noyés de larmes d'impuissance, elle balaya les possibilités d'un regard circulaire.

À droite, les tourbières saturées d'eau. Aucune chance.

À gauche, la falaise, un no man's land de rocaille qui mettrait à mal les suspensions, et ferait peut-être éclater les carters.

Et surtout des failles qu'un quad lancé à vive allure avait peut-être une chance de pouvoir franchir. Pas des voitures. Si Viviane réussissait son coup, elle gagnerait de précieuses minutes, le temps que les autres fassent le tour…

Une chance sur un million. Mais une chance, une vraie.

Un coup d'œil au rétro : les voitures avaient gagné du terrain, elle n'avait plus le choix.

Lucas jura en la voyant quitter la piste et tirer droit sur la falaise, à travers les ajoncs et fougères ployant sur son passage.

Il braqua également.

Assise à côté d'Angus, Marie poussa une exclamation étouffée : elle comprenait très bien ce que voulait faire Viviane, mais n'avait pas oublié la faille dans laquelle elle aurait chuté avec Diablo sans l'intervention de Ryan.

– Elle ne réussira jamais à franchir le gouffre.

– Deux ou trois casse-cou ont déjà réussi, la détrompa Angus en braquant lui aussi en direction de la falaise. Accrochez-vous, ça va secouer !

Le quad fonçait vers la faille, avec deux cents mètres d'avance sur la voiture de Lucas. Une distance équivalente séparait celui-ci d'Angus.

Le flic accéléra encore, indifférent aux bruits sourds du bas de caisse tapant contre des aspérités rocheuses. Lui aussi savait ce que Viviane projetait pour leur échapper.

Une chance sur un million. Une chance de trop.

Il baissa sa vitre en grand et, dégainant son arme, passa le bras par la portière.

Un geste qui mit en émoi ses poursuivants.

– Il va la tuer ! s'alarma Marie.

– Ou l'empêcher de se tuer ! répliqua Angus, accroché au volant.

Le premier tir de sommation lui donna raison.

Lucas voulait obliger Viviane à s'arrêter, mais cette dernière, au lieu d'obtempérer, tourna la poignée à fond et fonça droit sur la faille, non sans jeter de fréquents regards en arrière.

Au diable la bagnole, songea Angus en appuyant sur l'accélérateur. Marie, elle, tenta à nouveau de joindre Lucas sur son portable.

– Il ignore l'existence de cette faille ! En talonnant Viviane comme ça, il risque de la pousser à la chute.

Le portable se mit à vibrer dans la poche du flic, aiguillonnant l'excitation de la poursuite.

Le gouffre n'était plus qu'à une dizaine de mètres.

Le quad ne ralentissait toujours pas. Lucas eut une pensée pour cette fille sans laquelle rien n'aurait été possible, mais qui devenait si encombrante aujourd'hui.

C'était maintenant ou jamais.

La balle tirée par Lucas pulvérisa le pneu arrière du quad lancé à pleine vitesse alors qu'il n'était plus qu'à deux mètres de la faille.

L'engin monta en l'air, sa passagère toujours accrochée au guidon.

Le visage de Viviane se tordit de frayeur en avisant le vide qui s'ouvrait sous elle.

Le quad retomba en équilibre sur le bord de la faille, les roues avant dans le vide. Il se serait peut-être stabilisé si le poids de Viviane, toujours accrochée à la poignée, ne l'avait entraîné.

Et le quad bascula.

Les yeux écarquillés, Marie retint son souffle en voyant la voiture de Lucas partir en glissade, puis s'immobiliser au bord du vide. Il en sortit comme un fou, et se précipita vers le gouffre.

L'explosion se répercuta en écho sur la falaise et, très vite, un nuage de fumée monta de l'à-pic.

Agenouillé au bord du vide, Lucas plissa ses yeux que piquait la fumée âcre.

C'est là qu'il la vit. À moins d'un mètre sous lui, plaquée à la paroi rocheuse, la main agrippée à une racine sortant de la falaise. Une racine qui pliait dangereusement sous son poids et menaçait de rompre. Mais quand ?

Lucas jeta un regard en arrière, la voiture de Marie et Angus venait de piler vers la sienne.

Alors il se pencha, allongea le bras en direction de Viviane et lui tendit la main à laquelle elle s'accrocha.

– Aide-moi… Ne me lâche pas…

Lucas croisa le regard empli de terreur de Viviane.

– Je ne peux pas courir le risque que tu parles.

– Je ne dirai rien…

– C'est exact. Désolé, Viv'…

Et il desserra les doigts.

Le corps de Viviane s'écrasa sur les rochers, trente mètres plus bas, non loin du quad qui achevait de se consumer.

Au même moment, Marie et Angus rejoignaient Lucas.

La jeune femme détourna les yeux en apercevant le corps disloqué de la paysagiste.

Elle la revit, à peine quelques heures plus tôt dans la cuisine, le visage marqué d'un énorme hématome, lui disant que Lucas était un grand malade…

Et reporta son attention sur son mari dont le regard était toujours fixé vers le vide.

– Pourquoi tu as fait ça ? l'apostropha-t-elle sourdement. Pourquoi tu as voulu régler cette affaire seul ? Si on avait tous été là pour appréhender Viviane, elle serait toujours vivante !

Il tourna un visage totalement hébété vers Marie, comme s'il sortait d'un mauvais rêve.

– Je ne voulais pas qu'elle meure… Je voulais juste savoir pourquoi. Pourquoi elle avait voulu te tuer ? Pourquoi elle avait tué mon jumeau ? Elle ne m'a laissé aucune chance de le connaître, aucune !

La voix empreinte de détresse, il répéta qu'il aurait tout donné pour qu'elle lui dise pourquoi, tout…

Angus lui posa une main compatissante sur l'épaule.

– Ça nous est tous arrivé un jour ou l'autre d'en faire une affaire personnelle, même quand on n'était pas impliqué *personnellement* dans l'affaire. On trouvera peut-être des réponses chez elle.

– Je vous rejoins, dit Marie en se redressant. Je vais attendre le légiste ici.

27

L'appartement de Viviane fourmillait des équipes de la police scientifique. Ce fut pourtant Brody le Bleu, comme l'appelait Lucas pour se moquer gentiment de lui, qui trouva la tenue de religieuse dans le double fond d'un placard.

Et un domino rouge. Écarlate.

– Vraisemblablement la cape qu'arborait Viviane dans les écuries quand Marie a été agressée par le pseudo-fantôme de Dana, déclara Angus.

Ils rejoignirent Lucas dans la serre.

Le flic venait de vider intégralement le contenu d'une grande poubelle dans laquelle Viviane avait fait brûler un certain nombre de documents.

Dont de vieux calepins presque entièrement détruits par le feu : les carnets de Francis Maréchal, à n'en pas douter.

Fersen les glissa méticuleusement dans un sachet plastique et demanda à Brody de les envoyer au plus vite au labo.

La camionnette filmée par la vidéosurveillance, celle qui avait servi à kidnapper le corps du jumeau, fut trouvée dans le garage attenant que la paysagiste louait à l'année.

Parmi tout un tas d'outils réservés au jardinage, le coffre contenait un fer identique à ceux dont les cow-boys se servent pour marquer les veaux.

Un fer en forme de triskell à trois spirales tournant à gauche.

Le sceau de la Reine Écarlate.

De petits lambeaux de peau roussie étaient encore accrochés après.

– Certainement ceux de Marie, marmonna Lucas. À envoyer au labo.

Il se tourna vers Angus et haussa les épaules.

– Même si je regrette sincèrement sa mort, je suis soulagé de savoir qu'elle était vraiment coupable.

Le gendarme irlandais ne répondit pas tout de suite. Il était perplexe. Non qu'il doutât de l'implication évidente de Viviane, mais…

– Cette avalanche de preuves me paraît excessive, tout comme celles accusant Franck l'étaient. Et si on était encore en train de se faire manipuler par l'assassin ? Et si Viviane n'était qu'un pion dont il s'est servi ? Après tout, Edward Sullivan est toujours dans la nature…

*
* *

Marie contempla une dernière fois le visage de Viviane puis se détourna du corps et s'approcha du légiste avant qu'il ne commence à officier.

À la façon dont elle s'adressa à lui, il était évident que le sujet la mettait mal à l'aise. Elle voulait savoir si la maladie neuro-dégénérative dont souffrait Hélène était héréditaire, et transmissible.

Le praticien n'avait pas de réponse formelle à lui donner.

– C'est possible, mais ce n'est pas certain. Désolé pour cette réponse de Normand, comme vous dites chez vous.

Elle évoqua alors les trous de mémoire, les violentes sautes d'humeur, l'agressivité, voire la violence de son mari.

Le légiste la détrompa.

– Les personnes présentant un Alzheimer perdent effectivement la mémoire et passent sans aucune raison de la gaieté à l'abattement, mais il est très rare de constater chez elles un comportement violent.

Il lui glissa un regard par en dessous, pas dupe de l'origine de son questionnement.

– Votre mari est simplement soumis à une très forte pression et il la gère mal, conclut-il gentiment.

Puis, estimant le sujet clos, il déballa sa trousse et posa les instruments nécessaires à portée de main : sur les jambes du cadavre.

La jeune femme ne bougeait pas, indécise. Le médecin empoigna un scalpel et incisa l'abdomen d'un geste précis, du menton au pubis. Un filet de sang perla.

Marie détourna les yeux.

– Je voulais vous demander... Des jumeaux monozygotes ont-ils des empreintes identiques ?

Bruit mat du scalpel qu'il jetait dans le bassin.

– Non. C'est même la seule chose qui soit unique chez les twins.

Saisissant les écarteurs, il ouvrit le thorax en deux.

Il n'avait nul besoin de se retourner pour savoir à quel point elle était mal à l'aise. Et pas seulement à cause du craquement morbide des côtes qui se rompaient.

– Je n'ai pas eu le temps de relever les empreintes du jumeau. Je dis ça au cas où vous auriez souhaité les comparer à celles de votre mari.

La jeune femme s'empourpra, comme prise en flagrant délit d'avoir osé penser que le mort n'était peut-être pas le jumeau, mais Lucas.

– Ça expliquerait les pertes de mémoire, les changements d'humeur, les accès de colère. Il est tellement... différent, murmura-t-elle, perdue. Je suis désolée, je ne sais pas pourquoi je vous raconte ça.

Il pivota vers elle.

– Sans doute parce que je ne risque pas de le répéter à qui que ce soit ici...

Elle lui sut gré de sa délicatesse.

– C'est idiot, je sais, mais... Merci.

La voix du praticien la rattrapa sur le seuil de la porte.

– Il y a un autre moyen d'être sûr.

Elle tourna la tête vers lui.

– Apportez-moi un échantillon des empreintes de votre mari, je les comparerai avec celles de Lucas Fersen au fichier.

La jeune femme lui adressa un sourire hésitant, puis secoua la tête.

– C'est gentil… Ce ne sera pas nécessaire.

*
* *

Lucas avait fini par trouver un nouveau jeu de piles, et s'encourageait à voix haute pour ne pas devenir cinglé dans cet endroit où ne filtrait aucun son.

Il avait la lumière, il ne lui restait plus qu'à trouver de quoi marquer son chemin, sans risquer de perdre ses repères.

Il eut un regard au pain posé sur le plateau d'un petit déjeuner qu'il n'avait pas eu le cœur de manger.

Et secoua à la tête en songeant au Petit Poucet : pas fiable…

Son regard dériva vers les centaines de livres de la bibliothèque, et son visage s'illumina.

Il en attrapa un, au hasard, dont le titre lui arracha une grimace sarcastique : *Dédale*.

C'est de circonstance, songea-t-il, se forçant à une dérision dont il avait cruellement besoin pour ne pas devenir dingue.

Et il se hissa à nouveau dans la gaine d'aération.

Déchirant les pages dans l'ordre croissant des numéros, il marqua ainsi sa progression dans les galeries, bien décidé, cette fois, à les explorer toutes.

Sans risque de se perdre.

*
* *

Le vent s'était levé.

Sur le port de Killmore, les haubans claquaient.

Marie se tenait sur le quai, face à l'emplacement occupé, la veille encore, par la goélette de Christian.

Elle était plongée dans ses pensées quand le propriétaire du bateau voisin la héla.

– Je vous reconnais… La figure de proue de la goélette, c'est vous, non ?

Elle balbutia vaguement un assentiment.

– C'est moche, ce qui est arrivé… grommela l'autre.

Marie sursauta et le questionna âprement. Le type comprit alors qu'elle n'était pas au courant, et chercha ses mots pour lui annoncer que la goélette avait fait naufrage, la nuit précédente.

Le cœur de la jeune femme chavira. Mais tout en elle s'opposait à cette version.

– C'est impossible. Christian est l'un des plus grands marins du monde !

L'homme émit un commentaire fataliste.

– Éric Tabarly l'était aussi…

– Mais la mer était calme hier, et la nuit étoilée !

Le propriétaire du voilier eut un geste évasif.

– Je ne sais pas comment c'est arrivé. Des débris ont été repérés par un chalutier, au large…

Elle bégaya à nouveau que c'était impossible et battit en retraite. Son portable se mit à sonner. Lucas. Elle ne prit pas l'appel.

La capitainerie ne put hélas que lui confirmer la mauvaise nouvelle. Les secours en mer avaient patrouillé depuis l'aube, mais allaient laisser tomber à cause de la météo.

– Les courants sont particulièrement violents dans le secteur où a coulé la goélette. Il y a très peu de chances de le retrouver…

Marie resta un long moment au bout de la jetée, le regard tourné vers le large, insensible à la pluie qui s'était mise à tomber et qui se mélangeait aux larmes ruisselant sur ses joues.

Ô combien elle regrettait de lui avoir dit de partir. Et combien elle lui en voulait de lui avoir obéi.

Son portable sonna à nouveau. Lucas s'impatientait.

Elle prit une profonde inspiration, décrocha et dit simplement qu'elle arrivait.

*
* *

Conformément aux instructions que Marie lui avait données, Brody avait continué de fouiller dans la vie des sœurs du couvent.

– Il a découvert qu'à la mort de Jacques Reynault, c'est sa sœur Thérèse – mère Clémence si vous préférez – qui a hérité la fortune familiale, lui résuma Angus. La bagatelle de cent millions de francs en lingots.

Marie sursauta. Cent millions de francs en lingots, en 1968…

– Ça ne te rappelle rien ? demanda-t-elle à Lucas.

Un léger froncement de sourcils lui répondit.

– Ça devrait ?

Oui, ça devrait ! faillit-elle lui crier, sidérée qu'il ait pu oublier ce qui avait été l'un des fondements de l'affaire de Lands'en. Là, elle poursuivit :

– Le nom de jeune fille de la mère de Thérèse et Jacques Reynault ne serait pas Hostier, par hasard ?

Angus confirma, interloqué.

– J'ai loupé un épisode ?

– Le casse de la banque Hostier en mai 1968. Cent millions de francs en lingots. C'est en voulant s'enfuir avec ce butin que Mary Sullivan et ses frères ont fait naufrage à Lands'en.

– Bon Dieu ! tonna l'Irlandais.

Le froissement sec lui fit tourner la tête. Lucas venait de broyer son gobelet de café, et le jetait dans la corbeille. Il était livide.

– Comment j'ai pu oublier un truc pareil ?

Il n'y avait qu'une seule réponse, et Marie la remit à plus tard. Pas seulement parce qu'elle tenait un fil et voulait le dérouler.

– Ce n'est pas un hasard s'ils ont justement braqué cette banque et pas une autre. Ils savaient ce qu'ils allaient trouver dans les coffres de cette banque. Ils étaient informés…

– Par qui ? sourcilla Angus.

– Mary. Je pense que c'est au couvent qu'elle a été enfermée par son père alors qu'elle s'apprêtait à rejoindre Ryan, dont elle était enceinte.

Au fil de son développement, tout se mettait en place avec une nouvelle acuité.

– C'est là qu'elle a connu le petit Pierre. Privé d'amour maternel, le gamin se sera attaché à elle. C'est peut-être pour cela qu'elle lui a donné une mèche de cheveux avant de s'enfuir…

La conclusion s'imposa d'elle-même : mère Clémence avait menti sur toute la ligne. Et que savait-elle encore qu'elle avait pu leur taire ?

– Je dois y aller, dit Lucas.

– L'interroger ? Nous irons ensemble.

Il lui jeta un regard étrange.

– Aurais-tu oublié que le corps de ma mère part par le ferry dans moins d'une heure ?

Elle se mordit les lèvres.

– Non, bien sûr que non, murmura-t-elle, non sans une petite dose de mauvaise foi. Je voulais juste dire que nous irions après.

– J'ai finalement décidé d'accompagner mon père. Je ne peux pas le laisser faire seul ce voyage macabre. Je ferai l'aller-retour.

Le regard vert s'assombrit, laissant augurer l'orage. Angus se dit qu'il était temps pour lui d'aller faire le point sur les recherches concernant Edward Sullivan. Il s'éloigna prudemment.

– On aurait peut-être pu en parler, amorça Marie.

– Je ne pensais pas que tu y verrais une objection.

– Il ne s'agit pas de ça, plaida-t-elle, mais…

– Tu m'excuseras, mais je n'ai pas vraiment le temps d'écouter tes reproches.

Le ton était cassant.

Il attrapa sa veste en ajoutant qu'il devait aller chercher son père au domaine, et allait s'éloigner quand elle le retint. Ses yeux étincelaient d'un mélange de peine et de colère.

– D'accord, j'ai oublié l'heure du ferry, mais ce n'est pas une raison pour me traiter ainsi.

Les traits de Lucas s'adoucirent.

– J'ai du mal à gérer ce genre de situation. Désolé. Il faut vraiment que j'y aille.

– Bien sûr. Je vais venir avec toi en France et…

– Je ne peux pas t'imposer ça.

– Cela n'a rien d'une obligation, je souhaite être avec toi, c'est tout.

– Disons que je préfère être seul. Tu peux comprendre ça, non ?

Non, elle ne comprenait pas. Mais elle ne voulait pas envenimer les choses, alors elle acquiesça.

– Je serai de retour demain matin. Promets-moi de m'attendre pour aller voir mère Clémence.

Elle n'en crut pas ses oreilles. Lui, le superflic, il lui demandait de différer un interrogatoire qui pouvait s'avérer capital ?

– Il s'agit de mon jumeau, Marie. De ma vie. Je veux être là.

La jeune femme considéra le visage presque suppliant, et y lut de la souffrance.

Alors elle accepta.

Les lèvres de son compagnon se posèrent brièvement sur les siennes. Elles étaient glacées.

Le baiser de Judas, frissonna-t-elle en le regardant s'éloigner.

Les portes automatiques se refermèrent derrière lui.

Et les yeux de Marie dérivèrent vers la corbeille où, quelques instants plus tôt, Lucas avait jeté son gobelet, rageusement froissé.

Elle se détesta à l'avance de ce qu'elle s'apprêtait à faire, mais ne voyait plus d'alternative.

Après s'être assurée qu'on ne faisait pas attention à elle, Marie récupéra le gobelet entre le pouce et l'index et le glissa discrètement dans un sachet plastique.

*
* *

La voiture de gendarmerie était arrêtée près d'un belvédère isolé, face à l'océan. Ryan eut un sourire nostalgique.

– C'est ici que je retrouvais Mary, quand on voulait être seuls au monde…

Le point culminant offrait une vue imprenable sur une partie de l'île. Ainsi que sur les routes et chemins menant au site. Impossible de l'atteindre sans être repéré. Ce n'était pas un hasard s'il l'avait conduite à cet endroit.

Marie venait de quitter le poste en voiture quand la voix de Ryan s'était élevée dans son dos.

– Roule en direction de la mer, avait-il dit. On va aller dans un coin tranquille, j'ai besoin de te parler.

La jeune femme avait cherché à croiser son regard dans le rétro, mais n'avait aperçu que le sommet de son crâne. Il était tapi à l'arrière.

– Roule, avait-il répété.

Elle lui fit face et, froidement, coupa court à la séance nostalgie qui s'annonçait.

– Je t'écoute.

– Ce que j'ai à te dire n'est pas facile à entendre, et j'espère que tu me pardonneras.

– Épargne-moi les préambules, ordonna-t-elle sèchement.

Il haussa légèrement les épaules.

– Jacques Reynault, le père de Lucas, est le fils de Madeleine Reynault, née Hostier. La banque Hostier, précisa-t-il sans la quitter des yeux.

Elle ne cilla même pas, il s'en étonna.

– Tu étais au courant ?

– La question est : depuis quand le sais-tu ? riposta-t-elle.

– Hier soir… Mais je n'ai pas vraiment eu le temps de te contacter avant, ajouta-t-il rapidement en la voyant froncer les sourcils. J'ai eu quelques… soucis, j'y reviendrai.

– Si tu n'as rien d'autre à m'apprendre…

Elle amorçait un demi-tour quand il la retint.

– Où est Lucas ?

En apprenant que le flic s'apprêtait à prendre le ferry pour la France, il se détendit.

– Ça nous laisse un peu de répit.

– Je n'aime pas ce qu'il y a derrière ces mots…

– Ouvre les yeux, Marie. En tant qu'unique héritier de la famille Hostier, vu que Thérèse n'a pas eu d'enfant et a renoncé à l'argent en devenant religieuse, Lucas a un mobile… en or.

– Il ignorait tout de sa filiation véritable ! protesta-t-elle avec force.

– Ça, c'est ce qu'il t'a dit. Et si ce n'était pas vrai, Marie ? Et s'il avait toujours su qu'Hélène était Françoise Reynault ?

– Non… non… c'est impossible.

Il leva les deux mains en signe d'apaisement.

– D'accord, alors disons que c'est juste une hypothèse. Lucas découvre, avant l'affaire de Lands'en, que le casse de la banque Hostier – qui accessoirement le prive d'un héritage de cent millions de francs en lingots – est le fait des frères Sullivan. Il est flic, il enquête, découvre qu'ils ont fait naufrage à Lands'en et mène le même raisonnement que le mien sur l'enrichissement de certaines familles…

La jeune femme s'insurgea.

– Qu'es-tu en train d'insinuer ? Que Lucas aurait manœuvré pour se voir confier l'enquête ?

– Pourquoi pas ?

– Et selon toi, il m'aurait manipulée depuis le début ? Tout serait bidon ? Son amour ? Notre mariage ? Ça ne tient pas debout !

Ryan la pressa de l'écouter jusqu'au bout.

– En t'épousant, toi, la fille de Mary, et en faisant disparaître tous les Sullivan – y compris toi –, Lucas devient de ce fait l'unique héritier des biens familiaux. Une façon de se venger d'eux et de récupérer ce que Mary et ses frères lui ont volé. Cela expliquerait la mort du jumeau, conclut-il. Lucas n'a pas voulu partager.

Il considéra le petit visage mobile sur lequel tout un tas de sentiments se succédaient.

Tempête. Refus. Il la regardait se débattre intérieurement, et en souffrait pour elle. Il posa ses deux mains sur ses épaules. Ce contact la fit sursauter.

Tout son être rejetait cette hypothèse immonde, mais son esprit logique lui soufflait le contraire. Des larmes lui vinrent aux yeux.

– Lucas n'est pas un assassin ! C'est vraiment dégueulasse !

D'une poigne d'acier, il l'empêcha de se défiler.

– Il y a autre chose, Marie. C'est à propos de Christian.

Elle ferma à demi les yeux et arrondit le dos, tel un boxeur s'apprêtant à recevoir un coup, et à l'encaisser.

– Il ne serait jamais parti de son plein gré en te laissant derrière lui, et au fond de toi tu le sais.

Les lèvres serrées, elle secoua obstinément la tête. Il lui révéla alors que, depuis son évasion, il avait trouvé refuge sur la goélette.

– Je ne te crois pas ! Il te déteste. Jamais il ne t'aiderait !

– Sauf si, en m'aidant, c'est toi qu'il aide. J'avais rendez-vous avec lui la nuit dernière. Quand je suis arrivé sur le port, la goélette franchissait la passe. J'ai immédiatement su qu'il y avait un problème. Le canot que j'ai… emprunté avait des problèmes d'arrivée d'essence, j'ai perdu du temps, beaucoup de temps. Quand j'ai enfin repéré le bateau, il était en train de couler. Je suis monté à bord, c'est là que j'ai entendu le moteur de l'annexe qui filait plein sud.

– Christian ? interrogea-t-elle avidement.

– Non. Lui je l'ai trouvé sur sa couchette, ligoté. Le carré était déjà à demi immergé. Tout était saboté à bord.

Elle leva vers lui un regard suppliant. Pas Christian. Pas lui !

– Rassure-toi, il va bien. Mais c'était limite. Je l'ai conduit en lieu sûr.

Les épaules s'affaissèrent. Il répugnait à lui porter le dernier coup. Elle en prit l'initiative.

– Viviane ? articula-t-elle dans un souffle. Elle non plus ce n'était pas un accident ?

Face au silence éloquent qu'il lui opposait, et pour ne plus avoir à penser, ne serait-ce qu'un tout petit moment, Marie choisit la tangente.

– Parle-moi d'Edward Sullivan. Que lui est-il arrivé ?

Ryan soupira. Il savait que ce sujet reviendrait un jour ou l'autre sur le devant de la scène, et il s'y était préparé.

Les nuages noirs étaient arrivés en douce, en éclaireurs d'une tempête que la capitainerie avait prévue pour la soirée.

Marie frissonna tandis que Ryan entamait son récit.

Après Lands'en, il n'avait vécu que dans un seul but : revoir sa fille et pouvoir faire partie de sa vie. Prendre la place d'un Sullivan lui avait semblé la meilleure solution, et Edward était le seul dont il pût prendre l'apparence. Alors il l'avait pisté, l'avait suivi jusqu'en Amérique du Sud où il s'était rendu pour trois semaines. Il était là depuis dix jours, et s'était lié d'amitié avec lui, quand, au cours d'un trajet pour le Machu Picchu, Edward avait eu un grave accident.

Marie l'interrompit sèchement :

– Orchestré par toi, j'imagine !

Ryan éluda.

– Il faut croire que les Dieux étaient avec moi.

Transporté dans un dispensaire, Edward était décédé peu après.

– Un masque, des lentilles et l'attelle ont suffi à créer l'illusion. Je suis rentré au domaine à la date prévue. Personne ne s'est jamais douté de rien. Ensuite, j'ai patiemment distillé l'idée que ta place était ici, au point que Louise a fini par se persuader qu'elle venait d'elle. En revanche, c'est elle qui a décidé de te donner la part d'héritage qui te revenait de droit.

Un pli amer creusa son front.

– J'avais atteint mon but. Tu étais là, avec moi, et j'allais enfin pouvoir te chérir quand, le matin du mariage, est arrivée cette fameuse lettre laissée par Mary en mai 1968…

Il posa un regard brillant d'émotion sur elle.

– Te conduire à l'autel restera le plus beau souvenir de ma vie.

La jeune femme le toisa sans aucune aménité. Et les reproches fusèrent.

– Tu crois vraiment que je vais me mettre à applaudir parce que tu as fait tout ça pour moi ? De quel droit interviens-tu toujours dans ma vie ? Est-ce que tu t'es seulement demandé si je voulais que tu sois auprès de moi ? Tu agis à ta guise, selon tes désirs, et les autres doivent suivre ? Mais que fais-tu des sentiments des autres, Ryan ? Quelle arrogance ! Quelle prétention !

À l'altération de ses traits, elle sut qu'il était blessé. Et elle s'en réjouit.

– Je n'ai aucune excuse pour ce que j'ai fait, déclara-t-il d'une voix rauque. Sauf l'amour que je te porte et dont la vie m'a privé durant beaucoup trop longtemps. Je ne peux pas t'obliger à m'aimer en retour. Mais promets-moi au moins une chose. Une seule.

– Ne pas te dénoncer ? questionna-t-elle aigrement.

– Ne reste plus jamais seule avec Lucas.

Pour toute réponse elle tourna les talons, rejoignit la voiture et s'en alla, le laissant là, sa silhouette s'amenuisant dans le rétro…

*
* *

Lucas contemplait le cercueil que l'on chargeait à bord du ferry, dans un silence pesant. À ses côtés, Marc Fersen, légèrement voûté, pleurait sans rien dire.

Il entoura d'un bras les épaules de son père.

– Ça va aller ? Tu es sûr ?

Le veuf essuya ses yeux d'un revers de la main et lui offrit un sourire se voulant rassurant.

– J'aurais vraiment souhaité t'accompagner dans cette épreuve, dit doucement Lucas. Mais je dois rester pour découvrir la vérité. Et surtout pour protéger Marie.

Elle avait promis trop vite d'attendre son retour, et il n'était pas dupe. Il savait qu'elle irait tôt ou tard interroger la supérieure. Il ne pouvait se permettre ce luxe.

Pressé de voir Marc embarquer, il écouta d'une oreille distraite l'homme qui lui faisait face dire qu'il comprenait que sa place était auprès de sa jeune femme.

– Prends soin d'elle. Et prends soin de toi aussi.

L'infinie tendresse qu'il lisait dans les yeux de Marc déconcerta l'imposteur. Il eut beau chercher au fond de sa mémoire, il n'avait pas le souvenir qu'un homme, et surtout pas son père, l'ait jamais regardé ainsi, avec cet amour aussi… inconditionnel.

– Promets-moi de ne pas prendre de risque inutile, disait Marc. Tu es mon fils, quoi qu'il arrive. Je n'ai plus que toi au monde, Lucas, je ne suis pas sûr que je survivrais s'il t'arrivait malheur à ton tour.

Les yeux noisette s'embuèrent. Quelque chose qui ressemblait à une douleur s'insinua en lui. De la haine aussi, pour le Lucas qui avait eu la chance d'avoir ce dont lui-même avait été privé.

Soudain, il éprouva le besoin de se serrer contre cet homme, de rattraper, en une étreinte, plus de quarante années.

Avec la maladresse qui caractérise toutes les premières fois, Lucas prit son père dans ses bras.

Et, oubliant qu'il était pressé, il savoura l'instant plus que de raison.

*
* *

Marie arrêta la voiture devant la morgue et observa longuement la pochette plastique contenant le gobelet.

Les images se bousculèrent : le regard fou de Lucas fonçant droit sur la voiture d'Edward, le mariage et son *oui* plein d'amour, l'arme qu'il braquait sur Christian, les étreintes passionnées, Viviane s'écrasant sur les rochers, le regard noisette ironique et tendre, Kelly et le voile lesté de pierres, le corps de Franck dans le puits, les caresses de ses mains, le jumeau mort, et lui réapparaissant, miraculé…

Pourquoi tout paraît possible quand tout devient impossible…

La pochette à la main, elle se dirigea vers l'entrée de la morgue. Au moment où elle attrapait la poignée, son regard accrocha l'alliance qu'il lui avait passée au doigt.

Était-ce seulement deux semaines auparavant ?

Le dilemme revint. Tenace. Pour le meilleur et pour le pire, avait-elle promis devant Dieu.

Elle pivota sur ses talons et se dirigea vers la poubelle.

Elle allait jeter le sachet quand la voix du légiste suspendit son geste.

Leurs regards se croisèrent.

Ayant compris ce qu'elle s'apprêtait à faire, il eut une mimique comme pour dire *c'est à vous de voir…*

Elle revint lentement vers lui.

28

Les premières gouttes de pluie s'écrasèrent sur le pare-brise de la voiture garée sur la route surplombant l'isthme.

Assise derrière le volant, la tête dans ses bras repliés, Marie pleurait.

À l'extérieur le vent avait forci, ployant les fougères de la lande sous des rafales régulières, et la mer qui montait se mettait à moutonner.

L'Île aux Chimères serait bientôt totalement isolée.

Elle essuya ses yeux et remit le contact.

La voiture franchit l'isthme déjà pris d'assaut par les vagues.

Non loin de là, dans les entrailles de la Terre, le souffle du vent et le bruit du ressac s'enfilèrent de galerie en galerie.

Et les pages, semées par Lucas, commencèrent à se soulever, puis à voler, loin, très loin de tout repère.

Il jura en découvrant que la page 42 suivait désormais la page 4.

Putain de vent de merde !

Du vent…

Il venait forcément de l'extérieur. Il y avait donc une issue.

Alors il fit ce que font les marins, il remonta nez au vent.

Guidé par le sifflement des rafales qui hululaient de façon sinistre dans la galerie, Lucas finit par déboucher au pied d'un escalier en colimaçon taillé dans la roche.

Il leva les yeux et éclata d'un rire libérateur en sentant des gouttes de pluie lui frapper le visage. Là-haut, tout là-haut, le ciel lui tendait la main.

Galvanisé, il grimpa les marches deux par deux…

*
* *

Mère Clémence contempla la jeune femme venue la soumettre à la question, et crut revoir Mary se tenant devant elle, en cet automne 1967.

D'une voix ténue, la religieuse confirma les liens ayant existé entre le petit Pierre et Mary Sullivan. Par contre, et jusqu'à ce qu'elle l'apprenne par Marie, elle ignorait qu'il possédait une mèche de ses cheveux.

– Mais vous vous trompez sur un point, chère enfant, ce n'est pas son père qui a fait enfermer Mary dans ce couvent. C'est Louise, sa mère. Votre grand-mère.

Les yeux verts s'arrondirent. Ainsi, c'était Louise qui avait décidé de séparer Mary de Ryan…

Mère Clémence la détrompa à nouveau.

– Elle ignorait que Mary voulait s'enfuir avec Ryan. Je pense d'ailleurs qu'elle n'a jamais eu vent de son existence, avant l'affaire de Lands'en…

– Mais alors, pourquoi a-t-elle agi ainsi ? demanda Marie, éberluée.

La religieuse eut un mauvais sourire.

– Il se trouve que Mary avait découvert que sa mère avait une liaison et menaçait de tout dire à son père. Andrew était déjà très affaibli par la maladie, la fin était proche, Louise n'a pas voulu prendre le risque qu'il la déshérite.

– Elle s'est débarrassée de sa fille pour qu'elle ne parle pas ?

L'autre opina.

– C'est évidemment beaucoup moins romantique.

Marie fixa durement la supérieure.

– J'imagine que si vous avez fermé les yeux, c'est parce que Louise Sullivan vous tenait !

N'obtenant pas de réponse, la jeune flic décida de bluffer pour l'obliger à réagir.

– Louise connaissait l'existence du labo créé par Joseph Reynault, votre père, durant la guerre. Elle savait que Jacques, votre frère, s'y livrait à son tour à des travaux ultrasecrets sur des embryons.

Le visage de mère Clémence offrait la dureté de la pierre. Les lèvres serrées ne laissèrent filtrer aucun son.

Marie exhiba alors le portrait de Jacques datant de 1968.

– Mary a laissé ce témoignage au cabinet d'un avoué de Rouen. Avec un cahier contenant le récit de son *séjour* ici, un récit dans lequel elle raconte tout, précisa-t-elle, sans quitter la bonne sœur des yeux.

– La lecture doit en être terriblement ennuyeuse, décréta la supérieure, pas déstabilisée le moins du monde. Les distractions sont rares au couvent.

La jeune flic était coincée. Elle en conçut une terrible amertume.

– Elle y écrit que Jacques Reynault est *un monstre*. Et que ce qu'il a engendré est monstrueux. À quoi faisait-elle allusion ? Est-ce que cela concerne Lucas ?

Mère Clémence n'eut pas un battement de cils.

Un masque.

*
* *

Lucas était hors d'haleine lorsqu'il déboucha à l'air libre. Mais son visage cinglé par la pluie rayonnait.

Il ferma les yeux et respira les embruns à pleins poumons.

Lorsqu'il releva les paupières, il se prit de plein fouet la vision des anciens créneaux qui l'entouraient.

Un château fort ?

Une bouffée d'angoisse lui tordit les tripes.

Il s'avança vers l'une des meurtrières, sachant déjà ce qu'il y avait derrière.

Rien. Le vide. Un à-pic d'une trentaine de mètres se terminant par des brisants acérés comme des lames d'abordage.

Et l'océan à perte de vue.

La tour de Dana avait autrefois la réputation d'être une citadelle imprenable.

Et une prison dont personne n'avait réussi à s'échapper.

Vivant, du moins.

Il lorgna vers l'Île aux Chimères qui s'étalait sous ses yeux, à quelque deux cents mètres à vol d'oiseau. Une vue imprenable sur la falaise, le couvent…

L'idée qu'il ne sortirait jamais d'ici le submergea.

Il allait se laisser retomber sur le chemin de garde quand il la vit.

Marie.

Elle quittait le couvent et rejoignait sa voiture, garée sur la falaise, lorsque Lucas surgit du sous-bois et se dressa devant elle, lui coupant le chemin.

Ce regard qu'il portait sur elle. Il était… sans vie.

Une onde de peur la parcourut.

Elle voulut parler, ouvrit la bouche pour le faire, et la referma l'instant d'après. Pour la première fois de son existence, elle ne trouvait pas les mots.

Au bout d'un insupportable silence, que seul trouait le mugissement du vent, il dit enfin :

– Je n'ai pas pu prendre le ferry.

La voix était sourde. Empreinte d'une rage qu'il contenait à grand-peine.

– Le départ a été annulé à cause de la tempête ?

Les pupilles semblèrent se rétrécir.

– Je n'ai pas eu le courage d'affronter cette épreuve sans toi. J'aurais dû accepter que tu m'accompagnes.

– Ah oui… Mais comment as-tu fait pour venir ici ? demanda-t-elle, pour rompre la tension. C'est marée haute.

– J'ai emprunté le Zodiac de la gendarmerie. Pourquoi tu m'as menti ?

La jeune femme essaya de mettre ça au compte de son côté breton et entêté, mais cela sonnait faux. Alors elle changea de tactique.

Elle plongea son regard dans le sien, et se fit grave.

– Je voulais savoir ce que cette religieuse avait à dire avant que tu l'entendes. Je me disais que tu avais suffisamment encaissé de coups jusque-là. Je pensais que je pouvais en adoucir certains, en me mettant entre eux et toi. Je sais que j'ai eu tort de venir seule… Je voulais juste t'épargner.

La tension de Lucas baissa d'un cran.

– Et qu'as-tu appris ? demanda-t-il, toujours sur la défensive.

– Pas grand-chose à vrai dire, reconnut-elle dans une petite grimace. Si ce n'est que c'est Louise qui a fait séquestrer Mary ici.

– Tu me dis bien tout, tu es sûre ? Elle ne t'a pas parlé de moi ? Du jumeau ?

– Rien que tu ne saches déjà.

Il sembla considérer la réponse, et avança la main pour écarter les mèches que le vent rabattait sur le visage de la jeune femme.

– Je veux qu'on laisse tout tomber, Marie. Maintenant. Quittons cette île, ajouta-t-il précipitamment. Faisons en sorte que tout redevienne comme avant entre nous. Loin d'ici, c'est possible, j'en suis sûr.

– Et la vérité ? L'enquête ? bredouilla-t-elle, effarée.

– Angus peut très bien s'en charger. Quant à la vérité, la seule qui m'intéresse, c'est de savoir si tu m'aimes encore assez pour partir avec moi.

Et, l'attirant à lui, il posa les lèvres sur les siennes.

La douceur du contact l'inonda d'un bonheur tel qu'il faillit la prendre là, tout de suite, appuyée contre le capot de la voiture.

Submergé par le désespoir, Lucas n'avait pas perdu une miette de la scène que la distance rendait certes imprécise, mais qui consumait son cœur à petit feu.

Ses hurlements furent emportés par les rafales de vent, loin, très loin de l'île où le monstre tenait la femme qu'il aimait dans ses bras.

Il eut soudain la tentation d'en finir une bonne fois pour toutes avec la souffrance.

Comme si elle avait pu la ressentir, elle s'écarta de l'Autre.

En réalité, le portable de Marie sonnait.

– Ne réponds pas, lui dit Lucas, suppliant.

Elle avait déjà décroché, soulagée de ce moment de répit.

La surprise fut telle que l'exclamation étouffée lui échappa. Christian !

La main de Lucas s'abattit sur la sienne, lui arrachant le téléphone.

Ses maxillaires, qu'il serrait compulsivement, agitaient sa peau d'un tic nerveux.

Croyant parler à Marie, le skipper ne se perdit pas en circonlocutions inutiles. Il la suppliait de ne plus approcher Lucas, dont il avait désormais la preuve cuisante que c'était un tueur.

Il allait lui dire de le rejoindre quand la communication fut brutalement interrompue.

Ses appels suivants basculèrent directement sur la messagerie.

Lucas dévisagea la jeune femme dont le hâle disparaissait sous une pâleur mortelle.

– On dirait que ton petit copain est revenu finalement. Raison de plus pour se tirer d'ici.

Il l'attrapa par la main et voulut l'entraîner. Mais elle résista.

– Je ne peux pas partir comme ça. Il y a encore trop de questions sans réponses. Et le Lucas que j'ai connu ne lâcherait pas ainsi l'enquête.

Les traits déformés par la colère, il lui fit face et haussa le ton.

– Le Lucas que tu as connu, comme tu dis, il commence à en avoir sa claque de tes mensonges ! Tu fais semblant de compatir. En fait tu te fous complètement de ce que je vis, de ce que je traverse !

Il marcha sur elle, menaçant.

– Et moi, je suis quoi dans tout ça ? Rien ! Une merde ! Un pauvre con auquel tu promets d'être toujours là, alors que tu n'attends qu'une occasion d'aller retrouver Bréhat ! De te jeter dans ses bras !

Les yeux injectés de sang, comme possédé par le démon, il la bouscula. Elle trébucha, tomba à la renverse.

Les deux mains de Lucas l'arrachèrent au sol et la remirent sur pied.

Son cœur battait à coups sourds, sa respiration se fit plus courte, des sanglots montèrent de sa gorge. Comme dans ces visions qui la hantaient.

– Arrête ! cria-t-elle. Tu es complètement malade !

La gifle la fit vaciller, et la douleur résonna dans sa tête.

– Tu n'aurais jamais dû dire ça ! éructa-t-il en la saisissant à la gorge. Jamais !

Elle sut alors qu'il allait la tuer.

Prise d'une terreur abjecte, la jeune femme se mit à hurler.

Le cri, emporté par le vent, vola dans les airs, passa au-dessus de la tour où il roula en écho.

Mais Lucas ne l'entendit pas.

Il n'était plus là.

*
* *

La suffocation commençait à altérer la vision de Marie.

Plus que la douleur, imprimée à sa gorge par les mains d'acier de Lucas, le désespoir de penser que la mort lui viendrait de l'homme qu'elle aimait l'anéantissait. Elle croisa le regard de son bourreau, la démence et la cruauté qu'elle y lut la terrifièrent. Instantanément, elle comprit que continuer à se débattre était inutile, elle perdait la partie.

Elle cessa alors de résister, laissa des larmes envahir ses yeux et mit toute son énergie à articuler quelques mots.

– Je t'aime… Ne… Ne tue pas notre amour… Je t'en supplie… Je t'aime…

Un instant déstabilisé, il relâcha sa pression. Marie saisit sa chance, frappa Lucas de toutes ses forces, l'envoyant rouler au sol. Elle bondit sur ses pieds et prit la fuite, disparaissant dans les taillis.

Derrière elle, il se releva, ivre de rage, et fila à sa poursuite.

Courant à travers l'épaisse végétation comme un animal traqué, la jeune femme entendait dans son dos se rapprocher son poursuivant. Haletante, elle déboucha alors en haut de la falaise du lac dont l'à-pic lui coupait toute échappatoire.

En quelques secondes, Lucas fut sur elle, il la saisit à bras-le-corps.

– Ne me dis plus jamais que je suis fou ! Plus jamais !

– Je suis ta femme et tu as failli me tuer ! Comment veux-tu que je prenne ça autrement que pour une crise de folie ?

– N'aie pas peur, Marie, je ne suis pas fou, je te le jure…

– Alors lâche-moi !

Il ouvrit ses bras à regret, la laissa se dégager, mais son regard impénétrable disait qu'il n'était toujours pas dans son état normal.

Jetant un coup d'œil en arrière, elle se rendit compte qu'elle était acculée à l'aplomb de la falaise et constata avec effarement qu'autour du lac il n'y avait plus de gendarmes en faction.

Déjà Lucas marchait lentement vers elle.

– Je les ai relevés de leur garde, lui murmura-t-il sourdement. Il n'y a que nous deux, Marie. Juste toi et moi…

La cloche du couvent se mit alors à sonner lugubrement.

La jeune femme fixa le visage de son mari, se demandant si, comme les autres fois, le sang allait couler de son nez. Mais il s'était soudain immobilisé, le regard fixé avec saisissement sur les eaux du lac.

En prenant garde de se mettre hors de sa portée, Marie fit demi-tour et vit ce qui semblait le fasciner. Des bulles montaient des profondeurs vers la surface. Tout à coup, en émergeant, elles éclatèrent en flammes qui, l'espace de quelques secondes, dessinèrent nettement l'emblème de la Reine Écarlate.

La stupéfaction les cloua tous deux sur place. Marie fut la plus rapide à se reprendre, et s'enfuit du plus vite qu'elle put.

– Marie ! hurla Lucas. Marie !

Elle avait déjà disparu, dégringolant le chemin qui menait au lac puis à la mer.

Curieusement, cette fois, Lucas ne chercha pas à la poursuivre.

Perplexe, il se tourna à nouveau vers les eaux et contempla les quelques rides qui s'estompaient en cercles.

Un sourire inquiétant vint tordre sa bouche.

Il fit demi-tour sans hâte et se dirigea vers le couvent.

Lorsque Marie atteignit la berge, elle repéra immédiatement le Zodiac de la gendarmerie, sauta à bord et, paniquée à l'idée de voir Lucas resurgir, s'escrima fébrilement à démarrer le moteur. Dès qu'elle y parvint, elle largua l'amarre, prit les commandes et aussitôt que l'embarcation s'éloigna de la rive elle sortit son portable.

Christian avait immédiatement décroché et, aussi impatient qu'angoissé, s'était précipité vers le port à l'appel de Marie. Avec soulagement il vit le Zodiac, conduit par sa bien-aimée, franchir la passe et venir accoster devant lui.

L'embarcation à peine amarrée, Marie attrapa la main que le skipper lui tendait, et l'instant d'après, elle se retrouva sur le quai, serrée dans ses bras.

Bouleversée, nerveusement épuisée, elle ne parvenait pas à trouver ses mots. Étroitement enlacée à lui, soulagée de se sentir enfin en sécurité, elle ne put que balbutier.

– Christian… Christian…

Profondément ému, le marin savoura le bonheur éphémère de tenir contre lui celle qu'il aimait depuis toujours.

*
**

Réfugiés dans l'arrière-salle du pub au-dessus duquel le skipper avait loué une chambre, les deux anciens fiancés ne se quittaient pas des yeux. Le visage encore marqué par l'angoisse, la jeune femme avait achevé de raconter à Christian les moments terribles qu'elle venait de vivre.

– Il n'est pas lui-même, c'est horrible, ses coups de folie me font penser à Dr Jekyll et Mr Hyde…

– C'est pire qu'un malade, Marie, c'est un criminel…

Il lui révéla alors qu'il avait été drogué tandis que sa goélette était à quai. Il n'avait ensuite commencé à émerger qu'en entendant des coups sourds frappés dans la coque, et lorsque enfin il avait pu rouvrir les yeux son bateau était en train de sombrer. Il était ligoté dans le carré et n'avait eu la vie sauve que grâce à Ryan.

– Qui me hait à ce point ? Qui a pu être assez fou pour se livrer à cette tentative de crime ? Qui, sinon Lucas ?

Marie garda le silence, puis elle leva le regard sur Christian.

– L'essentiel est que tu sois là, s'entendit-elle murmurer. Je n'aurais pas supporté de te perdre…

Elle s'interrompit en prenant conscience de sa déclaration, mais ne parvint pas à se détacher des yeux bleus de Christian, dans lesquels elle lisait tout l'amour qu'il lui portait.

Le trouble les envahissait l'un et l'autre.

Pour couper court, Marie se fit violence pour s'éloigner de lui.

Christian la vit vaciller. Il eut juste le temps de la rattraper dans ses bras lorsqu'elle s'effondra, victime d'un malaise.

Quand elle reprit conscience, le skipper était penché sur elle, la contemplant avec inquiétude et tendresse. Elle examina la pièce avec étonnement. Devançant sa question, il murmura qu'il l'avait portée dans sa chambre car elle s'était évanouie.

– Merci, articula-t-elle simplement.

Dans ce mot si petit, elle mit toute sa reconnaissance et son soulagement de le sentir à ses côtés. Seule la présence de Christian éclairait le cauchemar qu'elle était en train de vivre.

Maintenant elle savait que, entre Lucas et elle, plus rien n'était possible. Elle posa sa tête sur son épaule et ferma les yeux pour lui dire qu'elle comprenait, enfin, à quel point son amour pour elle était exceptionnel.

– Il n'y a qu'auprès de toi que je me sente en sécurité…

Il l'écoutait en silence, lui caressant doucement les cheveux.

– Emmène-moi tout de suite, trouve un bateau et partons tous les deux, loin…

Bouleversé, il ne résista plus, se pencha sur elle et posa ses lèvres sur les siennes. Marie retrouva avec émoi le goût de sa bouche, sa façon de l'embrasser, encore si familière. Emportée par une vague sensuelle jusqu'aux plus beaux moments de leur liaison passée, elle se laissa submerger par le souvenir de leur passion. Elle l'attira contre elle, glissa sa cuisse entre les siennes, retrouva sa peau, les dessins de son torse, l'odeur de ses cheveux. Grisée par ce havre de plaisir, son corps s'enflamma, effaçant toute pensée…

Soudainement, Christian rompit le charme.

Il se détacha d'elle et marcha jusqu'à la fenêtre, appuya un instant sa joue brûlante sur la vitre fraîche, puis tourna vers elle un sourire triste.

– Le désir ne suffit pas, Marie. Je t'aime trop. Je ne peux pas accepter que tu me reviennes parce que tu souffres.

Il laissa à ses paroles le temps de trouver leur chemin jusqu'à la raison de la jeune femme.

– Je t'aiderai, je te protégerai, mais si on doit se retrouver un jour, je veux que ce soit pleinement, sans l'ombre d'un doute sur ce que nous éprouvons l'un pour l'autre.

Elle détourna le visage pour lui dissimuler ses larmes.

Remettant lentement de l'ordre dans ses vêtements en même temps que dans ses pensées, elle se reprit, se leva et lui adressa un brave sourire qui trembla un peu malgré elle.

– Tu as raison, sûrement…

Sa voix était éteinte, elle avait repris pied dans le cauchemar.

Attrapant sa veste au passage, elle se dirigea vers la porte. Il réprima alors l'envie de lui crier son amour, de la reprendre contre lui, de l'emmener loin, en mer, au bout du monde, juste elle et lui…

Il ne fit qu'aboyer un ordre.

– Je t'interdis de retourner auprès de ce dingue.

Il la vit hocher la tête juste avant que la porte se referme sur elle.

*
**

La grille d'aération céda sous des coups répétés et chuta avec un bruit métallique, rebondissant sur les consoles high tech.

Exténué, Lucas émergea de la gaine, il fit un dernier effort pour s'en extraire et se laissa tomber sur le sol, à bout de forces.

Une fois de plus, son exploration le ramenait dans l'appartement.

Plus que la fatigue et le découragement qui marquaient son visage, l'impossibilité de savoir ce qu'il était advenu de Marie aux prises avec Axel lui interdisait tout repos.

Il se redressa et eut un haut-le-corps en découvrant son double qui le fixait avec un sourire cruel. Exaspéré, Lucas se rua sur lui.

– Où est Marie ? Qu'est-ce que tu lui as fait ?

L'Autre le repoussa sèchement.

– Tu es sûr de vouloir de ses nouvelles ?

Il susurrait, avec la délectation d'instiller lentement son venin.

– Pauvre Marie… Elle a fait une chute terrible du haut de la falaise, et Super Lucas n'était pas là pour la secourir, quel gâchis. Ce si joli corps disloqué, écrasé sur les rochers…

Lucas, foudroyé de douleur, tomba à genoux, prostré.

Tout en sortant discrètement un objet de sa poche, Axel continua de persifler.

– Je compatis à ta douleur, sincèrement. Je regrette moi-même de ne pas avoir profité d'elle plus longtemps, elle était savoureuse. Mais hélas trop encombrante pour rester en vie…

Dans un sursaut de haine, Lucas bondit vers Axel. Celui-ci l'évita prestement et lui décocha une minuscule fléchette à l'aide du petit pistolet qu'il avait fait émerger de sa poche.

Lucas tressaillit sous la piqûre. Presque instantanément, sa vue se troubla, il retomba lourdement sur ses genoux.

Axel poursuivit, avec une jubilation mauvaise.

– Je te laisse seul à ta douleur, cher frère. Définitivement seul, d'ailleurs. Car plus personne ne viendra ni te voir, ni te ravitailler…

Il se pencha vers lui, infligeant jusqu'au bout sa torture psychique.

– Pour occuper ton agonie, tu peux toujours t'amuser à tourner en rond dans le dédale des galeries. Il y a une issue. Une seule : la mort. Elle seule pourra te délivrer. Estime-toi heureux, ce sera moins long que les dizaines d'années que j'ai passées dans ce trou à rat.

Les dernières paroles d'Axel parvinrent à Lucas comme réverbérées par le malaise qui le submergeait.

Il s'écroula sur le sol.

Juste avant de sombrer dans l'inconscience, ses yeux se fermèrent sur la silhouette de son double démoniaque disparaissant vers la salle de bains.

*
* *

Il faisait nuit noire lorsque Axel rentra au domaine.

Il se dirigea silencieusement vers la chambre de Marie et, se réjouissant à l'avance de la retrouver, il ouvrit la porte sans bruit.

Son visage se crispa sous le coup de la contrariété.

Le lit était vide, tout comme la chambre.

Indécis, il fit le tour de la pièce, ramassa au sol un tee-shirt de Marie, le considéra un instant puis y enfouit son visage et huma son odeur. L'émoi qui s'empara alors de lui le mit en rage, il rejeta le vêtement loin de lui.

Cette nuit-là, il ne trouva pas le sommeil.

Non pas que le remords l'en empêchât. Il était trop content de l'œuvre qu'il avait accomplie jusque-là, mais il y avait une chose qu'il n'avait pas prévue dans son plan. Une chose qu'il ne savait ni appréhender, ni nommer car c'était une notion complètement inconnue pour lui : un sentiment.

Cette sensation étrange qu'il éprouvait à l'égard de Marie le déroutait car cela échappait à sa volonté. Il se rassura en pensant que, durant sa vie de reclus, il avait appris à contrôler tous ses démons intérieurs. Il saurait, là encore, se rendre maître de cette chose si délicieuse qui pourtant grignotait le rempart de certitudes qu'il s'était forgé.

Marie non plus ne dormait pas.

Tout comme Christian allongé sur le canapé de la chambre, elle avait les yeux grands ouverts dans l'obscurité. Elle tressaillit lorsqu'elle l'entendit se lever puis ouvrir précautionneusement la porte. L'écho joyeux des conversations et les cliquetis des verres montant du pub s'insinuèrent un instant dans la pièce, puis disparurent derrière le battant qui se refermait.

Elle se mordit les lèvres et se laissa aller à pleurer comme une enfant abandonnée.

29

L'aube colorait à peine les sous-bois lorsque Ryan émergea des fourrés à proximité du couvent.

Silencieux et souple comme un chat, il se glissa jusqu'au mur d'enceinte dont il entreprit, sans un bruit, l'escalade.

Il se faufila dans la paix du cloître désert et son ombre glissa vers le couloir qui menait aux cellules.

Sous le voile ivoire, une recluse mâchonnait en silence ses prières au fond de sa minuscule chambre. Tournée vers le crucifix qui se détachait sur la chaux austère du mur, elle ne vit pas sa porte s'entrouvrir et ne se retourna que lorsque Ryan la referma derrière lui.

La stupéfaction se peignit sur le visage parcheminé de la sœur.

Ryan fut courtois mais ferme.

– Ne rompez pas votre vœu de silence, ma sœur, poursuivez vos dévotions…

Peu après, une clochette cristalline invitait les sœurs à se réunir avant l'office des laudes dans le grand réfectoire.

Entrant sans un mot dans le froufroutement de leurs robes, elles prirent place autour de la grande table de bois pour les lectures. Quelques voiles s'agitèrent et un friselis d'inquiétude les parcourut en constatant que deux places restaient inoccupées, celle de sœur Angèle et, en bout de table, celle de mère Clémence.

Un chuchotement témoigna les avoir vues en prière dans la chapelle.

Une voix flûtée fit remarquer que c'était tout de même très inhabituel…

Discrètement dissimulée dans l'encoignure de l'entrée, la silhouette d'une sœur de belle stature pivota vivement sur ses grands pieds.

Elle se glissa à toute vitesse le long du cloître en direction de la chapelle où elle entra. Son voile, accrochant un instant le chambranle de la porte, laissa fugitivement entrevoir le visage buriné de Ryan.

À la lueur des cierges, il repéra immédiatement les deux religieuses, prostrées sur leurs prie-Dieu, dans l'immobilité de la prière. Il les rejoignit rapidement et, d'une main virile surgissant de l'habit, il toucha l'épaule de mère Clémence.

Elle bougea lentement, bascula sur le côté, et son corps s'effondra au sol.

D'un geste, Ryan écarta le voile et confirma ses craintes.

La supérieure était morte. Étranglée avec sa cordelière.

Il constata rapidement que sœur Angèle avait subi le même sort et, sans plus attendre, il s'évanouit dans l'ombre au moment où une religieuse entrait à son tour dans la chapelle.

Découvrant au sol les deux corps inanimés, elle poussa un cri strident qui se répercuta en écho.

*
* *

PM, très matinal, faillit avaler son café de travers en voyant Lucas entrer dans la salle à manger. Le flic qui, malgré des traits tirés, se composait une attitude calme et assurée, arbora un sourire courtois qui mit PM encore plus mal à l'aise.

– Euh… Comment dire… Je… j'ai reçu un coup de fil hier soir pour… euh, pour vous prévenir que Marie ne rentrerait pas dîner… Ni dormir…

– Merci, je m'en suis rendu compte.

PM tenta de filer le plus vite possible, mais Lucas l'interpella.

– C'est elle qui vous a appelé ?

– Non… Il toussota. C'est… c'était… Christian. Ah, bonjour Louise ! Avez-vous passé une meilleure nuit ?

Heureux de la diversion, il se précipita vers la vieille dame.

Elle semblait épuisée. Sans se soucier de lui, elle se dirigea comme un automate vers sa place habituelle, tendit la main vers la table pour s'y appuyer, mais elle tituba avec un gémissement plaintif et s'accrocha à la nappe qu'elle entraîna en s'effondrant au sol.

Tous accoururent auprès de Louise qui, saisie de spasmes, respirait avec difficulté. Laissant PM et les serviteurs s'agiter autour d'elle, Lucas se dirigea calmement vers le téléphone pour appeler les services d'urgence.

Son deuxième coup de fil fut pour le portable de Marie.

Il reçut comme un uppercut la voix qui lui répondit. Christian.

– Ah, Fersen… Désolé de ne pas être là où vous comptiez m'expédier, mais Marie a eu besoin de moi. Plus jamais je ne la laisserai seule avec vous. Et je vous jure que je ne manquerai pas une occasion de la débarrasser de…

– Dites-lui que sa grand-mère est mourante.

Après l'avoir si laconiquement interrompu, il lui raccrocha au nez.

La douleur persistait, comme une brûlure ancrée au tréfonds de lui-même. Il respira le plus lentement possible pour contenir le bouillonnement de rage qui le déchirait et avala deux comprimés de calmant, voulant ignorer qu'il était en proie à la jalousie.

*
* *

– Pourvu que j'arrive à temps…

Christian accéléra. Son angoisse différait de celle de Marie qui craignait de ne pas revoir sa grand-mère en vie.

– Méfie-toi, c'est peut-être un piège de Lucas pour t'obliger à rentrer au domaine.

Ils arrivaient en vue du manoir. Marie blêmit en voyant l'ambulance, portes ouvertes, garée devant la bâtisse.

À peine la voiture arrêtée, elle en surgit et se précipita vers le perron, juste à temps pour rejoindre le brancard que deux infirmiers sortaient de la maison.

Le médecin devança ses questions.

– À première vue c'est un empoisonnement, je ne sais pas à quoi, je ne peux pas me prononcer. La jeune fille est moins gravement atteinte.

– La jeune fille ? Jill ?

Marie, catastrophée, aperçut l'adolescente déjà installée sur la civière de l'ambulance.

– Elle n'a presque rien ingéré, son anorexie l'a sauvée, mais je préfère la suivre de près…

Il disparut dans le véhicule qui démarra aussitôt, sirène hurlante.

Christian, resté en arrière, fut rassuré de constater qu'Angus était déjà sur place. Le gendarme faisait grise mine. Il envoya valdinguer son mégot d'une pichenette trahissant sa colère puis rejoignit Marie.

– Apparemment, la série continue…

Mais la jeune femme ne l'écoutait pas. Son regard venait de rencontrer celui de Lucas qui se tenait sur le perron, téléphone portable à l'oreille.

Il raccrocha, descendit les quelques marches et s'arrêta devant Christian avec une expression grave.

– Je vous remercie d'avoir veillé sur Marie et de l'avoir ramenée.

La jeune flic fut surprise de ne relever aucune inflexion de cynisme. Il semblait sincère. Et lorsqu'il posa sur elle ses yeux noisette, elle lut un sentiment amoureux et une tendresse incontestables.

– Tu as bien fait de t'éloigner de moi, lui murmura-t-il. Rien ne peut excuser la façon dont je me suis comporté…

La voix étonnamment triste, les épaules affaissées, il semblait complètement perdu.

– Je ne comprends pas ce qui m'arrive… Moi aussi j'ai peur… Peur de moi-même. Vous aviez raison, poursuivit-il à l'adresse du skipper, je me rends compte maintenant que je peux être dangereux pour Marie.

Il fit un effort visible pour contenir sa détresse et enveloppa sa femme d'un regard dont la ferveur et le désarroi la touchèrent.

– Je ne veux plus te faire prendre le moindre risque, il vaut mieux que je parte m'installer ailleurs, le temps que cette enquête soit bouclée…

Sa voix chavira, elle sentit à sa respiration qu'il était au bord des larmes. Désarmée par sa douceur et l'accent douloureux de ses paroles, elle resta silencieuse.

La froideur de Christian trancha lorsqu'il remercia le flic, avec ironie, d'être pour une fois lucide et enfin prudent.

C'est alors que PM surgit du manoir, comme un diable de sa boîte.

– Venez, vite ! Venez voir !

Il repartit instantanément en trombe.

Tous le suivirent jusqu'à la salle à manger où il leur désigna l'assiette de Louise. Sur la serviette de table se trouvait une petite pierre ronde.

Gravée d'un ogam.

– O comme le prince Orin, mort empoisonné, murmura Marie.

Elle eut un regard alentour.

Dans la logique du tueur, l'ogam indiquait qu'une pierre tombale était proche.

Lucas, repris par l'enquête, leur suggéra de se répartir les endroits où chercher. Tous s'éparpillèrent, à l'exception de Christian qui suivit Marie.

PM avait rejoint le couple dans la cuisine et furetait en tout sens, se flanquant sans cesse dans les jambes de la jeune flic qui passait méthodiquement la pièce en revue.

Il poussa un glapissement alors que, à quatre pattes dans la cheminée, il venait de déplacer la plaque en fonte qui masquait le fond du foyer.

La dalle de pierre apparut, gravée de l'ogam Z. Comme sur la pierre trouvée dans les sacoches du cheval de Franck.

Angus, alerté par le cri, les rejoignit.

Examinant le signe, il conclut que la logique du tueur était une fois de plus vérifiée.

– Une dalle, un meurtre, un ogam qui envoie à la prochaine dalle où aura lieu le prochain meurtre, on y retrouvera un ogam et ainsi de suite…

– Ce n'est qu'une logique, poursuivit Lucas lorsque, tous réunis dans le grand salon, ils firent un point de la situation. La Reine assassinait les princes pour que son fils hérite, quel Sullivan tue les siens pour récupérer l'héritage ?

– Comment le meurtrier a-t-il pu agir sous notre nez ? Et ce en dépit du contrôle exercé sur toute la nourriture servie au domaine, comme de la protection organisée autour de Louise et Jill ? s'énervait l'Irlandais dont le teint s'était empourpré d'exaspération.

– Il est possible qu'il ait acheté des complicités parmi vos collègues…

Angus vira au rouge brique, fronça ses épais sourcils en fixant Lucas.

– Je les connais tous par cœur ! tonna-t-il.

Il tournait comme un ours.

– Quoique, grogna-t-il en se calmant, c'est vrai que je ne sais pas grand-chose sur Brody…

Le flic hocha la tête.

– Cela expliquerait bien l'évasion d'Edward. Je vous conseille de lancer une enquête interne sur lui.

Attentif aux moindres réactions de Marie, il nota qu'elle restait songeuse. Elle ne pouvait s'empêcher de penser à Ryan, à la possibilité qu'il lui ait menti sur toute la ligne et qu'il soit en train d'exercer une nouvelle vengeance.

Lucas se méprit sur le cours de ses pensées.

– Je sais que tu privilégiais la piste du couvent, je crois que tu as raison. Mère Clémence en sait peut-être plus que ce qu'elle nous a dit, il faut retourner l'interroger.

Pour la première fois dans cette enquête, il la prenait enfin en compte. Elle lui adressa un sourire de gratitude, et l'espoir s'insinua que son mari, ayant enfin accepté de prendre conscience de son problème, allait parvenir à le surmonter.

Cette sensation de répit fut de courte durée.

Quelques minutes plus tard, Angus recevait un appel. Il s'étrangla de rage.

– Il y a eu un double meurtre dans la chapelle du couvent : Clémence et sœur Angèle !

Lucas accentua un geste de dépit pour masquer sa jubilation cynique.

Le timing était idéal, se réjouit-il en s'attribuant le mérite de sa chance.

*
* *

Le brouillard léthargique dans lequel était plongé Lucas commençait à se dissiper. Il parvint à se traîner jusqu'à la salle de bains, où il se passa la tête sous l'eau pour tenter de reprendre pied dans sa sinistre réalité.

Une image lui revint alors.

La dernière dont il ait eu conscience avant de sombrer sous l'effet de la drogue inoculée par Axel.

Il l'avait vu disparaître vers la salle de bains. C'est là que devait se trouver l'issue qu'il utilisait !

L'espoir lui rendant son énergie, il se mit à fouiller frénétiquement la pièce jusqu'à ce qu'il remarque, au mur, des carreaux juxtaposés sans joints, derrière une penderie.

En s'acharnant, il parvint à déplacer le meuble et à mettre au jour un passage très étroit dans lequel il se faufila avec excitation.

Ayant pris soin de s'équiper d'une lampe torche, il suivit un boyau dont les étais, faits de poutres anciennes, semblaient indiquer qu'il s'agissait, une fois encore, d'une galerie de l'ancienne mine.

Il déboucha soudain dans une grotte naturelle.

Il chercha en vain des traces de pas sur la roche, fit plusieurs fois le tour des lieux en tous sens, s'énervant de plus en plus, comme un rat dans une cage.

Incapable de trouver la moindre sortie, il finit par céder au découragement.

Il avisa alors, dans un creux de roche, une large flaque à laquelle il n'avait guère prêté attention. Il la sonda du rayon de sa lampe torche et découvrit qu'elle semblait sans fond.

Il resta un instant songeur puis, reprenant espoir, il se débarrassa de ses vêtements, emplit ses poumons et plongea dans l'eau glacée.

Le boyau descendait à pic.

Prenant appui sur les parois, il descendit jusqu'à ce qu'il sente le manque d'air lui déchirer les poumons. Alors, avec l'énergie de la rage, il fit demi-tour et remonta, au bord de l'asphyxie.

En émergeant, à bout de résistance, il expulsa un râle sinistre qu'amplifia la voûte de la grotte.

Transi, épuisé, il se hissa hors de l'eau et se laissa tomber au sol, désespéré.

*
* *

Au moment où l'escouade de gendarmes qui accompagnait Lucas, Marie, Angus et Christian investit la presqu'île, Ryan s'était introduit dans le bureau de mère Clémence pour le fouiller de fond en comble.

Il était en train d'examiner le contenu d'un tiroir situé sous une statuette polychrome de madone lorsqu'il entendit les gendarmes débarquer dans le couvent. Il allait refermer le petit casier quand il suspendit son geste et se figea sur place. Il replongea la main, déroba rapidement ce qui avait retenu son attention, le fit disparaître dans sa manche et s'enfuit en entendant des pas se rapprocher.

Les gendarmes arpentaient déjà le cloître tandis que Lucas, Angus et Marie se dirigeaient vers la chapelle, suivis de Christian.

D'un geste, le gendarme ferma à celui-ci l'accès au lieu des crimes.

– Désolé, vous ne pouvez pas participer à cette opération…

Le skipper allait protester, mais Lucas intervint avant lui avec une douceur angélique.

– Vous n'avez rien à craindre pour elle, nous ne serons pas seuls. Faites au moins confiance à Angus et à ses hommes, ajouta-t-il avec une ironie amère.

La jeune femme rassura son ex-fiancé d'un regard, avant de pénétrer à l'intérieur de la chapelle.

Tout en enfilant ses gants en latex, elle se dirigea vers les deux cadavres, auprès desquels elle s'agenouilla.

Lucas la vit fixer son attention sur l'une des mains de la supérieure.

Elle la saisit, desserra les doigts de la religieuse et découvrit, au creux de sa paume froide, un bouton.

Sans un mot, elle le tendit à Lucas et Angus.

– C'est un bouton d'uniforme, observa le gendarme. Possiblement celui qui a été volé à Brody par Edward Sullivan…

Marie tressaillit. Une fois pour toutes, il fallait qu'ils cessent d'accuser Edward. Elle ne pouvait pas se taire plus longtemps et les laisser patauger dans la mauvaise direction. Elle résolut de leur révéler la véritable identité de celui qu'ils prenaient pour son oncle.

Elle ouvrit la bouche, mais son portable vibra dans sa poche.

D'instinct, elle choisit de prendre d'abord l'appel.

Immédiatement, elle reconnut la voix du légiste. Et dans le même temps sentit peser sur elle le regard inquisiteur de Lucas.

– C'est l'hôpital, mentit-elle avec aplomb. Comment va ma grand-mère ?… Allô ? Je vous entends mal, un instant…

Elle fila vers le cloître et fut soulagée de se débarrasser de l'attention aiguë de son mari.

– Vous avez les résultats ? murmura-t-elle, anxieuse.

– Les empreintes sur le gobelet ne sont pas celles de Lucas Fersen, affirma le légiste.

Sentant ses jambes se dérober sous elle, Marie s'adossa à une colonne.

– Ce qui est curieux, poursuivit-il, c'est qu'elles présentent de grandes similitudes. Pour moi ce n'est pas Fersen, mais quelqu'un de génétiquement très proche.

– S'il vous plaît, gardez ces informations pour vous, juste pendant vingt-quatre heures… Je compte sur vous.

Elle raccrocha, glacée d'horreur par la signification de ce que le praticien venait d'énoncer.

Il lui fallut quelques secondes pour réussir à tourner le regard vers la chapelle, où elle apercevait la silhouette de…

Non, cet homme auprès de qui elle vivait depuis quelques jours n'était pas Lucas, son Lucas !

Incapable d'affronter l'Autre sans qu'il perçoive son bouleversement, elle bifurqua vers un couloir. Elle dut se réfugier dans une encoignure pour surmonter le premier choc, puis elle se mit à déambuler mécaniquement, incapable de mettre en ordre les pensées terrifiantes que cette révélation catapultaient en tout sens dans sa tête.

Sans s'en rendre compte, s'appuyant d'une main sur les murs, elle longeait les cellules.

Tout à coup, l'une d'elles s'ouvrit. En un éclair, une main la happa à l'intérieur et la porte se referma, laissant le couloir désert.

Elle ouvrit la bouche sur un cri qu'elle retint in extremis, sidérée par l'incongruité du visage de Ryan sous le voile religieux.

Terrassée par trop d'émotions violentes, elle s'effondra alors contre lui, balbutiant en désordre son horrible découverte.

Il y avait eu substitution avec le jumeau !

– C'est MON Lucas qui a été tué sur le port ! gémit-elle. Et c'est le jumeau qui a pris sa place depuis !

Les pièces du puzzle s'assemblaient dans son esprit : les mots qu'avant de mourir il avait prononcés devenaient cohérents : *frère, monstre, tué...*

– Pourquoi est-ce que je n'ai rien vu ? Pourquoi est-ce que je n'ai pas voulu comprendre ?

Secouée de sanglots, elle se laissait aller contre Ryan qui, malgré la consternation de voir souffrir sa fille, savourait le bonheur exceptionnel de la tenir dans ses bras.

– Calme-toi, je t'en prie, regarde...

Il mit sous ses yeux ce qu'il avait dérobé dans le bureau de mère Clémence.

Une photo. Elle représentait Jacques Reynault à trente-cinq ans.

Sa ressemblance avec Lucas était saisissante.

Et, plus saisissant encore, il tenait par la main deux petits garçons identiques d'environ sept ans.

Sous chacun des personnages était inscrit leur prénom : Pierre, Jacques, Axel. Un angle portait l'inscription d'une date : mars 1968 !

– Axel ? Pourquoi pas Quentin ?

– Quentin – ton Lucas – avait déjà disparu avec sa mère en 1967, au moment de l'accident d'avion.

– Ça veut dire que…

– Qu'il y avait non pas deux, mais trois enfants semblables ! Des triplés… Et je suppose que tout comme Pierre, le frère assassiné sur le port, ce troisième enfant n'a sûrement aucune existence légale : il a également dû être élevé par les sœurs quelque part dans ce couvent.

Au même instant, comme si le fait de l'avoir évoqué l'avait fait réagir, Axel venait de sortir de la chapelle.

Cherchant Marie du regard, il s'assombrit de ne pas la voir.

Il s'adressa alors à un gendarme qui lui indiqua la direction qu'il lui avait vu prendre.

La jeune femme était la proie d'une angoisse irrépressible tandis qu'elle continuait à dévider le fil logique de cette nouvelle donne.

Pour Axel, ce troisième Lucas, la seule chance d'échapper à la réclusion et de vivre au grand jour était d'attirer Fersen sur l'Île aux Chimères, à proximité de l'endroit où il était détenu, afin de prendre sa place !

Marie devint livide.

– Mais depuis quand est-ce que je vis avec ce…

– Celui qui t'a sortie quasi mourante du lac clamait trop fort qu'il était trop tard pour s'acharner à te réanimer. Je suis persuadé que ce n'était pas Lucas Fersen.

Marie poursuivit son raisonnement : la substitution s'était donc effectuée tandis qu'elle faisait du hors-piste sous l'eau en suivant les yeux phosphorescents ?

– C'était sûrement le subterfuge qui devait t'entraîner loin de Lucas, le temps de prendre sa place.

Des larmes perlèrent aux paupières de Marie.

– Mais Lucas, mon Lucas, qu'en a-t-il fait après ? Et s'il l'avait tué ?

Sans le vouloir, Ryan laissa échapper une moue pessimiste qui la fit se révolter.

– Il n'est pas mort ! Non ! Ce n'est pas possible, je le sens, je le sais…

Quelque chose de tangible lui donnait cette certitude.

Le détail lui revint tout à coup :

Pourquoi tout paraît possible quand tout devient impossible…

La phrase dont Axel ne se souvenait pas !

Et qui, comme par hasard, lui était revenue le lendemain matin. Elle se remémora alors ses absences soi-disant motivées par le besoin d'être seul, le sommeil lourd dont elle dormait ces derniers temps, comme si elle avait pris des somnifères…

– Je suis certaine que ce malade détient Lucas à l'endroit même où il a été séquestré ! C'est le meilleur moyen de ne pas donner l'alerte à mère Clémence qui doit s'occuper de lui…

– *Devait*, rectifia sinistrement Ryan. Il faut immédiatement démasquer ce dingue !

– Non ! Maintenant que mère Clémence est morte, il n'a plus aucune raison de le garder en vie, ce fou est le seul qui puisse me mener à lui. Je ne dois plus le lâcher d'un pas !

Axel longeait maintenant les couloirs des cellules et les entrouvrait les unes après les autres, se rapprochant de plus en plus de celle dans laquelle le conciliabule entre Marie et Ryan se poursuivait fébrilement.

– Je refuse que tu t'exposes à ce point, c'est trop dangereux, ce type est un malade et un tueur !

Axel venait de poser la main sur la porte de leur cellule.

Il allait imprimer à la clenche le mouvement d'ouverture lorsque Christian l'apostropha sèchement.

– Où est Marie ?

L'écho de sa voix interrompit immédiatement la jeune femme et Ryan.

Tétanisés, ils se focalisèrent sur la porte qui s'entrouvrait.

Axel haussa les épaules.

– Justement, je la cherche, elle était avec moi dans la chapelle il y a un instant…

Le skipper vint lui faire face, interrompant l'ouverture de la cellule.

– Vous croyez qu'elle a pris le voile ? La vie avec vous la désespérait à ce point ?

– Cessez de vous mêler de mes affaires.

– Et vous des miennes. Vous avez sabordé ma goélette et tenté de me tuer…

Axel lâcha la clenche et sourit à Christian, doucereusement.

– Vous avez des preuves ?

Ryan et Marie escaladaient déjà la petite fenêtre de la cellule.

Ils retombèrent dans le potager derrière le mur d'enceinte. Il lui prit vivement le visage dans ses mains et la couvrit d'un regard tendre et angoissé.

– Fais attention, je tiens à toi plus qu'à…

– Où vas-tu ?

– Je reste ici, je finirai bien par découvrir par où passait Clémence pour ravitailler Axel…

Il posa un baiser sur son front et, sans qu'il émette un son, elle vit se dessiner sur ses lèvres la forme d'un *Je t'aime*.

L'émotion l'envahit, mais elle ne put réprimer un sourire en le voyant ramasser à pleines mains ses jupes et sauter, voile au vent, sur le muret d'enceinte.

*
* *

Sous les regards effarés des sœurs rassemblées dans la cour du couvent, les corps de mère Clémence et sœur Angèle furent embarqués dans le fourgon de la morgue. Sur les joues fraîches ou parcheminées des religieuses coulaient des larmes qui ne pouvaient qu'être sincères.

Angus s'éclaircit la gorge pour attirer leur attention. Il se dandinait d'un pied sur l'autre, très mal à l'aise, conscient qu'il savait mieux s'adresser aux malfrats qu'aux filles de

Dieu. S'appliquant à assouplir sa brusquerie naturelle, il leur annonça qu'elles seraient toutes conduites dans un autre couvent qui les accueillerait, le temps que l'enquête soit bouclée et que le diocèse ait nommé une nouvelle supérieure.

Lorsque tout fut réglé et que la lourde porte du couvent se referma, il y fit apposer les scellés.

Marie s'installa sans un mot dans la voiture de police, à l'arrière, aux côtés de Christian. À une rapide crispation du visage d'Axel elle nota sa contrariété, mais il prit place au volant, impassible.

Angus, déconcerté, le rejoignit à l'avant. Il se dit que le couple venait de franchir une étape supplémentaire vers la séparation, et bénit la tranquillité de sa solitude, somme toute confortable, de vieux garçon.

Dans le rétroviseur, le regard de la jeune femme rencontra celui d'Axel. Elle détourna rapidement les yeux pour masquer l'effroi qui la glaçait. Instinctivement, elle prit la main de Christian, il enlaça ses doigts aux siens.

Un silence compact plomba le court voyage jusqu'au manoir.

À peine arrivé, Axel demanda à Angus de l'attendre quelques minutes, le temps qu'il aille chercher ses affaires pour s'installer à l'hôtel.

De plus en plus désarçonné, le gendarme se tourna vers Marie qui ne broncha pas.

Dès que le flic eut disparu dans le hall, l'Irlandais alluma nerveusement une cigarette. Il sentait que cette enquête, si imbriquée dans la vie personnelle de ses deux collègues, risquait de dériver. Il devinait que chacun gardait par-devers soi des informations car il ne progressait guère, contrairement au coupable qui, maintenant, passait allègrement au double meurtre.

Il se dirigea vers Marie, décidé à lui faire part de ses réflexions, mais elle fit demi-tour à son approche, le visage fermé.

Affectant de déambuler sans but, en proie à ses pensées, la jeune femme fit un signe discret à Christian qui la rejoignit.

Sortant subrepticement de sa poche la photo que lui avait confiée Ryan, elle la lui glissa.

– Regarde. Discrètement, il se peut qu'il nous observe.

Depuis la fenêtre de la salle de bains, à l'abri du rideau, Axel épiait effectivement le couple. À l'agitation du skipper, il déduisit que leur discussion était houleuse. Il sembla alors s'absorber dans une courte réflexion.

Elle suscita sur son visage une expression machiavélique.

30

– Cette fois, ça va trop loin ! s'insurgea Christian à mi-voix. Il faut prévenir Angus !

Il amorça un mouvement en direction du gendarme qui faisait les cent pas près de la voiture de police, mais Marie le retint.

– Je n'ai pas confiance ! Je ne peux me fier qu'à toi et à Ryan. Crois-moi, si j'ai une chance de retrouver Lucas, c'est en suivant Axel comme son ombre…

– Tu ne mesures pas ce que…

– Il me fait horreur, mais l'idée que Lucas est enfermé quelque part, seul, loin de tout, peut-être blessé…

Elle s'interrompit, consciente qu'elle torturait Christian en prouvant qu'elle était prête à tout, jusqu'à risquer sa vie, pour un autre que lui.

– Quel con, ragea-t-il contre lui-même, pourquoi est-ce que je ne t'ai pas emmenée quand tu me l'as demandé ?

Elle secoua la tête, attristée, comprenant qu'elle ne parviendrait pas à adoucir une réalité insupportable pour lui. Elle sous-estimait la force de son dévouement.

– Qu'est-ce que tu comptes faire exactement ? dit-il, en refoulant ses sentiments.

Marie revint sur l'échange qui avait dû avoir lieu lors de la plongée.

– Le journaliste a disparu lui aussi en allant plonger dans le lac. Or on sait que, sous les eaux, le sous-sol est truffé de galeries et de puits. Maréchal a dû découvrir un passage menant à l'endroit où Axel était détenu, et sans le vouloir, il lui a révélé comment en sortir. Il faut que je trouve l'accès à cette cache.

– Ce ne sont que des hypothèses, ça ne tient pas debout, le corps de Maréchal a été retrouvé dans le puits de la grange des Sullivan…

– Non, les analyses des ossements prouvent qu'ils ont été déplacés récemment. Ils ont séché pendant des mois à l'abri de toute humidité. Le labo a retrouvé des traces de salpêtre et des résidus de roche qu'on ne trouve qu'en sous-sol, donc le corps a été longtemps entreposé dans une ancienne galerie. Je suppose qu'il y a été récupéré et jeté dans le puits pour faire accuser les Sullivan.

Elle poursuivit sa réflexion.

– Si le journaliste a trouvé la cache, c'est sans doute qu'il avait connaissance des cinq épitaphes, donc du message complet permettant de découvrir l'accès… Il faut que tu m'aides à trouver au plus vite les pierres tombales manquantes !

Il la saisit par le bras.

– Et quand tu les auras, tu comptes replonger dans le lac ? C'est hors de question !

Marie planta son regard dans celui du skipper.

– Tu ne m'en empêcheras pas. Tu le sais très bien.

Il la connaissait assez pour comprendre qu'il devait renoncer à la protéger d'elle-même.

– Alors je plongerai avec toi. Jure-moi que tu n'iras pas seule.

– Je te le jure.

– Jure-moi que tu m'appelleras au moindre problème avec ce cinglé.

Elle jura à nouveau. Le pli d'amertume qu'elle vit se dessiner, au coin de sa bouche, lui suffit à suivre sa pensée. Un regret poignant que leurs serments d'aujourd'hui ne les engagent qu'au service d'un autre.

Pour mieux les séparer.

Au bruit d'un moteur, Axel revint vers la fenêtre, juste à temps pour voir partir Christian à bord de la voiture d'Angus qui s'éloignait.

Il reporta son attention sur Marie, elle montait les marches du perron.

Avec un sourire satisfait, il se dirigea tranquillement vers le coin salon de leur chambre et s'agenouilla devant une cavité que révélait une lame de parquet déplacée.

Il y rangea posément quelque chose et remit soigneusement la latte en place. Il termina son geste exactement au moment où Marie entrait dans la chambre, comme il le constata dans le reflet d'un miroir.

Il rabattit alors le tapis sur le parquet et se redressa rapidement.

Il reçut comme une onde de plaisir le sourire tendre que la jeune femme lui adressa.

– Je ne veux pas que tu partes, affirma-t-elle en s'approchant de lui avec sensualité. Je t'ai juré d'être près de toi, pour le meilleur et pour le pire.

Elle posa un baiser léger sur sa bouche et glissa ses bras autour de son cou.

Sa voix se fit murmure.

– Je t'aime, je ne veux pas qu'on se quitte...

Elle se lova contre lui, s'accrochant à l'idée qu'elle se servait de son corps comme d'une arme pour le vaincre. Il appuya sa poitrine contre la sienne, sa tension se dénouait, le subterfuge fonctionnait. Encouragée, elle nicha son visage dans son cou et, évitant ainsi qu'il puisse lire dans son regard le dégoût contre lequel elle luttait, continua de lui murmurer des mots d'amour.

Elle ne vit pas le désarroi qu'elle provoquait.

Les traits d'Axel s'illuminèrent, il ferma les yeux et, pour la toute première fois de sa vie, il sentit couler en lui le délice incomparable de se sentir enfin aimé, désiré. Achevant de le transporter dans une dimension de lui-même qu'il ne connaissait pas, les larmes de Marie qui roulèrent dans son cou le comblèrent, car, dans son ignorance, il confondait la douleur d'une femme suppliciée avec l'expression d'un amour sincère.

– Garde-moi tout près de toi, toujours, exhalait-elle en luttant contre les images terribles qu'elle tentait de refouler : le corps d'Alice sur la table du légiste, celui de Kelly sorti du lac, le cadavre de Franck au fond du puits, celui, disloqué, de Viviane, les deux religieuses étranglées…

Elle sentit alors la main d'Axel s'insinuer sous son chemisier et glisser vers ses seins. À bout de résistance, elle ne put retenir un brusque geste de recul.

– Qu'est-ce que tu as ? s'alarma-t-il en découvrant son visage, blême.

Elle alla puiser ses dernières ressources de courage et rouvrit ses yeux baignés de larmes.

– Ma brûlure à l'épaule, j'ai mal…

– Pardon, pardon, je ne veux pas te faire souffrir, plus jamais, tu verras…

Avec une douceur qu'elle ne lui avait jamais connue, il entreprit de déboutonner lentement son chemisier, embrassant avec dévotion chaque parcelle de peau qu'il découvrait.

– De toute ma vie, ton amour est la plus belle chose qui me soit jamais arrivée, murmura-t-il avec un accent de sincérité qui la sidéra.

Axel, transfiguré, la porta jusqu'au lit avec ferveur et commença à la caresser avec une délicatesse infinie.

– Je ne te quitterai plus jamais, tu es tout pour moi, je veux tout de toi…

Sa bouche, brûlante de désir, ne s'interrompait que pour parcourir sa peau.

Marie bascula dans l'horreur en sentant son propre corps lui échapper et glisser malgré elle vers le plaisir.

*
**

Cette nuit-là, Axel s'était endormi heureux, comblé.

Jamais il n'avait imaginé qu'un tel bonheur puisse exister.

Il avait aimé Marie avec volupté, jusqu'à l'épuisement, elle avait crié de plaisir et demandé grâce. Ils avaient pleuré ensemble lorsque, malgré lui, les mots d'amour les plus insensés lui étaient venus comme un flot retenu depuis toujours. Lui qui n'avait vécu que solitaire et cadenassé, il avait soudain découvert, à travers Marie, un univers fabuleux, celui du partage avec l'autre, une ivresse qui, cette nuit-là, avait vaincu toutes ses résistances.

Puis, terrassé, il avait sombré dans un sommeil apaisé et profond.

Si profond qu'il n'avait pas entendu Marie se lever.

Comme un automate, elle était allée sous la douche et, laissant l'eau ruisseler sur elle en même temps que ses larmes, elle était restée là, hébétée, au-delà de la souffrance.

Il lui semblait que sa vie s'était arrêtée et que la nuit ne finirait jamais.

Un pâle reflet de soleil vint pourtant effleurer la vitre embuée derrière laquelle elle restait réfugiée, comme dans une bulle.

L'aube. Il fallait vivre, et trouver une raison pour cela. Lucas.

Elle avait couché avec le diable, il ne fallait pas que ce soit pour rien.

Un geste après l'autre, elle s'habilla puis sortit de la salle de bains.

Se dirigeant vers le lit, elle contempla celui qui y dormait.

S'il le fallait, elle tuerait cet homme, si semblable à celui qu'elle venait de trahir. Par amour. Pour espérer le sauver.

Elle ne sursauta même pas lorsque son portable sonna, mais décrocha, étonnamment calme. Axel, lui, s'était dressé d'un bond, instantanément son visage avait repris une expression de dureté et de méfiance.

– C'est l'hôpital, annonça-t-elle. Louise émerge du coma, mais son état est préoccupant. Il faut que j'aille la voir, il y a peut-être une chance pour qu'elle puisse me parler.

– Ça peut attendre, laisse-la se remettre, tu l'interrogeras plus tard.

– Non, je crains qu'elle n'ait plus beaucoup de temps. Viens avec moi.

Elle ne laissa pas à Axel le temps de protester.

Ses yeux verts plongés dans les siens, elle murmura avec passion :

– Je ne veux plus que quoi que ce soit nous sépare. Je ne supporte plus de m'éloigner de toi. Viens, j'ai trop besoin de toi…

Au sourire qu'il lui adressa, elle vit qu'elle l'avait ferré.

*
* *

Dans son lit d'hôpital, Louise Sullivan flottait entre la vie et la mort.

Le meilleur et le pire de sa vie défilèrent alors devant elle.

Les bombes sifflant autour d'elle en 1942, ses parents morts ensevelis sous les décombres… L'accueil chaleureux de sa marraine, Madeleine Reynault, qui l'avait recueillie et emmenée avec son mari et ses deux enfants, Jacques et Clémence, lorsqu'ils étaient partis trouver refuge dans leur villégiature de Killmore…

C'est là qu'elle avait fait la connaissance d'Andrew Sullivan.

Elle se revit, vêtue de la longue robe écarlate que se transmettaient les jeunes mariées de cette ancienne famille irlandaise. Elle avait à peine vingt ans le jour où elle avait épousé Andrew.

À cet instant-là, elle croyait encore l'aimer.

Le riche châtelain de Killmore, élevant seul ses trois fils, l'avait séduite par sa prestance et ses manières courtoises. Mais derrière la noble façade, elle avait vite découvert un quotidien rigide et monotone. Seule la naissance de la petite Mary l'en avait consolée. Partiellement.

Les trois fils qu'Andrew avait eus d'une première union lui avaient rendu la vie impossible. L'aîné, Edward, était aussi froid que son père, et la dureté de ce dernier à l'égard des deux plus jeunes, Sean et Tom, en avait fait d'inséparables galopins en révolte permanente.

Comme des moments de délivrance, Louise attendait, de plus en plus impatiemment, les séjours que les Reynault revenaient faire de temps à autre à Killmore. Leur fille Clémence était devenue sa meilleure amie.

Et surtout il y avait Jacques, le fils.

De douze ans son cadet, ses boucles brunes et ses yeux noisette de jeune garçon lui avaient tout de suite inspiré une tendresse fraternelle. Au fil du temps et de ses visites, elle l'avait vu grandir, devenir jeune médecin, puis chercheur passionné. Lorsqu'il avait amené pour la première fois sa jeune épouse Françoise, Louise s'était rendu compte, à l'intensité de la jalousie qu'elle éprouvait, que la tendre affection qu'elle nourrissait pour Jacques s'était muée en un sentiment beaucoup plus profond.

Une passion qui grandissait dans le secret de son cœur.

Pour tromper ce sentiment impossible, et pour supporter le reste, elle avait travaillé d'arrache-pied au développement des affaires du domaine, mais sous le couvert d'une image d'épouse idéale, cet amour interdit la consumait.

Vint enfin le jour où Jacques, lassé de l'état dépressif de sa femme, blessée par la mort de leur petite fille, était venu se confier à elle.

C'était peu après la naissance du petit Quentin. L'enfant ressemblait trait pour trait à son père, les mêmes yeux noisette, les même boucles brunes…

Dans son demi-coma, la vieille dame eut un sourire, elle revivait les moments délicieux partagés avec Jacques.

La maladie d'Andrew leur en laissant le loisir, ils se retrouvaient de plus en plus souvent dans le calme de la bibliothèque où il aimait à se réfugier pour travailler en paix à ses recherches. Elle apportait le thé, s'installait près de lui pour de longs tête-à-tête amicaux. Jusqu'au jour où, au beau milieu d'une phrase, elle s'était soudain levée et avait posé sa bouche sur la sienne.

La passion qui couvait depuis si longtemps en elle éveilla celle de Jacques, et ils devinrent des amants exaltés.

Ne supportant plus qu'il s'éloigne trop longtemps d'elle, Louise pensa au laboratoire secrètement construit en 1941 sur l'Île aux Chimères par le père de Jacques, Joseph Reynault, homme austère et éminent chercheur.

Elle proposa à son amant d'y poursuivre ses travaux.

Lorsque Jacques y œuvrait, Louise, sous le prétexte de promenades à cheval, franchissait l'isthme et le rejoignait pour partager avec lui sa passion clandestine. Les plus beaux souvenirs de sa vie.

Jusqu'à ce que Mary découvre l'infidélité de sa mère. La jeune fille, choquée, la supplia de mettre fin à cette liaison.

Rien n'y fit, la passion était la plus forte.

Alors Mary posa un ultimatum : ou sa mère renonçait à Jacques, ou elle révélerait tout à son père.

Louise savait que sa fille ne céderait pas, elles avaient le même caractère.

Entre perdre son amant ou être chassée par Andrew qui ne manquerait pas de l'exclure de tout héritage, le choix de Louise était impossible.

La douleur marquant maintenant ses traits, la grand-mère de Marie, du fond de ses oreillers, revivait ce déchirement.

Elle se rappela l'instant où elle avait choisi de sacrifier sa fille. Avec la complicité de Clémence, à qui elle avait raconté que la jeune fille voulait fuguer avec un homme, elle l'avait fait séquestrer au couvent, comptant la faire libérer le jour où Andrew, déjà bien malade, décéderait.

Avec une ardeur qu'exacerbait la culpabilité, Louise eut alors tout loisir de retrouver son amant.

Jusqu'à ce Noël 1967.

Françoise Reynault, dont le visage se superposait aujourd'hui à celui d'Hélène Fersen, était venue avec le petit Quentin rejoindre Jacques.

Désœuvrée, l'épouse dépressive avait eu l'idée de rendre visite à sa belle-sœur Clémence au couvent. Elle était accompagnée de son petit garçon aux boucles brunes. Il avait à peine six ans.

– Quentin, ton Lucas… murmura la vieille dame. Il a été le messager de mon malheur.

Marie, qu'accompagnait en silence Axel, était depuis un long moment dans la chambre. Sans un mouvement et sans un bruit, ils étaient suspendus aux paroles de Louise qui leur chuchotait sa vie.

Elle venait de s'interrompre et sembla s'assoupir.

Le flic tira sa femme par le bras, lui signifiant de sortir. Marie se dégagea.

– Quel malheur ? souffla-t-elle vers sa grand-mère.

La voix de Louise reprit, plus rauque.

– Il faisait un temps de rêve, ma balade à cheval avait été magnifique, ce Noël 1967 s'annonçait heureux. Françoise était de plus en plus mélancolique, ça n'empêchait pas Jacques de m'aimer, au contraire…

» Et puis je l'ai vue arriver, elle courait comme une démente, le petit Quentin dans les bras, il hurlait, choqué, terrorisé, il saignait du nez… Leurs vêtements étaient déchirés, brûlés par endroits, leurs visages noircis… Je ne comprenais rien à ce qu'elle disait…

» "*Bébé, mort, monstre…* Jacques, il faut l'arrêter !"

» Elle était hystérique, elle voulait quitter l'île immédiatement, avec Quentin, pour le mettre en sécurité…

» Alors je l'ai calmée, rassurée. J'ai compris que l'enfant s'était échappé du cloître où il jouait et, en explorant les couloirs, il était tombé sur le labo où sa mère était venue le récupérer. Ce qu'elle y avait découvert l'avait terrifiée… Elle me suppliait de l'aider à partir, elle répétait que j'étais la seule qui ait toute sa confiance… Je lui ai promis qu'elle pouvait compter sur moi.

» Moi, sa pire ennemie, moi qui la trahissais depuis des années…

Un lourd sanglot, à moins que ce ne soit un rictus désabusé, interrompit Louise. Elle tendit une main incertaine vers Marie.

– Je vais mourir, mon enfant, je ne veux pas m'en aller sans que tu saches qui je suis, ce que j'ai fait.

– Grand-mère…

– Laisse-moi déposer ce poids qui m'empêche de partir.

» L'hydravion… Je lui ai dit que j'allais faire préparer l'hydravion pour qu'elle et son fils puissent quitter l'île au plus vite. L'occasion était trop belle. Elle m'offrait la solution dont je n'aurais pas osé rêver : me débarrasser d'elle et de l'enfant, et garder Jacques rien que pour moi… Françoise voulait révéler ce qu'il faisait dans le labo, il fallait bien que je le protège… Alors pendant qu'elle réunissait ses affaires, j'ai saboté l'hydravion. Quand elle a pris place dans l'appareil avec le petit, j'ai vu Françoise me faire un signe… Les yeux pleins de confiance, elle me disait merci. Elle s'est mise aux commandes, je les ai regardés décoller dans le couchant, le soleil sur la carlingue… Comme pour annoncer l'explosion que j'avais programmée…

Marie, horrifiée, ferma à demi les yeux.

La voix ne se tut qu'un instant et reprit.

– Je ne sais pas, je ne comprends pas comment ils s'en sont tirés… J'ai filé jusqu'à l'Île aux Chimères pour y rejoindre Jacques. Je voulais lui raconter qu'elle s'était enfuie, que je n'avais pas pu l'en empêcher. Jacques… Le labo était en feu. Il n'est pas ressorti des flammes… La mort m'enlevait l'homme pour qui je venais de tuer deux innocents.

Des larmes coulaient des yeux opalescents de l'aveugle.

– Clémence m'a demandé de dire aux gendarmes que Jacques avait pris l'hydravion avec Hélène et le petit, elle ne voulait pas que son corps soit recherché dans les restes du labo et que la teneur des travaux qu'il y menait soit révélée… Un malheur n'arrivant jamais seul, elle m'a appris que Mary avait profité de la confusion pour s'échapper du couvent et s'enfuir. Le même jour, j'ai perdu ma fille… et l'homme que j'aimais plus que tout.

Les derniers mots n'avaient été qu'un souffle.

Marie se fit violence pour oser encore poser la question qui la taraudait.

– Sur quelles recherches travaillait Jacques ?

Louise sembla faire appel à ses dernières forces, elle eut comme un hochement de tête.

– Oui, cela aussi je dois te le dire…

Marie ne comprit pas tout de suite ce qu'elle vit. Il y eut un claquement étouffé derrière elle et instantanément un trou sanguinolent apparut en plein milieu du front de Louise.

Atterrée, elle fit volte-face.

Axel tenait à la main un oreiller, à travers lequel il venait de tirer pour étouffer le bruit. Quelques flocons duveteux voletaient encore, échappés de la perforation que venait de pratiquer la balle.

Immédiatement, Marie porta la main à son holster et blêmit en constatant qu'il était vide.

– Ordure !

Elle s'entendit hurler l'insulte sans pouvoir contrôler cette erreur grossière. Ce fut comme si elle l'avait giflé.

Après un instant de stupéfaction douloureuse, les yeux d'Axel se rétrécirent, la cruauté étincela dans ses prunelles et, d'un geste nerveux, il balança l'oreiller au loin.

Marie découvrit sa main gantée qui la visait.

– Désolé, je me suis permis d'emprunter ton arme. Histoire de ne pas être soupçonné…

– Ne fais pas ça, je t'en prie, tenta-t-elle.

Il eut un sourire cynique qui cachait mal la blessure qu'elle venait de lui infliger.

– Rassure-toi, ce n'est pas moi qui vais te tuer, je vais m'arranger pour qu'on croie que tu as assassiné les Sullivan, pour récupérer tout l'héritage. Et puis je t'aiderai à te suicider.

– C'est toi que tu détruiras.

– J'aurai un tel chagrin de t'avoir perdue, tout le monde comprendra que je quitte la police, que j'essaie de t'oublier, à l'autre bout du monde.

Marie guettait son doigt crispé sur la détente. Face à sa folie, elle décida de le défier.

– Lucas ne m'aurait jamais fait de mal, jamais. Je sais qui tu es.

Elle le sentit surpris, méfiant, mais pas suffisamment déstabilisé pour qu'elle puisse tenter de le désarmer. Scrutant son visage, elle s'appliqua à se composer une expression semblable à la sienne, impassible et froide.

– J'ai fait comparer tes empreintes à celles de Lucas, conservées au fichier de la police. Je sais que vous étiez trois. Lucas, Pierre, et toi, Axel.

Il hésitait, elle en était sûre, entre l'envie d'en finir avec elle et le désir de poursuivre le jeu cruel qu'il avait obsessionnellement préparé.

Elle poussa son léger avantage.

– Si tu avais dû me tuer, tu l'aurais déjà fait.

Ils se dévisageaient avec acuité, il ne put dissimuler tout à fait la passion qu'elle lui inspirait malgré lui. Elle s'y raccrocha, mit dans son regard ce qu'elle pouvait de sentiment amoureux et prit le ton d'une déclaration.

– Tu ne peux pas me tuer. Parce que entre toi et moi il s'est passé quelque chose que nous ne pouvons pas renier.

Elle le vit douter. Son doigt sur la détente se décrispait, mais l'arme la pointait toujours. Elle ne devait pas le sous-estimer si elle voulait qu'il puisse la croire.

– C'est d'abord Lucas que j'ai aimé à travers toi. Maintenant je ne sais plus… Je ne sais pas qui tu es…

– Tu as peur de moi ?

– J'ai peur de la force de ce que nous avons partagé, tout a basculé, je ne pourrai plus vivre comme avant. J'ai peur, oui, je ne sais même pas ce que tu veux de moi.

– Tout.

Il abaissa son arme.

– Je veux que tu m'aimes. Moi, Axel. Je suis heureux que tu saches la vérité. Je suis autre chose qu'un flic sans envergure, et j'ai mieux à t'offrir qu'une petite existence banale et toute tracée.

Elle afficha une attitude indécise, il fallait qu'il lui dise si Lucas était encore en vie et où.

– Tant qu'il sera en vie, je ne me sentirai pas libre. Où est-il ?

Elle vit la colère s'emparer de lui.

– Fersen n'est plus rien ! Un *loser* qui ne te mérite pas, un rat qui va crever dans son trou ! Oublie-le, viens !

Il perdait enfin son sang-froid, offrant une ultime chance à Marie. La jeune femme bondit vers l'arme, la lui arracha et la pointa immédiatement sur lui.

– C'est fini, Axel ! Moi, je n'hésiterai pas à t'abattre ! Parle, où est-il ?

Il resta hébété, elle venait de lui enfoncer un pieu dans le cœur. Le seul être au monde pour qui il avait éprouvé de l'amour le trahissait ! La douleur était fulgurante.

– Tu ne m'as jamais aimé, balbutia-t-il pour lui-même.

– Tu es un monstre, je te hais !

La souffrance qu'elle lui infligeait calcina les pousses fragiles qu'elle avait semées, et fit resurgir le monstre que son amour aurait pu dompter.

Elle dégaina son portable et composa un numéro. Le millième de seconde où elle regarda le cadran fut fatal.

Avec l'énergie du fauve blessé, il s'élança sur elle.
D'un coup net, il la frappa à la nuque et s'enfuit.

Noyée dans un brouillard douloureux, Marie entrouvrit les yeux pour échapper au cauchemar qui la submergeait. Son regard flou tomba sur le visage de Louise, les yeux laiteux grands ouverts, le trou au front continuait de saigner.

Ce n'était pas un cauchemar !

Elle n'eut pas le temps de reprendre tout à fait ses esprits qu'une cavalcade résonna dans le couloir.

Luttant contre un vertige pour se redresser, elle amorçait machinalement le geste de rengainer quand deux infirmiers et un toubib firent irruption dans la chambre.

En un éclair, ils virent la vieille dame assassinée et Marie, l'arme encore à la main.

– Non, ce n'est pas moi qui… Je n'y suis pour rien ! C'est le flic qui était avec moi, il se fait passer pour Lucas Fersen, c'est lui qui l'a tuée !

Le regard agrandi et totalement incrédule des trois hommes, ajouté à la terreur avec laquelle ils fixaient son arme, lui firent vite comprendre qu'elle n'avait aucune chance de les convaincre. Elle se calma et tenta le raisonnement.

– Je m'appelle Marie Kermeur, je…

– Oui, madame, bien sûr… Vous voulez bien poser cette arme ?

– Je suis officier de police…

– Ah, bien, très bien…

À la façon dont le médecin acquiesçait poliment à ses moindres paroles et au regard qu'il échangea avec les infirmiers, il était clair qu'ils la prenaient pour l'assassin.

– Posez votre arme, madame, s'il vous plaît.

Elle fit semblant d'obtempérer. Les infirmiers se rapprochèrent d'elle. Au moment où ils allaient la saisir, Marie attrapa brutalement le plus jeune des deux hommes par le revers et lui colla son arme sous le menton. Le médecin, aussi blafard que sa blouse, tenta une intervention peu convaincue.

– Arrêtez, lâchez-le ! Arrêtez…

– Avance ! ordonna-t-elle à l'infirmier terrorisé en lui tordant le bras.

Sans écouter les supplications du médecin, elle entraîna son otage.

Avant de sortir, elle eut un rapide coup d'œil vers Louise et emporta d'elle une image qu'elle n'oublierait jamais.

La vieille dame semblait la fixer.

Sur son visage, le sang dessinait comme des larmes.

Traînant l'infirmier rendu muet par la pression du calibre, Marie lui fit traverser le couloir sous les regards effarés et tétanisés des patients et des employés. Elle poussa le garçon, mou comme une chiffe, dans l'escalier de service, qu'ils dégringolèrent tant bien que mal jusqu'au rez-de-chaussée.

– Pourquoi avez-vous déboulé à trois dans la chambre ?

– On a reçu un appel d'un flic…

– Quel flic ? Fersen ?

– Oui, c'est ça.

– Qu'est-ce qu'il a dit ?

– Que… Que vous étiez dangereuse, qu'il fallait vous empêcher de faire du mal à la vieille dame, que les flics allaient arriver…

– C'est lui qui est dangereux, c'est un dingue ! affirma-t-elle au pauvre garçon qui s'en foutait éperdument et ne pensait qu'à sauver sa peau.

– Ne me faites pas de mal, je ne vous ai rien fait, moi…

Elle ne le relâcha que sur le parking, s'excusant à la va-vite de ce qu'elle venait de lui faire subir. Puis elle s'enfuit en courant, rengainant son arme et composant fébrilement un numéro.

– Christian ?

Il reçut le coup de fil dans l'arrière-salle du pub, où, devant une table encombrée de vieux plans des anciennes mines, il relevait les tracés des galeries répertoriées. Il leva le nez vers la fenêtre en entendant les sirènes des voitures de gendarmerie qui fonçaient vers l'hôpital proche.

Entrant en trombe dans sa chambre, hors d'haleine, Marie se dirigea droit sur le coin salon où elle avait vu Axel rabattre vivement le tapis.

Elle le souleva et, après un rapide examen du parquet, repéra une latte mal fixée. À l'aide d'un couteau, elle fit sauter la planche et dégagea une petite cavité à l'intérieur de laquelle elle découvrit des feuilles manuscrites, couvertes de notes griffonnées.

Elle les parcourut du regard et laissa échapper une exclamation.

31

Planqué dans un coin du réfectoire, Ryan observait les deux gendarmes qui arpentaient le cloître. Son portable vissé à l'oreille, il tentait de convaincre PM de le rejoindre pour lui montrer exactement où le passage de la crypte était censé se dissimuler.

Son frère, calfeutré dans sa chambre, refusa énergiquement, la peur des gendarmes qui gardaient le couvent lui fit invoquer avec véhémence toutes les excuses possibles.

– Il vaut mieux que je cherche la cinquième dalle ! Le jeu sera complet, on pourra localiser le trésor et…

– La cinquième dalle ? sourcilla Ryan. Tu as déjà découvert la quatrième ? Tu cherches à me doubler ?

À l'autre bout de la ligne, PM se frappa le front et s'insulta mentalement pour avoir laissé échapper l'information.

– Pas du tout ! C'est un lapsus ! Les coups tordus dans ce genre, ce n'est pas mon truc, je te jure ! se défendit-il avec trop de véhémence pour être crédible.

Ryan coupa court et mentit avec aplomb.

– La cinquième dalle, je sais où elle est. Apporte le texte des autres et le trésor est à nous.

Ryan raccrocha. *Le trésor est à nous*… Il espéra que cette formule magique fonctionnerait encore sur son petit frère.

PM n'avait qu'une confiance limitée en Ryan. Très limitée.

Il estimait ses chances de se faire gruger une fois de plus nettement au-dessus de la moyenne, et déplorait sa maudite langue qui lui avait fait révéler, bien malgré lui, la découverte de la pierre tombale de Zoleig, sacrifiant ainsi le seul atout qu'il avait sur son frère.

Par ailleurs, l'idée de retourner dans la crypte lui fichait les jetons.

D'un autre côté, s'il existait la plus petite chance de mettre la main sur le trésor, il ne pouvait pas faire l'économie de passer à côté.

Pas avec les dettes qu'il se trimballait.

Il en était là de ses atermoiements quand il vit Marie quitter le manoir et rejoindre une voiture qui l'attendait, discrètement garée à couvert dans le parc, moteur au ralenti.

Le plafonnier s'illumina quand elle ouvrit la portière pour s'installer sur le siège passager, et, l'espace d'une seconde, il reconnut celui qu'elle retrouvait ainsi en cachette.

Christian Bréhat.

Ce rendez-vous secret aiguisa la curiosité de PM. Au point qu'il décida de les suivre et se glissa à l'intérieur d'un des pick-up du domaine, en oubliant que la conduite était à gauche...

Le temps de changer de côté, l'autre voiture disparaissait déjà dans un virage.

Le marin s'assombrit en apprenant qu'Axel avait tué Louise et essayé de faire endosser le meurtre à Marie.

– Il est parti au lac pour se débarrasser de Lucas. Il a plus d'une heure d'avance sur nous...

La voix de la jeune femme s'étrangla. Il savait qu'elle appréhendait terriblement d'arriver trop tard, d'autant qu'ils n'avaient aucune idée de l'endroit où pouvait être retenu Lucas.

Il sut trouver les mots pour la rassurer.

– La marée est de notre côté. L'isthme n'est praticable que depuis une dizaine de minutes.

Le pâle sourire qu'elle lui adressa ne le trompa pas. Rien ne prouvait qu'Axel n'avait pas choisi de se rendre dans l'île par bateau.

Mais avoir Christian à ses côtés était sa meilleure chance.

Il ferait tout pour sauver Lucas, en dépit de leur rivalité. Ou plutôt à cause d'elle. Le marin avait le goût de la victoire bien trop ancré en lui pour se contenter d'un triomphe sans gloire. Et il ne voulait plus tricher. Alors il ferait tout pour sauver Lucas, et ensuite il tenterait de la reconquérir, à la régulière.

Bréhat accéléra et prit la direction du nord.

Elle déplia les textes des épitaphes trouvés dans la cachette du parquet et, un crayon en main, commença à déchiffrer celles qui lui manquaient.

PM avait fini par se familiariser avec la conduite anglaise, et les rattrapa alors qu'ils bifurquaient pour s'engager sur l'isthme.

Décidément, tout le monde semblait s'être donné rancard dans l'Île aux Chimères…

Il les laissa prendre un peu d'avance, histoire de ne pas se faire repérer, éteignit ses phares à l'approche du lac et alla garer discrètement son véhicule à l'abri d'un bosquet. Celui de Christian était arrêté à la hauteur de la maison en bois. Coffre ouvert. Vide. Personne dans l'habitacle.

Il fouilla l'obscurité du regard, et entendit leurs voix avant de les apercevoir.

Christian et Marie se dirigeaient vers le ponton, chargés d'un matériel que PM identifia comme étant des équipements de plongée.

Il grimaça.

La filature allait s'arrêter là en ce qui le concernait.

Frustré, il décida néanmoins de s'approcher le plus possible d'eux, dans l'espoir de glaner, peut-être, des indices sur l'objet de leur plongée.

Leurs paroles lui parvenaient par bribes, au gré capricieux du vent qui soufflait en rafales.

Il les entendit s'étonner de l'absence de gendarmes patrouillant près du lac et faillit ricaner lorsqu'ils attribuèrent cette défection à un dénommé Axel.

Lui seul savait que Ryan avait tout orchestré, et même si cela lui coûtait de le reconnaître, il devait bien convenir que son grand frère était fort. Très fort.

Une nouvelle rafale de vent lui apporta, en pointillés, la certitude que Marie Kermeur était sur le point de localiser le trésor.

– ... la preuve qu'il est bien là... trouver d'urgence le passage... les clés...

L'idée que ces deux-là étaient sur le point d'atteindre le but qu'il s'était fixé lui donna des ailes. Il grimaça en songeant que des palmes lui auraient été bien plus utiles. Peu importe ! Galvanisé par le fait que l'issue était à portée de main, il se sentait prêt à plonger en apnée, et tout habillé, le cas échéant.

Il fallait absolument qu'il en sache plus. Oubliant toute prudence, il s'approcha au plus près des deux comploteurs.

Marie et Christian étaient penchés sur une feuille où la jeune femme avait écrit les cinq phrases clés reconstituées.

L'ensemble formait désormais un texte cohérent. Ou presque.

Dans ce lieu béni des fidèles
honni par la fille de Dagda
près de la pierre des sacrifices,
à la croisée des quatre points,
de son empreinte, le secret ouvrira.

Tout comme Ryan l'avait fait précédemment, la jeune flic décrypta *la croisée des quatre points* comme étant le symbole des quatre éléments représentés sur la croix celtique.

– La pierre des sacrifices doit vouloir symboliser le dolmen, autrefois utilisé par les druides lors des rites funéraires.

– Et l'empreinte de Dana n'est autre que le triskell.

Elle replia la feuille.

– Il faut trouver les quatre éléments.

Après avoir glissé leurs vêtements et leurs portables dans le sac à dos étanche dont le skipper avait pensé à se munir, ils allumèrent leurs puissantes torches et s'apprêtèrent à plonger.

Christian retint la jeune femme et lui effleura les lèvres d'un baiser :

– Pas de hors-piste, promis ?

Marie eut la pensée fugitive de son ultime plongée avec Lucas, et secoua la tête. Elle avait payé bien trop cher sa dernière imprudence pour la réitérer.

– Promis, dit-elle, avant de mordre dans son embout.

*
* *

Trente mètres au-dessus d'eux, je les regardai chausser leurs palmes, et souris largement en songeant que je les avais amenés très exactement là où je le souhaitais.

Surtout elle.

Le souvenir de sa trahison, à l'hôpital, me broyait encore le cœur. Un seul mot d'elle aurait suffi à sauver la vie de Lucas. Pour elle, par amour pour elle, j'aurais pris tous les risques, j'aurais été jusqu'à renoncer à effacer cette preuve vivante de mon usurpation.

Ce mot, elle ne l'avait pas prononcé. Pis, elle m'avait jeté à la face l'immensité de son amour pour l'Autre ! Comme ma mère l'avait fait, bien des années avant elle. Les femmes de ma vie semblaient s'être donné le mot pour me rejeter, et la souffrance que j'avais ressentie à cet instant-là aurait pu m'anéantir.

Mais la haine avait pris le dessus.

Je regardais Bréhat s'enfoncer lentement dans le lac, suivi de cette femme à la silhouette gainée de Néoprène.

La vision de son corps sublime me traversa l'esprit, et m'échauffa les sens.

La flambée de désir me surprit par sa violence.

Puis Marie disparut, engloutie par les eaux sombres, ignorant que bientôt, très bientôt, ce serait elle qui me supplierait de l'aimer.

*
* *

Quelques bulles d'oxygène crevèrent à la surface, puis tout redevint immobile.

PM allait se déchausser sans enthousiasme, pour au minimum épargner sa dernière paire de mocassins potable, quand il repéra l'homme planté au sommet de la falaise.

Le temps d'un éclair de lune, il reconnut la silhouette de Lucas, puis ce dernier fit demi-tour et se dirigea vers le couvent.

Avec une hâte qui surprit PM.

*
* *

Dissimulé derrière l'une des arcades du déambulatoire, Ryan épiait les deux gendarmes en faction dans le cloître, et supputait ses chances de rallier la chapelle sans qu'ils l'aperçoivent, quand le sosie de Lucas Fersen fit son apparition.

Le père de Marie n'eut pas besoin d'entendre ce qu'il disait aux deux flics pour comprendre que le faux commandant venait d'user, une fois de plus, de sa fonction et de son grade tout aussi usurpé pour les faire dégager.

Les deux hommes s'éloignaient déjà sans demander leur reste.

Ryan vit l'imposteur attendre que la lourde porte d'entrée se soit refermée sur eux pour se diriger vers la chapelle.

Et comprit qu'il allait le mener tout droit au passage de la crypte.

Le père de Marie traversa à son tour la cour carrée du cloître, désormais libre d'accès, et pénétra dans l'église au moment même où le jumeau de Lucas s'engouffrait dans l'escalier descendant à la crypte.

Persuadé qu'il était seul, ce dernier ne prit pas la peine de dissimuler sa présence, et l'écho de ses pas décroissants guida Ryan vers les profondeurs de la Terre.

La vibration, suivie d'un raclement sourd, lui fit accélérer l'allure, et ce fut presque en courant qu'il dégringola les dernières marches.

Trop tard !

Les deux passages finissaient de se refermer, et le poing de Ryan s'abattit rageusement sur le mur qui avait retrouvé son aspect d'origine.

La bordée de jurons résonna étrangement dans ces lieux dédiés au silence éternel.

*
* *

Dans un silence aquatique celui-là, Christian, suivi de tout près par Marie, pénétrait en palmant dans l'ancienne église du village minier. Ils se dirigèrent droit sur le dolmen faisant office d'autel et commencèrent à examiner le sol à proximité.

Mais les herbes qui avaient poussé entre les interstices des dalles et la vase qui recouvrait l'ancienne nef rendaient leur exploration incertaine.

D'autant qu'ils ignoraient où se situait la croisée des quatre éléments.

La jeune flic braqua sa torche sur les murs de pierre à demi en ruine, les balaya de son faisceau, puis passa aux piliers du chœur.

Ils étaient au nombre de quatre. Comme les éléments de la croix.

Elle sut que son intuition était la bonne quand elle aperçut la fresque.

Agitant la lampe, elle attira l'attention du marin sur le pilier nord.

Bien qu'il fût à demi rongé par le temps, on devinait encore le dessin d'un archange, une épée à la main.

Saint Michel terrassant le dragon.

Insistant sur l'animal qui, dans la mythologie, était souvent représenté en train de cracher des flammes, elle fit comprendre à Christian qu'ils venaient de trouver l'un des éléments.

Le feu.

Puis elle passa au pilier opposé, et à la fresque représentant cette fois le Déluge.

L'eau.

Et ainsi de suite jusqu'à repérer les quatre éléments de la croix celtique.

S'aidant de ces précieux repères, Christian traça, dans la vase, deux axes nord-sud, est-ouest, dont le point d'intersection était censé désigner la fameuse croisée.

Tout près du dolmen. Autel des sacrifices.

Tandis qu'il pointait sa lampe sur le sol, la jeune femme repoussa doucement la vase qui avait envahi la surface dallée.

L'emblème apparut. Formé de trois spirales aux pointes acérées, pivotant sur un centre, et tournant à gauche.

Derrière son masque, une lueur traversa les yeux bleus du marin : quelle ironie que les beaux-fils de Dana aient justement choisi le sceau de la Reine Écarlate pour protéger l'accès au trésor !

Loin de cette légende, Marie pensa brièvement à celle des Naufrageurs, et au symbole qui leur avait permis, à Lucas et à elle, de découvrir l'accès de la grotte sous le dolmen de Ty Kern.

Elle appuya au centre du triskell, en songeant que c'était trop facile.

L'emblème s'enfonça. Et se mit à tourner sur la gauche.

La vibration qui secoua la vase et fit onduler les hautes herbes les surprit tous les deux.

Sous leur double regard, démesurément agrandi par l'effet loupe du masque, l'une des dalles de pierre s'effaça, s'ouvrant sur ce qui était, autrefois, un escalier descendant sous le chœur…

Marie eut soudain la tentation de retenir Christian, mais il s'enfonçait déjà dans le passage d'un coup régulier de palmes.

Trop facile, se répéta-t-elle en lui emboîtant néanmoins le pas, fidèle à sa promesse.

Si la jeune femme avait été moins obnubilée par le fait de ne pas perdre Christian de vue, peut-être aurait-elle essayé de mettre une réalité sur le pressentiment qui l'envahissait.

Et peut-être aurait-elle vu le boîtier fixé sous le ventre du dolmen.

Un boîtier sur lequel deux lumières rouges se mirent à clignoter.

D'abord lentement, puis de plus en plus vite.

Les deux plongeurs étaient arrivés au pied de l'escalier, et longèrent l'ancienne galerie sur une centaine de mètres avant d'arriver à un carrefour avec un puits qui remontait à la verticale.

Le marin braqua sa torche sur le souterrain dont le prolongement se perdait dans l'obscurité. Le faisceau éclaira brièvement les rails et les vestiges d'anciennes poutres en bois qui servaient à étayer le boyau jadis emprunté par les mineurs.

Christian jeta un œil au manomètre qu'il portait au poignet gauche, puis au compas, et, agitant finalement le pouce en l'air, fit signe à Marie qu'ils allaient monter.

Une vingtaine de mètres plus haut, ils débouchaient à l'air libre, dans le bassin naturel.

La jeune femme saisit la main que lui tendait Christian et prit pied à ses côtés, dans la vaste grotte.

Elle avait les yeux brillants d'une excitation contenue.

– Je suis prête à parier qu'Axel a réussi à attirer Lucas jusqu'ici, et que c'est ainsi qu'il a pris sa place.

Son regard se posa sur les trois galeries qui partaient de la grotte.

Au fond de l'une d'elles, une lueur rayonnait.

Christian sortait déjà leurs vêtements secs du sac étanche. La jeune flic récupéra son arme, et son holster.

L'explosion les surprit alors qu'ils finissaient de se changer.

Et le sol, sous leurs pieds, se mit à trembler.

D'une souple détente, le skipper faucha la jeune femme et, lui faisant un rempart de son corps, roula avec elle à couvert.

Le geyser jaillit du bassin comme une lame de fond qui les submergea, retombant en fontaine d'eau salée qui leur piqua les yeux, puis tout s'apaisa, laissant le sol de la grotte détrempé.

Tout comme eux.

Christian aida Marie à se relever et jura en constatant que le sac étanche contenant, entre autres, leurs portables, les plans de l'ancienne mine et plusieurs mètres de corde, avait disparu, sans doute aspiré par le retrait de la gerbe d'eau.

La jeune flic s'en voulut de ne pas avoir écouté son instinct qui lui disait que c'était trop facile.

– Il nous a amenés là où il le voulait, murmura-t-elle d'une voix blanche. Et il a fait sauter la sortie par le lac. On est piégés.

Le bras de Christian l'attira tout contre lui. Il sentit qu'elle tremblait.

– Les plans indiquaient une sortie par l'ancienne tour. On la trouvera, Marie, je te le promets.

*
* *

Muni d'un bloc et d'un crayon, Lucas avait entrepris de faire un relevé topographique des galeries émaillant l'ancienne mine.

Sur la feuille, le dédale s'ébauchait.

Il était à moins de deux cents mètres de la grotte quand la déflagration le surprit.

Se jetant au sol, la tête dans les mains, le dos arrondi, il banda ses muscles en espérant très fort que les madriers datant d'un autre âge étaient suffisamment costauds pour soutenir la voûte.

*
* *

PM, arrivé au sommet de la falaise, crut un instant que la roche allait s'ouvrir sous lui, tant la détonation fut spectaculaire.

Et se retint in extremis au bord de l'à-pic.

Là, sous ses yeux ahuris, un geyser fusa du lac, projetant très haut une colonne d'eau, de boue rouge et de petites pierres de la taille d'un grêlon.

Pris de panique, il détala en direction du couvent.

Ryan était en train de fouiller la crypte à la recherche du mécanisme d'ouverture du passage quand l'onde de choc arriva jusqu'à la salle souterraine, faisant trembler les murs et vaciller les statues sur leurs socles…

Plaqué à l'une des parois, Ryan aperçut alors l'une d'elles se mettre à tanguer dangereusement, comme cherchant à échapper à ce pied qui la retenait prisonnière.

Une madone polychrome et gracile, au doux visage.

En un éclair, il se rappela la réplique miniature qui ornait le bureau de mère Clémence et, mû par une intuition qui n'avait rien de rationnel, plongea tel un rugbyman pour la rattraper avant qu'elle ne se brise au sol.

Allongé à terre, la Vierge serrée sur son cœur, Ryan vit alors le socle, libéré du poids de la statue, s'enfoncer en se repliant sur lui-même, tandis que les deux portes taillées dans la roche s'effaçaient peu à peu.

S'ouvrant, l'une sur un reliquaire, l'autre sur un escalier.

Quand PM arriva dans la crypte, hors d'haleine, elle était vide.

Il considéra d'un œil torve les deux passages béants et pesta contre Ryan qui n'avait même pas eu la courtoisie de l'attendre.

Il l'appela à deux reprises, sans grande conviction, puis, n'obtenant pas de réponse, se dirigea vers la pièce aux reliques.

Un grand sac-poubelle neuf à la main…

*
* *

Frissonnant dans leurs vêtements humides, Marie et Christian arrivèrent en vue de la source lumineuse qu'ils avaient repérée au fond d'une des galeries.

Le trou dans le mur les rendit méfiants.

La jeune flic dégaina, et fit monter une balle dans le canon de son Sig Sauer.

Signifiant à Christian de rester à couvert, elle jeta un coup d'œil prudent à l'intérieur, avant de pénétrer dans la vaste salle de bains.

Il lui emboîta le pas.

La modernité de l'endroit les sidéra.

Tout comme le confort du grand living dans lequel ils débouchèrent en silence.

La jeune femme se figea si soudainement que Christian faillit la heurter.

Il était là, assis sur une chaise, la tête dans les mains, visiblement à bout. Les boucles brunes hirsutes. L'annulaire libre d'alliance.

Lucas.

Oubliant toute prudence, Marie posa son arme en vrac sur une desserte et se précipita vers lui avec un cri rauque qui vrilla le cœur des deux hommes de sa vie.

Mais si celui de Lucas, qui s'était dressé à l'appel de son nom, bondit dans sa poitrine, explosant d'un bonheur incrédule, celui de Christian chavira en la voyant s'abattre sur le torse de son rival.

Lucas, ébloui, referma les bras sur sa jeune femme, dont les larmes trop longtemps contenues l'éclaboussèrent.

Bien qu'il se fût préparé à cet instant-là – tout en le redoutant –, en être témoin déchira le marin, qui n'avait même pas la solution de s'enfuir.

Il se détourna.

32

Le corps de Louise Sullivan reposait sur la table d'autopsie.

Penché sur son front, le légiste retira la balle et la déposa dans un haricot.

Angus la prit entre un index et un pouce gantés de latex, et s'assombrit.

– 9 mm. Identique à celles du Sig Sauer de Marie Kermeur.

Il la laissa tomber dans le bassin où elle rebondit avec un son métallique.

– On dirait que Fersen a raison. Mais bon Dieu ! Pourquoi aurait-elle tué sa grand-mère ? Ça ne tient pas debout.

Le légiste grimaça. Il ne pouvait différer plus longtemps l'information, en dépit de sa promesse faite à la jeune femme.

– Il ment. Sur toute la ligne. À commencer par son identité.

– Nous savons très bien que Lucas Fersen n'est pas son vrai nom…

– Je ne parle pas de ça, mais de son identité génétique.

Le gendarme irlandais fronça les sourcils et le somma de s'expliquer.

Actionnant un écran d'ordinateur sur lequel s'affichèrent deux jeux d'empreintes, le légiste s'exécuta.

– À gauche, celles de Lucas Fersen, conservées au fichier central depuis son entrée dans la police en 1986. À droite celles qu'il a laissées sur un gobelet à la gendarmerie il y a deux jours.

Il pianota sur le clavier de façon à les superposer. Quand le gendarme constata qu'elles étaient différentes, son teint prit une couleur crayeuse.

– Qu'est-ce que vous essayez de me dire, toubib ? Que le jumeau retrouvé sur le port n'est pas mort ? Qu'il a pris la place de Fersen ?

Le spécialiste de médecine légale secoua la tête et, sans plus tourner autour du pot, lui révéla alors l'existence d'un *troisième jumeau.*

*
* *

Malgré lui, le regard sombre de Christian revint au jeune couple toujours enlacé.

Il hésitait à rompre l'instant quand des bruits de pas, dans son dos, le firent pivoter.

Un autre Lucas Fersen venait d'apparaître !

Réplique à l'identique de celui qui tenait Marie tout contre lui… Même regard noisette, mêmes cheveux, même barbe de deux jours, mêmes vêtements, mêmes chaussures !

C'était un truc de dingue.

Frappé de stupeur, le skipper mit une seconde de trop à réagir.

L'arme que la jeune flic avait abandonnée sur la desserte était déjà dans la main gauche du second Lucas.

– Écarte-toi de lui, Marie ! cria ce dernier. C'est Axel !

Incapable de déterminer qui des deux était le vrai, Christian décida qu'il serait toujours temps de les départager ultérieurement.

Il bondit sur celui qui venait d'entrer, le percuta violemment, lui faisant lâcher l'arme qui vola dans les airs, adroitement récupérée par Marie qui avait profité de la confusion pour sortir des bras de l'autre Lucas.

La jeune flic braqua les jumeaux.

Son regard indécis allait de l'un à l'autre, se posa sur leurs mains gauches, toutes deux dépourvues d'alliance. Elle cherchait le détail qui pourrait disqualifier l'un d'eux, quand ils se lancèrent dans une joute oratoire destinée à la convaincre du bien-fondé de leur identité respective.

– Je suis tombé amoureux de toi dès que je t'ai vue dans l'abbaye de Lands'en…

– Et pourtant tu m'avais à moitié assommée…

– Demande-lui ce que je t'ai dit la nuit où tu avais trop bu, à l'hôtel…

– Le jour où vous me tomberez dans les bras, ce sera à jeun et de votre plein gré…

– Rappelle-toi ta colère lorsque je t'ai appris que Christian t'avait trahie !

Le skipper, qui s'était rapproché de la jeune femme, saisit la perche qu'on venait de lui tendre.

– Que m'a dit Fersen lorsque je m'apprêtais à partir pour Plymouth avec Marie ?

Une lueur d'hésitation traversa l'œil noisette du Lucas que Marie avait embrassé quelques instants plus tôt.

Un éclair de triomphe éclaira le regard de l'autre, tandis qu'il clamait :

– Si jamais Marie devait souffrir par votre faute, l'océan ne serait pas assez grand pour que je ne vous y retrouve.

– C'est bien lui ! affirma Christian, en désignant celui qui venait de parler.

Le couteau jaillit le long de l'avant-bras d'Axel.

La lame brilla furtivement alors qu'il se ruait sur Lucas.

Comme dans une partie de bonneteau – où les trois cartes sont si rapidement mélangées que nul ne sait plus où est passée celle de la Reine –, tout alla si vite que ni Marie ni Christian n'auraient pu jurer que le Lucas repéré était celui qu'ils suivaient des yeux.

D'autant que le couteau semblait changer de main…

Sous leurs regards impuissants à les départager, s'ensuivit un corps à corps entre les jumeaux, véritable duel à mort, brouillant à nouveau les cartes.

Le canon de Marie allait de l'un à l'autre.

Incapable de prendre le risque de tuer le bon.

Les jumeaux roulèrent à terre, emmêlés, indissociables, animés d'une même haine, d'une fièvre identique.

C'est alors qu'un détail accrocha le regard de la jeune flic.

Un tout petit détail.

Et si elle se trompait ?

Elle ferma à demi les yeux.

Christian sursauta en voyant le doigt se crisper sur la détente.

Le coup de feu éclata.

Se répercutant en écho dans les galeries souterraines.

Et l'un des deux Lucas hurla avant de s'évanouir, atteint à l'épaule gauche.

L'autre, à bout de souffle, balaya rapidement d'un revers de main le poignard qui avait roulé au sol, et palpa son jumeau pour vérifier qu'il n'avait pas d'autre arme sur lui.

L'alliance était dans la poche droite du pantalon.

Lucas était en train de la glisser à son doigt quand la voix de Marie le cloua sur place.

– Pourquoi m'as-tu virée de l'enquête, cette nuit-là, dans le musée de Ty Kern ?

Il tourna vers elle un visage effaré, et se trouva face au canon qu'elle n'avait pas abaissé.

– Quoi ? Mais enfin, Marie…

– Réponds !

Il leva les yeux au ciel comme pour y chercher l'explication qu'elle attendait.

– Je t'ai virée parce que tu étais trop impliquée.

Le canon était toujours pointé sur lui. Il grimaça.

– Et parce que je n'aurais pas eu la tête au boulot…

La jeune flic rengaina lentement son arme, la tension se relâcha. Et Lucas se redressa.

– Comment tu savais que c'était sur lui qu'il fallait tirer ?

Elle désigna les chaussures d'Axel, dont la semelle était visible.

Des traces de boue rouge fraîche en maculaient les sillons.

– Tu n'as pas quitté cet endroit depuis ta plongée dans le lac, tu ne pouvais donc pas avoir de boue rouge sous tes chaussures.

Les traits du spécialiste des crimes rituels se plissèrent. Et sa voix s'altéra.

– Et s'il y avait eu de la boue rouge dans les galeries ?

Elle eut une légère moue sur laquelle il préféra ne pas s'appesantir.

La voir là, devant lui, tenait à la fois du miracle et de la torture. Miracle de pouvoir à nouveau la contempler, torture qu'entretenait la présence du jumeau haï, et des images qu'elle ravivait.

Il la dévora des yeux, partagé par des sentiments contradictoires, quand le profil du skipper s'interposa dans son champ de vision.

Le flic grimaça. Ce qu'il s'apprêtait à faire ne l'enchantait pas, mais il était trop loyal pour s'en dispenser.

– Je déteste avoir à dire ça, mais… Merci.

Et il tendit la main.

Après une hésitation, le marin la serra.

– Et si on se tirait d'ici ?

– Bonne idée !

Lucas se dirigea vers Axel, qui reprenait lentement conscience, pour lui arracher la combinaison ouvrant la sortie vers le lac quand Christian lui apprit que l'explosion l'avait sans doute définitivement close.

Le flic s'assombrit.

– Alors il n'y a pas d'issue. J'ai exploré toutes les galeries. Un véritable dédale auquel il ne manque plus que le Minotaure pour que le tableau soit complet.

Voyant Christian se diriger vers le sas vitré, Lucas ne put s'empêcher de lever les yeux au ciel.

– J'ai passé des heures à essayer de l'ouvrir, et Axel, des années. Mais si tu penses pouvoir faire mieux, surtout, ne te…

L'exclamation de Marie l'interrompit net.

Faisant volte-face, il vit la jeune femme se précipiter sur Axel, qui avait profité de leur inattention pour ramper jusqu'au canapé.

Et en retirer un petit boîtier noir qui devait être planqué dessous.

Un détonateur.

Ce taré s'apprêtait à tout faire sauter !

Son doigt écrasait déjà l'un des boutons quand la jeune flic lui bondit dessus.

Trop tard.

Les témoins rouges se mirent à clignoter.

Axel porta sur eux un regard froid.

– Personne n'ira nulle part.

Un sourire démoniaque lui fendit le bas du visage.

Les lumières clignotantes passèrent au vert.

La forte déflagration souffla littéralement les portes vitrées du sas, tandis que tout se mettait à dégringoler autour d'eux.

*
* *

Ryan avait à son tour rejoint les profondeurs de l'ancienne mine et progressait dans l'une des galeries quand le souffle de l'explosion le percuta de plein fouet, le balayant comme un fétu de paille.

Le plafond de la galerie se fissura sous la violence de l'impact, des blocs de roche se détachèrent et Ryan, atteint à la tête, s'écroula, tandis que les gravats s'accumulaient sur lui, dans un linceul épais de poussière grise.

Le sac-poubelle était déjà plein à craquer de ciboires d'or et d'argent quand l'onde de choc atteignit la pièce aux reliques, faisant trembler les murs, projetant les crânes aux orbites vides droit sur PM qui se mit à hurler.

Pris de panique, il voulut empoigner le sac qui se déchira sous le poids, répandant son précieux chargement au sol.

Une fois de plus sa convoitise était en train de le perdre.

Il allait tenter de sauver au moins un ou deux calices lorsque tout se mit à s'effondrer, l'obligeant à choisir, vite, entre mourir riche ou vivre sans un sou.

Il s'enfuit. Les mains vides.

Réfugié dans la crypte qui résistait vaillamment, il eut une terrible expression de dépit en constatant que le passage vers la pièce aux reliques était définitivement obstrué par l'éboulement.

Et balança une bordée d'injures aux dieux qui étaient contre lui.

L'appel de son nom le tétanisa.

Cela commença dans un murmure, venu des entrailles de la terre. Puis se répéta, amplifié par l'écho.

Pierre-Marie... Pierre-Marie...

Persuadé d'avoir déclenché la colère des morts en blasphémant copieusement, il se préparait à voir sortir des caveaux une armée d'ombres vengeresses quand la voix murmura :

... Grouille-toi... PM...

Interloqué, son regard se tourna vers le passage menant à l'escalier.

*
* *

Le silence était revenu dans l'appartement dévasté par l'explosion.

Un léger nuage de poussière nimbait les lieux d'une sensation de fin du monde. Grise et désolée.

Partout, des livres jonchaient le sol. L'écran plat s'était décroché et pendait de guingois, verre étoilé. Les stores occultant les baies vitrées s'étaient détachés, livrant aux yeux de tous la quête obsessionnelle d'Axel, et son plan diabolique.

Le premier regard de Marie fut pour Lucas qui se redressait, indemne. Le second pour Christian qui gisait encore au sol, face contre terre, constellé d'éclats de verre.

Pour une fois, Lucas ne s'irrita pas de la voir se précipiter vers le skipper. Même s'il n'était pas dupe qu'en aidant Marie à venir le sauver, Christian ne cherchait là qu'un moyen de mieux la lui reprendre ensuite. Le flic n'avait pas peur de cette rivalité, il la jugeait même plutôt saine, eu égard à celle qui l'opposait à son jumeau. Et qui le terrifiait tant elle était complexe, ambiguë.

Tandis que la jeune flic s'agenouillait auprès de Christian, qui émergeait lentement, et s'assurait qu'il allait bien, Lucas s'approcha d'Axel.

Il contempla en silence ce double de lui-même qui, durant quelques jours, avait pris sa place auprès de Marie. Une vague de souffrance le submergea.

L'Autre le devina et eut un sourire mauvais.

– Elle a toujours su que je n'étais pas toi, siffla-t-il entre ses dents.

Le coup de pied partit, brutal, lui déchirant les côtes.

En dépit de la douleur qui irradiait, le jumeau n'eut pas un cri. Mais son front se couvrit de sueur.

Il désigna le sas désormais obstrué par un amoncellement de roches impossibles à franchir.

– Cette fois, il n'y a plus d'autre sortie possible, on va tous crever ici, à petit feu. Dommage, j'avais d'autres plans pour Marie…

Le pied de Lucas s'écrasa sur sa blessure à l'épaule, pesant de tout son poids. Des gouttes de sueur plaquèrent les mèches brunes sur le front d'Axel, et sa bouche s'ouvrit. Sur un rire délirant. Démoniaque.

Lucas ferma les yeux, cherchant en lui-même la force de se maîtriser, quand Christian déboula, un gros rouleau de ruban adhésif à la main.

Il bâillonna fermement Axel dont le rire s'étouffa petit à petit.

Puis il le ligota au pied de lit tout en évoquant la tour qu'ils pouvaient sans doute rejoindre via les galeries de la mine.

Lucas secoua la tête.

– J'ai trouvé le chemin, mais c'est une nouvelle impasse. Même si on réussissait à descendre les trente mètres à la verticale sans s'écraser sur les récifs, c'est impossible de rallier l'île à la nage. Le courant est beaucoup trop fort, on se retrouverait au large en moins de deux.

– Si on reste là, personne ne nous portera secours.

– Mère Clémence ou sœur Angèle viennent chaque jour. Elles…

– Elles sont mortes.

Le visage du flic vira au papier mâché en apprenant que Louise avait également été assassinée. Clémence, Hélène, Louise… Axel avait éliminé tous ceux qui savaient. Ils étaient condamnés à crever ici.

Marie le détrompa.

– Il y a quelqu'un d'autre qui est au courant, dit-elle doucement. Quelqu'un qui fera tout pour nous sortir de là.

Une esquisse de sourire incrédule effleura les lèvres du flic.

– Si tu comptes sur Angus…

– Je voulais parler de Ryan.

Elle frémit sous le regard dont son mari la gratifia, et sut qu'elle allait devoir convoquer le ban et l'arrière-ban des arguments pour qu'il lui pardonne ce secret.

L'équipement de plongée de Marie était posé dans un coin de la grotte, au sec. Assise à côté, elle triturait nerveusement son détendeur.

Il l'avait écoutée en silence tandis qu'elle lui expliquait tout ce qui était arrivé depuis la plongée dans le lac. L'unique fois où il l'avait interrompue avait été pour évoquer Hélène. Mais le très léger espoir qu'Axel lui ait menti uniquement pour le faire souffrir avait été balayé par le chagrin visible de Marie.

Elle n'avait pu que lui confirmer la mort de sa mère, apprenant au passage qu'il s'agissait bien d'un « suicide » orchestré par le jumeau.

D'Axel ayant pris la place de Lucas auprès d'elle, il n'avait toujours pas été question. Un sujet tabou auquel ils devraient se confronter, tôt ou tard. D'évidence, l'un comme l'autre en repoussaient soigneusement l'échéance.

L'expression de Lucas était aussi sombre que l'eau affleurant le bassin.

Qu'il ait pu se laisser duper, des jours durant, par un Edward Sullivan bidon le déstabilisait. Mais que *même* Bréhat fût au courant de la présence de Ryan dans l'île le mettait carrément mal à l'aise.

Quand pensait-elle lui dire la vérité ? Pensait-elle seulement la lui dire un jour ?

– En tant que flic, tu n'aurais jamais accepté de fermer les yeux. En tant que mari, tu aurais peut-être été tenté de le faire, alors…

– Alors tu as préféré m'épargner un choix cornélien, conclut-il avec une pointe de sécheresse.

Il était adossé au mur opposé de la grotte, les bras croisés sur la poitrine. Distant. À tous les sens du terme.

– Comment peux-tu faire confiance à ton père, Marie ? C'est un menteur, et un assassin !

Elle évoqua la faille dans laquelle elle avait failli chuter. Et le lac où elle avait une nouvelle fois frôlé la mort. Sans lui…

Il haussa les épaules et convint que, vu sous cet angle, Ryan marquait des points sérieux.

– Comment pourrais-je lui en vouloir de t'avoir sauvé la vie ?

Se décollant du mur, il s'approcha du bassin, s'agenouilla et, ramenant un peu d'eau dans la coupe de ses mains, se la passa sur le visage. Puis il resta un instant là, à contempler son reflet.

D'une voix sourde, il lui résuma ce qu'Axel lui avait appris de leur naissance.

– Comment a-t-elle pu faire ça ? Ma mère… Comment a-t-elle pu abandonner ses deux autres fils dans cet endroit sordide ? Comment a-t-elle pu les condamner à l'oubli ?

– Peut-être ignorait-elle leur existence, suggéra la jeune femme, soulagée de se retrouver sur le terrain, plus sûr, de l'investigation.

– Tu veux dire que mon taré de père, roi de la fécondation in vitro d'avant-garde, se serait débrouillé pour fabriquer deux autres embryons à son insu ?

– Axel a tué Louise juste avant qu'elle ne me révèle la nature exacte des travaux de Reynault.

Il plissa le front, concentré. Lui aussi savourait cet instant de répit passé à échafauder une hypothèse.

– Ma mère n'était pas une femme violente. Or elle a détruit le laboratoire en y mettant le feu et a voulu fuir l'île.

Il dévisagea Marie et hocha la tête.

– Tu as raison, elle devait avoir découvert quelque chose de vraiment horrible pour en arriver là…

Il s'interrompit soudain, pris d'un léger malaise.

– D'après ce que Louise t'a raconté, j'étais là. Pourquoi je ne me rappelle de rien ? Pourquoi ? J'avais presque six ans ! Je devrais me souvenir !

– Tes saignements de nez, dès que tu mettais les pieds dans l'île… Ce sont les témoins du trauma que tu as vécu autrefois. Louise m'a dit que tu saignais du nez quand ta mère t'avait ramené au domaine ce soir-là. Ce que tu as vu est quelque part, dans les replis de ta mémoire d'enfant.

– Si tu le dis…

Elle s'approcha de lui et poursuivit, doucement :

– J'en ai eu la vision, Lucas. À plusieurs reprises. La première fois, c'était à l'entrée de l'Île aux Chimères, quand tu es tombé de cheval. La seconde, près du lac… Je ne comprenais pas l'origine de ces images terrifiantes, jusqu'à ce que Louise me parle. Ces visions n'étaient pas les miennes, mais les tiennes. Je sais que cela n'a rien de rationnel, et que tu ne crois pas à tout ça, mais je les percevais à travers toi. D'ailleurs elles ont cessé dès que…

Elle n'eut pas besoin de terminer sa phrase pour qu'il sache ce qu'elle s'apprêtait à dire : les visions avaient cessé dès que le jumeau avait pris sa place.

– Pourquoi tu ne m'en as rien dit ? Pour m'épargner, une fois de plus ? Comme tu le fais en évitant soigneusement de prononcer le nom d'Axel ?

Son regard fiévreux se posa sur elle et la sonda jusqu'à l'âme, en une question muette et lancinante qu'il n'avait surtout pas envie de lui poser.

L'ombre qui empourpra le visage de la jeune femme était chargée d'une telle dose de culpabilité qu'il aurait fallu être aveugle pour ne pas la voir. Or Lucas ne la quittait pas des yeux.

Marie ferma les siens.

Elle portait encore sur elle le souvenir des caresses de l'Autre, et l'odeur de sa peau. Oh, elle pouvait toujours se planquer derrière tous les prétextes possibles – entre autres qu'elle n'avait agi ainsi que pour sauver Lucas –, il n'en restait pas moins qu'elle avait pris un plaisir trouble dans les bras de l'Autre.

Comme s'il avait suivi le cheminement de ses pensées, Lucas devint livide.

– Je te demande pardon, murmura-t-elle, bouleversée.

La voix de la jeune femme n'était qu'un souffle. Son petit visage tendu vers lui se fit suppliant.

Ô Dieu qu'il aimait cette femme. Pour le meilleur et pour le pire.

Il aurait voulu courir à elle, la prendre dans ses bras, et la serrer tout contre lui en lui disant qu'il n'avait rien à lui pardonner, que ce n'était pas sa faute, qu'il aurait dû être là pour la protéger de ce taré, qu'il avait failli aux vœux prononcés lors de leur mariage.

Mais il était incapable de bouger, pétrifié par les images et les questions qui lui pourrissaient l'esprit.

Tenaillé par les affres d'une jalousie que même Christian n'avait jamais autant excitée, il lui en voulait de n'avoir pas découvert l'imposture. Il lui en voulait de s'être couchée à côté de cet homme. Il lui en voulait d'avoir, sûrement, fait l'amour avec lui. Et l'idée qu'elle s'était abandonnée dans les bras de ce monstre, même en pensant que c'était lui, lui était tout simplement odieuse.

Le contact de la main de la jeune femme sur son bras le fit tressaillir.

Leurs regards s'accrochèrent, intenses, fiévreux.

Une ombre voila celui de Lucas, et il se dégagea.

Avec une douce autorité qui la glaça plus que ne l'aurait fait un déluge de reproches.

– Il va nous falloir du temps pour oublier tout ça, murmura-t-elle.

Parce qu'il ne savait pas faire autrement pour lutter contre sa douleur, il se réfugia dans l'ironie.

– Ça tombe bien, le temps est tout ce qu'il nous reste…

*
* *

Coincé sous un amoncellement de pierres qui lui coupaient la respiration, aveuglé par le sang qui suintait encore de sa blessure à la tête, Ryan mobilisait ses forces pour hurler une dernière fois quand le faisceau de sa torche, qui avait roulé loin de lui, projeta, sur le mur opposé, l'ombre d'une silhouette qui venait dans sa direction.

En reconnaissant PM, il ferma les paupières, de soulagement.

Ahanant, et pestant contre la propension de Ryan à le mettre toujours dans des situations impossibles, PM entreprit de le libérer de la masse qui le comprimait.

Et faillit tourner de l'œil devant l'entaille que Ryan arborait au cuir chevelu.

Ce dernier se contenta de lui arracher le foulard qu'il portait toujours autour du cou, et en comprima la blessure.

– Je finissais par croire que tu m'avais laissé tomber… ou que tu étais bien trop occupé à faucher les ciboires pour te soucier de moi.

Le léger sursaut de PM lui arracha un rire bref.

Offusqué par l'ingratitude que Ryan manifestait à son égard, PM eut la tentation de le planter là. Et c'est ce qu'il aurait fait, séance tenante, si son grand frère n'était pas le seul à savoir où se trouvait la pierre tombale manquante, celle du prince Seamus.

– Sans moi, tu serais mort ! maugréa-t-il. Ça t'arracherait la gueule de dire merci ?

Ryan se redressa et épousseta tant bien que mal la poussière qui maculait ses vêtements. Puis il glissa un regard en coin à PM. La malice se lisait sous les cils poudrés de gris.

– Tu tiens bien trop à moi pour me laisser crever…

PM leva les yeux au ciel.

– J'ai surtout besoin de la cinquième clé pour accéder au trésor. Où est-elle ?

– Plus tard… Le plus urgent est de retrouver Lucas ! Enfin, Axel. S'il a trouvé le passage de la crypte, c'est parce qu'il a fait parler les religieuses avant de les tuer. Marie avait raison, ça signifie que Lucas est sans doute séquestré quelque part, dans le dédale de l'ancienne mine.

Axel… Lucas… PM ne comprenait rien à ce que racontait son frère. Ou celui-ci délirait, ou…

– N'essaie pas de m'embrouiller !

Ryan le détrompa et lui résuma brièvement la substitution qui s'était opérée sous le lac, tout en songeant à quel point l'histoire devait avoir l'air tordue, aussi rapidement racontée. Mais il n'avait pas de temps à perdre dans les détails.

Il coupa court aux protestations de PM qui refusait d'y croire.

– Tu dois sortir d'ici et prévenir les flics. Appelle Angus, raconte-lui tout et dis-lui d'envoyer des renforts.

– Et pendant ce temps-là, tu vas gentiment chercher le trésor et te tirer avec. Tu me prends vraiment pour un con !

– Combien de fois devrai-je te répéter que je me moque de ce magot ?

– Alors dis-moi où est la dernière pierre tombale.

– Aucune idée.

La stupeur qui peignit les traits de PM fut rapidement chassée par une colère à la mesure de sa déconfiture. Putain de Dieu, il s'était encore fait gruger… Son visage se congestionna et Ryan crut, pendant un instant, qu'il allait exploser tant il était cramoisi.

– Tu n'as pas fait ça ! Tu ne m'as pas dit ça uniquement pour que je vienne ? Alors que j'étais à deux doigts de plonger derrière eux ! Maintenant c'est eux qui vont s'en mettre plein les poches ! Sous le nez, il va me passer, le trésor ! Sous le nez ! Une fois de plus ! Je vais te tuer ! Je vais te…

Les mots s'étranglèrent dans sa gorge. Ryan venait de le saisir au col et, d'une voix sourde, l'exhortait à lui dire qui avait plongé, et qui allait *s'en mettre plein les poches.*

En entendant l'autre bredouiller qu'il s'agissait de Marie et Christian, il blêmit et relâcha la pression.

PM passa le doigt sous le col de sa chemise, massa son cou tuméfié et, vachard, enfonça le couteau :

– C'était juste avant la première explosion. J'ai bien peur qu'ils ne s'en soient pas tirés…

*
* *

Des bulles affleurèrent la surface du bassin et une main gantée de Néoprène prit appui sur le bord. Puis la tête coiffée d'une cagoule émergea.

Derrière le masque, l'œil bleu de Christian était chargé de dépit.

Il se hissa hors de l'eau et se débarrassa de son équipement avec une sourde rage.

– Impossible de sortir par là. Tout s'est éboulé.

Il balaya la grotte d'un regard circulaire, et s'étonna de l'absence de Marie.

– Où est-elle ?

Lucas, assis par terre, remâchait sa rancœur. Il se contenta d'un vague signe en direction de l'appartement. Le skipper enregistra la mine sombre, les mâchoires serrées, l'œil atone et comprit que l'explication entre les deux époux ne s'était pas soldée par une réconciliation.

Il s'étonna de ne pas s'en réjouir, et n'insista pas.

Il exhiba le sac à dos.

– Par contre, j'ai retrouvé le sac étanche. Les cellulaires ne captent pas de réseau, mais au moins on a les plans de la mine, et deux rouleaux de corde.

Le ricanement du flic lui vrilla les nerfs.

– Tu comptes t'en servir comme d'un fil d'Ariane pour sortir d'ici ?

– Non. Pour descendre en rappel du haut de la tour.

– Pour finir noyé au large ? Génial…

– OK, c'est hyper risqué, mais pas impossible.

– Pour quelqu'un qui a traversé l'Atlantique Nord à la nage, peut-être…

L'allusion à la Transat en solitaire de l'été dernier, et au naufrage bidon du skipper, était directe. Ce flic commençait sérieusement à le gonfler.

– Quitte à crever, autant saisir sa chance, non ?

– Eh ben, bonne chance…

Le marin finit de boucler son jean, enfila un pull, jeta le sac étanche sur son épaule et considéra Lucas, presque méprisant.

– Je ne pensais pas que tu étais du genre à renoncer.

Et il s'éloigna.

– Je sais reconnaître quand j'ai perdu la partie.

Cette dernière phrase fit écho chez le skipper qui revint sur ses pas. Il savait que Marie constituait le plus grand enjeu de la partie. Sinon le seul.

– Si c'était le cas, elle ne serait pas là.

Seul un haussement d'épaules lui répondit. Levant les yeux au ciel, le marin prit place à côté de Lucas, et, sans vraiment comprendre pourquoi – sans doute parce qu'il savait trop bien ce que le flic traversait –, se surprit à lui poser une main amicale sur l'épaule.

– Je n'en reviens pas d'être en train de faire ça, reconnut-il honnêtement. Alors que je ne t'aime pas.

Lucas émit un ricanement.

– Pourquoi tout paraît possible quand tout devient impossible ?

Il secoua la tête en voyant Bréhat froncer les sourcils, déconcerté.

– Laisse tomber, Surcouf. Tu ne peux pas comprendre.

– Je comprends surtout que tu n'es pas capable de dépasser certaines choses par amour pour elle.

– Va te faire foutre…

– Ça fait mal de l'imaginer avec un autre, pas vrai ? Mais même si c'est dur à encaisser, je préférerais mille fois être à ta place qu'à la mienne.

Seul le silence ponctua ses propos. Alors il se leva.

– Je vais aller la chercher et on va sortir d'ici, d'une façon ou d'une autre. Avec ou sans toi. Ce serait mieux avec.

– Pourquoi te soucier de moi alors que tu ne rêves que de la récupérer ?

– Marie est capable d'être fidèle à un mort. Pas à un lâche.

Et il s'en alla.

33

Le jour tirait à sa fin sur le port de Killmore quand le ferry déchargea le contingent de gendarmes qu'Angus avait demandé en renfort.

Depuis qu'il avait quitté la morgue, il était à cran.

La diffusion du signalement de Lucas, la surveillance de l'aérodrome et de l'embarcadère n'avaient rien donné.

À la gendarmerie, l'ambiance était survoltée et la tension fébrile.

Le gendarme réunit tous ses effectifs et leur expliqua la situation en faisant circuler le portrait de Lucas.

– Cet homme n'est pas le commandant Fersen, c'est un jumeau qui se fait passer pour lui, il est armé et particulièrement dangereux. La dernière fois qu'on l'a vu, c'était à l'hôpital, il y a plus de trois heures. Il n'est pas exclu qu'il ait réussi à quitter l'île, mais rien ne prouve qu'il ne soit pas encore là. Alors on se bouge ! Patrouille par équipe de deux. Rapport toutes les demi-heures. Allez !

Il allumait une énième cigarette quand son portable sonna.

Le procureur.

Angus arrondit le dos pour amortir la salve de reproches que le magistrat allait déverser. Pas encore bouclé cette affaire… laissé les cadavres s'accumuler… bla-bla-bla…

Il raccrocha sèchement, après avoir présenté ses respects.

Son énervement s'accentua en voyant les deux gendarmes, censés monter la garde au couvent, rejoindre la cafétéria. Il les apostropha hargneusement.

– Qu'est-ce que vous faites là ?

Les deux hommes haussèrent les épaules de concert, pas déstabilisés par cet accès d'humeur. Ils étaient couverts : comme leurs collègues, de garde au lac !

Pris d'un très mauvais pressentiment, Angus se mit à aboyer.

– Qui vous a relevés ?

– Le commandant Fersen. Un chic type, ce n'est pas la première fois qu'il...

L'hommage cessa net quand Angus leur brandit sous le nez l'avis de recherche assorti du portrait de Lucas.

Les deux gendarmes battirent prudemment en retraite. Si maintenant il fallait se méfier de ses supérieurs...

Sur les nerfs, Angus shoota dans une étagère métallique qui se mit à vaciller dangereusement.

Il la retenait d'une main quand le doudou de Pierric, qui avait été posé tout au-dessus – en attendant d'être restitué à son propriétaire – tomba lourdement au sol, dans un bruit de verre brisé.

Les yeux de la poupée avaient éclaté sous l'impact.

Et pleuraient des larmes de sang...

*
* *

Armée d'un balai dont elle se servait pour faire levier, Marie luttait avec l'énergie du désespoir pour tenter de déplacer les blocs de pierre qui obstruaient le passage du sas.

Le manche venait de se rompre en deux quand Christian la rejoignit.

– Ça ne sert à rien, dit-elle rageusement, balançant le morceau de bois qu'elle tenait encore en main. C'est fini.

Les yeux verts étaient embués de larmes. Il ne supportait pas de la voir souffrir.

– Il finira par admettre que tu n'y es pour rien.

– Tu ne le connais pas. Il a une très haute conception de l'amour, et de la fidélité. Même si je ne pouvais pas savoir, de son point de vue je l'ai trahi. Et puis il n'y a pas que ça... J'ai du mal à le regarder sans penser à l'autre... Même si je sais que c'est lui, c'est plus fort que moi, comme un poison qui se distille lentement et...

Le juron proféré par Christian l'interrompit net. Elle suivit son regard et accusa le coup à son tour.

Axel n'était plus là !

Au pied du lit où il était précédemment ligoté, ne restaient plus que les débris de Scotch qu'il avait réussi à arracher de ses poignets.

Marie dégaina son arme, mais ils eurent beau passer l'appartement au peigne fin, Axel demeurait introuvable.

Ce fut la jeune flic qui, la première, repéra les traces de sang qui maculaient l'entrée de la gaine d'aération partant de la chambre.

*
* *

Les paroles de Christian avaient fini par se frayer un chemin jusqu'à l'esprit brouillardeux du flic. Il n'était pas plus sûr qu'avant d'être capable d'oublier, mais il avait la certitude de ne pas vouloir perdre Marie.

Il se dirigeait vers l'appartement quand l'écho de coups sourds et rythmés retint son attention.

Intrigué, il avança vers la galerie dont lui parvenait le son étouffé.

Un point. Un trait. Un point. Un trait.

Du morse. Un appel au secours !

Ignorant que le monstre rôdait à nouveau dans le dédale, il se précipita.

Deux cents mètres plus loin, il se heurtait à un cul-de-sac.

Tout un pan de mur s'était effondré, suite à l'explosion, obstruant le passage.

Les coups étaient très proches désormais, mais leur rythme avait ralenti, comme si celui qui les donnait faiblissait.

Ils venaient de derrière l'éboulis.

Pris de frénésie, Lucas se mit à dégager la terre et les gravats avec une énergie décuplée par l'espoir. Lorsque la plaque de béton apparut, il était en nage.

Surpris de trouver un matériau dont l'origine était très postérieure à la création de la mine, il redoubla d'efforts.

Les coups avaient cessé quand il mit au jour l'ouverture d'une brèche.

Il tendait le bras en avant pour l'éclairer quand une main décharnée et tremblante surgit et agrippa la sienne.

Les doigts étaient noueux. Les veines formaient comme des entrelacs routiers sur la peau parcheminée, constellée de taches de vieillesse.

Dans le faisceau de la lampe se découpa le profil d'un homme aux cheveux longs et neigeux, le menton mangé par une barbe cotonneuse.

Un léger voile opacifiait le regard autrefois noisette.

Un léger sourire étirait les lèvres sèches.

Lucas avait devant lui celui qu'il serait dans une trentaine d'années.

Jacques Reynault. Son père. Le savant fou. Un monstre.

Les becs Bunsen avaient survécu à l'incendie de 1967.

L'ancien laboratoire, créé par Joseph Reynault dans les années quarante, était resté en l'état. Les pans de murs calcinés attestaient de la violence des flammes, le carrelage était craquelé par endroits, des alignements d'anciennes couveuses en verre, dont les trois quarts n'offraient plus qu'une armature squelettique, rappelaient qu'autrefois ce lieu était dédié à la recherche embryonnaire.

À bout de forces, Jacques s'était assis sur un banc miraculeusement épargné.

Lucas se dressa devant lui. Son amertume exsudait de toute sa personne.

Le vieil homme soupira lorsque le flic évoqua Axel et Pierre.

Les oubliés de Killmore.

– Pourquoi ma mère les a-t-elle abandonnés ? C'étaient ses enfants !

La voix du vieillard était si faible que Lucas dut se pencher pour saisir les mots que laissaient filtrer les lèvres crevassées.

– Pierre et Axel n'étaient les enfants de personne…

Une quinte de toux le plia en deux, puis il poursuivit.

– Mon père, Joseph, était un brillant généticien, prêt à tout pour assouvir sa soif de découvertes. Ce génie ne s'intéressait guère à l'origine de l'argent, du moment qu'il en avait pour subvenir à ses travaux. Celui d'Himmler valait celui d'un autre à ses yeux. En 1941, il créait ce laboratoire dans l'île appartenant à sa belle-famille, les Hostier.

Il s'interrompit, le temps d'aspirer une bouffée d'air.

– En 1960, il s'est tué au volant de sa voiture, en compagnie de ma mère, me laissant à la tête d'une fortune estimée à cent millions de francs en lingots. Ma sœur, confite en dévotion depuis sa jeunesse, hérita de l'Île aux Chimères et de l'ancienne abbaye devenue couvent magdalénien. La même année j'épousais ta mère, enceinte de notre premier enfant, une petite fille prénommée Émilie. Une beauté. Le plus grand bonheur de ma vie. Six mois après elle mourait, faute d'un rein disponible.

Une nouvelle quinte de toux secoua sa vieille carcasse.

– Ce jour-là, en la mettant en terre, je jurai de ne plus jamais laisser un tel drame se produire. C'est pour cela que j'ai repris les travaux de mon père. Je n'avais plus qu'une obsession : réussir à cloner des embryons afin de créer une banque d'organes parfaitement compatibles génétiquement.

Des clones…

– Françoise était à nouveau enceinte quand mes recherches ont enfin abouti. Début 1961, tu es né. Un fils… On était fous de joie, ta mère et moi.

Lucas s'autorisa un bref jappement sarcastique.

– Tellement heureux que vous vous êtes empressé de la tromper avec Louise Sullivan !

Jacques eut un vague mouvement d'épaules.

– Ce n'était pas prémédité. Jamais je n'aurais imaginé tomber fou amoureux de cette femme que j'avais connue gamin, et qui était de douze ans mon aînée. Elle seule connaissait le secret de mes travaux. Elle m'a toujours soutenu dans cette entreprise.

Il cessa un instant de parler, comme si le souvenir de Louise l'avait entraîné dans une rêverie nostalgique où Lucas n'avait pas sa place.

– De 1961 à 1967, reprit-il enfin, je suis venu régulièrement ici en compagnie de mon assistant, Francis Maréchal. Ensemble, durant toutes ces années, nous avons créé des clones à partir de ton ADN.

Un vertige saisit Lucas à la pensée que ce monstre avait fabriqué des dizaines de copies de lui-même, dans le seul but de servir de pièces de rechange en cas de défectuosité.

Une banque vivante de petits Lucas.

– Et puis, à Noël 1967, ce fut le drame… Pour une raison que j'ignore, le passage de la crypte était resté ouvert, et tu l'as trouvé. C'est en te cherchant que ta mère a découvert mon labo, et la réalité des travaux que j'y menais en secret.

Sous le regard stupéfait de Lucas, soudain tout se mit à bouger.

La poussière s'envola, les murs se redressèrent, les carrelages étincelaient de blancheur, les alignements de couveuses retrouvaient leurs parois vitrées…

Et, à l'intérieur, des petits Lucas à divers stades de maturation, auréolés de boucles brunes, ouvraient un regard noisette sur le monde.

Recroquevillé derrière une étagère surchargée de bocaux, le fils de Françoise avait de nouveau six ans. Et mourait de peur.

Il savait que sa mère le gronderait pour avoir quitté le cloître sans rien dire, et pour être descendu dans la crypte. C'est en voulant lui échapper qu'il avait bousculé la statue de la Madone, et que le passage s'était ouvert.

Déjà dévoré de curiosité, celui qui se spécialiserait, une vingtaine d'années plus tard, dans l'étude des crimes rituels était descendu dans les entrailles de la Terre et s'était planqué dans le labo.

À travers les rayonnages, il avait observé ces bébés dont le visage lui était familier sans qu'il comprenne pourquoi. Et puis sa mère était arrivée.

Le secret de l'Île aux Chimères l'avait dévastée.

Si, de prime abord, Jacques avait conçu quelque aigreur de cette visite inattendue, il avait été soulagé de ne plus avoir à se cacher.

– Je n'ai pas imaginé un seul instant qu'elle ne comprendrait pas. Elle avait tellement souffert de la mort d'Émilie... Mais elle m'a traité de monstre.

Le mot fit écho chez l'enfant terrifié qu'avait été Lucas.

En un éclair, il revit son père délirant présenter à sa mère, éplorée, les deux premiers clones qu'il avait créés dès sa naissance.

Axel et Pierre.

Ses frères. Des copies. Dont son père disait qu'elles étaient imparfaites, mais que les suivantes seraient, à n'en pas douter, conformes à l'original !

Lucas entendait maintenant Hélène s'insurger comme si c'était hier.

– Je ne peux pas te laisser faire, disait-elle, horrifiée. Je ne peux pas te laisser répliquer notre fils à l'infini pour constituer une banque d'organes dans laquelle tu puiseras au gré de tes envies !

Jacques l'avait suppliée de se taire, de ne pas prévenir les autorités, et s'était réfugié derrière les deux clones pour tenter de l'attendrir.

– Ce sont des enfants, nos enfants, ils ont besoin d'une mère, ils ont besoin de toi...

Hélène avait alors disjoncté.

Elle avait attrapé une barre de fer servant à fermer une porte et s'était mise à briser les couveuses dans un accès de folie furieuse. C'était en arrachant malencontreusement une conduite de gaz qu'elle avait provoqué l'incendie dans le labo.

Du cœur des flammes rougeoyantes qui se tordaient montaient les cris inhumains d'une femme. Puis tout explosa dans une myriade d'étincelles, d'éclats de verre et d'eau.

Le petit Quentin avait quitté le labo en courant...

Fuir. Vite ! Sa respiration, haletante, se mêlait à des sanglots étouffés. Autour de lui, les murs des galeries suintaient. La dalle d'un tombeau s'ouvrait. Des arches défilaient. Plus vite, plus vite ! Il était dans la forêt, les branches lui fouettaient le visage, les racines, sournoises, lui agrippaient les pieds, et les ombres, derrière lui, se rapprochaient... Nooon...

– Dégrisée net, ta mère a alors lâché la barre de fer et s'est enfuie à son tour, tandis que les flammes dévoraient le labo et que j'essayais de sauver ce qui pouvait l'être encore…

Lucas n'entendait plus la voix du savant fou.

Il avait six ans, il courait. De toute la vitesse de ses petites jambes, il enfilait la galerie, escaladait l'escalier de pierre, débouchait dans la crypte, se cognait à un caveau ouvert, traversait au pas de charge le déambulatoire, les colonnes rythmaient sa course, puis les arbres de la forêt…

Plus vite ! Ne pas regarder en arrière. Foncer droit devant. Le vent fouettait son visage, des larmes au goût de sel ruisselaient sur ses joues. Son cœur battait si fort qu'il semblait vouloir s'échapper de sa poitrine. Les sanglots s'étouffaient dans sa gorge. Fuir ! Ne pas regarder en arrière ! Et soudain plus rien. Juste un précipice. La falaise. Les fantômes qui se rapprochent, les bras en avant comme des tentacules prêts à l'attraper… Le sol qui se dérobe sous ses pieds…

Et les cloches qui se mettent à sonner…

Le petit garçon avait pilé net au bord de la falaise.

Derrière lui, les silhouettes blafardes se précisaient au loin… Les religieuses du couvent… Il allait tomber, il s'était senti basculer en avant, avait eu brièvement la vision d'une femme en longue robe rouge…

Puis plus rien, le trou noir.

Quand il avait repris conscience, il embarquait à bord de l'hydravion. De son nez filtraient encore quelques gouttes de sang.

C'était une nuit sans lune.

– La femme en rouge, expliqua le vieillard, c'était Mary Sullivan. Elle portait l'habit des magdaléniennes. Elle a profité de la confusion pour fuir le couvent où sa mère l'avait fait enfermer pour qu'elle ne révèle jamais sa liaison avec moi. C'est elle que Clémence et sœur Angèle poursuivaient. Pas toi. C'est Mary qui t'a sauvé d'une chute mortelle, ce soir-là, sur la falaise.

Le flic réfractaire au surnaturel eut une pensée pour le destin qui avait voulu que Mary, enceinte de Marie, en arrive à sauver celui que sa fille épouserait près de quarante ans plus tard.

– Où étiez-vous quand ma mère et moi avons pris place à bord de l'hydravion que Louise avait délibérément piégé ?

La peau parcheminée du vieil homme se plissa sous la nouvelle. Manifestement, il avait toujours pensé qu'il s'agissait d'un accident. Pourtant il ne releva pas et déclara simplement :

– J'ai essayé d'arrêter l'incendie et de sauver le maximum d'embryons clonés du massacre, mais ils ont tous péri. Seuls Axel et Pierre ont survécu. Puis j'ai appris la mort de ma femme, et la tienne… En voulant protéger ce que j'avais de plus cher au monde, toi, je venais de te perdre à jamais. Il ne me restait plus rien, si ce n'est deux clones ratés.

Ses yeux, que quarante ans de ténèbres avaient rendus opalescents, se mouillèrent de larmes.

– Ma vie était finie. J'ai décidé de me faire passer pour mort dans l'incendie du labo. Clémence a soutenu cette thèse auprès de Louise. Elles ont fait en sorte que tout le monde croie que nous avions disparu, ta mère, toi et moi, dans l'accident d'hydravion. Je suis resté au couvent pour élever Pierre et Axel de mon mieux, grâce à l'aide de Clémence qui a juré le secret.

Un rictus agita les nombreuses rides de son visage.

– Mais Axel devenait beaucoup trop dangereux. Le jour où il a essayé de tuer le petit Pierre, j'ai pris la décision de l'isoler du monde en lui donnant tout le confort, l'instruction et la culture que je pouvais. Mon seul espoir de te recréer un jour avait disparu avec l'échantillon de ton sang, détruit par Axel qui ne supportait pas l'idée de ne pas être unique. J'ai définitivement abandonné mes recherches et j'ai choisi de m'isoler et d'expier dans la prière…

La voix de Jacques se brisa, épuisé d'avoir trop parlé.

Il allait fermer les yeux quand ceux-ci s'écarquillèrent, fixant un point derrière Lucas.

Le flic fit volte-face et se prit l'uppercut d'Axel à la base du menton.

*
* *

À deux galeries de là, Christian, encordé à Marie, progressait vers le nord en jetant régulièrement un œil sur les plans de l'ancienne mine dont il s'était muni.

Il cherchait le passage menant à la tour.

Derrière lui, Marie mettait ses pas dans les siens, silencieuse, ses pensées centrées sur Lucas.

Ce dont le marin n'était pas dupe.

– S'il n'est pas capable de passer par-dessus cette histoire avec Axel, c'est qu'il n'est pas digne de toi.

La jeune femme s'apprêtait à répliquer quand elle le vit basculer en avant.

La soudaine tension sur la corde la surprit.

Elle s'arc-bouta violemment, fichant ses talons dans la terre meuble afin d'enrayer la chute, mais ses pieds se mirent à glisser.

Lançant les bras sur les côtés, elle essaya d'agripper les parois… Ses ongles griffèrent la roche, sans trouver aucune prise.

Le poids du marin l'entraînait inexorablement vers le vide.

Le bord du puits fut bientôt sous ses pieds.

Le puits dans lequel Lucas avait failli tomber, quelques jours auparavant.

La chute était inévitable.

Elle plongea la tête la première.

Dans un ultime réflexe, ses doigts se plantèrent dans une anfractuosité de roche à la lisière du précipice.

La torche, accrochée à sa ceinture, éclairait l'abîme qui s'ouvrait sous elle, sans en laisser deviner le fond.

Elle eut un regard vers Christian, quelques mètres plus bas, qui se balançait dans le vide, uniquement rattaché à la vie par le fil de huit millimètres qui les liait l'un à l'autre.

Dans les yeux du skipper, elle lut l'horreur d'une situation qu'elle seule tenait à la force du poignet.

Sa première main lâcha, ankylosée.

L'autre tenait bon.

Mais pour combien de temps encore ?

Dans quelques secondes, une minute tout au plus, elle lâcherait prise à son tour, et ils mourraient tous les deux.

Le sourire que lui dédia Christian irradiait l'amour infini qu'il lui portait.

– J'aurais aimé avoir plus de temps avec toi, Marie.

Son sang reflua lorsqu'elle le vit sortir un couteau de sa poche et le déplier.

Elle savait ce qu'il s'apprêtait à faire, et tout son être s'y opposa.

– Ne fais pas ça… ou je lâche tout de suite.

– C'est la seule solution, dit-il doucement. Je suis bien trop lourd pour que tu puisses tenir, alors que seule tu as une chance de t'en sortir.

– Je tiendrai, affirma-t-elle. Je te promets que je tiendrai. S'il te plaît, Christian, ne fais pas ça, je t'en supplie…

Les larmes se mirent à couler sans qu'elle en ait conscience.

– Je ne peux pas imaginer une vie dans laquelle tu ne serais pas.

– Moi non plus. Et ta vie est avec Lucas, pas avec moi, même si je l'ai longtemps espéré.

– Je ne veux pas te perdre…

Le marin sourit à nouveau. D'un sourire très doux, très lumineux.

– Je t'aime, Marie. Je t'ai toujours aimée, et je t'aimerai toujours. Je veux que tu me promettes que tu t'en sortiras, que tu seras heureuse.

– J'ai si peur, souffla-t-elle.

– Promets-le-moi, mon amour, s'il te plaît.

La voix étranglée de larmes, elle lui promit.

Christian lui sourit une dernière fois et, approchant le couteau de la corde, la trancha sans faiblir.

La jeune femme se mit à sangloter en le voyant disparaître dans les profondeurs du néant.

L'espace d'un instant, elle eut la tentation de le suivre.

Elle était sur le point de laisser tomber quand un sursaut de vie supplanta le désespoir. Alors elle s'accrocha mais sa main ripa, ses ongles se cassèrent.

La souffrance irradia le long de son bras. Elle allait lâcher.

L'écho des pas venant vers elle la fit frémir.

Ami ou ennemi ?

Deux pieds apparurent au bord du puits.

Des pieds chaussés de bottes.

Ami.

Alors que la jeune femme lâchait prise, une main la retint solidement par le poignet.

Ryan.

Hirsute et couvert de poussière, du sang séché ayant coulé de son entaille à la tête, il la hissa hors du gouffre où elle le dévora des yeux, incrédule.

À croire que sa mission sur terre était de lui sauver la vie.

Et d'être là pour consoler sa peine.

– Christian est mort pour que je vive, murmura-t-elle avant de s'abattre, en larmes, sur la poitrine de son père.

Refermant les bras sur elle, il l'emporta jusqu'à la grotte.

Il aurait aimé lui laisser tout le temps d'évacuer l'immense chagrin d'avoir perdu son premier amour.

Mais chaque minute comptait pour arrêter le monstre.

– Tu vas rester là, dit-il à sa fille. Pierre-Marie est parti chercher des renforts. Moi je vais aller chercher Lucas.

La jeune flic protesta, mais il ne voulut rien entendre. Seul, il irait plus vite. Et surtout, il ne voulait plus qu'elle s'expose.

Alors elle lui tendit son arme, récupérée dans l'appartement.

– Fais attention à toi.

Ryan saisit le Sig Sauer qu'il coinça sous sa ceinture, dans son dos.

Puis il prit le visage de Marie entre ses mains et plongea ses yeux dans ceux, rougis de larmes, de sa fille.

– N'oublie jamais que je t'aime. Plus que tout au monde.

Elle ferma les paupières pour chasser la sourde angoisse qui lui noua soudain le cœur. La caresse d'un baiser lui effleura la joue. Puis ce fut le silence.

Ryan était parti.

Dans l'eau stagnante du bassin, auquel elle tournait le dos, le halo d'un regard étrange affleura alors la surface.

Deux yeux verts fluorescents. Posés sur elle.

34

Pierre-Marie avait fini par se rendre aux raisons de Ryan, et avait quitté le couvent pour alerter les flics.

Il longeait les eaux sombres du lac, redevenues immobiles, pour rallier son véhicule, quand sa torche, qui balayait les berges devant lui, accrocha un reflet scintillant.

Intrigué, PM se pencha et découvrit, nichée au cœur d'un bouquet de roseaux tendres, une pierre de la taille d'un gros grêlon. Une pierre qui aurait été somme toute banale, sans ce trait doré qui affleurait la surface…

Pris d'une soudaine frénésie, il se mit à frotter la pierre sur un rocher.

Une pépite ! Une pépite d'or !

Éclairant fébrilement les alentours, il repéra d'autres cailloux identiques, qui constellaient la berge.

Un éclat de rire agita son grand corps.

Il n'aurait pas à plonger pour aller chercher le trésor de la Reine Écarlate ! L'explosion l'avait fait sortir du lac, le mettant à sa portée. Il n'avait qu'à se baisser pour le ramasser.

Qui avait dit que les dieux n'étaient pas avec lui ?

Oubliant complètement qu'il devait prévenir les flics, PM attaqua la cueillette, chargeant des précieuses pépites son pull noué en sac.

Il venait de déposer le magot dans le coffre de sa voiture lorsqu'il aperçut les premiers gyrophares de la gendarmerie.

Pris au dépourvu, il hésitait sur la conduite à tenir.

Prendre la fuite le rendrait immédiatement suspect.

Laisser le trésor sans surveillance était risqué.

Retourner au couvent avec ? Se planquer dans un coin et attendre que tout se tasse ?

L'idée le séduisait, mais le bruit d'un hélico se posant au sommet de la falaise la fit voler en éclats. Il ne réussirait jamais à rejoindre le couvent sans se faire pincer.

Les gyrophares se précisaient, les gendarmes seraient bientôt là. Une sueur glacée l'inonda tandis qu'il se perdait dans une réflexion fiévreuse.

Qu'aurait fait Ryan à sa place ?

Il se mit à rire en songeant que son frère aurait tout simplement verrouillé le coffre, serait allé au-devant des gendarmes, aurait raconté son histoire, et, les laissant se charger des poursuites, aurait pris le volant et quitté tranquillement l'île.

Riche.

Apaisé, il referma le coffre et se dirigea vers Angus dont la voiture venait d'arriver.

Allant à l'essentiel, histoire de ne pas moisir là, Pierre-Marie résuma la situation au gendarme irlandais, qui prit immédiatement l'initiative des recherches.

Quand PM comprit qu'il en était partie prenante, il était trop tard pour faire demi-tour.

La mort dans l'âme, il fut réquisitionné pour montrer aux gendarmes l'endroit où Ryan avait failli mourir.

*
* *

Lucas était étroitement ligoté à une chaise lorsqu'il sortit des vapes.

Filtrant un regard prudent à travers ses paupières mi-closes, la première chose qu'il vit fut le canon de son HK Mark 23.

Son arme de service.

La deuxième, la main gauche dont l'index était crispé sur la détente. Prêt à faire feu.

Axel.

Jacques était assis à deux mètres de là, bras et jambes entravés.

La tête inclinée, les narines pincées, le teint cireux, il semblait avoir atteint l'extrême limite de ses forces. Un vague regret envahit alors Lucas, celui d'avoir vécu sans connaître son père et ses frères, mais la pensée de l'enfer qu'ils auraient tous enduré si le secret de ces expériences avait été révélé balaya toute nostalgie. Axel et Pierre seraient devenus des cobayes aux mains de la science, son père aurait fini en prison. Comment Hélène et lui-même auraient-ils vécu en supportant cela ?

Son jumeau se mit à parler. Avec délectation.

– Je n'ai pas détruit l'échantillon de sang, cher père. Je me suis contenté de le planquer dans les yeux de la précieuse poupée qui avait autrefois appartenu à ta bien-aimée Émilie, et que ce crétin de Pierre avait récupérée et trimbalait partout. J'ignore ce qu'elle est devenue.

Une poupée de chiffons.

Dans l'esprit cartésien du flic, l'image de Pierric fusionna soudain avec celle de Pierre. Il sut alors comment la poupée avait quitté l'Irlande, et l'Île aux Chimères, pour s'échouer sur le sable d'une autre île. Lands'en.

– Durant sa captivité au couvent, ne put-il s'empêcher de raisonner tout haut, Mary Sullivan a dû se prendre d'affection pour le petit Pierre, en manque cruel d'amour maternel. Je pense qu'il lui a donné cette poupée en échange d'une mèche de cheveux de la jeune femme, qu'il a conservée sur lui jusqu'à sa mort.

Tandis que Lucas songeait à cette curieuse boîte de Petri qui avait transporté, dans ses yeux de verre, l'échantillon de son identité génétique, Axel continuait de déverser sa haine sur Jacques Reynault, ce père qui ne l'avait jamais aimé, et sur Lucas dont il n'avait été qu'une vulgaire copie.

Il éclata d'un rire dément.

– Une vulgaire copie ! Pauvres minables ! En me condamnant à la réclusion, vous m'avez poussé à développer mon génie. Et vous avez fait de moi un être d'exception auprès duquel Fersen n'est qu'un brouillon. Oui, je suis unique ! Je suis le maître du jeu ! Et grâce au carnet de Maréchal consignant vos recherches, demain je serai le maître du monde.

Le bruit fut léger, à peine un soupir.

La tête du vieux savant venait de s'affaisser sur sa poitrine.

En deux pas, Axel fut derrière lui, et, empoignant d'une main la chevelure neigeuse, observa le visage parcheminé que ne semblait plus animer un seul souffle de vie.

Il se pencha vers les narines pincées, approcha son oreille, puis relâcha soudain la tête, comme un vulgaire paquet qui retomba mollement en avant.

– J'aurais aimé te détruire sous ses yeux avant d'en finir avec lui.

La déception d'Axel ne fit qu'accroître son ressentiment. Les traits compactés en un masque haineux, il revint sur Lucas. Dans le regard noisette si semblable au sien, le flic lut sa sentence.

Et prit sur lui pour ne pas lui montrer sa peur.

– On va tous mourir, à plus ou moins brève échéance.

– Toi mort, Bréhat éliminé, je resterai seul avec Marie. J'ai apporté de quoi survivre un certain temps. Au début elle se révoltera, elle refusera l'évidence, puis elle finira par revenir vers moi en me suppliant de l'aimer. Non pas en tant que copie de Lucas Fersen, mais en tant qu'Axel !

Contre toute attente, un léger sourire se mit à flotter sur les lèvres du flic. Les paroles du monstre venaient de le libérer d'un terrible poids.

Il allait mourir, certes, mais il emporterait avec lui le souvenir d'un amour intact.

– Jamais. Jamais elle ne t'aimera.

La détonation le traversa de part en part.

Mais la douleur redoutée ne vint pas.

Dans le silence qui retomba sur les lieux, Lucas ouvrit les yeux.

Le HK Mark 23 pointé sur lui cracha, avec frénésie et dans un bruit d'enfer, le reste de son chargeur, sans qu'aucun des projectiles ne lui fasse le moindre mal.

Des balles à blanc.

Le flic se demandait par quel miracle une telle chose était possible quand, avec un hurlement de rage, Axel jeta l'automatique à terre et se précipita sur lui.

Les deux mains autour du cou de Lucas, il commença à serrer.

La bouche du flic s'ouvrit pour aspirer vainement l'air dont l'autre le privait.

Un voile noir lui passa devant les yeux à mesure que la pression sur sa gorge l'étouffait.

La détonation surprit identiquement les deux jumeaux.

Une expression d'intense stupeur envahit le visage du clone, tandis que ses mains lâchaient leur proie.

Axel vacilla, tendit une dernière fois le bras vers son frère, puis bascula en arrière.

La silhouette d'un homme, arme en main, canon encore fumant, se tenait sur le seuil du laboratoire, braquant une torche sur le flic.

Même à contre-jour, Lucas reconnut son sauveur. Et sut qui avait garni le magasin de son automatique de balles à blanc.

Ryan.

Le père de Marie porta son regard bleu sur le corps inerte de Jacques Reynault. Puis il s'approcha de Lucas et, sans avoir un seul geste pour le détacher, confirma avoir agi ainsi dès qu'il avait commencé à avoir de sérieux doutes sur lui.

– Et c'était quand, exactement ? grommela Lucas.

– Pas plus tôt que Marie.

Lucas lui sut gré de cette réponse qui, une fois de plus, attestait l'amour que Ryan portait à sa fille.

Il hocha la tête.

– Je suis plus que jamais votre débiteur, mais cela ne m'empêchera pas de vous arrêter dès que j'en aurai l'occasion. Même si, pour cela, je dois perdre la femme que j'aime.

Un léger sourire illumina le visage de Ryan.

– Alors j'essaierai de ne pas t'en donner l'occasion…

Il fit quelques pas vers la sortie.

– J'imagine que me détacher n'est pas à l'ordre du jour, grinça le flic.

– Dès que je serai en sécurité, j'enverrai quelqu'un te libérer. Je compte sur toi pour rendre ma fille heureuse.

L'instant d'après, il avait disparu, happé par la pénombre de la galerie.

Marie n'était plus dans la grotte.

Des traces de pas marquaient le sol à la sortie du bassin.

Ryan les observa attentivement.

À l'écartement restreint de ces pas, il sut qu'elle avait pris la fuite.

Mais devant qui ? Ou devant quoi ?

L'angoisse chevillée au corps, il suivit les traces laissées dans la poussière, et se mit à courir dans la galerie qu'elle avait empruntée.

*
* *

Pierre-Marie traînait les pieds, régulièrement rappelé à l'ordre par Angus qui le sommait de se dépêcher. Une cinquantaine de mètres les séparait du couvent vers lequel une colonne de gendarmes se dirigeait, au pas de gymnastique.

PM rétorqua aigrement qu'il s'était foulé la cheville en voulant porter secours à Ryan, qu'il ne souhaitait surtout pas ralentir le gendarme. Il allait tenter de se défiler en disant à Angus de partir devant quand l'Irlandais lâcha un violent juron.

Angus, figé sur place, regardait en direction du large. PM en fit autant.

Une vive lueur éclairait la tour de Dana.

Les récifs qui cernaient sa base semblaient s'être embrasés, auréolant la masse de pierre d'une couronne flamboyante.

La mer était en feu !

Lorsque l'hélico arriva à la verticale de la tour, Angus, le nez collé à la vitre, découvrit le dessin que les flammes formaient à la surface de l'eau.

Prenant la tour pour centre, trois spirales de feu, aux pointes acérées, tournaient vers la gauche.

Le sceau de la Reine Écarlate.

*
* *

Ryan arrivait en vue de la fissure débouchant dans la tour. Rien.

Terriblement inquiet, il franchit la faille et déboucha au cœur de la tour de Dana.

La violence du vent le surprit, et ce n'est qu'en entendant le bruit des pales d'hélico qu'il comprit son origine.

Il leva la tête vers le haut et la vit. Trente mètres au-dessus de lui.

Elle était là, Marie, debout sur l'ancien chemin de garde, agitant les bras en direction de l'appareil qui faisait du stationnaire.

Un large sourire aux lèvres, Ryan sortit son portable et pianota un numéro.

La vibration du cellulaire picota le flanc de la jeune femme, la faisant sursauter.

Le nom d'Edward Sullivan s'afficha à l'écran.

Le souffle court, elle porta le mobile à son oreille, et se boucha l'autre d'une main pour amortir le bruit de l'hélico.

Ryan lui annonça que tout était terminé, que le monstre était terrassé. Axel était mort. Lucas était vivant.

Il coupa court aux questions qui se bousculaient sur les lèvres de la jeune femme, et entreprit de lui expliquer où se trouvait Lucas.

– Vous méritez vraiment d'être heureux tous les deux.

Marie sentit derrière ces mots comme l'imminence d'un adieu. Et se révolta. Il ne pouvait pas disparaître de sa vie encore une fois. Pas maintenant. Pas comme ça.

– Je serai toujours là quand tu auras besoin de moi.

Prise d'une intuition, elle inclina alors la tête vers le bas de la tour, et aperçut son père qui agitait la main.

Avant de disparaître.

35

L'hélico était à nouveau posé sur la falaise, près du couvent.

Lucas aperçut Marie une fraction de seconde avant qu'elle ne le voie. Leurs regards se croisèrent et s'accrochèrent, intenses, fiévreux, débordant d'un amour que les épreuves n'avaient fait que renforcer.

Il se rua vers elle et la prit dans ses bras sous le regard mouillé d'Angus.

Les corps d'Axel et de Jacques Reynault, chargés sur des brancards, furent placés à bord d'un fourgon de la morgue.

Les bras serrant toujours étroitement sa jeune femme, Lucas les suivit des yeux, songeant, comme elle, à l'ironie du destin qui avait voulu que ceux de leurs parents respectifs se croisent, bien des années avant leur rencontre à Lands'en.

– On était prédestinés, murmura la jeune femme.

– Sauf que si je ne m'étais pas spécialisé dans les crimes rituels, je n'aurais jamais croisé ta route.

Une lueur de gaieté traversa le regard vert.

– Ce n'est pas un hasard si tu as choisi cette voie. C'est lié à l'Île aux Chimères, à la légende de la Reine Écarlate. Que tu le veuilles ou non, elle est inscrite en toi, comme celle des Naufrageurs l'était en moi.

Peut-être avait-elle raison.

L'approche d'Angus lui évita d'épiloguer.

Il tenait dans ses bras un curieux objet qu'il déposa à leurs pieds.

– Les plongeurs ont repêché ça, au pied de la tour…

Le sourire de Marie se fit rêveur.

Elle pensa aux yeux verts qu'elle avait aperçus, affleurant la surface du bassin, dans la grotte. Fascinée, elle avait tendu la main vers eux, sans qu'ils se dérobent cette fois.

S'enhardissant, elle avait plongé la main dans l'eau, sans déclencher la moindre réaction. Les yeux la regardaient toujours.

Surprenants de fixité. Et d'absence de vie.

Des diodes. Des diodes vertes.

Elle contempla l'objet qu'Angus avait posé à terre.

Le spécialiste des crimes rituels était sidéré.

Un robot de piscine.

Un simple robot de piscine doté de deux diodes vertes, et dont les longs tentacules n'étaient que des tuyaux en plastique souple.

– Axel était effectivement d'une intelligence supérieure, grimaça Marie. Il a reprogrammé le robot pour le transformer en monstre téléguidé, crachant un mélange de salpêtre, bitume, naphte et soufre… Le fameux feu grégeois utilisé au Moyen Âge.

La stupeur qui peignait toujours les traits de son mari la déconcerta.

– Ne me dis pas que tu ne connaissais pas l'existence de ce robot ?

– Absolument pas.

En un éclair, elle se revit aux prises avec Axel qui essayait de l'étrangler, en haut de la falaise.

– Alors les flammes qui sont sorties du lac, ce jour-là…

Il haussa légèrement les épaules.

– Peut-être s'est-il déclenché tout seul. La machine qui se retourne contre son créateur. Comme Axel contre son père.

Ou peut-être que l'esprit de la Reine Écarlate était venu à son secours, songea-t-elle en silence.

La lourde porte du couvent se referma, marquant la fin de l'enquête.

Et des recherches.

Le corps de Christian n'avait pas été retrouvé. Le puits communiquait avec l'océan, sans doute avait-il disparu, emporté par les courants.

Marie songea que le marin aurait aimé cette fin.

Sensible à son chagrin, Lucas la pressa tendrement contre lui. Il devait beaucoup à Bréhat. Et encore plus à Ryan.

– Aucune trace de votre père, Marie, déclara Angus. Je me demande bien comment il a fait pour nous glisser entre les doigts. Il faut croire qu'ils sont doués, dans cette famille. Pierre-Marie aussi s'est volatilisé…

L'oncle de Marie avait effectivement profité de la confusion semée par l'irruption des flammes sur la mer pour leur fausser compagnie.

De retour à sa voiture, il s'était précipité sur le coffre, et l'avait déverrouillé fébrilement.

Vide. Les pépites avaient disparu.

À la place, une feuille pliée en deux et quelques mots écrits à la main, qu'il avait déchiffrés avec une rage croissante.

– L'argent ne fait pas le bonheur, petit frère… Or je souhaite ton bonheur.

Le rire hystérique de PM avait longtemps résonné dans l'île.

*
* *

Assise à bord de l'hélico qui décollait dans la lumière brillante de l'aube, Marie contempla une dernière fois la tour, puis le lac qui avait bien failli devenir leur cercueil.

Elle aussi se demandait où avait bien pu passer Ryan, et s'il s'en était sorti.

– Ce type a neuf vies, comme les chats, décréta Lucas, devinant les pensées qui l'agitaient. Je suis certain qu'il se pointera un jour ou l'autre. Par exemple à la naissance de notre premier enfant…

Le sourire qu'elle lui dédia fut tempéré par la nausée soudaine qui lui tordit l'estomac. Des gouttes de sueur perlèrent à son front, une vive pâleur altéra ses traits.

Il la considéra, inquiet.

– Ça ne va pas ?

La jeune femme secoua la tête, pour le rassurer. Mais l'angoisse demeura. Il essaya de la chasser d'un baiser en affirmant que tout était fini.

Elle croisa les doigts et pria pour que ce fût vrai.

Mais tout au fond d'elle-même, dans un recoin de son intimité, quelque chose lui disait que ce n'était pas le cas.

Elle posa la tête sur l'épaule de l'homme qu'elle aimait, et ferma les yeux.

L'hélicoptère piqua vers le sud, laissant loin derrière lui l'Île aux Chimères et l'isthme qui la reliait à Killmore quelques heures par jour.

Le cavalier portait un long cache-poussière kaki et un chapeau rabattu sur les yeux. Les bottes, passées dans les étriers, talonnèrent les flancs de l'anglo-arabe qui s'élança dans les vagues de la marée montante.

Donnant l'illusion de galoper sur l'eau.

Une chimère…

Remerciements

Un grand merci à Jean-François Pignard de Marthod, notre agent, pour son aide précieuse et son amitié ; à Michel Lafon et Pierre Fery, nos éditeurs, pour leur confiance.

8678

Achevé d'imprimer en France (Malesherbes)
par Maury-Imprimeur le 4 mai 2008.
Dépôt légal mai 2008. EAN 9782290009499

Éditions J'ai lu
87, quai Panhard-et-Levassor, 75013 Paris
Diffusion France et étranger : Flammarion